DER TUNNEL

BERNHARD KELLERMANN

D1730617

copyright © 2022 Culturea éditions
Herausgeber: Culturea (34, Hérault)
Druck: BOD – In de Tarpen 42, Norderstedt
(Deutschland)
Website: http://culturea.fr
Kontakt: infos@culturea.fr
ISBN: 9782382745632
hungsdatum: November 2022
Layout und Design: https://reedsy.com/
Dieses Buch wurde mit der Schriftart Bauer
Bodoni gesetzt.

ERSTER TEIL

KAPITEL 1

Das Einweihungskonzert des neuerbauten Madison-Square-Palastes bildete den Höhepunkt der Saison. Es war eines der außerordentlichsten Konzerte aller Zeiten. Das Orchester umfaßte zweihundertundzwanzig Musiker, und jedes einzelne Instrument war mit einem Künstler von Weltruf besetzt. Als Dirigent war der gefeiertste lebende Komponist, ein Deutscher, gewonnen worden, der für den einen Abend das unerhörte Honorar von sechstausend Dollar erhielt.

Die Eintrittspreise verblüfften selbst New York. Unter dreißig Dollar war kein Platz zu haben, und die Billettspekulanten hatten die Preise für eine Loge bis auf zweihundert Dollar und höher getrieben. Wer irgendwie etwas sein wollte, durfte nicht fehlen.

Um acht Uhr abends waren 26., 27. und 28. Straße und Madison Avenue von knatternden, ungeduldig bebenden Automobilen blockiert. Die Billetthändler, die ihr Leben zwischen den Pneumatiken von sausenden Automobilen verbringen, stürzten sich, schweißtriefend trotz einer Temperatur von zwölf Grad Kälte, Bündel von Dollarscheinen in den Händen, tollkühn mitten in den endlos heranrollenden Strom wütend donnernder Wagen. Sie schwangen sich auf die Trittbretter, Führersitze und selbst Dächer der Cars und versuchten das Schnellfeuer der Motoren mit ihren heiser heulenden Stimmen zu überbrüllen. „Here you are! Here you are! Zwei Parkettsitze, zehnte Reihe! Ein Logenplatz! Zwei Parkettsitze ...!" Ein schräger Hagel von Eiskörnern fegte wie Maschinengewehrfeuer auf die Straße nieder.

Sobald ein Wagenfenster klappte — „Hierher!" — warfen sie sich blitzschnell wie Taucher wieder zwischen die Wagen. Während sie aber ihr Geschäft abschlossen, Geld in die Taschen stopften, gefroren ihnen die Schweißtropfen auf der Stirn.

Das Konzert sollte um acht Uhr beginnen, aber noch ein Viertel nach acht warteten unabsehbare Reihen von Wagen darauf, bei dem in Nässe und Licht schreiend rot leuchtenden Baldachin vorzufahren, der in das blitzende Foyer des Konzertpalastes hineinführte. Unter dem Lärm der Billetthändler, dem Knattern der Motoren und Trommeln der Eiskörner auf dem Baldachin quollen aus den einander blitzschnell ablösenden Cars immer neue Menschenbündel hervor, von den dunkeln Mauern der Neugierigen mit stets neuer Spannung erwartet: kostbare Pelze, ein funkelndes Haargebäude, aufsprühende Steine, ein seideglänzender Schenkel, ein entzückender weißbeschuhter Fuß, Lachen, kleine Schreie ...

Der Reichtum der fünften Avenue, Bostons, Philadelphias, Buffalos, Chikagos füllte den pompösen, in Lachsrot und Gold gehaltenen überhitzten Riesensaal, der während des ganzen Konzerts von Tausenden von hastig bewegten Fächern vibrierte. Aus all den weißen Schultern und Büsten der Frauen stieg eine Wolke betäubender Parfüme empor, zuweilen ganz unvermittelt von dem nüchternen und trivialen Geruch von Lack, Gips und Ölfarbe durchsetzt, der dem neuen Raum anhaftete. Scharen und Aberscharen von Glühlampen blendeten aus den Kassetten der Decke und Emporen über den Raum, so gleißend und grell, daß nur starke und gesunde Menschen die Lichtflut ertragen konnten. Die Pariser Modekünstler hatten für diesen Winter kleine venezianische Häubchen lanciert, die die Damen auf den Frisuren, etwas nach hinten gerückt, trugen. Gespinste, Spinngewebe aus Spitzen, Silber, Gold, mit Borden, Quasten, Gehängsel aus den kostbarsten Materialien, Perlen und Diamanten. Da aber die Fächer unausgesetzt vibrierten und die Köpfe stets in leichter Bewegung waren, so glitt fortwährend ein Glitzern und Flimmern über das dichtgedrängte Parkett, und hundertfach sprühten gleichzeitig an verschiedenen Stellen die Feuer der Brillanten auf.

Über diese Gesellschaft, ebenso neu und prunkvoll wie der Konzertsaal, fegte die Musik der alten, längst vermoderten Meister dahin ...

Der Ingenieur Mac Allan hatte mit seiner jungen Frau, Maud, eine kleine Loge dicht über dem Orchester inne. Hobby, sein Freund, der Erbauer des neuen Madison-Square-Palastes, hatte sie ihm zur Verfügung gestellt und Allan kostete diese Loge keinen Cent. Er war zudem nicht aus Buffalo, wo er eine Fabrik für Werkzeugstahl besaß, hierhergekommen, um Musik zu hören, für die er gar kein Verständnis hatte, sondern um eine zehn Minuten lange Unterredung mit dem Eisenbahnmagnaten und Bankier Lloyd, dem mächtigsten Mann der Vereinigten Staaten und einem der reichsten Männer der Welt, zu führen. Eine Unterredung, die für ihn von der allergrößten Bedeutung war.

Am Nachmittag, im Zuge, hatte Allan vergebens gegen eine leichte Erregung gekämpft, und noch vor wenigen Minuten, als er sich durch einen Blick überzeugte, daß die Loge gegenüber, Lloyds Loge, noch leer war, hatte ihn die gleiche sonderbare Unruhe angefallen. Nun aber sah er den Dingen wieder mit vollkommener Ruhe entgegen.

Lloyd war nicht da. Lloyd kam vielleicht überhaupt nicht. Und selbst wenn er kam, so war damit noch nichts entschieden — trotz Hobbys triumphierender Depesche!

Allan saß da, wie ein Mann, der wartet und die nötige Geduld dazu hat. Er lag in seinem Sessel, die breiten Schultern gegen die Lehne gedrückt, die Füße ausgestreckt, so gut es in der Loge ging, und sah mit ruhigen Augen umher. Allan war nicht gerade groß, aber breit und stark gebaut wie ein Boxer. Sein Schädel war mächtig, mehr viereckig als lang, und die Farbe seines etwas derben bartlosen Gesichts ungewöhnlich dunkel. Selbst jetzt im Winter zeigten seine Backen Spuren von Sommersprossen. Wie alle Welt trug er das Haar sorgfältig gescheitelt; es war braun, weich und schimmerte an den Reflexen kupferfarben. Allans Augen lagen verschanzt hinter starken Stirnknochen; sie waren licht, blaugrau und von gutmütig kindlichem Ausdruck. Im ganzen sah Allan aus wie ein Schiffsoffizier, der gerade von der Fahrt kam, vollgepumpt mit frischer Luft, und heute zufällig einen Frack trug, der nicht recht zu ihm paßte. Wie ein gesunder, etwas brutaler und doch gutmütiger Mensch, nicht unintelligent, aber keineswegs bedeutend.

Allan vertrieb sich die Zeit, so gut er konnte. Die Musik hatte keine Macht über ihn und anstatt seine Gedanken zu konzentrieren und zu vertiefen, zerstreute und verflüchtigte sie sie. Er maß mit den Blicken die Dimensionen des ungeheuren Saales aus, dessen Decken- und Logenringkonstruktion er bewunderte. Er überflog das flimmernde, vibrierende Fächermeer im Parkett und dachte, daß „viel Geld in den Staaten sei und man hier so etwas unternehmen könne, wie er es im Kopf hatte". Als praktisch veranlagter Mensch unternahm er es, die stündlichen Beleuchtungskosten des Konzertpalastes abzuschätzen. Er einigte sich auf rund tausend Dollar und verlegte sich hierauf auf das Studium einzelner Männerköpfe.

Frauen interessierten ihn gar nicht. Dann streifte sein Blick wiederum die leere Loge Lloyds und tauchte in das Orchester hinab, dessen rechten Flügel er übersehen konnte. Wie alle Menschen, die nichts von Musik verstehen, verblüffte ihn die maschinelle Exaktheit, mit der das Orchester arbeitete. Er rückte ein wenig vor, um den Dirigenten zu sehen, dessen stabführende Hand und dessen Arm nur zuweilen über der Brüstung erschienen. Dieser hagere, schmalschulterige, distinguierte Gentleman, dem sie für diesen Abend sechstausend Dollar bezahlten, war Allan vollends ein Rätsel. Er beobachtete ihn lange und aufmerksam. Schon das Äußere dieses Mannes war ungewöhnlich. Sein Kopf, mit der Hakennase, den kleinen, lebendigen Augen, dem zusammengekniffenen Mund und den dünnen, nach rückwärts stehenden Haaren erinnerte an den eines Geiers. Er schien nur Haut und Knochen zu sein und nichts als Nerven. Aber er stand ruhig inmitten des Chaos von Stimmen und Lärm und ordnete es nach Belieben mit einem Wink seiner weißen, anscheinend kraftlosen Hände. Allan bewunderte ihn, etwa wie einen Zauberer, in dessen Macht und Geheimnisse einzudringen er nicht einmal den Versuch machte. Dieser Mann schien ihm einer fernen Zeit und einer sonderbaren, unverständlichen, fremden Rasse anzugehören, die dem Aussterben nahe war.

Gerade in diesem Augenblick aber streckte der hagere Dirigent die Hände in die Höhe, schüttelte sie wie in Raserei, und in den Händen schien plötzlich eine übermenschliche Kraft zu wohnen: das Orchester brandete auf und verstummte mit einem Schlag.

Eine Lawine von Beifall rollte durch den Saal, hohl tobend in der ungeheuren Ausdehnung des Raumes. Allan rückte aufatmend zurecht, um aufzustehen. Aber er hatte sich getäuscht, denn drunten leiteten die Holzbläser schon das Adagio ein. Aus der Nebenloge drang noch das Ende eines Gesprächs herüber.... „... zwanzig Prozent Dividende, Mann! Es ist ein Geschäft, wie es glänzender ..."

Und Allan war gezwungen, wieder ruhig zu sitzen. Er begann abermals die Konstruktion der Logenringe zu studieren, die ihm nicht ganz verständlich war. Allans Frau dagegen, selbst angehende Pianistin, ergab sich mit ihrem ganzen Wesen der Musik. An der Seite ihres Gatten erschien Maud zart und klein. Sie hatte den feinen braunen Madonnenkopf in den weißen Handschuh gestützt, und ihr transparent leuchtendes Ohr trank die Tonwellen, die von unten herauf, von oben herab, von irgendwoher kamen. Die ungeheure Vibration, mit der die zweihundert Instrumente die Luft erfüllten, erschütterte jeden Nerv an ihrem Körper. Ihre Augen waren geweitet und ohne Blick in die Ferne gerichtet. So stark war ihre Erregung, daß auf ihren zarten, glatten Wangen kreisrunde rote Flecke erschienen.

Nie, so schien es ihr, hatte sie Musik tiefer empfunden, nie hatte sie überhaupt je solche Musik gehört. Eine kleine Melodie, ein unscheinbares Nebenmotiv konnte eine niegekannte Helligkeit in ihrer Seele wecken. Ein einzelner Klang konnte eine unbekannte, verborgene Ader von Glück in ihr anschlagen, daß es hell daraus strömte und sie im Innern blendete. Und alles Gefühl, das diese Musik in ihr auslöste, war reinste Freude und Schönheit! All die Gesichte, die ihr die Musik entgegentrug, waren in Helligkeit und Verklärung getaucht und schöner als jede Wirklichkeit.

Mauds Leben war eben so schlicht und einfach wie ihre Erscheinung. Es gab weder große Ereignisse noch besondere Merkwürdigkeiten darin und glich dem von Tausenden von jungen Mädchen und Frauen. Sie war in Brooklyn, wo ihr Vater eine Druckerei besaß, geboren und auf einem Landgut in den Berkshire-Hills von ihrer sie verzärtelnden Mutter, einer gebornen Deutschen, erzogen worden. Sie hatte eine gute Schulbildung genossen, zwei Sommer lang Vorlesungen an der summerschool von Chautauqua gehört, sie hatte eine Menge von Weisheit und Wissen in ihren kleinen Kopf hineingestopft, um es wieder zu vergessen. Obwohl nicht übermäßig musikalisch begabt, hatte sie sich auf dem Klavier ausgebildet und ihr Studium in München und Paris bei ersten Lehrern abgeschlossen. Sie war mit ihrer Mutter auf Reisen gewesen (der Vater war lange tot), sie hatte Sport getrieben und mit jungen Männern geflirtet wie alle jungen Mädchen. Sie hatte eine Jugendschwärmerei gehabt, an die sie heute nicht mehr dachte, sie hatte Hobby, dem Architekten, der sich um sie bewarb, einen Korb gegeben, weil sie ihn nur wie einen Kameraden lieben konnte, und sie hatte den Ingenieur Mac Allan geheiratet, weil er ihr gefiel. Noch vor ihrer Verheiratung war ihre kleine, angebetete Mutter gestorben, und Maud hatte bittere Tränen vergossen. Im zweiten Jahr ihrer Ehe hatte sie ein Kind geboren, ein Mädchen, das sie abgöttisch liebte. Das war alles. Sie war dreiundzwanzig Jahre alt und glücklich.

Während sie in einer Art von herrlicher Betäubung die Musik genoß, erblühte wie durch einen Zauber ein Reichtum von Erinnerungen in ihr, einander scheinbar willkürlich ablösend, alle sonderbar klar, alle merkwürdig bedeutungsvoll. Und ihr Leben erschien ihr plötzlich geheimnisvoll, tief und reich. Sie sah die Züge ihrer kleinen Mutter in unendlicher Vergeistigung und Güte vor sich, aber sie empfand keine Trauer dabei, nur Freude und unaussprechliche Liebe. Als weile die Mutter noch unter den Lebenden. Gleichzeitig erschien ihr eine Landschaft in den Berkshire-Hills, die sie als Mädchen häufig auf dem Rade durchquert hatte. Aber die Landschaft war voll geheimnisvoller Schönheit und von einem merkwürdigen Glänzen erfüllt. Sie dachte an Hobby, und im gleichen Augenblick sah sie ihr Mädchenzimmer, das vollgestopft mit Büchern war, vor sich. Sie sah sich selbst, wie sie am Klavier saß und übte. Aber unmittelbar darauf tauchte Hobby wieder auf. Er saß neben ihr auf einer Bank am Rande eines Tennisplatzes, der schon so dämmerig war, daß man nur die weißen Streifen der Courts noch unterscheiden konnte. Hobby hatte ein Bein übergeschlagen und klopfte mit dem Rakett auf die Spitze seines weißen Schuhs und plauderte. Sie sah sich selbst, und sie sah, daß sie lächelte, denn Hobby sprach nichts als verliebten Unsinn. Aber eine heitere, übermütige, ein wenig spöttische Passage wehte Hobby hinweg und rief ihr jenes fröhliche Picknick ins Gedächtnis zurück, bei dem sie Mac zum erstenmal gesehen hatte. Sie war zu Besuch bei Lindleys in Buffalo, und es war im Sommer. Im Wald standen zwei Autos, und sie waren im ganzen wohl ein Dutzend, Damen und Herren. Jedes einzelne Gesicht erkannte sie deutlich wieder. Es war heiß, die Herren waren in Hemdärmeln, und der Boden brannte. Nun aber sollte Tee gekocht werden und Lindley rief: „Allan, wollen Sie das Feuer anmachen?" Und Allan antwortete: „All right!" Und Maud schien es jetzt, als habe sie schon damals seine Stimme geliebt, seine tiefe, warme Stimme, die im Brustkorb resonierte. Da sah sie nun, wie Allan das Feuer zurechtmachte. Wie er still, unbeachtet von allen, Äste zerbrach, zerknackte, wie er arbeitete! Sie sah, wie er mit aufgestülpten Hemdärmeln vor dem Feuer kauerte und es behutsam anblies, und plötzlich entdeckte sie, daß er auf dem rechten Unterarm eine blaßblaue Tätowierung trug: gekreuzte Hämmer. Sie machte Grace Gordon darauf aufmerksam. Und Grace Gordon (dieselbe, die neulich den Eheskandal gehabt hat) sah sie erstaunt an und sagte: „Don't you know, my dear?" Und sie berichtete ihr, daß dieser Mac Allan der „Pferdejunge von Uncle Tom" war und erzählte das romantische Jugenderlebnis dieses braunen, sommersprossigen Burschen. Da kauerte er, ohne sich um all die schwätzenden, fröhlichen Menschen zu kümmern, und blies das Feuer an, und sie liebte ihn in diesem Augenblick. Gewiß tat sie es, sie wußte es nur nicht, bis heute. Und Maud überließ sich nun ganz ihrem Gefühl für Mac. Sie erinnerte sich an seine merkwürdige Werbung, an ihre Trauung, die ersten Monate ihrer Ehe. Dann aber kam die Zeit, da ihr Mädchen, die kleine Edith, zur Welt kommen sollte und zur Welt kam. Nie würde sie Macs Fürsorge vergessen, jene Zärtlichkeit und Ergebenheit in dieser Zeit, die für jede Frau ein Maßstab der Liebe des Mannes ist. Es zeigte sich plötzlich, daß Mac ein fürsorgliches, ängstliches Kind war. Nie würde sie diese Zeit vergessen, in der sie sah, wie wahrhaft gut Mac war! Eine Welle von Liebe strömte durch Mauds Herz und sie schloß die Augen. Die Gesichte, die Erinnerungen versanken und die Musik trug sie fort. Sie dachte nichts mehr, sie war ganz Empfindung ...

Ein Getöse, wie von einer einstürzenden Mauer, brach plötzlich an Mauds Ohr und sie erwachte und holte tief Atem. Die Symphonie war zu Ende. Mac war schon aufgestanden und reckte sich, die Hände auf der Brüstung. Das Parkett brandete und toste.

Und Maud stand auf, ein wenig schwindlig und benommen, und begann ganz plötzlich wild zu applaudieren.

„So klatsche doch, Mac!" jubelte sie außer sich, das Gesicht glühendrot vor Erregung.

Allan lachte über Mauds ungewöhnliche Aufregung und klatschte einigemal laut in die Hände, um ihr eine Freude zu machen.

„Bravo! Bravo!" rief Maud mit ihrer hellen, hohen Stimme und beugte sich mit vor Erregung feuchten Augen weit über die Logenbrüstung.

Der Dirigent trocknete sich das magere, vor Erschöpfung bleiche Gesicht ab und verbeugte sich wieder und wieder. Als aber der Beifall nicht enden wollte, deutete er mit ausgebreiteten Händen auf das Orchester. Diese Bescheidenheit war offenbar geheuchelt und erweckte Allans unausrottbaren Argwohn gegen Künstler, die er nie für volle Menschen nehmen konnte und, offen herausgesagt, für unnötig hielt. Maud aber schloß sich dem neuen Beifallssturm hingerissen an.

„Meine Handschuhe sind geplatzt, sieh, Mac! Was für ein Künstler! War es nicht wunderbar?" Ihre Lippen waren verzückt, ihre Augen leuchteten hell wie Bernstein, und Mac fand sie ungewöhnlich schön in ihrer Ekstase. Er lächelte und erwiderte, ein wenig gleichgültiger als er wollte: „Ja, das ist ein großartiger Bursche!"

„Ein Genie ist er!" rief Maud und klatschte begeistert. „In Paris, Berlin, London habe ich nie so etwas gehört —" Sie brach ab und wandte das Gesicht der Türe zu, denn Hobby, der Architekt, trat in ihre Loge.

„Hobby!" schrie Maud, immer noch klatschend, denn sie wollte, wie tausend andere, den Dirigenten nochmals herausrufen. „Klatsche, Hobby, er muß nochmals heraus! Hip! Hip! Bravo!"

Hobby hielt sich die Ohren zu und ließ einen ungezogenen Gassenbubenpfiff hören.

„Hobby!" schrie Maud. „Wie kannst du dich unterstehen!" Und sie stampfte empört mit dem Fuß auf. In diesem Moment ließ sich der Dirigent, schweißtriefend, das Taschentuch im Nacken, nochmals sehen, und sie klatschte von neuem rasend.

Hobby wartete, bis der Lärm nachließ.

„Die Leute sind vollständig verrückt!" sagte er dann mit einem hellen Lachen. „So etwas! Ich habe ja nur gepfiffen, um Lärm zu machen, Maud. Wie geht es dir, girl? And how are you, old chap?"

Erst jetzt hatten sie Muße, sich richtig zu begrüßen.

Die drei verband in der Tat eine aufrichtige und selten innige Freundschaft. Allan kannte recht wohl die früheren Beziehungen Hobbys zu Maud, und obwohl nie ein Wort darüber gesprochen wurde, verlieh dieser Umstand dem Verhältnis zwischen den beiden Männern besondere Wärme und einen eigenen Reiz. Hobby war noch immer ein wenig in Maud verliebt, war aber taktvoll und klug genug, es sich nie merken zu lassen. Allein Mauds sicherer weiblicher Instinkt ließ sich nicht täuschen. Sie genoß Hobbys Liebe mit leisem Triumph, der zuweilen in ihren warmen braunen Augen zu lesen war, und entschädigte ihn mit einer aufrichtigen schwesterlichen Zuneigung. Sie hatten sich alle drei in verschiedenen Lebenslagen, voller Freude, sich nützlich sein zu können, Dienste erwiesen, und besonders Allan fühlte sich Hobby gegenüber zu großem Danke verpflichtet: hatte doch Hobby ihm vor Jahren zu technischen Versuchen und zur Errichtung seiner Fabrik fünfzigtausend Dollar verschafft und für diese Summe persönliche Bürgschaft geleistet. Hobby hatte ferner in den letzten Wochen Allans Interessen vor dem Eisenbahnkönig Lloyd vertreten und das bevorstehende Rendezvous vermittelt. Hobby hätte alles für Allan getan, was überhaupt möglich war, denn er bewunderte ihn. Schon in der Zeit, da Allan nichts geschaffen hatte als seinen Diamantstahl Allanit, pflegte Hobby zu all seinen Bekannten zu sagen: „Kennen Sie übrigens Allan? Der das Allanit erfand? Nun, Sie werden noch hören von ihm!" Die Freunde sahen einander jährlich einigemal. Die Allans kamen nach New York oder Hobby besuchte sie in Buffalo. Im Sommer verlebten sie regelmäßig drei Wochen zusammen auf Mauds bescheidenem Landgut Berkshirebrookfarm in den Berkshire-Hills. Ein jedes Wiedersehen war für sie ein großes Ereignis. Sie fühlten sich um drei, vier Jahre zurückversetzt, und alle jene fröhlichen und vertrauten Stunden, die sie zusammen verbracht hatten, wurden irgendwie lebendig in ihnen.

Diesen ganzen Winter hindurch hatten sie sich nicht gesehen, und ihre Freude war um so lebhafter. Sie musterten einander von oben bis unten wie große Kinder, und beglückwünschten sich in heiterem Ton zu ihrem Aussehen. Maud lachte über Hobbys dandyhafte Lackschuhe, die auf den Kappen wahre Rhinozeroshörner aus glänzendem Leder trugen, und Hobby begutachtete wie ein Modekünstler Mauds Kostüm und Allans neuen Frack. Wie bei jedem Wiedersehen nach längerer Zeit mischten sie hundert rasche Fragen und rasche Antworten durcheinander, ohne über irgend etwas eingehender zu plaudern. Hobby hatte, wie immer, die sonderbarsten und unglaublichsten Abenteuer erlebt und deutete das eine und das andere an. Dann kamen sie auf das Konzert, Tagesereignisse und Bekannte zu sprechen.

„Wie gefällt euch übrigens der Konzertpalast?" fragte Hobby mit einem triumphierenden Lächeln, denn er wußte schon, was die Freunde antworten würden. Allan und Maud hielten mit ihrem Lob nicht zurück. Sie bewunderten alles.

„Und das Foyer?"

„Grand, Hobby!"

„Nur der Saal ist mir ein wenig zu prunkvoll," warf Maud ein. „Ich hätte ihn gern intimer gehabt."

Der Architekt lächelte gutmütig. „Natürlich, Maud! Das wäre richtig, wenn die Leute hierher kämen, um Musik zu hören. Fällt ihnen gar nicht ein. Die Leute kommen hierher, um etwas zu bewundern und sich bewundern zu lassen. ‚Schaffen Sie uns eine Feerie, Hobby,' sagte das Konsortium, ‚der Saal muß alles bisher Dagewesene totschlagen!'"

Allan stimmte Hobby bei. Was er aber in erster Linie an Hobbys Saal bewunderte, war nicht die dekorative Pracht, sondern die kühne Konstruktion des freischwebenden Logenringes.

Hobby blinzelte geschmeichelt. „Das war keineswegs einfach," sagte er. „Es machte mir viel Kopfzerbrechen. Während der Ring genietet wurde, schwankte die ganze Geschichte bei jedem Schritt. So ..." Hobby wippte sich auf den Fußspitzen. „Die Arbeiter bekamen es mit der Angst —"

„Hobby!" rief Maud übertrieben ängstlich aus und trat von der Brüstung zurück. „Du erschreckst mich."

Hobby berührte lächelnd ihre Hand: „Keine Angst, Maud. Ich sagte den Burschen: wartet nur, bis der Ring ganz geschlossen ist — keine Macht der Welt, höchstens Dynamit ist noch imstande ... hallo!" rief er plötzlich ins Parkett hinab. Ein Bekannter hatte ihn durch das zusammengerollte Programm wie durch ein Sprachrohr angerufen. Und Hobby führte eine Unterhaltung, die man durch den ganzen Saal hätte verstehen müssen, wenn nicht gleichzeitig überall Gespräche in dem gleichen ungeniert lauten Ton geführt worden wären.

Allenthalben hatte man Hobbys auffallenden Kopf erkannt. Hobby hatte die hellsten Haare im ganzen Saal, silberblonde, glänzende Haare, die peinlich gescheitelt und glattgestrichen waren, und ein leichtsinniges schmales Spitzbubengesicht von ausgesprochen englischem Typus, mit einer etwas aufwärts gebogenen Nase und nahezu weißen Wimpern. Im Gegensatz zu Allan war er schmal und zart, mädchenhaft gebaut. Augenblicklich richteten sich von allen Seiten die Gläser auf ihn, und aus allen Richtungen klang sein Name. Hobby gehörte zu den populärsten Erscheinungen New Yorks und zu den beliebtesten Männern der Gesellschaft. Seine Extravaganzen und sein Talent hatten ihn rasch berühmt gemacht. Es verging kaum eine Woche, ohne daß die Zeitungen eine Anekdote über ihn brachten.

Hobby war mit vier Jahren ein Genie in Blumen, mit sechs ein Genie in Pferden (er konnte in fünf Minuten ganze Heere rasender Pferde aufs Papier werfen) und nun war er ein Genie in Eisen und Beton und baute Wolkenkratzer. Hobby hatte seine Affären mit Frauen gehabt und mit zweiundzwanzig Jahren ein Vermögen von hundertundzwanzigtausend Dollar in Monte Carlo verspielt. Jahraus, jahrein stak er bis über seinen weißblonden Scheitel in Schulden — trotz seinem enormen Einkommen — ohne sich eine Sekunde darüber zu bekümmern.

Hobby war am hellichten Tag auf einem Elefanten durch den Broadway geritten. Hobby war jener Mann, der vor einem Jahre „vier Tage Millionär spielte", in einem Luxuszug nach dem Yellowstonepark fuhr, um als Viehtreiber heimzufahren. Er hielt den Rekord im Dauer-Bridge, achtundvierzig Stunden. Jeder Trambahnführer kannte Hobby und stand mit ihm nahezu auf Du und Du. Unzählige Witze Hobbys wurden kolportiert, denn Hobby war Spaßvogel und Exzentrik von Natur. Ganz Amerika hatte über einen Scherz gelacht, den er anläßlich der Flugkonkurrenz New York — San Franzisko in Szene setzte. Hobby hatte den Flug als Passagier des bekannten Millionärs und Sportmanns Vanderstyfft mitgemacht und über alle Menschenansammlungen, die sie in einer Höhe von achthundert oder tausend Meter passierten, Zettel ausgestreut, auf denen stand: „Komm herauf, wir haben dir was zu sagen!" Dieser Scherz hatte Hobby selbst derart entzückt, daß er ihn während der ganzen Reise, zwei Tage lang, unermüdlich wiederholte. Vor wenigen Tagen erst hatte er New York wiederum durch ein ungeheures, ebenso geniales wie naheliegendes Projekt verblüfft: New York — das Venedig Amerikas! Er, Hobby, schlug nämlich vor (da der Boden im Geschäftsviertel einfach nicht mehr zu bezahlen war), in den Hudson, East River und die New York-Bai riesige Wolkenkratzer, ganze Straßen auf Betonquader zu stellen, die mit Klappbrücken verbunden waren, so daß die großen Ozeanfahrer bequem passieren konnten. Der „Herald" hatte Hobbys faszinierende Zeichnungen veröffentlicht und New York war von dem Projekt berauscht.

Hobby ernährte allein ein Schock Journalisten. Er war Tag und Nacht bei der Arbeit, für sich zu „tuten"; er konnte nicht existieren ohne die ununterbrochene Bestätigung seines Daseins in der Öffentlichkeit.

So war Hobby. Und nebenbei war er der begabteste und gesuchteste Architekt New Yorks.

Hobby brach sein Gespräch mit dem Parkett ab und wandte sich wieder den Freunden zu.

„So erzähle doch, was die kleine Edith treibt, Maud?" fragte er, obschon er sich schon vorher nach dem Kinde, dessen Pate er war, erkundigt hatte.

Mit keiner Frage konnte man Mauds Herz mehr berühren. In diesem Augenblick war sie von Hobby „ganz einfach entzückt". Sie errötete und sah ihn mit ihren warmen braunen Augen schwärmerisch und dankbar an.

„Ich sagte dir ja schon, daß Edith mit jedem Tage süßer wird, Hobby!" antwortete sie mit zärtlichem, mütterlichem Ton in der Stimme und ihre Augen standen voll Freude.

„Das war sie doch immer."

„Ja! Aber — Hobby, du kannst dir keinen Begriff machen — und wie klug sie wird! Sie fängt schon an zu sprechen!"

„Erzähle ihm doch die Geschichte von dem Hahn, Maud," warf Allan ein.

„Ja!" Und Maud erzählte strahlend und glücklich eine kleine drollige Geschichte, in der ihr Mädchen und ein Hahn die Hauptrolle spielten. Alle drei lachten wie Kinder.

„Ich muß sie bald wieder sehen!" sagte Hobby. „In vierzehn Tagen komme ich zu euch. Und sonst war es langweilig in Buffalo, sagst du?"

„Deadly dull!" versetzte Maud rasch. „Puh, todlangweilig, Hobby, zum Sterben!" Sie zog die feinen Brauen in die Höhe und sah einen Augenblick aufrichtig unglücklich aus. „Lindleys sind nach Montreal übergesiedelt, das weißt du ja."

„Das ist sehr schade."

„Grace Kossat ist schon seit dem Herbst in Ägypten." Und Maud schüttete Hobby ihr Herz aus. Wie langweilig doch so ein Tag sein könne! Und wie langweilig ein Abend! Und in scherzhaft vorwurfsvollem Ton fügte sie hinzu: „Was für ein Gesellschafter Mac ist, das weißt du ja, Hobby! Er vernachlässigt mich noch mehr wie früher. Manchmal kommt er den ganzen Tag nicht aus der Fabrik. Nun hat er sich zu all den hübschen Dingen noch ein Heer von Versuchsbohrern angeschafft, die Tag und Nacht Granit, Stahl und Gott weiß was bohren. Diese Bohrer pflegt er wie Kranke, genau wie Kranke, Hobby! Er träumt nachts von ihnen ..."

Allan lachte laut auf.

„Laß ihn nur machen, Maud," sagte Hobby und blinzelte mit seinen weißen Wimpern. „Er weiß schon, was er will. Du wirst mir doch nicht auf ein paar Bohrer eifersüchtig werden, girlie?"

„Ich hasse sie ganz einfach!" antwortete Maud. „Glaube auch nicht," fuhr sie errötend fort, „daß er mit mir nach New York gefahren wäre, wenn er nicht Geschäfte hier hätte."

„Aber Maud!" beschwichtigte Allan.

Hobby dagegen hatte Mauds lächelnd geäußerter Vorwurf an das Wichtigste erinnert, was er Allan hatte sagen wollen. Er sah plötzlich nachdenklich aus und faßte Allans Frack.

„Höre, Mac," sagte er etwas leiser, „ich befürchte, daß du heute umsonst von Buffalo hierhergekommen bist. Der alte Lloyd ist nicht wohl. Ich habe vor einer Stunde Ethel Lloyd angeklingelt, aber sie wußte noch nicht, ob sie kommen würden. Das wäre in der Tat fatal!"

„Es muß ja nicht gerade heute sein," entgegnete Allan, ohne seine Enttäuschung zu verraten.

„Auf jeden Fall bin ich wie der Satan hinter ihm her, Mac! Er soll keine ruhige Stunde mehr haben! Und nun adieu einstweilen!"

Im nächsten Augenblick tauchte Hobby schon mit lautem Hallo in einer Nachbarloge auf, in der drei junge rothaarige Damen mit ihrer Mutter saßen.

Der Dirigent mit dem mageren Geierkopf stand plötzlich wieder am Pult und ein fein anschwellender Donner stieg aus den Kesselpauken empor. Die Fagotte intonierten ein fragendes, süß klagendes Motiv, das sie wiederholten und steigerten, bis die Geigen es ihnen entrissen und in ihre Sprache übertrugen.

Maud überließ sich wieder der Musik.

Allan aber saß mit kühlen Augen in seinem Sessel, die Brust geweitet vor innerer Spannung. Er bereute nun, hierher gekommen zu sein! Lloyds Vorschlag zu einer kurzen Besprechung in der Loge eines Konzertsaales hatte bei der Wunderlichkeit des reichen Mannes, der nur äußerst selten jemand in seinem Hause empfing, nichts Merkwürdiges an sich, und Allan war ohne zu zögern darauf eingegangen. Er war auch geneigt, Lloyd zu entschuldigen, im Falle er wirklich krank war. Aber er forderte für sein Projekt, dessen Größe ihn zuweilen selbst überwältigte, den allergrößten Respekt! Er hatte dieses Projekt, an dem er fünf Jahre lang Tag und Nacht arbeitete, bisher nur zwei Menschen anvertraut: Hobby, der ebensogut zu schweigen verstand, wenn es sein mußte, als er schwatzen konnte, wenn man ihm die Zunge nicht festband. Sodann Lloyd. Nicht einmal Maud. Er verlangte, daß Lloyd sich in den Madison-Square-Palast schleppte, wenn es irgendwie anging! Er verlangte, daß Lloyd ihm zum mindesten eine Nachricht schickte, ihm ein anderes Rendezvous vorschlug! Versäumte Lloyd dies — nun, so wollte er nichts mehr mit dem launenhaften, kranken, reichen Mann zu tun haben.

Die von vehement bebender Musik, von Parfümen, blendenden Lichtfluten, dem Glitzern von Edelsteinen erfüllte Treibhausatmosphäre, die ihn umfieberte, steigerte Allans Gedanken zu höchster Klarheit. Sein Kopf arbeitete rasch und präzis, obwohl ihn plötzlich eine starke Erregung ergriffen hatte. Das Projekt war alles! Mit ihm stand oder fiel er! Er hatte für Versuche, Informationen, tausend vorbereitende Arbeiten sein Vermögen geopfert und mußte, klar gesagt, morgen von vorn anfangen, sobald das Projekt nicht ausgeführt wurde. Das Projekt war sein Leben! Er rechnete seine Chancen durch wie ein algebraisches Problem, bei dem jedes einzelne Glied das Resultat der vorhergehenden Resultate ist. In erster Linie konnte er den Stahltrust für sein Projekt interessieren. Der Trust hatte in der Konkurrenz mit dem sibirischen Eisen den kürzeren gezogen und lag in einer unerhörten Flaute still. Der Trust würde sich auf das Projekt stürzen — zehn gegen eins gewettet! — oder aber Allan konnte mit ihm einen Krieg bis aufs Messer führen. Er konnte das Großkapital, die Morgan, Vanderbilt, Gould, Astor, Mackay, Havemeyer, Belmont, Whitney und wie sie alle hießen attackieren. Den Ring der Großbanken unter Feuer nehmen. Er konnte endlich, wenn alles fehlschlagen sollte, sich mit der Presse verbünden.

Er konnte auf Umwegen sein Ziel erreichen; klar gesehen, brauchte er Lloyd gar nicht. Aber mit Lloyd als Verbündeten war es eine gewonnene Attacke, ohne ihn ein mühsames Vordringen, bei dem jeder Quadratfuß Terrain einzeln erobert werden mußte.

Und Allan, der weder sah noch hörte, arbeitete hinter unerbittlichen, halbgeschlossenen Augen seinen Feldzugsplan bis in die kleinsten Einzelheiten aus
...

Plötzlich aber ging etwas wie ein Schauer durch den Saal, der ohne Laut unter der Hypnose der Musik lag. Die Köpfe bewegten sich, die Steine begannen stärker zu flimmern, Gläser blinkten. Die Musik floß gerade in sanftem Piano dahin, und der Dirigent wandte irritiert den Kopf, da man im Saale flüsterte. Etwas mußte geschehen sein, das größere Macht über das Auditorium hatte als die Hypnose der zweihundertundzwanzig Musiker, des Dirigenten und des unsterblichen Komponisten.

In der Nebenloge sagte eine gedämpfte Baßstimme: „Sie trägt den Rosy Diamond ... aus dem Kronschatz von Abdul Hamid ... zweimalhunderttausend Dollar Wert."

Allan hob den Blick: die Loge gegenüber war dunkel — Lloyd war gekommen!

In der dunkeln Loge war Ethel Lloyds bekanntes Profil schwach sichtbar, zart, delikat gezeichnet. Ihr goldblondes Haar war nur an einem unbestimmten Flimmern zu erkennen, und an der linken Schläfe (die dem Publikum zugewendet war) trug sie einen großen Edelstein von blaßrötlichem Feuer.

„Sehen Sie diesen Hals, diesen Nacken," raunte die gedämpfte Stimme des Herrn nebenan. „Haben Sie jemals solch einen Nacken gesehen? Man sagt, daß Hobby, der Architekt — ja, der Blonde, der vorhin nebenan war ..."

„Nun, das läßt sich denken!" flüsterte eine andere Stimme mit rein englischem Akzent und ein leises Lachen drang herüber.

Der Hintergrund von Lloyds Loge war durch einen Vorhang abgetrennt, und Allan schloß aus einer Bewegung Ethels, daß Lloyd dahinter saß. Er beugte sich zur Seite und flüsterte Maud ins Ohr: „Lloyd ist nun doch gekommen, Maud."

Aber Maud hatte nur Ohr für die Musik. Sie verstand Allan gar nicht. Sie war vielleicht die einzige im Saal, die noch nicht wußte, daß Ethel Lloyd in ihrer Loge saß und den „Rosy Diamond" trug. In einer momentanen seelischen Aufwallung, die die Musik in ihr entfachte, streckte sie ihre kleine Hand tastend nach Allan aus. Und Allan nahm ihre Hand und streichelte sie mechanisch, während tausend rasche, kühne Gedanken durch sein Gehirn jagten und sein Ohr Bruchstücke von dem Geklatsch aufnahm, das die Stimmen nebenan raunten und flüsterten.

„Diamanten?" fragte die flüsternde Stimme.

„Ja," erwiderte die raunende Stimme. „Man sagt, so fing er an. In den australischen Camps."

„Er spekulierte?"

„Auf seine Weise. Er war Kantinenwirt."

„Er hatte keine Claims, sagen Sie?"

„Er hatte seinen eigenen Claim." (Leises inneres Lachen.)

„Ich kann Sie nicht verstehen."

„Man sagt es. Seine eigene Mine, die ihm keinen Cent kostete ... die Arbeiter werden, wie Sie wissen, genau untersucht ... verschlucken Diamanten."

„Das ist mir ganz neu ..."

„Lloyd, so sagt man ... Kantinenwirt ... er tat etwas in den Whisky ... daß sie seekrank wurden ... seine Mine ...“

„Das ist unglaublich!“

„Man sagt es! Und jetzt gibt er Millionen für Universitäten, Sternwarten, Bibliotheken ...“

„Ei ei ei!“ sagte die flüsternde Stimme, vollkommen totgeschlagen.

„Dabei ist er schwerkrank, menschenscheu — meterdicke Betonwände umgeben seine Wohnräume, damit kein Laut hereindringt ... wie ein Gefangener ...“

„Ei ei ei ...“

„Pst!“ Maud wandte empört den Kopf und die Stimmen verstummten.

In der Pause sah man den lichtblonden Hobby in Lloyds Loge treten und Ethel Lloyd wie einer vertrauten Bekannten die Hand schütteln.

„Sie sehen, daß ich recht hatte!“ sagte laut die tiefe Stimme in der Nachbarloge. „Hobby ist ein Glückspilz! Da ist allerdings noch Vanderstyfft da —“

Dann kam Hobby herüber und steckte den Kopf in Allans Loge.

„Komm, Mac,“ rief er, „der alte Mann wünscht dich zu sprechen!“

KAPITEL 2

„Das ist Mac Allan!" sagte Hobby, indem er Allan auf die Schulter klopfte.

Lloyd saß zusammengekauert mit gesenktem Kopf in der halbdunklen Loge, von der aus man einen blendenden Ausschnitt des Logenringes voll lächelnder, schwätzender Damen und Herren überblicken konnte. Er sah nicht auf und es schien, als habe er nicht gehört. Nach einer Weile aber sagte er bedächtig und trocken, mit heiseren Nebengeräuschen in der Stimme: „Ich freue mich aufrichtig, Sie zu sehen, Herr Allan! Ich habe mich eingehend mit Ihrem Projekt beschäftigt. Es ist kühn, es ist groß, es ist möglich! Was ich tun kann, das wird geschehen!" Und in diesem Moment streckte er Allan die Hand hin, eine kurze, viereckige Hand, lasch und müde und seidenweich, und wandte ihm das Gesicht zu.

Allan war von Hobby auf diesen Anblick vorbereitet worden, aber er mußte sich trotzdem zusammennehmen, um das Grauen zu verbergen, das ihm Lloyds Gesicht einflößte.

Lloyds Gesicht erinnerte an eine Bulldogge. Die unteren Zähne standen ein wenig vor, die Nasenlöcher waren runde Löcher und die tränenden, entzündeten kleinen Augen standen wie schräge Schlitze in dem braunen, ausgetrockneten und bewegungslosen Gesicht. Der Kopf war vollkommen haarlos. Eine ekelhafte Flechte hatte Lloyds Hals, Gesicht und Kopf zernagt und ausgetrocknet und die tabakbraune Haut und die eingeschrumpften Muskeln über die Knochen gespannt. Die Wirkung von Lloyds Gesicht war fürchterlich, sie ging vom Erbleichen bis zur Ohnmacht und nur starke Nerven vermochten den Anblick ohne Erschütterung zu ertragen. Lloyds Gesicht war der tragikomischen Larve einer Bulldogge ähnlich und verbreitete gleichzeitig den Schrecken eines lebendigen Totenkopfes. Es erinnerte Allan an Indianermumien, auf die sie bei einem Bahnbau in Bolivia gestoßen waren. Diese Mumien hockten in viereckigen Kisten. Ihre Köpfe waren eingetrocknet, die Gebisse erhalten, hinter den verschrumpften Lippen grinsend, die Augen mit Hilfe von weißen und dunklen Steinen grauenhaft natürlich nachgeahmt.

Lloyd, der die Wirkung seines Gesichtes recht gut kannte, war zufrieden mit dem Eindruck, den es auf Allan machte, und orientierte sich mit seinen kleinen feuchten Augen in Allans Zügen.

„In der Tat," wiederholte er dann, „Ihr Projekt ist das kühnste, von dem ich je hörte — und es ist möglich!"

Allan verbeugte sich und sagte, er freue sich, Herrn Lloyds Interesse für sein Projekt erweckt zu haben. Der Augenblick war entscheidend für sein Leben, und doch war er — zu seinem eigenen Erstaunen — vollkommen ruhig. Noch beim Eintreten erregt, war er nun imstande, Lloyds kurze, präzise Fragen klar und sachlich zu beantworten. Er fühlte sich diesem Mann gegenüber, dessen Aussehen, Karriere und Reichtum tausend andere verwirrt haben würde, augenblicklich sicher, ohne daß er einen bestimmten Grund dafür hätte angeben können.

„Sind Ihre Vorbereitungen so weit gediehen, daß Sie morgen mit dem Projekt vor die Öffentlichkeit treten können?" fragte Lloyd zuletzt.

„Ich brauche noch drei Monate."

„So verlieren Sie keinen Augenblick!" schloß Lloyd in bestimmtem Ton. „Im übrigen verfügen Sie ganz über mich." Hierauf zupfte er ein wenig an Allans Ärmel und deutete auf seine Tochter.

„Das ist Ethel Lloyd," sagte er.

Allan wandte Ethel, die ihn während des ganzen Gespräches betrachtet hatte, den Blick zu und grüßte.

„How do you do, Mr. Allan?" sagte Ethel lebhaft und reichte Allan mit der ganzen Natürlichkeit und Freimut ihrer Rasse die Hand, wobei sie ihm offen ins Gesicht blickte. „Das also ist er!" fügte sie nach einer kurzen Pause mit feinem, ein wenig schalkhaftem Lächeln hinzu, hinter dem sie ihr Interesse für seine Person zu verbergen suchte.

Allan verbeugte sich und wurde verwirrt, denn mit jungen Damen wußte er gar nichts anzufangen.

Es fiel ihm auf, daß Ethel übermäßig stark gepudert war. Sie erinnerte ihn an ein Pastellgemälde, so zart und weich waren ihre Farben, das Blond ihrer Haare, das Blau ihrer Augen und das feine Rot ihres jungen Mundes. Sie hatte ihn wie eine große Dame begrüßt und doch klang aus ihrer Stimme etwas Kindliches, als sei sie nicht neunzehn (das wußte er von Hobby), sondern zwölf Jahre alt.

Allan murmelte eine Höflichkeitsphrase; ein leicht verlegenes Lächeln blieb auf seinem Munde stehen.

Ethel betrachtete ihn immer noch aufmerksam, halb wie eine einflußreiche Dame, deren Interesse eine Huld ist, und halb wie ein neugieriges Kind.

Ethel Lloyd war eine typisch amerikanische Schönheit. Sie war schlank, geschmeidig und dabei doch weiblich. Ihr reiches Haar war von jenem seltenen zarten Goldblond, das die Damen, die es nicht besitzen, stets für gefärbt erklären. Sie hatte auffallend lange Wimpern, in denen Spuren von Puder haften geblieben waren. Ihre Augen waren dunkelblau und klar, erschienen aber infolge der langen Wimpern leicht verschleiert. Ihr Profil, ihre Stirn, das Ohr, der Nacken, alles war edel, rassig und wahrhaft schön. Aber auf ihrer rechten Wange zeigten sich schon die Spuren jener entsetzlichen Krankheit, die ihren Vater verunstaltet hatte. Von ihrem Kinn aus zogen hellbraune, vom Puder fast zugedeckte Linien, wie Fasern eines Blattes, bis zur Höhe des Mundwinkels, einem blassen Muttermal ähnlich.

„Ich liebe es, mit meiner Tochter über Dinge zu plaudern, die mich lebhaft interessieren," begann Lloyd wieder, „und so dürfen Sie es mir nicht übelnehmen, daß ich mit ihr über Ihr Projekt gesprochen habe. Sie ist verschwiegen."

„Ja, ich bin verschwiegen!" versicherte Ethel lebhaft und nickte lächelnd mit dem schönen Kopf. „Wir haben stundenlang Ihre Pläne studiert und ich habe mit Papa so lange darüber geplaudert, bis er selbst ganz begeistert war. Und das ist er jetzt, nicht wahr, Papa? (Lloyds Maske blieb bewegungslos.) Papa verehrt Sie, Herr Allan! Sie müssen uns besuchen, wollen Sie?"

Ethels leicht verschleierter Blick haftete an Allans Augen und ein freimütiges junges Lächeln schwebte über ihren schöngeschwungenen Lippen.

„Sie sind in der Tat sehr liebenswürdig, Fräulein Lloyd!" erwiderte Allan mit einem leisen Lächeln über ihren Eifer und ihr munteres Geplauder.

Ethel gefiel sein Lächeln. Ganz ungeniert ließ sie den Blick auf seinen weißen starken Zähnen ruhen, dann öffnete sie die Lippen, um etwas hinzuzufügen, aber in diesem Augenblick setzte das Orchester rauschend ein. Sie berührte flüchtig das Knie ihres Vaters, um ihn um Entschuldigung zu bitten, daß sie noch spreche — Lloyd war ein großer Musikfreund — und flüsterte Allan wichtigtuerisch zu: „Sie haben eine Bundesgenossin an mir, Herr Allan! Ich gebe Ihnen die Versicherung, ich werde nicht erlauben, daß Papa seine Meinung ändert. Sie wissen, er tut das zuweilen. Ich werde ihn zwingen, daß er alles in Fluß bringt! Auf Wiedersehen!"

Mit einem höflichen, aber etwas gleichgültigen Kopfnicken, das Ethel einigermaßen enttäuschte, erwiderte Allan ihren Händedruck — und damit war das Gespräch zu Ende, das über das Werk seines Lebens und eine neue Epoche in den Beziehungen zwischen der Alten und Neuen Welt entschied.

Funkelnd und stark im Innern unter dem Anprall von Gedanken und Empfindungen, die dieser Sieg in ihm auslöste, verließ er mit Hobby die Loge Lloyds.

Vor der Türe stießen sie auf einen Mann von kaum zwanzig Jahren, der gerade noch Zeit gehabt hatte, zurückzutreten und sich aufzurichten, bevor er überrannt wurde. Offenbar hatte er versucht, an Lloyds Loge zu lauschen. Der junge Mann lächelte, womit er seine Schuld eingestand und um Entschuldigung bat. Er war ein Reporter des „Herald" und hatte den gesellschaftlichen Teil des Abends zu bearbeiten. Ungeniert vertrat er Hobby den Weg.

„Herr Hobby," sagte er, „wer ist der Gentleman?"

Hobby blieb stehen und zwinkerte gut gelaunt. „Sie kennen ihn nicht?" fragte er. „Das ist Mac Allan, von den Allanschen Werkzeugstahlwerken, Buffalo, Erfinder des Diamantstahls Allanit, Championboxer von Green River und der erste Kopf der Welt."

Der Journalist lachte laut heraus: „Sie vergessen Hobby, Herr Hobby!" erwiderte er, und indem er mit dem Kopf gegen Lloyds Loge deutete, fügte er flüsternd und ehrerbietig neugierig hinzu: „Gibt es etwas Neues, Herr Hobby?"

„Ja," antwortete Hobby lachend und ging weiter. „Sie werden staunen! Wir bauen einen tausend Fuß hohen Galgen, an dem am 4. Juli alle Zeitungsschreiber New Yorks aufgehängt werden."

Dieser Scherz Hobbys stand tatsächlich am nächsten Tag in der Zeitung, zusammen mit einem (gefälschten) Porträt von Mr. Mac Allan, Erfinder des Diamantstahls Allanit, den C. H. L. (Charles Horace Lloyd) in seiner Loge empfing, um mit ihm über eine Milliongründung zu verhandeln.

KAPITEL 3

Maud schwelgte noch immer. Allein sie war nicht mehr imstande, mit jener heiligen Andacht zu lauschen wie vorher. Sie hatte die Szene in Lloyds Loge beobachtet. Sie wußte wohl, daß Mac damit beschäftigt war, etwas Neues auszuarbeiten, eine „große Sache", wie er sagte. Irgendeine Erfindung, ein Projekt, sie hatte ihn nie darüber gefragt, denn nichts lag ihr ferner als Maschinen und technische Dinge. Sie begriff auch, wie wertvoll für Mac eine Verbindung mit Lloyd sein mußte, aber sie machte ihm stille Vorwürfe, daß er gerade diesen Abend für eine Besprechung gewählt hatte. Den einzigen Abend des Winters, an dem er mit ihr zusammen ein Konzert besuchte. Sie verstand nicht, wie es ihm möglich war, während eines solchen Konzerts an Geschäfte zu denken! Zuweilen kam ihr der Gedanke, als ob sie nicht recht in dieses Amerika hineinpasse, wo alles Busineß war und nur Busineß, als ob sie glücklicher geworden wäre da drüben in der Alten Welt, wo sie noch Erholung und Geschäft zu trennen verstanden. Aber nicht das allein beunruhigte Maud, der feine, ewig wache Instinkt der liebenden Frau ließ sie befürchten, daß jene „große Sache", diese Lloyds und wie sie hießen, mit denen Mac nun zu tun haben würde, ihr noch mehr von ihrem Gatten rauben würden, als die Fabrik und seine Tätigkeit in Buffalo es jetzt schon taten.

Über Mauds fröhliche Laune war ein Schatten gefallen, und sie legte die Stirn in Falten. Dann aber glitt plötzlich eine stille Heiterkeit über ihr Gesicht. Eine fugenartige, tändelnde und heitere Passage hatte ihr — dank einer rätselhaften Ideenverbindung — ganz plötzlich ihr Kind deutlich und in den reizvollsten, eine Mutter beglückenden Situationen ins Gedächtnis gerufen. Es verlockte sie, in der Musik eine Prophezeiung des Lebens ihres kleinen Mädchens hören zu wollen, und anfangs ging alles herrlich. Ja, so glücklich sollte ihre Edith werden, so sollte Ediths Leben sein! Aber die spielerische, sonnige Heiterkeit ging unvermittelt in ein schweres, schleppendes majestoso sostenuto über, das Beklommenheit und böse Ahnungen erweckte.

Mauds Herz klopfte langsamer. Nein, nimmermehr sollte das Leben ihres kleinen süßen Mädchens, mit dem sie wie ein Kind spielte und das sie wie eine erfahrene alte Frau pflegte, dieser Musik ähnlich werden. Welch ein Unsinn, mit solchen Einfällen zu spielen! Sie breitete sich in Gedanken über die Kleine, um sie mit ihrem

Körper gegen diese bange, schwere Musik zu decken, und nach einiger Zeit gelang es ihr auch, ihren Gedanken eine andere Richtung zu geben.

Die Musik selbst kam ihr zu Hilfe. Denn plötzlich riß die Brandung der Töne sie wieder fort zu einer unbestimmten Sehnsucht, die heiß und herrlich war und alle Gedanken erstickte. Sie war Ohr, wie vorher. Mit einer atemlosen, rasenden Leidenschaftlichkeit jagte die Musik dahin, von heißen, verführerischen Stimmen angeführt, und Maud war wie ein loses Blatt im Sturmwind. Plötzlich aber brach sich die wilde, keuchende Leidenschaft an einem unbekannten Hindernis, so wie die Woge an einem Felsen zerschellt, und die donnernde Brandung zerflatterte in schreiende, wehklagende, zitternde und ängstliche Stimmen. Maud war es, als ob sie plötzlich still stehen müsse und gezwungen sei, über etwas nachzudenken, was unbekannt, geheimnisvoll und unergründlich für sie war. Die Stille, die dem heißen Sturm folgte, war so bannend, daß plötzlich alle vibrierenden Fächer im Parkett stehen blieben. Mit einer Dissonanz setzten die Stimmen da drunten wieder unsicher, zögernd ein (die Fächer bewegten sich wieder), und diese zusammengepreßten, gequälten Töne, die sich nur schwer und mühselig zur Melodie durchkämpften, stimmten Maud nachdenklich und traurig. Die spottenden Fagotte drunten sprachen zu ihr, und die Celli, die ganz ehrlich litten, und es schien Maud, als ob sie plötzlich ihr ganzes Leben verstünde. Sie war nicht glücklich, trotzdem Mac sie anbetete und sie ihn abgöttisch liebte — nein, nein, es war da irgend etwas, was fehlte ...

In diesem Augenblick, gerade in diesem Augenblick, berührte Mac ihre Schulter und raunte ihr ins Ohr: „Entschuldige, Maud — wir fahren am Mittwoch nach Europa. Ich habe noch viel vorzubereiten in Buffalo. Wenn wir jetzt gehen, können wir den Nachtzug noch erreichen. Was denkst du?"

Maud antwortete nicht. Sie saß still und regungslos. Das Blut stieg ihr über Schultern und Nacken ins Gesicht. Ihre Augen füllten sich langsam mit Tränen. So vergingen einige Minuten. Sie war in diesem Augenblick Mac bitterböse im Herzen. Es erschien ihr roh, sie mitten aus dem Konzert zu reißen, nur weil seine Geschäfte drängten.

Allan sah, daß sie schwer atmete und ihre Wange rot geworden war. Seine Hand lag noch auf ihrer Schulter. Er machte eine liebkosende Bewegung und raunte begütigend: „Nun, so bleiben wir, Liebling, ich machte nur den Vorschlag. Wir können auch recht gut den Frühzug morgen nehmen."

Maud aber war die Laune gründlich verdorben. Die Musik quälte sie jetzt und machte sie bang und unruhig. Sie schwankte noch, ob sie nachgeben sollte oder nicht. Da sah sie zufällig, daß Ethel Lloyd ganz ungeniert das Glas auf sie gerichtet hatte, und augenblicklich schickte sie sich an zu gehen. Sie zwang sich zu einem Lächeln, damit Ethel Lloyd es sähe, und Allan war sehr erstaunt über ihren zärtlichen (noch feuchten) Blick, mit dem sie sich an ihn wandte. „Gehen wir, Mac!"

Es freute sie, daß Mac ihr zuvorkommend beim Aufstehen behilflich war, und heiter lächelnd, anscheinend in der glücklichsten Laune, verließ sie die Loge.

KAPITEL 4

Sie erreichten Central-Station gerade, als der Zug aus der Halle zog.

Maud vergrub die kleinen Hände in die Taschen ihres Pelzmantels und lugte aus dem aufgestülpten Kragen zu Mac hin. „Da fährt dein Zug, Mac!" sagte sie lachend und gab sich keine Mühe, ihre Schadenfreude zu verbergen.

Hinter ihnen stand ihr Diener, Leon, ein alter Chinese, den alle Welt „Lion" rief. Lion trug die Reisetaschen und sah mit stupidem Ausdruck seines welken, faltigen Gesichtes dem Zuge nach.

Allan zog die Uhr und nickte. „Es ist zu schade," sagte er gutmütig. „Lion, wir fahren ins Hotel zurück."

Im Auto erklärte er Maud, daß es ihm gerade ihretwegen unangenehm sei, daß sie den Zug versäumt hätten; sie habe gewiß noch eine Menge mit dem Packen zu tun.

Maud lachte leise. „Weshalb?" sagte sie und sah an Mac vorbei. „Wieso weißt du, daß ich überhaupt mitfahre, Mac?"

Allan sah sie erstaunt an. „Du wirst schon mitkommen, denke ich, Maud?"

„Ich weiß wirklich nicht, ob es angeht, mit Edith im Winter zu reisen. Und ohne Edith gehe ich auf keinen Fall."

Allan blickte nachdenklich vor sich hin.

„Daran dachte ich im Augenblick gar nicht," sagte er nach einer Weile zögernd. „Freilich, Edith. Aber ich denke, es ließe sich trotzdem machen."

Maud entgegnete nichts. Sie wartete. So leicht sollte er diesmal nicht davonkommen. Nach einer Pause setzte Allan hinzu: „Der Dampfer ist ja genau wie ein Hotel, Maud. Ich würde Luxuskabinen nehmen, damit ihr es bequem hättet."

Maud kannte Mac genau. Er würde nicht weiter in sie dringen, mitzukommen, sie nicht bitten. Er würde nun kein Wort weiter sagen und es ihr auch gar nicht übelnehmen, wenn sie ihn allein reisen ließe.

Sie sah ihm an, daß er sich jetzt schon mit diesem Gedanken abzufinden suchte.

Er blickte nachdenklich und enttäuscht vor sich hin. Es kam ihm gar nicht in den Sinn, daß ihre Absage nichts als eine Komödie war, ihm, der nie in seinem Leben Komödie spielte und dessen Wesen so einfach und aufrichtig war, daß es sie immer von neuem überraschte.

In einer plötzlichen Aufwallung ergriff sie seine Hand. „Natürlich komme ich mit, Mac!" sagte sie mit einem zärtlichen Blick.

„Ah, siehst du!" erwiderte er und drückte ihr dankbar die Hand.

Die Überwindung ihrer schlechten Laune machte Mauds Herz plötzlich froh und leicht, und sie begann rasch und heiter zu plaudern. Sie sprach von Lloyd und Ethel Lloyd.

„War Ethel sehr gnädig, Mac?" fragte sie.

„Sie war wirklich sehr nett zu mir," entgegnete Allan.

„Wie findest du sie?"

„Sie kam mir sehr ungekünstelt vor, natürlich, ein wenig naiv sogar, fast wie ein Kind."

„Oh!" Maud lachte. Und sie begriff selbst nicht, weshalb Macs Antwort sie wieder leicht gegen ihn verstimmte. „Oh, Mac, wie du dich auf Frauen verstehst! Lord! Ethel Lloyd und natürlich! Ethel Lloyd und naiv! Hahaha!"

Nun mußte auch Allan lachen. „Sie kam mir in der Tat so vor," versicherte er.

Maud aber ereiferte sich. „Nein, Mac," rief sie aus, „ich habe doch nie so etwas Komisches gehört! So seid ihr Männer! Es gibt kein gekünstelteres Wesen als Ethel Lloyd, Mac! Ihre Natürlichkeit ist ihre größte Kunst. Ethel ist, glaube mir das ruhig, Mac, eine ganz raffinierte, kokette Person und alles an ihr ist Berechnung. Sie möchte euch Männer alle behexen. Glaube mir das, ich kenne sie. Hast du ihre Sphinxaugen gesehen?"

„Nein." Allan sagte die Wahrheit.

„Nicht? Aber sie sagte einmal zu Mabel Gordon: ich habe Sphinxaugen, alle Leute sagen es. Und du findest sie naiv! Sie ist ja so schrecklich eitel, dieses hübsche Geschöpf, oh, du mein Gott! Jede Woche mindestens einmal erscheint ihr Bild in der Zeitung. Ethel sagt: —! Sie macht Tag und Nacht Reklame für sich, genau wie Hobby. Sogar mit ihrer Wohltätigkeit macht sie Reklame."

„Vielleicht hat sie aber wirklich ein gutes Herz, Maud?" warf Allan ein.

„Ethel Lloyd?" Maud lachte. Dann sah sie Mac plötzlich in die Augen, während sie sich an den Nickelgriffen des sausenden, schleudernden Autos festhielt. „Ist sie wirklich so schön, Ethel?"

„Ja, sie ist schön, Maud. Aber, Gott weiß, weshalb sie sich so stark pudert!"

Maud sah enttäuscht aus. „Hast du dich in sie verliebt, Mac? Wie alle andern?" fragte sie leise, mit geheuchelter Angst.

Allan lachte und zog sie an sich. „Du bist ein kleiner Narr, Maud!" rief er aus und drückte ihr Gesicht an seine Wange.

Nun war Maud wieder ganz zufrieden. Wie kam es doch, daß sie heute jede Kleinigkeit irritieren konnte? Was ging Ethel Lloyd sie an?

Sie schwieg eine Weile, dann sagte sie in aufrichtigem Ton: „Es kann übrigens sein, daß Ethel wirklich ein gutes Herz hat, ich glaube es sogar."

Aber gerade, als sie dies ausgesprochen hatte, fand sie, daß sie im Grunde nicht recht an das gute Herz Ethels glaubte. Nein, heute war nichts mit ihr anzufangen.

Nach dem Diner, das sie sich auf dem Zimmer servieren ließen, ging Maud gleich zu Bett, während Allan im Salon blieb, um Briefe zu schreiben. Allein Maud konnte nicht sofort einschlafen. Sie war seit dem frühen Morgen auf den Beinen gewesen und übermüdet. Die trockene, heiße Luft des Hotelzimmers versetzte sie in ein leises Fieber. Alle Aufregungen des Tages, die Reise, das Konzert, die Menschenmenge, Ethel Lloyd, alles erwachte wieder in ihrem übermüdeten Kopf. Sie hörte wieder Konzert und Stimmen in ihren Ohren klingen. Drunten schwirrten die Autos. Es tutete. In der Ferne rauschten die Hochzüge. Gerade als sie einschlummern wollte, weckte sie ein Knacken in der Dampfheizung. Sie hörte, daß der Lift im Hotel emporstieg und leise sang. Die Spalte an der Tür war noch hell.

„Schreibst du noch immer, Mac?" fragte sie, fast ohne die Lippen zu öffnen.

Mac erwiderte: „Go on and sleep." Aber seine Stimme klang so tief, daß sie, im leichten Fieber des Halbschlafes, lachen mußte.

Sie schlief ein. Aber plötzlich fühlte sie, daß sie ganz kalt wurde. Sie wachte wieder auf, voller Unruhe und seltsamer Angst, und dachte nach, was sie erschauern hatte lassen. Sofort fiel es ihr ein. Sie hatte geträumt: sie kam in Ediths Zimmer, und wer saß da? Ethel Lloyd. Ethel Lloyd saß da, blendend schön, den Diamanten auf der Stirn und bettete die kleine Edith sorgfältig ein — ganz als sei sie Ediths Mutter ...

Mac saß in Hemdärmeln in der Sofaecke und schrieb. Da knackte es an der Türe und Maud erschien in ihrem Schlafkleid, schlaftrunken ins Licht blinzelnd.

Ihr Haar glänzte. Sie sah blühend und jung aus, wie ein Mädchen, und Frische strömte von ihr aus. Aber ihre Augen flackerten unruhig.

„Was hast du?" fragte Allan.

Maud lächelte verwirrt. „Nichts," entgegnete sie, „ich träume solch dummes Zeug." Sie setzte sich in einen Sessel und strich das Haar glatt. „Weshalb gehst du nicht schlafen, Mac?"

„Die Briefe müssen morgen mit dem Dampfer fort. Du wirst dich erkälten, Liebling."

Maud schüttelte den Kopf. „O nein," sagte sie, „es ist im Gegenteil sehr heiß hier." Dann sah sie Mac mit wachen Augen an. „Höre, Mac," fuhr sie fort, „warum verschweigst du mir, was du mit Lloyd zu tun hast?"

Allan lächelte und erwiderte langsam: „Du hast mich nicht danach gefragt, Maud. Ich wollte auch nicht darüber sprechen, solange die Sache noch in der Luft hing."

„Willst du es mir jetzt nicht sagen?"

„Doch, Maud."

Da erklärte er ihr, worum es sich handele. Zurückgelehnt ins Sofa, gutmütig lächelnd und in aller Ruhe setzte er ihr sein Projekt auseinander, ganz als ob er nur eine Brücke über den East River bauen wolle. Maud saß in ihrem Schlafkleid da und staunte und verstand nicht. Aber als sie anfing zu verstehen, staunte sie immer mehr, und ihre Augen wurden immer größer und glänzender. Ihr Kopf wurde ganz heiß! Nun begriff sie plötzlich seine Tätigkeit in den letzten Jahren, seine Versuche, seine Modelle und seine Stöße von Plänen. Nun begriff sie auch, weshalb er zur Abreise gedrängt hatte: er hatte keine Minute Zeit zu versäumen! Nun begriff sie auch, weshalb all die Briefe mit dem Boot morgen fort mußten. Es erschien ihr fast, als träume sie wieder ...

Als Allan zu Ende war, saß sie mit großen glänzenden Augen da, die nichts als Strahlen und Bewunderung waren. „Nun weißt du es, kleine Maud!" sagte Allan und bat sie schlafen zu gehen. Maud trat zu ihm und umschlang ihn, so fest sie konnte und küßte ihn auf den Mund.

„Mac, mein Mac!" stammelte sie.

Als aber Allan sie nochmals bat, sich niederzulegen, gehorchte sie augenblicklich und ging hinaus, noch ganz trunken im Kopf. Es war ihr plötzlich der Gedanke in den Sinn gekommen, als ob Macs Werk ebenso groß sei wie jene Symphonien, die sie heute gehört hatte, ebenso groß — nur ganz anders.

Zu Allans Erstaunen kam sie aber nach einigen Minuten wieder herein. Sie brachte eine Decke mit, und während sie flüsterte: „Arbeite! Arbeite!" bettete sie sich zusammengerollt neben ihm aufs Sofa. Den Kopf an seinen Schenkel gelegt, schlief sie ein.

Allan hielt inne und sah sie an. Und er dachte, daß sie schön und rührend sei, seine kleine Maud, und er sein Leben tausendfach für sie hingeben würde.

Dann schrieb er eifrig weiter.

KAPITEL 5

Am folgenden Mittwoch schiffte sich Allan mit Maud und Edith auf dem deutschen Drei-Tage-Boot nach Europa ein. Hobby begleitete sie; er „kam auf acht Tage mit".

Maud war in wunderbarer Stimmung. Sie hatte ihre heiterste Laune — ihre Mädchenlaune — wiedergefunden, und diese Laune hielt während der ganzen Fahrt über den winterlichen und ungastlichen Ozean an, obwohl sie Mac nur bei den Mahlzeiten und am Abend zu Gesicht bekam. Lachend und fröhlich plaudernd stapfte sie, in Pelze eingehüllt, in dünnen Lackschuhen auf den eisigen Verdeckkorridoren hin und her.

Hobby war der populärste Mann auf dem Boot. Von den Kabinen der Ärzte und Zahlmeister an bis hinauf zur geheiligten Kommandobrücke war er zu Hause. Vom frühen Morgen bis zum späten Abend gab es keine Stelle auf dem Schiff, wo man nicht seine helle, etwas nasale Stimme gehört hätte.

Von Allan dagegen hörte und sah man nichts. Er war den ganzen Tag über beschäftigt. Zwei Typistinnen des Schnellbootes hatten während der ganzen Reise alle Hände voll zu tun, seine Briefe abzuschreiben. Hunderte von Briefen lagen fertig und adressiert in Allans Kabine. Er traf die Vorbereitungen zur ersten Schlacht.

Die Reise ging zuerst nach Paris. Von da nach Calais und Folkestone, wo der Tunnel unter dem Kanal im Bau war, nachdem England seine lächerliche Angst vor einer Invasion, die mit einer einzigen Batterie verhindert werden konnte, überwunden hatte. Hier hielt sich Allan drei Wochen auf. Dann gingen sie nach London, Berlin, Essen, Leipzig, Frankfurt und wieder zurück nach Paris. Allan blieb an all diesen Orten einige Wochen. Am Vormittag arbeitete er für sich, nach Tisch hatte er täglich Konferenzen mit Vertretern großer Firmen, Ingenieuren, Technikern, Erfindern, Geologen, Geographen, Ozeanographen, Statistikern und Kapazitäten der verschiedensten Fakultäten. Eine Armee von Gehirnen aus allen Gegenden Europas, aus Frankreich, England, Deutschland, Italien, Norwegen, Rußland.

Am Abend speiste er allein mit Maud, wenn er nicht gerade Gäste bei sich hatte.

Mauds Laune war noch immer ausgezeichnet. Die Atmosphäre von Arbeit und Unternehmungen, die Mac umgab, belebte sie. Sie hatte vor drei Jahren, kurz nach ihrer Heirat, fast genau die gleiche Reise mit Mac gemacht, und damals hatte sie ihm nur schwer verzeihen können, daß er die meiste Zeit mit fremden Menschen und unverständlichen Arbeiten verbrachte. Nun, da sie den Sinn all dieser Konferenzen und Arbeiten begriff, war alles natürlich ganz anders geworden.

Sie hatte viel Zeit und sie teilte sich diesen Überfluß an Zeit sorgfältig ein. Einen Teil des Tages widmete sie ihrem Kinde, dann besuchte sie Museen, Kirchen und Sehenswürdigkeiten, wo sie auch immer sein mochten. Auf ihrer ersten Reise war sie nicht oft zu diesen Genüssen gekommen. Mac hatte sie natürlich überallhin begleitet, wenn sie es wünschte, aber sie hatte bald gefühlt, daß ihn diese herrlichen Gemälde, Skulpturen, alten Gewebe und Schmuckstücke nicht besonders interessierten. Was er gerne sah, das waren Maschinen, Werke, große industrielle Anlagen, Luftschiffe, technische Museen, und davon verstand sie ja nichts.

Nun aber hatte sie Muße und sie entzückte sich an all den tausend Herrlichkeiten, die ihr Europa so teuer machten. Sie besuchte Theater, Konzerte, so oft es anging. Sie sättigte sich für Amerika. Sie bummelte stundenlang in alten Straßen und engen Gassen umher und machte photographische Aufnahmen von jedem kleinen Kaufladen, den sie „entzückend" fand, und jedem krummen alten Hausgiebel. Sie kaufte Bücher, Reproduktionen aus den Museen und Ansichtskarten von alten Häusern und neuen. Diese Ansichtskarten waren für Hobby bestimmt, der sie darum ersucht hatte. Sie gab sich ehrliche Mühe, ihr Material zusammenzubekommen, aber für Hobby, den sie liebte, war ihr keine Arbeit zu viel.

In Paris ließ Allan sie acht Tage allein. Er hatte in der Nähe von Nantes, bei Les Sables an der biskayischen Küste mit Geometern und einem Schwarm Agenten zu tun. Dann schifften sie sich mit Geometern, Ingenieuren und Agenten nach den Azoren ein, wo Allan über drei Wochen auf den Inseln Fayal, San Jorgo und Pico beschäftigt war, während Maud mit Edith den herrlichsten Frühling genoß, den sie je erlebt hatte. Von den Azoren fuhren sie mit einem Frachtdampfer (als die einzigen Passagiere, was Maud entzückte!) quer durch den Atlantik nach den

Bermudas. Hier, in Hamilton, trafen sie zu ihrer großen Freude Hobby, der eine kleine Reise herüber gemacht hatte, um sie zu erwarten. Die Geschäfte auf den Bermudas waren rasch erledigt und im Juni kehrten sie nach Amerika zurück. Allan mietete ein Landhaus in Bronx, und die gleiche Tätigkeit wie in London, Paris und Berlin begann nun in Amerika. Täglich konferierte Allan mit Agenten, Ingenieuren, Wissenschaftlern aus allen Städten der Staaten. Da er häufig lange Besprechungen mit Lloyd hatte, so begann die Öffentlichkeit aufmerksam zu werden. Die Journalisten schnüffelten in der Luft wie Hyänen, die Aas riechen. Gerüchte von den abenteuerlichsten Gründungen schwirrten durch New York.

Aber Allan und seine Vertrauensmänner schwiegen. Maud, die man aushorchen wollte, lachte und sagte kein Wort.

Ende August waren die Vorbereitungsarbeiten beendet. Lloyd ließ an dreißig der ersten Vertreter des Kapitals, der Großindustrie und Großbanken Einladungen zu einem Meeting ergehen; diese Einladungen hatte er eigenhändig geschrieben und durch Spezialkuriere aushändigen lassen, um die Bedeutung der Konferenz zu betonen.

Und am 18. September fand diese denkwürdige Konferenz im Hotel Atlantic, Broadway, statt.

KAPITEL 6

New York briet in diesen Tagen in einer Hitzwelle, so daß Allan sich entschloß, die Versammlung auf dem Dachgarten des Hotels abzuhalten.

Die Geladenen, die größtenteils auswärts wohnten, waren im Laufe des Tages und einige schon gestern eingetroffen.

Sie kamen in riesigen, staubbedeckten Tourencars mit Frauen, Töchtern und Söhnen angerollt aus ihren Sommerresidenzen in Vermont, Hampshire, Maine, Massachusetts und Pennsylvania. Die Einsamen und Schweiger flogen in Extrazügen, die glatt jede Station ignorierten, von St. Louis, Chikago und Cincinnati herbei. Ihre Luxusjachten dockten am Hudson-River. Drei Chikagoleute, Kilgallan, Müllenbach und C. Morris, waren mit dem Expreß-Luftliner, der die 700 Meilen von Chikago nach New York-Centralpark in acht Stunden durchschneidet, angekommen, und der Sportmann Vanderstyfft war im Laufe des Nachmittags auf dem Dachgarten des Atlantic mit seinem Ein decker gelandet. Andere wieder trafen als ganz unscheinbare Reisende, zu Fuß, mit einer bescheidenen Tasche in der Hand, vor dem Hotel ein.

Aber sie kamen. Lloyd hatte sie in einer Angelegenheit von allererster Bedeutung gerufen, und jene Solidarität, die das Geld in weit höherem Maße als das Blut erzeugt, erlaubte ihnen nicht zurückzustehen. Sie kamen nicht allein, weil sie ein Geschäft witterten (es war sogar möglich, daß sie bluten mußten!), sie kamen in erster Linie, weil sie erwarteten, ein Projekt mit starten helfen zu können, dessen Bedeutung ihren Unternehmungsgeist befriedigte, der sie groß gemacht hatte. Lloyd hatte jenes mysteriöse Projekt in seinem Sendschreiben „das größte und kühnste aller Zeiten" genannt. Das genügte, um sie aus der Hölle herauszuholen; denn das Schaffen neuer Werke war für sie soviel wie leben selbst.

Die Bewegung so vieler Häuptlinge des Kapitals war natürlich nicht unbemerkt geblieben, denn jeder einzelne war von einem ausgearbeiteten Alarmsystem umgeben. Am Morgen schon war die Börse von einem leichten Fieber geschüttelt worden. Ein zuverlässiger Tip jetzt bedeutete ein Vermögen! Die Presse verkündete die Namen all der Männer, die im Atlantic abgestiegen waren, und vergaß nicht hinzuzufügen, wieviel jeder einzelne wert war. Nachmittag um fünf Uhr ging es schon hoch in die Milliarden. Auf jeden Fall stand etwas Ungewöhnliches bevor, eine Riesenschlacht des Kapitals. Einzelne Zeitungen taten so, als kämen sie gerade vom Lunch bei Lloyd und seien bis zum Halse mit Informationen geladen, Lloyd aber habe ihnen einen Knebel zwischen die Zähne getrieben. Andere gingen weiter und veröffentlichten, was ihr Freund Lloyd ihnen beim Dessert anvertraut hatte: es handele sich um nichts Besonderes. Die elektrische Einschienen-Schnellbahn sollte von Chikago weiter bis San Franzisko geführt werden. Das Netz des Luftverkehrs sollte über die ganzen Staaten erweitert werden, so daß man nach jeder beliebigen Stadt genau so fliegen könnte, wie heute nach Boston, Chikago, Buffalo und St. Louis. Hobbys Idee: New York, das Venedig Amerikas, stände dicht vor ihrer Realisierung.

Die Reporter umschnupperten das Hotel wie Polizeihunde, die auf der Spur liegen. Sie traten mit den Absätzen Löcher in das zerweichte Asphalt des Broadways und starrten an den sechsunddreißig Stockwerken des Atlantic empor, bis die gleißende Kalkwand ihnen Halluzinationen ins Gehirn spiegelte. Ein ganz Gerissener kam sogar auf den genialen Einfall, sich als Telephonarbeiter ins Hotel zu schmuggeln, und nicht nur ins Hotel — bis in die Zimmer der Milliarden, wo er an den Zimmertelephonen herumbastelte, um etwa ein Wort aufzuschnappen. Aber der Manager des Hotels entdeckte ihn und machte ihn höflich darauf aufmerksam, daß alle seine Apparate in Ordnung seien.

Umfiebert von glühender Hitze und Erregung stand das kalkweiße Turmhaus da und schwieg. Es wurde Abend und es schwieg noch immer. Der Gerissene von heute nachmittag kehrte in seiner Verzweiflung mit einem Schnurrbart im Gesicht als ein Monteur Vanderstyffts zurück, der an der Maschine oben auf dem Dach etwas nachzusehen habe. Aber der Manager erklärte ihm mit höflichem Lächeln, daß Herrn Vanderstyffts Marconi-Apparat ebenfalls in Ordnung sei.

Da trat der Gerissene auf die Straße und zerplatzte: er war plötzlich irgendwohin verschwunden, um etwas Neues zu ersinnen. Nach einer Stunde erschien er als Globetrotter in einem Automobil voll beklebter Koffer und forderte ein Zimmer im 36. Stock. Da das 36. Stockwerk aber von Hotelbediensteten bewohnt wurde, so mußte er sich mit Zimmer Nummer 3512 begnügen, das ihm der Manager mit zuvorkommender Geschäftsmiene anbot. Hier machte er einem chinesischen Boy, der zur Dachgartenbedienung gehörte, ein bestechendes Angebot, wenn er einen unscheinbaren Apparat, nicht größer als ein Kodak, in irgendeines der Kübelgewächse da droben schmuggele. Allein er hatte nicht damit gerechnet, daß Allanit ein Hartstahl war, den kein Geschoß durchschlägt.

Allan hatte seine genauen Instruktionen gegeben, und der Manager verbürgte sich dafür, daß sie eingehalten wurden. Sobald alle Geladenen den Roofgarden betreten hatten, durfte der Lift nicht weiter als bis zum 35. Stock geführt werden. Die Boys der Bedienung durften den Dachgarten nicht eher verlassen, als bis der letzte Gast sich entfernt hatte. Nur sechs Vertretern der Presse und drei Photographen war der Zutritt erlaubt (Allan brauchte sie ebenso wie sie ihn) — allein gegen die ehrenwörtliche Versicherung, während der Konferenz nicht mit der Außenwelt in Verbindung zu treten.

Einige Minuten vor neun Uhr erschien Allan selbst auf dem Dachgarten, um sich zu überzeugen, ob man all seine Anordnungen genau befolgt habe. Er entdeckte augenblicklich den eingeschmuggelten drahtlosen Telephonapparat im Geäst eines Lorbeerbaumes, und eine Viertelstunde später hatte ihn der Gerissene wieder als ein hübsch verschnürtes und versiegeltes Expreßpaket auf Nummer 3512 — ohne überrascht zu sein, denn er hatte deutlich in seinem Empfangsapparat gehört, wie eine Stimme etwas unwillig sagte: „Schaffen Sie das Zeug weg!"

Von neun Uhr an begann der Lift zu spielen.

Die Geladenen tauchten schwitzend und pustend aus dem Hotelblock empor, der trotz den Kühlanlagen in allen seinen Poren glühte. Sie kamen aus der Hölle ins Fegfeuer. Jeder einzelne, der aus dem Lift stieg, prallte vor dieser Mauer von Hitze zurück. Dann aber legte er augenblicklich den Rock ab, nicht ohne die anwesenden Damen vorher höflich um Erlaubnis gebeten zu haben. Diese Damen waren Maud — heiter, blühend, schneeweiß gekleidet — und Mrs. Brown, eine alte, kleine, ärmlich aussehende Frau mit gelbem Gesicht und dem argwöhnischen Blick schwerhöriger Geizhälse: die reichste Frau der Staaten und berüchtigte Wucherin.

Die Geladenen kannten einander ohne Ausnahme. Sie hatten sich auf verschiedenen Kriegschauplätzen getroffen, sie hatten jahrelang Schlachten

Schulter an Schulter oder gegeneinander geschlagen. Ihre gegenseitige Hochachtung war nicht allzu groß, aber sie schätzten sich immerhin. Sie waren fast alle schon grau oder weiß, ruhig, würdig, abgeklärt und besonnen wie der Herbst, und die meisten hatten gutmütige, freundliche, ja kindliche Augen. Sie standen in Gruppen beisammen und plauderten und scherzten oder gingen zu Paaren auf und ab und flüsterten. Die Einsamen und Schweiger saßen schon still in den Klubsesseln und blickten kühl, nachdenklich und mit etwas übelgelauntem Gesichtsausdruck auf den persischen Teppich, der über den Boden gebreitet war. Zuweilen zogen sie die Uhr und warfen einen Blick auf den Lift: immer noch kamen Nachzügler ...

Drunten brodelte New York und das Brodeln schien die Hitze zu verdoppeln. New York schwitzte wie ein Ringkämpfer nach getaner Arbeit, es pustete wie eine Lokomotive, die ihre dreihundert Meilen hinter sich hat und in einer Bahnhofhalle verschnauft. Die Autos, die im zerweichten Asphalt der Straße klebten, surrten und brummten in der Broadway-Schlucht dahin, die einander drängenden Züge der elektrischen Cars hämmerten ihre Glockensignale; irgendwo, ganz fern, gellte eine schrille Glocke: ein Feuerlöschzug, der durch die Straßen fegte. Es war ein Summen wie von riesigen Glocken in der Luft, untermischt mit fernen Schreien, als würden irgendwo in der Ferne Haufen von Menschen abgeschlachtet.

Ringsum standen und funkelten Lichter in der tiefblauen, heißen Nacht, von denen man auf den ersten Blick nicht sagen konnte, ob sie dem Himmel oder der Erde angehörten. Vom Dachgarten aus sah man einen Abschnitt der zwanzig Kilometer langen Broadway-Schlucht, die ganz New York in zwei Teile spaltet: einen weißglühenden, klaffenden Schmelzofen, in dem farbige Feuer schwangen und auf dessen Boden mikroskopische Aschenteilchen entlang trieben: Menschen. Eine Seitenstraße in nächster Nähe blendete wie ein Strom flüssigen Bleis. Aus ferner gelegenen Querstraßen dampften lichte Silbernebel. Einzelne Wolkenkratzer erhoben sich gespenstisch weiß im Lichtscheine eines Platzes. Wiederum aber standen Gruppen von eng aneinander gedrängten Turmhäusern dunkel, schweigsam, wie riesige Grabsteine, die über die eingesunkenen verschwindenden Zwerghütten von zwölf und fünfzehn Etagen emporragten. In der Ferne am Himmel ein Dutzend Stockwerke mattblinkender Fensterscheiben, ohne daß das geringste von einem Haus zu sehen gewesen wäre. Da und dort vierzigstöckige Türme, auf denen matte Feuer lohten: die Dachgärten von Regis, Metropolitain, Waldorf Astoria, Republic. Rings am Horizont glommen schwüle Feuersbrünste: Hoboken, Jersey City, Brooklyn, Ost-New York. In der Spalte zwischen zwei dunklen Wolkenkratzern zuckte jede Minute ein doppelter Lichtstrahl auf, wie elektrische

Funkennähte, die zwischen den Mauern übersprangen: die Hochbahn der sechsten Avenue.

Rings um das Hotel flimmerte das Feuerwerk der Nacht. Unaufhörlich schossen Lichtfontänen und farbige Strahlengarben aus den Straßen empor zum Himmel. Ein Blitz zerriß ein Turmhaus von unten bis oben und setzte einen riesigen Schuh in Brand. Ein Haus ging in Flammen auf und in den Flammen erschien ein roter Stier: Bull Durham Rauchtabak. Raketen jagten zur Höhe, explodierten und bildeten beschwörende Worte. Eine violette Sonne kreiste wie irrsinnig hoch oben in der Luft und spie Feuer über Manhattan, die bleichen Lichtkegel von Scheinwerfern tasteten nach dem Horizont und beleuchteten kalkweiße Häuserwüsten. Hoch oben am Himmel über dem blitzenden New York aber standen blaß, unscheinbar, elend, geschlagen, die Sterne und der Mond.

Von der Battery herauf kam ein Reklameluftschiff mit weichem Surren der Propeller und zwei großen Augen, eulenhaft. Und auf dem Bauch der Eule erschienen abwechselnd die Worte: Gesundheit! — Erfolg! — Suggestion! — Reichtum! — Pinestreet 14!

Drunten aber, sechsunddreißig Stockwerke tief unten, wogte ein Heer von Hüten um den Hotelblock, Reporter, Agenten, Broker, Neugierige — in der blendenden Lichtflut alle ohne Schatten — schwirrend vor Spannung, die Augen auf die Lichtgirlanden des Dachgartens gerichtet. Durch das fiebernde Stimmengewirr, das das Hotel umbrandete, drangen deutlich die Rufe der Broadway-Ratten, der Zeitungsausrufer, herauf: „Extra! Extra!" Die „World" hatte im letzten Moment ihren letzten und besten Triumph ausgespielt, mit dem sie alle anderen Journale überstach. Sie war allwissend und kannte das Projekt genau, das die Milliarden, die da droben schwitzten, vom Stapel ließen: eine submarine Postbeförderung! A. E. L. M.! America-Europe-Lightning-Mail! Genau wie heute die Briefe durch Luftdruck in unterirdischen Röhren von New York nach San Franzisko gepreßt wurden, sollten sie durch gewaltige Röhren, die wie Kabel gelegt werden würden, nach Europa geschossen werden. Über die Bermudas und Azoren! In drei Stunden! (Man sieht, die „World" hatte Allans Reiseroute genau feststellen lassen.)

Selbst die ruhigsten Nerven hier oben konnten sich dem Eindruck der fiebernden Straße, des brodelnden und glitzernden New Yorks und der Hitze nicht entziehen. Alle wurden, je länger sie warteten, mehr oder weniger erregt und empfanden es wie eine Erlösung, als der blonde Hobby, der sich sehr wichtig gebärdete, die Versammlung eröffnete.

Hobby schwenkte ein Telegramm und sagte, daß C. H. Lloyd bedaure, durch sein Leiden abgehalten zu sein, die Herrschaften persönlich zu begrüßen. Er habe ihn beauftragt, ihnen Herrn Mac Allan, den langjährigen Mitarbeiter der Edison-Works-Limited und Erfinder des Diamantstahls Allanit, vorzustellen.

„Hier sitzt er!" Hobby deutete auf Allan, der neben Maud in einem Korbstuhl saß, in Hemdärmeln wie alle andern.

Herr Allan habe ihnen etwas zu sagen. Er wolle ihnen ein Projekt vorschlagen, das, wie sie wüßten, C. H. Lloyd selbst das größte und kühnste aller Zeiten genannt habe. Herr Allan besäße Genie genug, das Projekt zu bewältigen, für die Ausführung aber brauche er ihr Geld. (Zu Allan:) „Go on, Mac!"

Allan stand auf.

Aber Hobby machte ihm ein Zeichen, noch einen Moment zu warten, und schloß, indem er einen Blick in das Telegramm warf: Er habe vergessen ... für den Fall, daß die Versammlung auf Mac Allans Projekt eingehe, beteilige sich C. H. Lloyd mit fünfundzwanzig Millionen Dollar. (Zu Allan:) „Now, my boy!"

Allan trat an Hobbys Stelle. Die Stille wurde schwül und drückend. Die Straße drunten fieberte wirrer und lauter. Alle Augen richteten sich auf ihn: das war also er, der behauptete, etwas Ungewöhnliches zu sagen zu haben! (Mauds Lippen standen vor Spannung und Angst weit offen!) Allan drückte seinem Auditorium durch nichts seine Wertschätzung aus. Er ließ den Blick ruhig durch die Versammlung wandern, und niemand hätte ihm die große Erregung angemerkt, von der er im Innern geschüttelt wurde. Es war keine Kleinigkeit, diesen Leuten den Kopf in den Rachen zu stecken, und sodann: er war alles, nur kein Redner. Es war das erstemal, daß er vor einer größeren und distinguierten Versammlung sprach. Aber seine Stimme klang ruhig und klar, als er begann.

Allan sagte zunächst, daß er, nachdem C. H. Lloyd die Erwartungen so hoch gespannt habe, befürchte, die Versammlung zu enttäuschen. Sein Projekt verdiene kaum größer genannt zu werden als der Panamakanal oder Sir Rodgers Palk-Street-Bridge, die Ceylon mit Vorderindien verbindet. Es sei, recht besehen, sogar einfach.

Hierauf zog Allan ein Stück Kreide aus der weiten Hosentasche und warf zwei Linien auf die Tafel, die hinter ihm stand. Das sei Amerika und das sei Europa! Er verpflichte sich, im Zeitraum von fünfzehn Jahren einen submarinen Tunnel zu bauen, der die beiden Kontinente verbinde, und Züge in vierundzwanzig Stunden von Amerika nach Europa zu rennen! Das sei sein Projekt.

In diesem Augenblick flammte das Licht der Photographen auf, die ihr Schnellfeuer eröffneten, und Allan machte eine kurze Pause. Von der Straße herauf kam wirres Geschrei: sie wußten, daß die Schlacht da droben begonnen hatte.

Es schien zunächst, als ob Allans Projekt, das eine Epoche in der Geschichte zweier Kontinente bedeutete und selbst für diese vorgeschrittene Zeit nicht alltäglich war, nicht den geringsten Eindruck auf die Zuhörerschaft gemacht habe. Manche waren sogar enttäuscht. Es schien ihnen, als hätten sie dann und wann schon gehört von diesem Projekt, es lag in der Luft wie viele Projekte. Und doch hätte es niemand noch vor fünfzig — wie sagst du? — vor zwanzig Jahren aussprechen können, ohne daß man darüber gelächelt hätte. Es gab hier Leute, die, während sie die Uhr aufzogen, mehr verdienten, als die Mehrzahl der Menschen in einem Monat, es gab hier Leute, die keine Miene verzogen, wenn die ganze Erde morgen wie eine Bombe explodierte, aber es gab hier keinen einzigen, der erlaubte, daß man ihn langweilte. Und davor hatten sie sich alle am meisten gefürchtet, denn, bei Gott, C. H. Lloyd konnte auch einmal versagen! Es wäre ja möglich gewesen, daß dieser Bursche irgendeine alte Sache auskramte, etwa, daß er die Wüste Sahara bewässern und fruchtbar machen wolle, oder sonst etwas. Sein Projekt war wenigstens nicht langweilig. Das war schon sehr viel. Besonders die Einsamen und Schweiger atmeten erleichtert auf.

Allan hatte keineswegs erwartet, sein Auditorium durch sein Projekt niederzustrecken, und war mit dem Eindruck, den seine Ankündigung machte, vollkommen zufrieden. Mehr konnte er vorläufig nicht verlangen. Er hätte ja seine Idee langsam abbrennen können, aber er hatte sie absichtlich wie eine Kartätsche gegen seine Zuhörerschaft abgeschossen, um diesen Panzer einer scheinbaren Indifferenz, die jeden Redner hätte entmutigen können, diesen Panzer aus Phlegma, Schulung, Ermattung, Berechnung und Abwehr auf einen Schlag zu sprengen. Er mußte diese sieben Milliarden zwingen, ihm zuzuhören. Das war seine erste Aufgabe, das und nichts anderes. Und es schien, als ob ihm dies gelungen sei. Die ledernen Sessel knirschten, einige lehnten sich bequem zurecht, sie zündeten sich eine Zigarre an. Mrs. Brown nahm den Hörapparat zu Hilfe. Wittersteiner, von der New York-Central Bank raunte I. O. Morse, dem Kupfermann, etwas ins Ohr.

Und Allan fuhr ermutigt und sicherer fort.

Der Tunnel sollte hundert Kilometer südlich von New York von der Küste New Jerseys ausgehen, die Bermudas und Azoren und Nordspanien berühren und an der biskayischen Küste Frankreichs emporsteigen. Die beiden ozeanischen Stationen, die Bermudas und Azoren, waren vom technischen Standpunkt aus unentbehrlich. Denn mit ihnen, zusammen mit der amerikanischen und den zwei europäischen, waren fünf Angriffsstellen für die Tunnelstollen gegeben. Ferner waren die ozeanischen Stationen für die Rentabilität des Tunnels von größter Bedeutung. Die Bermudas würden den gesamten Personenverkehr und die Post des mexikanischen Beckens, Westindiens, Zentralamerikas und des Panamakanals aufsaugen. Die Azoren den gesamten Verkehr Südamerikas und Afrikas an sich reißen. Die ozeanischen Stationen würden Angelpunkte des Weltverkehrs werden von der Bedeutung New Yorks und Londons. Es war ohne jeden Kommentar einleuchtend, welche Rolle die amerikanische und die europäischen Stationen in Zukunft auf dem Erdball spielen würden! Die einzelnen Regierungen würden gezwungen sein, ihre Zustimmung zum Tunnelbau zu erteilen, ja, er, Mac Allan, würde sie zwingen, die Papiere des Tunnel-Syndikats an ihren Börsen zuzulassen — wenn anders sie nicht gesonnen waren, ihre Industrien um Tausende von Millionen zu schädigen.

„Der Tunnel der Behringstraße, der vor drei Jahren in Angriff genommen wurde," sagte Allan, „der Dover-Calais-Tunnel, der in diesem Jahr seiner Vollendung entgegengeht, haben zur Genüge bewiesen, daß der Bau submariner Tunnel der modernen Technik keine Schwierigkeiten bereitet. Der Dover-Calais-Tunnel hat eine Länge von rund fünfzig Kilometern. Mein Tunnel hat eine Länge von rund fünftausend Kilometern. Meine Aufgabe besteht demnach lediglich darin, die Arbeit der Engländer und Franzosen zu verhundertfachen, wenn ich auch keineswegs die größeren Schwierigkeiten verkenne. Aber ich brauche es Ihnen nicht erst zu sagen: wo der Mensch von heute eine Maschine aufstellen kann, da ist er zu Hause! Finanziell hängt die Ausführung des Projektes von Ihrer Zustimmung ab. Ihr Geld brauche ich nicht — wie Hobby sagte — denn ich werde den Tunnel mit amerikanischem und europäischem Geld, mit dem Geld der ganzen Welt bauen. Das Projekt technisch in der Zeit von fünfzehn Jahren zu bewältigen, ist allein von meiner Erfindung bedingt, die Sie kennen, dem Allanit, einem Hartstahl, der der Härte des Diamanten nur um einen Grad nachsteht, die Bearbeitung des härtesten Gesteins ermöglicht und es erlaubt, eine unbeschränkte Anzahl von Bohrern in beliebiger Größe äußerst billig herzustellen."

Das Auditorium folgte. Es schien zu schlafen, aber gerade das war ein Zeichen, daß es seine Arbeit aufgenommen hatte. Die meisten der grauen und weißen Scheitel hatten sich gesenkt, nur zwei, drei schweißglänzende Gesichter waren nach oben zum Himmel gerichtet, wo die Sterne wie Scherben glitzerten. Jemand drehte eine Zigarre zwischen den gespitzten Lippen und blinzelte zu Allan empor, ein anderer nickte, das Kinn in der Hand, nachdenklich vor sich hin. Fast aus allen Augen war der gutmütige und kindliche Ausdruck gewichen und hatte einem nachdenklichen, verschleierten oder gespenstisch wachen Blick Platz gemacht. Mrs. Brown hing an Allans Lippen und ihr Mund zeigte einen scharfen, höhnischen, fast bösartigen Ausdruck. All die Gehirne der dreißig Sklavenhalter, in die Allan seine Ideen und Argumente hineinhämmerte, daß sie wie Keile festsaßen, waren in Schwung gekommen. Das Geld dachte, das Eisen, der Stahl, das Kupfer, das Holz, die Kohle. Diese Sache Allan war nicht gewöhnlich. Sie verdiente, daß man sie überlegte und erwog. Ein Projekt wie dieses fand man nicht täglich auf der Straße. Und diese Sache Allan war nicht leicht! Es handelte sich hier nicht um ein paar Millionen Bushel Weizen oder Ballen Baumwolle, nicht um tausend King-Edward-Mines-Aktien, Australien. Es handelte sich um weit mehr! Für die einen bedeutete die Sache Allan einen Berg von Geld ohne besonderes Risiko für das Eisen, den Stahl, die Kohle. Ihr Entschluß war kein Kunststück. Für die andern bedeutete sie Geld bei großem Risiko. Aber es hieß Stellung nehmen. Stellung! Denn es handelte sich hier um noch etwas, es handelte sich hier um Lloyd und um keinen andern als Lloyd den Allmächtigen, der wie ein goldenes Gespenst, schaffend und vernichtend, über den Erdball schritt! Lloyd wußte recht wohl, was er tat, und dieser Allan wurde geschoben und glaubte zu schieben. In den letzten Wochen waren in Wallstreet große Transaktionen in Montanwerten und Papieren der schweren Industrie vor sich gegangen. Nun wußten sie, daß es Lloyd war, der seine Armeen durch Strohmänner hatte vorschieben lassen! Es lag auf der Hand, Lloyd, der jetzt in seinem Tresor saß und seine Zigarre lutschte, hatte schon seit Wochen losgeschlagen, und dieser Mac Allan war seine Faust! Immer war Lloyd der erste, immer hatte er die besten Claims schon besetzt, wenn der allgemeine Rush kam. Allein noch wäre es ja Zeit, den Vorsprung einigermaßen einzuholen. Man brauchte nur heute abend noch seine Depeschen über die Welt zu jagen, sofort nach dem Meeting. Morgen früh allerdings wäre es schon viel zu spät.

Es galt Stellung zu nehmen ...

Einzelne, deren Gehirne sich heißgelaufen hatten, unternahmen den Versuch, dem Problem dadurch beizukommen, daß sie Allans Person unter die Lupe nahmen. Während sie genau hörten, was Allan über den Bau des Tunnels sagte — wie er die Stollen vortreiben, ausbauen, belüften wolle — studierten sie ihren Mann von den Patentlederschuhen an — seine schneeweißen Flanellhosen, seinen Gürtel, sein Hemd, seinen Kragen und seine Binde — bis hinauf zu den soliden Stirnknochen, über die sich sein glatter, kupferrot schimmernder Scheitel spannte. Das Gesicht dieses Mannes glänzte im Schweiß wie Bronze, aber es zeigte jetzt, nach einer Stunde, nicht die leiseste Abspannung. Im Gegenteil, es war markanter und wacher geworden. Die Augen dieses Mannes hatten kindlich und gutmütig ausgesehen, als er begann, nun aber, schwimmend in Schweiß, waren sie kühn und klar, stählern und blinkend wie jenes Allanit, das dem Diamanten nur um einen Grad an Härte nachstand. Und es war gewiß, daß dieser Mann sich nicht oft so in die Augen blicken ließ! Wenn dieser Mann Nüsse aß, so brauchte er auf keinen Fall einen Nußknacker. Die Stimme dieses Mannes hämmerte und rauschte im Brustkasten, bevor sie herauskam. Allan warf eine Skizze auf die Tafel, und sie studierten seinen gebräunten Unterarm mit den tätowierten gekreuzten Hämmern, es war der Arm eines trainierten Tennisspielers und Fechters. Sie studierten Allan wie einen Boxer, auf den man setzen will. Der Mann war gut, ohne Zweifel. Man konnte auf ihn verlieren und brauchte sich nicht zu schämen. Es war Lloyds Blick! Sie wußten, daß er mit zwölf Jahren Pferdejunge in einer Kohlengrube war und daß er sich im Laufe von zwanzig Jahren aus einer Tiefe von achthundert Metern unter der Erde bis empor auf den Roofgarden des Atlantic gearbeitet hatte. Das war etwas. Es war auch etwas, dieses Projekt auszuarbeiten, aber das weitaus Schwerere und Bewunderungswürdigere war, daß er es fertiggebracht hatte, dreißig Menschen, für die ein Tag ein Kapital bedeutet, zu einer bestimmten Stunde hierher zu beschwören und sie zu zwingen, ihm bei einer Temperatur von neunzig Grad Fahrenheit zuzuhören. Vor ihren Augen schien sich das seltene Schauspiel abzuspielen: einer kam den Glasberg herauf zu ihnen, gesonnen, seinen Platz zu beanspruchen und zu verteidigen.

Allan sagte: „Zur Verwaltung der Stollen und für den Betrieb brauche ich eine Stromstärke, die etwa jener der gesamten Niagara-Power-Works gleichkommt. Der Niagara ist nicht mehr zu haben, so werde ich mir meinen eigenen Niagara bauen!"

Und sie erwachten aus ihren Gedanken und sahen Allan ins Gesicht.

Noch etwas fiel ihnen an diesem Burschen auf: er hatte während des ganzen Vortrages weder gelächelt noch einen Scherz gemacht. Humor schien nicht gerade seine Sache zu sein. Nur einmal hatte die Gesellschaft Gelegenheit gehabt zu lachen. Das war, als die Photographen ein wütendes Zwischengefecht eröffneten und Allan sie anherrschte: „Stop your nonsense!"

Allan las am Schluß die Gutachten der ersten Kapazitäten der Welt, Gutachten von Ingenieuren, Geologen, Ozeanographen, Statistikern, Finanzgrößen aus New York, Boston, Paris, London, Berlin.

Das größte Interesse erweckte Lloyds Resümee, der die Finanzierung und die Rentabilität des Projektes ausgearbeitet hatte. Allan las es zuletzt, und die dreißig Gehirne arbeiteten mit ihrer größten Geschwindigkeit und Präzision.

Die Hitze schien sich urplötzlich verdreifacht zu haben. In Schweiß gebadet lagen sie alle in den Sesseln und das Wasser rann ihnen über die Gesichter. Selbst die Kühlapparate, die hinter den Gebüschen und Sträuchern aufgestellt waren und ununterbrochen kalte, ozongesättigte Luft aushauchten, schufen keine Linderung mehr. Es war wie in den Tropen. Chinesische Boys, in kühles, schneeweißes Linnen gekleidet, glitten lautlos zwischen den Sesseln hindurch und reichten Limonade, horses-neck, gin-fizz und Eiswasser. All das half nichts. Die Hitze stieg in Schwaden von der Straße herauf und wälzte sich als glühender Brodem, den man mit den Händen greifen konnte, über den Dachgarten. New York, aus Eisenbeton und

Asphalt, war wie ein vieltausendzelliger Akkumulator, der die Glut der letzten Wochen aufgespeichert hatte und sie jetzt ausspie. Und ununterbrochen gellte und schrie die fieberige Broadway-Schlucht tief unten. New York, von den Menschen zwischen 3000 Meilen Ozean und 3000 Meilen Kontinent aufgetürmt, dieses kochende, schlaflose New York selbst schien zu fordern, zu beschwören, anzupeitschen zu immer größeren, immer unerhörteren Anstrengungen. New York selbst, das Gehirn Amerikas, schien zu denken, einen Riesengedanken hin und her zu wälzen, zu gebären ...

In diesem Augenblick hörte Allan auf zu sprechen. Fast mitten im Satze. Allans Rede hatte gar keinen Schluß. Es war eine umgekehrte Rede, deren Steigerung am Anfang lag. Der Schluß kam so unerwartet, daß alle in der gleichen Lage sitzen blieben und ihre Ohren noch arbeiteten, als Allan schon gegangen war, um sein Projekt der Diskussion zu überlassen.

Das Reklameluftschiff kreuzte über dem Dachgarten und trug die Worte über Manhattan dahin: „25 Jahre Lebensverlängerung! — Garantie! — Dr. Josty, Brooklyn!"

KAPITEL 7

Allan fuhr mit Maud bis zum zehnten Stock ab, um zu dinieren. Er war vom Schweiß derart durchnäßt, daß er sich vollständig umkleiden mußte. Aber selbst dann schlugen augenblicklich wieder die Schweißperlen aus seiner Stirn. Seine Augen waren noch geweitet und blicklos von der großen Anspannung seiner Kräfte.

Maud trocknete ihm vorsorglich die Stirn und kühlte seine Schläfen mit einer Serviette, die sie in Eiswasser getaucht hatte.

Maud strahlte! Sie plapperte und lachte vor Erregung. Was für ein Abend! Die Versammlung, die Lichtgirlanden, der Dachgarten, das zauberische New York ringsum, nie würde sie diesen Anblick vergessen. Wie sie alle im Kreise saßen! Sie, die Namen, die sie seit ihrer frühesten Jugend tausendmal gehört hatte, deren bloßer Klang eine Atmosphäre von Reichtum, Macht, Genie, Kühnheit und Skandal erzeugte. Und sie saßen und hörten ihm zu, Mac! Maud war unendlich stolz auf Mac. Sein Triumph begeisterte sie, sie zweifelte keinen Augenblick an seinem Erfolg.

„Welch schreckliche Angst ich doch hatte, Mac!" sprudelte sie hervor und umschlang seinen Nacken. „Aber du hast gesprochen! Ich traute meinen Ohren nicht! Guter Gott, Mac!"

Allan lachte. „Ich hätte lieber zu einer Herde von Teufeln gesprochen als zu diesen Burschen, Maud, das kannst du mir glauben!" entgegnete er.

„Wie lange wird es nun dauern, denkst du?"

„Eine Stunde, zwei Stunden. Kann sein, die ganze Nacht."

Maud öffnete überrascht den Mund.

„Die ganze Nacht —?"

„Kann sein, Maud. Auf jeden Fall werden sie uns Zeit lassen, ruhig zu Abend zu essen."

Allan war nun wieder vollkommen ins Gleichgewicht gekommen. Seine Hände zitterten nicht mehr und in seine Augen war der Blick zurückgekehrt. Er erfüllte seine Anstandspflicht als Gatte und Gentleman und legte Maud das schönste Stück

Beef vor, so wie sie es liebte, die schönsten Spargel und Bohnen, und machte sich hierauf selbst ruhig an die Arbeit, während ihm der Schweiß in großen Tropfen auf der Stirn stand. Er fand, daß er außerordentlich hungrig war. Maud dagegen plauderte so eifrig, daß sie kaum zum Essen kam. Sie ließ die ganze Gesellschaft der Geladenen aufmarschieren. Sie fand, daß Wittersteiner einen wunderbaren und bedeutenden Kopf habe. Über Kilgallans jugendliches Aussehen wunderte sie sich, und John Andrus, den Minenkönig, verglich sie mit einem Nilpferd; C. B. Smith, der Bankier, dagegen kam ihr wie ein kleiner, grauer, schlauer Fuchs vor. Und diese alte Hexe Mrs. Brown habe sie in der Tat gemustert, als sei sie ein Schulmädchen! Ob es wahr sei, daß diese Mrs. Brown aus purem Geiz nie Licht zu Hause brenne …?

Mitten in der Mahlzeit kam Hobby ins Zimmer. Hobby, der es gewagt hatte (und es sich leisten konnte), in Hemdärmeln im Lift des Atlantic herunterzufahren.

Maud sprang sofort erregt auf. „Wie steht es, Hobby?" schrie sie.

Hobby lachte und warf sich in einen Sessel.

„So etwas habe ich noch nicht erlebt!" rief er aus. „Sie liegen sich in den Haaren! Es ist wie in Wallstreet nach den Wahlen! C. B. Smith wollte gehen — nein, das müßt ihr hören! Er will gehen, sagt, die Sache sei ihm zu gewagt und steigt in den Lift. Aber sie sind hinter ihm her und ziehen ihn mit aller Gewalt an den Rockschößen wieder aus dem Lift heraus! Keine Lüge! Ye gods and little fishes! Kilgallan steht in der Mitte und schwingt die Gutachten, Mac, und schreit wie ein Ausrufer: Dagegen können Sie nicht ankommen, dagegen können Sie nichts sagen!"

„Natürlich Kilgallan!" warf Allan ein. „Er hätte nichts dagegen!" (Kilgallan war das Haupt des Stahltrusts.)

„Und Mrs. Brown! Es ist nur gut, daß Photographen da sind! Sie sieht aus wie eine Vogelscheuche in Ekstase! Sie ist verrückt geworden, Mac. Sie hat Andrus fast die

Augen ausgekratzt. Sie ist außer sich und schreit fortwährend: Allan ist der größte Mann aller Zeiten! Es wäre eine Schande für Amerika, wenn sein Projekt nicht ausgeführt würde!"

„Mrs. Brown?" Maud war starr vor Erstaunen. „Aber sie brennt ja nicht einmal Licht vor lauter Geiz!"

„Trotzdem, Maud!" Hobby brach von neuem in helles Gelächter aus. „Der Teufel kennt die Menschen, girl! Sie und Kilgallan, die zwei werden dich durchsetzen, Mac!"

„Willst du nicht mit uns essen, Hobby?" fragte Allan, der einen Hühnerschenkel zwischen den Zähnen bearbeitete und Hobby aufmerksam zuhörte.

„Ja, komm doch her, Hobby!" rief Maud und stellte Teller zurecht.

Aber Hobby hatte keine Zeit. Er war weitaus erregter als Allan, obwohl ihn die ganze Sache wenig anging. Er stürzte wieder hinaus.

Von Viertelstunde zu Viertelstunde kam er wieder, um über den Stand von Allans Sache zu berichten.

„Mrs. Brown hat zehn Millionen Dollar gezeichnet, Mac! Es beginnt!"

„Mein Gott!" schrie Maud mit schriller Stimme und schlug vor Überraschung die Hände zusammen.

Allan schälte eine Birne und wandte sich ruhig an Hobby: „Na, und?"

Hobby aber war zu erregt, um sich setzen zu können. Er lief hin und her, nahm eine Zigarre aus der Tasche und biß die Spitze ab. „Sie zieht also einen Notizblock aus der Tasche," begann er, während er mit fliegenden Händen die Zigarre in Brand steckte, „einen Block, den ich nicht mit der Feuerzange anfassen möchte, so schmutzig ist er — und zeichnet! Stille! Alles ist starr! Und nun greifen die anderen in die Tasche und Kilgallan geht herum und sammelt die Zettel ein. Kein Wort wird mehr gesprochen. Die Photographen arbeiten mit Hochdruck! Mac, deine Sache ist gemacht, I will eat my hat ..."

Dann ließ sich Hobby lange nicht mehr sehen. Eine ganze Stunde verging.

Maud war still geworden. Sie saß aufgeregt da und lauschte mit Ohren und Augen, ob sich nichts rege. Je länger es dauerte, desto verzagter wurde sie. Allan saß im Sessel und rauchte still und nachdenklich die Pfeife.

Endlich vermochte Maud nicht länger an sich zu halten, und sie fragte, ein wenig kleinlaut: „Und wenn sie sich nicht entschließen können, Mac?"

Allan nahm die Pfeife aus dem Mund, hob den Blick mit einem Lächeln zu Maud und erwiderte ruhig und mit tiefer Stimme: „Dann fahre ich wieder nach Buffalo und fabriziere meinen Stahl!" Aber mit einem festen, sicheren Nicken des Kopfes fügte er hinzu: „Sie werden sich entschließen, Maud!"

In diesem Augenblick klingelte das Telephon. Es war Hobby. „Sofort heraufkommen!"

Als Allan wieder auf dem Dachgarten erschien, kam ihm der Stahltrustmann Kilgallan entgegen und klopfte ihm auf die Schulter.

„You are all right, Mac!" sagte er.

Allan hatte gesiegt. Er händigte dem rotgekleideten Groom einen Stoß Telegramme ein und der Groom versank im Lift.

Einige Minuten darauf war der Dachgarten leer. Jeder einzelne ging unverzüglich an seine Arbeit. Hotelbedienstete schafften die Gewächse und Sessel fort, um Platz für Vanderstyffts großen Vogel zu machen.

Vanderstyfft kletterte in die Maschine und schaltete die Lampen ein. Der Propeller prasselte, ein Sturmwind fegte die Hotelbediensteten in die Ecke, der Apparat lief ein Dutzend Schritte vorwärts und stieg in die Luft. Und der große weiße Vogel zog den Lichtnebeln New Yorks entgegen und verschwand.

KAPITEL 8

Zehn Minuten nach dieser Sitzung spielte der Telegraph nach New Jersey, Frankreich, Spanien, den Bermudas und Azoren. Eine Stunde später hatten Allans Agenten für fünfundzwanzig Millionen Dollar Ländereien aufgekauft.

Diese Ländereien befanden sich in der für den Tunnelbau denkbar günstigsten Lage; Allan hatte sie schon vor Jahren ausgewählt. Sie bestanden aus dem schlechtesten und billigsten Boden: Dünen, Heiden, Moräste, kahle Inseln, Riffe, Sandbänke. Der Preis von fünfundzwanzig Millionen Dollar war ein Spottgeld, wenn man bedenkt, daß die Ländereien zusammen das Gebiet eines Herzogtums umfaßten. Einbegriffen war ein ausgedehnter, tiefer Komplex in Hoboken, der mit einer Front von zweihundert Metern an den Hudson stieß. Die aufgekauften Gebiete lagen alle entfernt von größeren Städten, denn Allan brauchte diese Städte nicht. Seine Heiden und Dünen waren berufen, in Zukunft selbst Städte zu tragen, die die Umgebung verschlangen.

Während die Welt noch schlief, flogen Allans Telegramme durch die Kabel und durch die Luft und überrumpelten sämtliche Börsen der Welt. Und am Morgen erbebte New York, Chikago, Amerika, Europa, die ganze Welt, bei dem Wort: „Atlantic-Tunnel-Syndikat".

Die Zeitungspaläste waren die ganze Nacht tageshell erleuchtet. Die Rotationspressen der Druckereien arbeiteten mit ihrer größten Geschwindigkeit. Herald, Sun, World, Journal, Telegraph, all die in New York erscheinenden englischen, deutschen, französischen, italienischen, spanischen, yiddischen, russischen Zeitungen hatten erhöhte Auflagen gedruckt, und Millionen von Zeitungsblättern gingen mit dem erwachenden Tag über New York nieder. In den sausenden Aufzügen, auf den rollenden Trottoiren und kletternden Treppen der Hochbahnstationen, auf den Perrons der Subway, wo sich der allmorgendliche Kampf um einen Platz in den vollgestopften Waggons abspielte, auf den Hunderten von Ferrybooten und in den Tausenden von elektrischen Cars — von der Battery angefangen bis hinauf zur Zweihundertsten Straße wurden förmliche Schlachten um die nassen Zeitungen geschlagen. In allen Straßen stiegen Fontänen von Extrablättern über Menschenknäuel und ausgestreckte Hände empor.

Die Nachricht war sensationell, unerhört, kaum faßbar, kühn!

Mac Allan! — Wer war er, was hatte er getan, woher kam er? Wer war der Bursche, der über Nacht vor die Front der unbekannten Millionen trat?

Einerlei, wer er war! Er hatte es fertiggebracht, das Tag um Tag gleichmäßig dahinsausende New York aus den Geleisen zu werfen.

Die Augen saugten sich fest an den Ansichten prominenter Persönlichkeiten, die ihre Meinung über den Tunnel im Telegrammstil veröffentlichten:

C. H. Lloyd: „Europa wird ein Vorort Amerikas werden."

Der Tabakmann H. F. Herbst: „Du kannst einen Waggon Waren von New Orleans nach St. Petersburg schicken, ohne umladen zu müssen."

Der Multimillionär H. I. Bell: „Ich werde meine Tochter, die in Paris verheiratet ist, anstatt dreimal im Jahr, zwölfmal sehen können."

Verkehrsminister de la Forest: „Der Tunnel bedeutet für jeden Geschäftsmann ein geschenktes Lebensjahr an ersparter Zeit."

Man verlangte ausführliche Nachrichten und man hatte ein Recht, sie zu verlangen. Vor den Zeitungspalästen stauten sich die Menschen, so daß die Führer der elektrischen Wagen mit den Stiefeln auf den Glockenknopf hämmern mußten, um ihre Trains durchschieben zu können. Stundenlang waren die Augen des kompakten Menschenblocks auf die Projektionsfläche im zweiten Stock des „Herald-buildings" gerichtet, obgleich seit Stunden die gleichen Bilder erschienen: Mac Allan, Hobby, die Gesellschaft auf dem Dachgarten.

„Sieben Milliarden sind vertreten!!" „Mac Allan verkündet sein Projekt." (Kinematographisch). „Mrs. Brown zeichnet 10 Millionen." (Kinematographisch). „C. H. Smith wird aus dem Lift gezerrt."

„Wir sind die einzigen, die Vanderstyffts Ankunft auf dem Roofgarden bis zur unmittelbaren Landung zeigen können. Unser Photograph wurde von der Maschine niedergerissen." (Kinematographisch). New Yorks weiße, mit Fenstern punktierte Wolkenkratzer, aus denen dünner, weißer Dampf steigt. Ein weißer Schmetterling erscheint, ein Vogel, eine Möwe, ein Monoplan! Der Monoplan saust über den Roofgarden hinweg, beschreibt eine Kurve, kommt zurück, senkt sich, ein Riesenflügel schwenkt heran. Schluß. Ein Porträt: Mr. C. G. Spinnaway, unser Photograph, den Vanderstyffts Maschine zu Boden schleuderte und schwer verletzte.

Neueste Aufnahme: Mac Allan verabschiedet sich in Bronx von seiner Frau und seinem Kind, um in die Office zu fahren.

Und wieder beginnt dieselbe Serie von Bildern.

Plötzlich — gegen elf Uhr — stockt die Serie. Etwas Neues?! Alle Gesichter sind nach oben gerichtet.

Ein Porträt: Mr. Hunter, Broker, 37. Straße 212 East, buchte soeben sein Billett für die erste Fahrt New York—Europa.

Die Menge lacht, schwingt die Hüte, schreit!

Die Telephonämter waren überarbeitet, die Telegraphen und Kabel konnten die Arbeit nicht mehr bewältigen. In all den Tausenden von Bureaus New Yorks riß man den Hörer vom Apparat, um mit Verbündeten die Lage zu besprechen. Ganz Manhattan fieberte! Die Zigarre im Mund, den steifen Hut im Nacken, in Hemdärmeln, schweißtriefend, saß und stand man und schrie und gestikulierte. Bankiers, Broker, Agenten, Clerks. Offerten ausarbeiten! Es galt, seine Stellung einzunehmen, so rasch, so günstig wie möglich! Eine Riesenkampagne stand bevor, eine Völkerschlacht des Kapitals, bei der man niedergeritten wurde, wenn man sich umsah. Wer würde das Riesenunternehmen finanzieren? Wie würde es geschehen? Lloyd? Wer sagt Lloyd? Wittersteiner? Wer wußte etwas? Wer war dieser Teufel Mac Allan, der für fünfundzwanzig Millionen Ländereien über Nacht aufkaufte, deren Bodenwert sich verdreifachen, verfünffachen, — wie sagst du! — verhundertfachen mußte?

Am erregtesten ging es in den vornehmen Geschäftsräumen der großen transatlantischen Schiffahrtskompanien zu. Mac Allan war der Mörder des transatlantischen Passagierverkehrs! Sobald sein Tunnel fertig war — und es war ja recht wohl möglich, daß er eines Tages fertig sein würde! — konnte man die viermalhunderttausend Tonnen, die man schwimmen hatte, einschmelzen lassen. Man konnte in Luxusschiffen Reisende zu Zwischendeckpreisen befördern, man konnte die Kähne in schwimmende Sanatorien für Lungenkranke umbauen oder sie nach Afrika zu den Schwarzen schicken. Innerhalb von zwei Stunden hatte sich ein Anti-Tunnel-Trust zusammentelephoniert und -telegraphiert, der eine Interpellation an die verschiedenen Regierungen entwarf.

Von New York aus verbreitete sich die Erregung über Chikago, Buffalo, Pittsburg, St. Louis, San Franzisko, während das Tunnelfieber drüben in Europa London, Paris, Berlin zu ergreifen begann.

New York flimmerte und glitzerte in der Mittagshitze und als sich die Leute wieder auf die Straße wagten, donnerten ihnen von allen Straßenecken riesenhafte Plakate entgegen: „Hunderttausend Arbeiter!"

Endlich erfuhr man nun auch den Sitz des Syndikats: Broadway-Wallstreet. Hier stand ein blendendweißes, halbfertiges Turmgebäude, dessen zweiunddreißig Etagen noch von Handwerkern wimmelten.

Schon eine halbe Stunde, nachdem das Riesenplakat New York überschwemmt hatte, drängten sich auf den mit kalkbespritzten Brettern belegten Granitstufen des Syndikatgebäudes Scharen von Arbeitsuchenden zusammen, und das gesamte Heer der Arbeitslosen, das zu jeder Zeit gegen Fünfzigtausend beträgt, wälzte sich durch hundert Straßen nach Downtown. In den Parterreräumen, wo noch Leitern, Böcke und Farbkübel herumstanden, stießen sie auf Allans Agenten — kalte, erfahrene Burschen mit dem raschen Blick von Sklavenhändlern. Sie sahen durch die Kleider hindurch das Knochengerüst ihres Mannes, seine Muskeln und Sehnen. An der Stellung der Schultern, an der Beuge der Arme erkannten sie seine Kraft. Eine Pose, Schminke und gefärbte Haare, waren vor ihren Augen sinnlos. Was grau war und schwächlich, was die mörderische Arbeit New Yorks schon ausgesogen hatte, das ließen sie liegen. Und ob sie auch Hunderte von Menschen in wenigen Stunden sahen — wehe, wenn einer einen zweiten Versuch machte: ihn traf ein eiskalter Blick, daß ihm das Rückenmark gefror, und der Agent sah ihn hierauf überhaupt nicht mehr.

KAPITEL 9

Noch am gleichen Tage erschienen auf allen fünf Stationen, an der französischen, spanischen und amerikanischen Küste, auf den Inseln Bermuda und San Jorgo (Azoren) Truppe von Männern. Sie kamen in Wagen und Mietsautomobilen an, die sich langsam den Weg durchs Gelände suchten, in Sümpfe einsanken und über Dünen humpelten. Bei einer gewissen Stelle, die sich nicht im geringsten von der Umgebung unterschied, kletterten sie von den Sitzen herab, schnallten Nivellierapparate, Meßinstrumente, Bündel von Markierungsstäben vom Wagen und machten sich an die Arbeit. Mit ruhiger Konzentration visierten, maßen, rechneten sie, ganz als gälte es nur einen Garten anzulegen. Der Schweiß tropfte ihnen von der Stirn. Sie steckten einen Streifen Landes ab, der in einem genau festgelegten Winkel gegen das Meer deutete und rückwärts weithinein ins Land lief. Bald waren sie zerstreut an verschiedenen Punkten tätig.

In der Heide tauchten einige Wagen auf, beladen mit Balken, Brettern, Dachpappen und verschiedenen Gerätschaften. Diese Wagen schienen ganz zufällig hierhergekommen zu sein und nicht das geringste mit den Geometern und Ingenieuren, die nicht einmal aufsahen, zu tun zu haben. Sie hielten. Balken und Bretter prasselten auf die Erde. Spaten blitzten in der heißen Sonne, die Sägen kreischten, Hammerschläge dröhnten.

Dann kam ein Auto angeholpert und ein Mann stieg aus und schrie und gestikulierte. Der Mann nahm ein Bündel Meßstangen unter den Arm und stapfte zu den Geometern hinüber. Er war schmal und hellblond, es war Hobby, der Chef der amerikanischen Station.

Hobby schrie Hallo! lachte, wischte sich den Schweiß ab — er war in Schweiß gebadet — und rief:

„In einer Stunde kommt ein Koch! Wilson schafft wie ein Wilder in Toms River." Dann steckte er zwei Finger in den Mund und pfiff.

Von den Wagen herüber kamen vier Männer mit Meßstangen auf den Schultern.

„Hier, die Herren werden euch chaps sagen, was ihr tun sollt." Und Hobby kehrte wieder zu den Wagen zurück und sprang mitten in den Holzhaufen hin und her.

Dann verschwand er in seinem Auto, um nach den Arbeitern in Lakehurst zu sehen, die mit dem Bau einer provisorischen Telephonlinie beschäftigt waren. Er schrie und schimpfte und fuhr weiter, am Bahnkörper Lakehurst-Lakewood entlang, der das Gelände des Syndikats durchschnitt. Mitten auf der Strecke, in einer Viehweide, auf der Kühe und Ochsen umherstanden, hielt ein qualmender Güterzug von zwei Lokomotiven und fünfzig Waggons. Hinter ihm her kam ein Zug mit fünfhundert Arbeitern. Es war fünf Uhr. Diese fünfhundert Arbeiter waren bis zwei Uhr mittags angeworben worden und hatten um drei Uhr Hoboken verlassen. Sie waren alle heiter, gutgelaunt, aus dem kochenden New York heraus zu sein und eine Beschäftigung in freier Luft gefunden zu haben.

Sie stürzten sich auf die fünfzig Waggons und warfen Bretter, Wellbleche, Dachpappen, Kochherde, Proviant, Zelte, Decken, Kisten, Säcke, Ballen auf die Viehweide. Hobby fühlte sich wohl. Er schrie, pfiff, kletterte rasch wie ein Affe über die Waggons und Bretterhaufen und heulte seine Befehle. Eine Stunde später waren die Feldküchen installiert und die Köche an der Arbeit. Zweihundert Arbeiter waren beschäftigt, in aller Eile Baracken zusammenzuschlagen für die Nacht, während die übrigen noch ausluden.

Als es dunkel war, empfahl Hobby seinen „boys" zu beten und sich aufs Ohr zu legen, so gut es ging.

Er fuhr zurück zu den Geometern und Ingenieuren und telephonierte seinen Rapport nach New York.

Dann ging er mit den Ingenieuren hinunter an die Dünen zum Baden. Und hierauf warfen sie sich in den Kleidern auf den Bretterboden der Baracke und schliefen augenblicklich ein, um mit dem Grauen des Tages wieder ihre Tätigkeit aufzunehmen.

Um vier Uhr morgens trafen hundert Waggons Material ein. Um ein halb fünf tausend Arbeiter, die die Nacht im Zug geschlafen hatten und hungrig und erschöpft aussahen. Die Feldküchen arbeiteten schon im Grauen des Tages mit Hochdruck und die Bäckereien standen unter Dampf.

Hobby war pünktlich zur Stelle. Die Arbeit machte ihm Vergnügen, und obwohl er nur wenige Stunden geschlafen hatte, befand er sich in seiner besten Laune, die ihm sofort die Sympathie seines Arbeiterheeres gewann. Er hatte sich ein Pferd zugelegt, einen Grauschimmel, auf dem er den ganzen Tag unermüdlich hin und her galoppierte.

Neben der Bahnstrecke häuften sich ganze Berge von Material an. Um acht Uhr traf ein Zug von zwanzig Waggons ein, der nur Schwellen, Schienen, Karren, zwei zierliche Lokomotiven für eine Schmalspurbahn enthielt. Und um neun Uhr kam der zweite. Er brachte ein Bataillon von Ingenieuren und Technikern mit, und Hobby warf tausend Mann auf den Bau des schmalen Bahnkörpers, der zur drei Kilometer weit entfernten Baustelle führen sollte. Am Abend traf ein Zug mit zweitausend eisernen Feldbetten und Schlafdecken ein. Hobby wetterte ins Telephon und bat um mehr Arbeiter, und Allan sagte ihm zweitausend Mann für den nächsten Tag zu.

In der Tat trafen beim Morgengrauen zweitausend Mann ein. Und hinter ihnen her schleppten sich endlose Züge mit Material. Hobby fluchte das Blaue vom Himmel herunter. Allan begrub ihn buchstäblich! Dann aber ergab er sich in sein Schicksal: er erkannte Allans Tempo! Es war das an sich höllische Tempo Amerikas und dieser Zeit zur Raserei gesteigert. Und er respektierte es, obwohl es ihm den Atem benahm, und potenzierte seine Anstrengungen.

Am dritten Tage hatte die Feldbahn, auf der gerade ein Zug fahren konnte ohne umzustürzen, die Baustelle erreicht, und am Abend des dritten Tages noch pfiff eine kleine Feldlokomotive, die mit lautem Hurra begrüßt wurde, mitten im Camp. Sie schleppte endlose Karren voller Bretter, Balken und Wellblech herbei, und zweitausend Arbeiter waren in fieberhafter Hast beschäftigt, Baracken, Feldküchen, Schuppen anzulegen. Aber in der Nacht kam ein Gewittersturm und fegte die ganze Stadt Hobbys durcheinander.

Hobby hatte für diesen Scherz nur einen langen gehaltvollen Fluch. Er bat Allan um vierundzwanzig Stunden Frist, aber Allan nahm nicht die geringste Rücksicht und sandte einen Materialzug nach dem andern, so daß es Hobby schwarz vor den Augen wurde.

An diesem Tag kam Allan selbst abends um sieben Uhr im Auto mit Maud heraus. Und Allan fuhr umher, wetterte und fluchte und nannte alles eine Bummelei und sagte, das Syndikat bezahle und verlange angestrengteste Arbeit, und fuhr wieder ab und hinterließ ein Kielwasser von Staunen und Respekt.

Hobby war nicht der Mann, der sich rasch entmutigen ließ. Er war entschlossen, das fünfzehnjährige tolle Rennen durchzuhalten und fuhr nun wie ein Teufel dazwischen. Das Allansche Tempo riß ihn mit fort! Ein Arbeiterbataillon war mit dem Bau eines Bahndammes nach Lakewood beschäftigt; für reguläre Züge; eine rostrote Staubwolke zeigte den Weg seiner Arbeit. Ein zweites stürzte sich auf die ankommenden Materialzüge, um in gepeitschtem Tempo die Güter abzuladen und aufzustapeln, Schwellen, Schienen, Kabelmaste, Maschinen. Ein drittes wühlte beim „Schacht"; ein viertes zimmerte die Baracken. All diese Bataillone wurden von Ingenieuren befehligt, die an nichts erkennbar waren als dem unaufhörlichen Geschrei und den erregten Gestikulationen, womit sie die Arbeiterrotten antrieben.

Hobby, auf seinem Grauschimmel, war allgegenwärtig. Die Arbeiter nannten ihn „Jolly Hobby," wie sie Allan „Mac" getauft hatten und Harrimann, den Chefingenieur — ein stiernackiger düsterer Mann, der sein ganzes Leben auf den großen Baustellen aller Kontinente verbracht hatte — einfach „Bull."

Zwischen all diesen Menschenknäueln aber bewegten sich die Feldmesser mit ihren Instrumenten, als ob sie der ganze Tumult nichts angehe, und übersäten das ganze Gelände mit buntfarbigen Pflöcken und Stangen.

Drei Tage nach dem ersten Spatenstich war die Tunnelstadt ein Minen-Camp gewesen, dann ein Feldlager und eine Woche später eine ungeheure Barackenstadt, in der zwanzigtausend Menschen kampierten, mit Schlachthäusern, Molkereien, Bäckereien, Basaren, Bars, Post, Telegraph, einem Hospital und einem Friedhof.

Abseits von ihr stand schon eine ganze Straße fertiger Häuser, Edisonsche Patenthäuser, die an Ort und Stelle gegossen wurden und innerhalb von zwei Tagen fix und fertig waren. Die ganze Stadt war dick mit Staub bedeckt, so daß sie fast weiß erschien; die wenigen Grasbüschel und die vereinzelten Büsche waren zu Zementhaufen geworden. Die Straßen waren Eisenbahnschienen und Schwellen, und die flachen Baracken versanken in einem Wald von Kabelmasten.

Acht Tage später erschien inmitten der Barackenstadt ein schwarzer, heulender und gellender Dämon: eine riesige amerikanische Güterzugmaschine auf hohen roten Rädern, die einen endlosen Zug von Waggons nachschleppte. Sie stand fauchend in dem Trümmerfeld, stieß eine schwarze, hohe Rauchwolke in die grelle Sonne empor und sah um sich. Alle blickten auf sie und schrien und heulten begeistert: es war Amerika, das in die Tunnelstadt gekommen war!

Am andern Tag waren es Rudel und eine Woche später waren es Schwärme dieser schwarzen, rauchenden Dämonen, die die Luft mit der bebenden Ausdünstung ihrer Leiber erschütterten, ihre Saurierknochen schwangen und aus Kiefern und Nasenschlund Dampf und Rauch stießen. Die Barackenstadt sah aus, als ginge sie in Qualm auf. Oft war der Qualm so dick, daß sich in der verdunkelten Atmosphäre elektrische Entladungen vollzogen und bei schönstem Wetter Donner über die Tunnelstadt hinrollte. Die Stadt tobte und schrie, sie pfiff, schoß, donnerte, gellte.

Aus der Mitte dieser tobenden, rauchenden, weißen Schuttstadt aber stieg eine ungeheure Staubsäule empor, Tag und Nacht. Diese Staubsäule bildete Wolkenformationen, ähnlich jenen, die man bei Vulkanausbrüchen beobachtet. Pilzförmig, von den oberen Luftschichten zusammengedrückt, und Wolkenfetzen zogen von ihr aus mit den Luftströmungen.

Es kam ganz auf den Wind an. Aber die Dampfer haben diesen Staub auf dem Meere beobachtet als eine viele Kilometer umfassende, kalkweiße schwimmende Insel, und zuweilen siebte der Tunnelstaub über New York herab wie ein feiner Aschenregen.

Die Baustelle war hier vierhundert Meter breit und zog sich fünf Kilometer schnurgerade ins Land hinein. Sie wurde in Terrassen abgebaut, die tiefer und tiefer stiegen. An der Mündung der Tunnelstollen sollte die Sohle der Terrassen zweihundert Meter unter dem Meeresspiegel liegen.

Heute eine sandige Heidefläche mit einer Heerschar von buntfarbigen Pflöcken, morgen ein Sandbett, übermorgen eine Kiesgrube, ein Steinbruch, ein ungeheurer Kessel aus Konglomeraten, Sandsteinen, Tonen und Kalk, und zuletzt eine Schlucht, in der es wimmelte wie von Maden. Das waren Menschen, winzig von oben gesehen, weiß und grau vom Staub, graue Gesichter, Staub in den Haaren und Wimpern und einen Brei von Staubmasse zwischen den Lippen. Zwanzigtausend Menschen stürzten sich Tag und Nacht in diese Baugrube hinein. Wie ein See glitzert, so glitzerten drunten die Picken und Schaufeln. Hornsignale: Staub wirbelt empor, ein steinerner Koloß neigt sich vornüber, stürzt, zerfällt, und Knäuel von Menschen wälzen sich in die Staubwolke, die emporjagt. Die Bagger kreischen und jammern, die Paternosterwerke winseln und rasseln unaufhörlich, Krane schwingen, Karren sausen durch die Luft, und die Pumpen drücken Tag und Nacht einen Strom von schmutzigem Wasser durch mannsdicke Röhren empor.

Heere von winzigen Lokomotiven schießen unter den Baggern hindurch, schleppen sich zwischen Geröll und über Sandhaufen. Aber sobald sie das freie Land und solide Schienen erreicht haben, fliegen sie wild pfeifend und mit gellenden Glockensignalen zwischen den Baracken dahin nach den Baustellen, wo man Sand und Steine braucht. Hier haben die Züge Berge von Zementsäcken angefahren, und Arbeiterscharen sind beschäftigt, große Kasernenbauten zu errichten, die vierzigtausend Mann beherbergen sollen und zum Winter unter Dach sein müssen.

Fünf Kilometer vom „Schacht" entfernt aber — wo die Trasse sich in sanftem Winkel zu neigen beginnt — stehen in einer Wolke von Öl, Hitze und Rauch vier finstere Maschinen auf funkelnagelneuen Schienen und warten und qualmen.

Vor ihren Rädern blitzen Schaufeln und Picken. Schweißtriefende Rotten heben den Boden aus und füllen ihn auf mit Steinblöcken und Schottersteinen, die aus Kippwagen die Böschung herunterpoltern. In die Steine betten sie Schwellen, die noch kleben vom Teer, und wenn sie eine Leiter von Schwellen gelegt haben, so schrauben sie die Schienen darauf fest. Und wenn sie fünfzig Meter Schienen gelegt haben, so pusten und zischen die vier schwarzen Maschinen und bewegen die Stahlgelenke, drei-, viermal, und schon sind sie wieder bei den blitzenden Schaufeln und Picken angelangt.

So wandern die vier schwarzen Ungeheuer jeden Tag vorwärts, und eines Tages stehen sie tief zwischen hohen Geröllbergen, und eines Tages stehen sie tief unter den Terrassen in einem Kamin von steilen Betonwänden und starren mit ihren Zyklopenaugen auf die Felswand vor ihnen, wo im Abstand von dreißig Schritten zwei große Bogen angeschlagen sind — die Mündung des Tunnels.

ZWEITER TEIL

KAPITEL 1

Wie in der Tunnelstadt auf amerikanischem Boden, so fraßen sich Armeen schweißtriefender Menschen in Frankreich, Finisterre und auf den ozeanischen Stationen in die Erde hinein. Tag und Nacht stiegen an diesen fünf Punkten des Erdballs ungeheure Rauch- und Staubsäulen empor. Das hunderttausendköpfige Arbeiterheer rekrutierte sich aus Amerikanern, Franzosen, Engländern, Deutschen, Italienern, Spaniern, Portugiesen, Mulatten, Negern, Chinesen. Alle lebenden Idiome schwirrten durcheinander. Die Bataillone der Ingenieure bestanden zum größten Teil aus Amerikanern, Engländern, Franzosen und Deutschen. Bald aber strömten Scharen von Volontären aller technischen Hochschulen der Welt herbei, Japaner, Chinesen, Skandinavier, Russen, Polen, Spanier, Italiener.

An verschiedenen Punkten der französischen, spanischen und amerikanischen Küste, der Bermudas und der Azoren erschienen Allans Ingenieure und

Arbeiterhorden und begannen wie an den Hauptbaustellen zu wühlen. Ihre Aufgabe war es, die Kraftwerke zu bauen, Allans „Niagara", dessen Gewalt er brauchte, um seine Züge von Amerika nach Europa zu jagen, die ungeheueren Stollen zu beleuchten und zu belüften. Nach dem verbesserten System der Deutschen Schlick und Lippmann ließ Allan ungeheure Reservoire anlegen, in die das Meer zur Zeit der Flut strömte, um von da in niedriger gelegene Bassins zu donnern, niederschießend die Turbinen zu drehen, die aus den Dynamos den Strom schlugen, und bei Ebbe ins Meer zurückzukehren.

Die Eisenhütten und Walzwerke von Pennsylvania, Ohio, Oklahoma, Kentucky, Colorado, von Northumberland, Durham, Südwales, Schweden, Westfalen, Lothringen, Belgien, Frankreich buchten Allans ungeheure Bestellungen. Die Kohlenzechen beschleunigten die Förderung, um den erhöhten Kohlenbedarf für Transport und Hochöfen zu decken. Kupfer, Stahl, Zement erlebten eine unerhörte Hausse. Die großen Maschinenfabriken Amerikas und Europas arbeiteten mit Überschichten. In Schweden, Rußland, Ungarn und Kanada wurden Wälder niedergemäht.

Eine Flotte von Frachtdampfern und Segelschiffen war ständig zwischen Frankreich, England, Deutschland, Portugal, Italien und den Azoren, zwischen Amerika und den Bermudas unterwegs, um Material und Arbeitskräfte nach den Baustellen zu transportieren.

Vier Dampfer des Syndikats, mit den ersten Kapazitäten (zumeist Deutschen und Franzosen) an Bord, schwammen auf dem Ozean, um die Maße und Lotungen der nach den bekannten ozeanographischen Messungen projektierten Tunnelkurve auf einer Breite von dreißig Seemeilen zu kontrollieren und nachzuprüfen.

Von all den Stationen, Arbeitsstellen, Dampfern, Industriezentren aus liefen Tag und Nacht Fäden nach dem Tunnel-Syndikat-Building, Ecke Broadway-Wallstreet, und von hier aus in eine einzige Hand — Allans Hand.

In wenigen Wochen angestrengtester Arbeit hatte Allan die große Maschine in Schwung gebracht. Sein Werk fing an, die Welt zu umspannen. Sein Name, dieser vor kurzem noch gänzlich unbekannte Name, leuchtete wie ein Meteor über den Menschen.

Tausende von Journalen beschäftigten sich mit seiner Person und nach geraumer Zeit gab es keinen Zeitungsleser in der Welt mehr, der nicht ganz genau Allans Lebensgeschichte kannte.

Diese Geschichte aber war keineswegs alltäglich: Von seinem zehnten bis dreizehnten Jahr gehörte Allan zur Armee der unbekannten Millionen, die ihr Leben unter der Erde verbringen und an die niemand denkt.

Er war in den westlichen Kohlenbezirken geboren, und der erste Eindruck, der in seinem Gedächtnis haften geblieben war, war Feuer. Dieses Feuer stand nachts an verschiedenen Stellen am Himmel, wie feurige Köpfe auf dicken Leibern, die ihn schrecken wollten. Es kam aus Öfen gegenüber heraus in der Gestalt glühender Gebirge, auf die glühende Männer von allen Seiten Wasserstrahlen richteten, bis alles in einer großen weißen Dampfwolke verschwand.

Die Luft war voll von Rauch und Qualm, dem Geschrei von Fabrikpfeifen, es regnete Ruß, und zuweilen brannte nachts der ganze Himmel lichterloh.

Die Menschen erschienen immer in Haufen in den Straßen geschwärzter Backsteinhäuser, sie kamen in Haufen, sie gingen in Haufen, sie waren immer schwarz und selbst am Sonntag hatten sie Kohle in den Augen. In allen ihren Gesprächen kehrte stets das eine Wort wieder: Uncle Tom.

Vater und Fred, der Bruder, arbeiteten in Uncle Tom, wie alle Welt ringsum. Die Straße, in der Mac aufwuchs, war fast immer mit glänzendschwarzem Morast bedeckt. Danebenher floß ein seichter Bach. Die wenigen Gräser, die an seinen Ufern wuchsen, waren nicht grün, sondern schwarz. Der Bach selbst war schmutzig und meist schwammen buntschillernde Ölflecken darauf. Hinter dem Bach standen schon die langen Reihen der Koksöfen, und hinter ihnen erhoben sich schwarze Eisen- und Holzgerüste, auf denen unaufhörlich kleine Karren liefen. Am stärksten aber fesselte den kleinen Mac ein großes, richtiges Rad, das in der Luft hing. Dieses

Rad stand zuweilen auf Augenblicke still, dann begann es wieder zu „schnurren", es wirbelte so rasch, daß man die Speichen nicht mehr sah. Plötzlich aber sah man die Speichen wieder, das Rad in der Luft drehte sich langsamer, das Rad stand still! Und darauf begann es wieder zu „schnurren".

In seinem fünften Lebensjahre wurde Mac von Fred und den übrigen Pferdejungen in das Geheimnis eingeweiht, wie man ohne jegliches Anlagekapital Geld machen könne. Man konnte Blumen verkaufen, Wagenschläge öffnen, umgefallene Stöcke aufheben, Autos herbeiholen, Zeitungen aus den Trams sammeln und wieder in den Handel bringen. Voller Eifer nahm Mac seine Arbeit in der „City" auf. Jeden einzelnen Cent lieferte er an Fred ab und dafür durfte er die Sonntage mit den Pferdejungen in den „saloons" verbringen. Mac kam nun in das Alter, wo ein witziger Junge den ganzen Tag fährt, ohne einen Cent zu bezahlen. Wie ein Parasit lebte er auf allem, was rollte und ihn vorwärtsbrachte. Später vergrößerte Mac sein Geschäft und arbeitete auf eigene Rechnung. Er sammelte leere Bierflaschen in den Neubauten und verkaufte sie, indem er sagte: „Vater schickt mich."

Aber er wurde abgefaßt, jämmerlich verprügelt und damit war das blühende Geschäft zu Ende.

In seinem achten Lebensjahr bekam Mac von seinem Vater eine graue Kappe und große Stiefel, die Fred getragen hatte. Diese Stiefel waren so weit, daß Mac sie mit einem einzigen Schlenkern des Fußes in die nächste Stubenecke befördern konnte.

Der Vater nahm ihn an der Hand und führte ihn nach Uncle Tom. Dieser Tag machte auf Mac einen unauslöschlichen Eindruck. Noch heute erinnerte er sich deutlich, wie er, erschreckt und aufgeregt, an der Hand des Vaters durch den lärmenden Zechenhof schritt. Uncle Tom war mitten im Betrieb. Die Luft bebte von Geschrei, Pfeifen, Kärrchen sausten durch die Luft, Eisenbahnwaggons rollten, alles bewegte sich. Hoch oben aber schwirrte die Förderscheibe, die Mac schon jahrelang aus der Ferne gesehen hatte. Hinter den Koksöfen stiegen Feuersbrünste und weiße Rauchwolken empor, Ruß und Kohlenstaub sank vom Himmel herab, es surrte und zischte in mannsdicken Röhren, aus den Kühlanlagen stürzten Wasserfälle, und aus dem dicken, hohen Fabrikschlot quoll unaufhörlich pechschwarzer Qualm in den Himmel empor.

Je näher sie aber den rußigen Backsteingebäuden mit den geplatzten Fensterscheiben kamen, desto lauter und wilder wurde das Getöse. Es schrie in der Luft wie tausend gemarterte kleine Kinder; die Erde zitterte.

„Was schreit so, Vater?" fragte Mac.

„Die Kohle schreit."

Nie hatte Mac gedacht, daß die Kohle schreien könne!

Der Vater stieg die Treppe eines großen bebenden Hauses empor, dessen Wände Risse zeigten, und öffnete die hohe Tür ein wenig.

„Tag, Josiah! Ich will dem Jungen deine Maschine zeigen," rief er hinein, und dann wandte er sich um und spuckte auf die Treppe. „Komm, Mac!"

Mac lugte in den großen reinlichen, mit Fliesen belegten Saal. Der Mann namens Josiah wandte ihnen den Rücken zu. Er saß in einem bequemen Stuhl, hatte die Hände an blanken Hebeln und starrte regungslos auf eine Riesentrommel im Hintergrunde des Saales. Ein Glockensignal ertönte. Da bewegte Josiah einen Hebel und die großen Maschinen links und rechts begannen ihre Schenkel zu schwingen. Die Trommel, die Mac haushoch vorkam, lief immer rasender, und um sie herum sauste ein schwarzes armdickes Drahtseil.

„Der Korb geht nach Sohle sechs," erklärte der Vater. „Er fällt rascher als ein Stein. Er wird gerissen. Josiah arbeitet mit achtzehnhundert Pferden."

Mac war ganz wirr im Kopfe.

An einer weißen Stange vor der Trommel stiegen Pfeile auf und ab, und als die Pfeile in nächster Nähe waren, bewegte Josiah wieder einen Hebel und die sausende Trommel wurde langsamer und stand still.

Mac hatte nie etwas so Gewaltiges gesehen wie diese Fördermaschine.

„Thanks, Josiah!" sagte der Vater, aber Josiah wandte sich nicht um.

Sie gingen um das Maschinenhaus herum und stiegen eine schmale eiserne Treppe empor, auf der Mac in seinen großen Stiefeln nur mühsam vorwärtskommen konnte. Sie stiegen dem schrillen, winselnden Kindergeschrei entgegen, und hier war der Lärm so groß, daß man kein Wort mehr verstehen konnte. Die Halle war riesig, dunkel, voller Kohlenstaub und rasselnder eiserner Karren.

Macs Herz war beklommen.

Gerade da, wo die Kohlen winselten und schrien, übergab ihn der Vater den geschwärzten Männern und ging davon. Da sah Mac zu seinem Erstaunen einen Bach von Kohlen! Auf einem meterbreiten langen Band liefen unaufhörlich Kohlenstücke dahin, um endlich durch ein Loch im Boden wie ein endloser schwarzer Wasserfall in Eisenbahnwaggons hinabzustürzen. Zu beiden Seiten dieses langen Bandes aber standen geschwärzte Knaben, Knirpse wie Mac, und griffen hastig in den Kohlenstrom hinein und suchten bestimmte Brocken heraus, die sie in eiserne Karren warfen.

Ein Junge schrie ihm ins Ohr, er solle zusehen. Dieser Knirps hatte ein geschwärztes Gesicht und erst nach einer Weile erkannte ihn Mac an einer Hasenscharte. Es war ein Junge aus der nächsten Nachbarschaft, mit dem er erst gestern noch eine Schlägerei gehabt hatte, weil er ihm seinen Spottnamen „Hase" nachrief.

„Wir suchen die Berge heraus, Mac," schrie der „Hase" mit gellender Stimme in Macs Ohr, „wir dürfen die Steine nicht mit verkaufen."

Am nächsten Tage schon sah Mac so gut wie die andern, was Kohle war und was Stein war, am Bruch, am Glanz, an der Gestalt. Und acht Tage später war es ihm, als sei er seit Jahren in dieser schwarzen Halle voller Lärm und Kohle gewesen.

Über den ewig gleitenden Kohlenbach gebeugt, mit den schwarzen Händen nach den „Bergen" fahrend — so stand Mac zwei volle Jahre, jeden Tag, an seinem bestimmten Platz, der fünfte von oben. Tausende von Tonnen Kohlen glitten durch seine kleinen raschen Hände.

Jeden Sonnabend holte er seinen Lohn, den er an den Vater (bis auf ein kleines Taschengeld) abgeben mußte. Mac war neun Jahre alt und ein Mann geworden. Wenn er am freien Sonntag in den „Saloon" ging, so trug er einen steifen Hut und einen Kragen. Eine Pfeife hing zwischen den Haifischzähnen; er kaute Gummi und hatte allezeit ein reichliches Reservoir von Speichel zwischen Zunge und Gaumen. Er war ein Mann, sprach wie ein Mann und hatte nur die helle, gellende Stimme eines Knaben, der die Woche in einem lärmenden Arbeitsraum verbringt.

Das war die Kohle über der Erde, und er, Mac, kannte sie und wußte in allen Dingen Bescheid — besser als der Vater und Fred! Es gab hier Dutzende von Knaben, die nach einem Jahr keine Ahnung hatten, woher die Kohle alle kam, dieser endlose Strom von Kohlenblöcken, die in die Waggons polterten. Tag und Nacht klirrten die eisernen Türen des Schachtes und der triefende Förderkorb spie Tag und Nacht, ohne Pause, vier eiserne Hunde voll Kohlen aus, fünfzig Zentner auf einmal. Tag und Nacht rasselten die Hunde über die Eisenplatten der Halle, Tag und Nacht drehten sie sich an einer bestimmten Stelle über einer Öffnung am Boden (wie Hühner am Spieß!) und schütteten die Kohle hinunter und liefen leer davon. Von da unten aber stieg die Kohle auf einem Paternosterwerk herauf und wurde auf großen Sieben hin und her gerüttelt und hier schrie die Kohle. Die große Kohle, die Förderkohle, ging in die Waggons und fort. Ja, well, das wußten auch die anderen Jungen, aber mehr nicht! Mac hatte sich schon nach einem Monat gesagt, daß die Hunde, die durch die Halle polterten, unmöglich all die Kohle bringen konnten! Und so war es. Täglich kamen Hunderte von Waggons an — von Uncle Tom II, Uncle Tom III und Uncle Tom IV — und sie alle kamen zu Uncle Tom I, weil hier die Wäschereien und Kokereien und der „chemische Betrieb" waren. Mac hatte sich umgesehen und wußte alles! Er wußte, daß die Kohle, die durchs Sieb fiel, durch ein Paternosterwerk in die Wäscherei transportiert wurde. Hier lief sie durch Kessel, in denen das Wasser die Kohle fortspülte, während die Steine sanken. Die Kohle aber lief in eine Riesentrommel aus fünf Sieben, mit verschieden großen Löchern; hier ging sie herum, rasselnd und scharrend und wurde sortiert. Und die einzelnen Sorten liefen durch Kanäle zu verschiedenen Trichtern und fielen als Stückkohle, melierte Kohle, Nuß I, II, III, in die Eisenbahnwaggons und gingen fort! Die Feinkohle aber, all die Splitter und der Staub — die warf man fort, glaubst du? Nein! Frage Mac, den zehnjährigen Ingenieur, und er wird dir sagen, daß man die Kohle „aussaugt", bis nichts mehr von ihr da ist. Dieser Kohlenschutt lief eine eiserne, durchlöcherte Treppe empor. Diese ungeheure Treppe voll grauen Schmutzes schien stillzustehen, aber wenn man genau hinsah, so sah man, daß sie sich langsam — ganz langsam bewegte. In genau zwei Tagen lief jede Stufe hinauf, kippte um und schüttete den Staub in ungeheure Trichter. Von da kam der Staub in die Koksöfen, wurde Koks, und die Gase wurden in den hohen schwarzen Teufeln niedergeschlagen und Teer, Ammoniak und alles mögliche daraus gemacht. Das war der „chemische Betrieb" von Uncle Tom I und Mac wußte alles.

In seinem zehnten Jahr bekam Mac vom Vater einen dicken Anzug aus gelbem Tuch, eine wollene Halsbinde, und an diesem Tage fuhr er zum erstenmal ein — dahin, wo die Kohle herkam.

Die eisernen Schranken klirrten, die Glocke schlug an, der Korb stürzte ab. Zuerst langsam und dann rasend rasch, so schnell, daß Mac glaubte, der Boden, auf dem er saß, breche durch. Es wurde ihm einen Augenblick schwarz vor den Augen, sein Magen schnürte sich zusammen — dann aber hatte er sich zurechtgefunden. Mit einem gellenden Lärm sauste der eiserne Korb achthundert Meter tief hinab. Er schlug schwankend gegen die Führungsschienen, daß es klirrte und krachte, als springe er in Stücke. Das Wasser klatschte auf sie herab, die triefende schwarze Bretterverschalung des Schachtes flog im Schein ihrer Grubenlampen an den offnen Türen des Korbes in die Höhe. Mac sagte sich, daß es so sein müsse. Zwei Jahre lang hatte er täglich beim Schichtwechsel die Hauer und Bergleute mit ihren Lämpchen — die wie Glühwürmchen in der dunklen Halle tanzten — aus dem Korb steigen sehen und mit dem Korb versinken, und nur zweimal war etwas passiert. Einmal war der Korb gegen das Dach gefahren und die Leute hatten sich die Schädel eingeschlagen, das andere Mal war das Seil gerissen und zwei Steiger und ein Ingenieur waren in den Sumpf gestürzt. Das konnte vorkommen, aber es kam nicht vor.

Plötzlich hielt der Korb und sie waren auf Sohle 8, und es war auf einmal ganz still. Ein paar bis zur Unkenntlichkeit geschwärzte, halbnackte Gestalten empfingen sie.

„Du bringst uns deinen Jungen, Allan?"

„Yep!"

Mac befand sich in einem heißen Tunnel, der, beim Schacht schwach erleuchtet, sich rasch in Finsternis verlor. Nach einer Weile schimmerte in der Ferne eine Lampe, ein Schimmel erschien, Jay, der Pferdejunge — den Mac schon lange kannte — an der Seite, und hinterher rasselten zwanzig eiserne Hunde voller Kohlen.

Jay grinste. „Hallo! Da ist er ja!" schrie er. „Mac, ich habe gestern noch drei drinks im Pokerautomaten gewonnen. Hej, hej, stop Boney!"

Diesem Jay wurde Mac beigegeben und einen ganzen Monat lang stapfte er wie ein Schatten an Jays Seite, bis er angelernt war. Dann verschwand Jay, und Mac besorgte die Arbeit allein.

Er war auf Sohle 8 zu Hause und dachte gar nicht daran, daß ein Junge von zehn Jahren etwas anderes sein könne als ein Ponyboy. Anfangs hatte ihn die Finsternis und mehr noch die unheimliche Stille hier unten bedrückt. Ja, was für ein fool war er doch gewesen, zu glauben, daß es hier unten von allen Seiten picken und klopfen würde! Es war im Gegenteil totenstill, wie in einer Gruft, aber man konnte pfeifen, verstehst du? Nur beim Schacht, wo der Korb lief und ein paar Leute die Hunde einschoben und herauszogen, bei den Flözen, wo die Hauer, zumeist unsichtbar für Mac, eingeklemmt zwischen dem Gestein hingen und die Kohle schlugen, war ein wenig Lärm. Eine Stelle aber gab es auf Sohle 8, wo ein furchtbarer Lärm war. Dort arbeiteten die Bohrer. Zwei Männer, die längst taub sein mußten, preßten die pneumatisch betriebenen Bohrer mit den Schultern gegen den Felsen, und hier war kein Wort zu verstehen.

Auf Sohle 8 arbeiteten einhundertundachtzig Menschen — und doch sah Mac selten jemand. Zuweilen einen Steiger, den Schießmeister, das war alles. Es war stets ein Ereignis, wenn irgendein Lämpchen im finsteren Stollen auftauchte und ein einsamer Wanderer angestapft kam. Seine ganze Schicht lang fuhr Mac in diesen öden, schwarzen, niederen Gängen hin und her. Er sammelte die Kohlenkarren bei den Flözen und Bremsbahnen und fuhr sie zum Schacht. Hier hängte er sein Pferd vor den fertigen Zug, leere Hunde, Hunde mit Gestein zum Ausfüllen der abgebauten Flöze, mit Stempeln, Balken und Brettern zum Verzimmern der Stollen, und brachte die Wagen an die betreffenden Stellen. Er kannte das ganze Labyrinth der Stollen, jeden einzelnen Balken, den der hereindrückende Berg geknickt hatte, alle Flöze, sie mochten heißen George Washington, Merry Aunt, Fat Billy oder wie immer. Er kannte die Wettervorhänge, aus denen schwere Grubengase stiegen. Er kannte jeden „Sargdeckel", ins Gestein eingesprengte kurze Säulen, die plötzlich herausfahren können, um dich an die Wand zu nageln. Er kannte die Wetterführung genau, Türen, die der stärkste Mensch nicht öffnen konnte, bevor er nicht die dagegenpressende Luft durch ein kleines Fenster in der Türe hatte ausströmen lassen — dann pfiff die Luft wie ein eisiger Sturmwind. Und wieder, da gab es Stollen voll dumpfer, heißer Luft, daß einem sofort der Schweiß vom Gesicht stürzte. Hundertmal in der Schicht durchquerte er diese eisigen und kochenden Stollen, ganz wie es tausend Pferdejungen in diesem Augenblick tun.

Nach der Schicht fuhr er aus mit den Kameraden im aufwärtsschießenden, klirrenden Korb, aus und wieder ein, ohne sich dabei etwas zu denken, genau wie ein Clerk den Lift nimmt, um in seine Office und von der Office auf die Straße zu kommen.

Da drunten auf Sohle 8 machte Mac die Bekanntschaft von Napoleon Bonaparte, gekürzt Boney. So hieß sein Schimmel. Boney hatte Jahre da unten in der Dunkelheit zugebracht und war halb blind. Sein Rücken war gebogen und der Kopf bis zum Boden gesenkt, von dem ewigen Bücken in den niedrigen Stollen. Boney hatte sich in den Pfützen zwischen den engen Schienen die Hufe breitgetreten, so daß sie wie Kuchen waren. Er war aus den besten Jahren heraus und die Haare gingen ihm aus. Um die Augen und die Nüstern hatte er fleischrote Ringe, die nicht hübsch aussahen. Dabei aber ging es Boney prächtig, er war dick und fett und phlegmatisch geworden. Er ging stets im gleichen Trott. Sein Gehirn hatte sich auf diesen Trott eingestellt und er konnte jetzt nicht mehr anders. Mac konnte mit der Bürste (von ihr wird gleich die Rede sein) vor ihm hertanzen — Boney ging nicht rascher. Mac konnte ihn schlagen — da tat dann Boney, der alte Schwindler, als werde er eifriger, er zeigte seinen Willen, nickte rascher mit dem Kopf, klatschte nachdrücklicher in den Schmutz — aber er ging nicht rascher.

Mac behandelte ihn nicht besonders zärtlich. Wenn er Boney zur Seite haben wollte, so rannte er ihm den Ellbogen in den Wanst; anders tat es Boney nicht, denn obwohl er sah, daß er Platz machen sollte und die Ohren spitzte, ließ er es erst zu Rippenstößen kommen. Wenn Boney einschlief, was häufig vorkam, so schlug ihn Mac mit der Faust auf die Nase — denn Mac mußte fördern und flog hinaus, wenn er seine Karren nicht bewältigte. Er konnte keine Rücksicht nehmen. Trotz alledem waren sie gute Freunde. Zuweilen — wenn Mac sein Repertoire abgepfiffen hatte — klopfte er Boney auf den Hals und plauderte mit ihm: „He, old Boney, how are you to-day, old fellow? All right, are you?" —

Nach halbjähriger Bekanntschaft fiel es Mac auf, daß Boney schmutzig war. Er sah nur hier in der Finsternis, bei der Lampe, wie ein Schimmel aus. Hätte man ihn ans Tageslicht gebracht — holy Gee! — wie hätte Boney sich schämen müssen!

Mac nahm einen Anlauf und kaufte einen Striegel. In Boneys Kopf war keine Erinnerung mehr an diesen Komfort, das sah Mac, denn Boney wandte den Kopf. Das tat er aber selbst dann nicht, wenn neben ihm gesprengt wurde. Dann schwang Boney seinen dicken Hängebauch vor Vergnügen hin und her, um die Wollust des Bürstens auszugenießen. Mac versuchte es auch mit Wasser, denn er hatte es sich in den Kopf gesetzt, Boney schneeweiß herzurichten. Aber sobald Boney Wasser spürte, zuckte seine Flanke, als fahre ein elektrischer Strom durch ihn, und er wechselte unbehaglich die Füße. So blieb es beim trockenen Striegeln. Und wenn Mac lange genug striegelte, so streckte old Boney plötzlich den Hals vor und ließ ein tremulierendes, weinerliches Hundeheulen hören — die Ruine eines Gewiehers. Dann lachte Mac, daß der Stollen hallte. —

Mac hat Boney geliebt, ohne Zweifel. Noch heute spricht er zuweilen von ihm. Er hat ein außergewöhnliches Interesse für alte, krummrückige, fette Schimmel, und manchmal bleibt er stehen und klopft den Hals eines Schimmels und sagt: „So sah Boney aus, Maud, siehst du, genau so!" Aber Maud hat so viele verschiedene Boneys schon gesehen, daß sie an der Ähnlichkeit mit dem old Boney zweifelt. Mac versteht nichts von Gemälden und hat nie einen Cent dafür ausgegeben. Aber Maud entdeckte einen primitiv gemalten, alten Schimmel unter seinen Sachen. Sie war übrigens schon über zwei Jahre mit Mac verheiratet, als ihr seine Sympathie für alte Schimmel auffiel. Einmal, in den Berkshirehills, hielt er plötzlich das Auto an.

„Sieh dir mal den Schimmel an, Maud!" sagte er und deutete auf einen alten Schimmel, der am Weg vor einem Bauernkarren stand.

Maud mußte laut heraus lachen. „Aber Mac, das ist ein alter Schimmel, wie es Tausende gibt."

Das sah Mac natürlich ein und er nickte. „Das mag schon sein, Maud, aber ich hatte einmal genau den gleichen Schimmel."

„Wann?"

„Wann?" Mac sah an ihr vorbei. Es gab nichts, was ihm schwerer wurde, als von sich selbst zu sprechen. „Das ist schon lange her, Maud. In Uncle Tom."

Noch etwas hat Mac aus Uncle Tom mitgebracht. Das ist ein gellender Raubvogelschrei — hej! — hej! — den Mac unwillkürlich ausstößt, wenn ihm jemand vor den Reifen des Autos herumläuft. Diesen Schrei hat er in Uncle Tom gelernt. Damit trieb er Boney an, wenn er abfahren wollte, und damit stoppte er Boney, wenn ein Wagen aus den Schienen gesprungen war.

Mac war fast drei Jahre auf Sohle 8 und hatte den halben Erdumfang in den Stollen von Uncle Tom zurückgelegt, als die Grubenkatastrophe eintrat, an die sich heute noch viele erinnern. Sie kostete zweihundertundzweiundsiebzig Menschen das Leben, aber sie sollte Macs Glück werden.

In der dritten Nacht nach Pfingsten, um drei Uhr morgens, ereignete sich eine Explosion schlagender Wetter in der untersten Sohle von Uncle Tom.

Mac brachte seinen Zug leerer Hunde zurück und pfiff einen Gassenhauer, den gegenwärtig der Phonograph in Johnsons „Saloon" jeden Abend brüllte. Plötzlich hörte er durch das Gerassel der eisernen Hunde hindurch ein fernes Donnern und blickte sich ganz mechanisch um, immer noch pfeifend: da sah er, wie die Stempel und Balken wie Streichhölzer knickten und der Berg hereinbrach. Er riß Boney mit aller Gewalt am Halfter und gellte ihm in die Ohren: „Hej, hej! Git up — glit up!" Boney, der erschrak und die Stempel hinter sich krachen hörte, versuchte einen Galopp, old Bonaparte streckte seinen plumpen Leib, daß er ganz flach lag, warf die Beine hinaus zu einem verzweifelten finish — dann verschwand er unter dem stürzenden Gestein. Mac lief wie besessen, denn der Berg kam hinter ihm her. Es galt! Aber zu seinem Entsetzen sah er, daß die Stempel und Balken vor ihm ebenfalls knackten und die Decke sich senkte. Da drehte er sich ein paarmal im Kreise, wie ein Kreisel, die Hände an den Schläfen und stürzte in einen Seitenverschlag. Der Stollen brach donnernd zusammen, der Seitenverschlag krachte, und gehetzt von stürzendem Gestein flog Mac dahin, rasend und flink. Endlich lief er nur noch im Kreise, die Hände am Kopf, und schrie!

Mac zitterte an allen Gliedern und war ganz ohne Kraft. Er sah, daß er in den Pferdestall gelaufen war, was Boney ebenfalls getan haben würde, wenn ihn der Berg nicht erfaßt hätte. Er mußte sich setzen, da ihn die Knie nicht mehr trugen, und da saß er nun, betäubt vom Schrecken, und dachte eine Stunde lang gar nichts. Endlich beschäftigte er sich mit seiner Lampe, die ganz winzig brannte, und leuchtete die Umgebung ab; er war vollkommen eingeschlossen von Geröll und Kohle. Er versuchte zu denken, wie es gekommen war, aber es fiel ihm gar nichts ein.

So saß er lange Stunden. Er weinte aus Verzweiflung und Verlassenheit, dann raffte er sich zusammen. Er nahm ein Stück Kaugummi und seine Lebensgeister kehrten zurück.

Es war eine Schlagwetter- oder Kohlenstaubexplosion, das stand fest. Boney hatte der Berg erschlagen — und ihn, nun ihn würden sie wohl herausgraben!

Mac saß neben seiner kleinen Lampe am Boden und begann zu warten. Er wartete ein paar Stunden, dann überschlich ihn eine eisige, kalte Angst, und er fuhr erschrocken auf. Er nahm die Lampe und ging in die Stollen links und rechts hinein und leuchtete das Geröll ab, ob kein Weg offen sei. Nein! Es blieb also nichts übrig, als zu warten. Er untersuchte die Futterkiste, setzte sich auf den Boden, und ließ die Gedanken in seinem Kopfe tun, was sie wollten. Er dachte an Boney, an Vater und Fred, die mit ihm eingefahren waren, an Johnsons Bar. An das Lied des Phonographen. An den Pokerspielapparat in Johnsons Bar. Und in Gedanken spielte er eine unendliche Serie von Spielen: er warf seine fünf Cent ein, drehte die Kurbel, ließ los — und merkwürdig, immer gewann er: full hand, royal flush ...

Aus diesem Spiel erweckte ihn ein eigentümlicher Laut. Es zischte und knackte wie im Telephon. Mac lauschte angestrengt. Da hörte er, daß er nichts gehört hatte. Es war die Stille. Seine Ohren schliefen ein. Aber diese schreckliche Stille war unerträglich. Er steckte die Zeigefinger in die Ohren und schüttelte sie. Er räusperte sich und spuckte laut aus. Dann saß er, den Kopf gegen die Wand gelehnt und sah vor sich hin auf das Stroh, das für Boney da war. Schließlich legte er sich auf das Stroh, und mit einem jämmerlichen Gefühl der größten Hoffnungslosigkeit schlief er ein.

Er erwachte (wie er glaubte nach einigen Stunden) infolge von Nässe; die Lampe war ausgegangen und er plätscherte mit den Füßen im Wasser, als er einen Schritt machte. Er war hungrig, nahm eine Handvoll Hafer und begann zu kauen. Er setzte sich auf Boneys Barren, zusammengekauert, in die Dunkelheit blinzelnd und kaute Korn um Korn. Dabei lauschte er, aber er hörte weder Klopfen noch Stimmen, nur das Rieseln und Tröpfeln von Wasser.

Die Dunkelheit war furchtbar, und nach einer Weile sprang er herab, knirschte mit den Zähnen und raufte sich das Haar, während er toll vorwärtsrannte. Er stieß gegen die Mauer, rannte zwei-, dreimal den Kopf dagegen und hieb sinnlos mit den Fäusten aufs Gestein ein. Seine verzweifelte Raserei dauerte nicht lange, dann tastete er sich den Weg zum Barren zurück und fuhr fort, Hafer zu kauen, während er die Tränen laufen ließ.

Stundenlang saß er so. Nichts regte sich. Sie hatten ihn vergessen!

Mac saß, kaute Hafer und dachte. Sein kleiner Kopf begann zu arbeiten, er wurde ganz kühl. In dieser furchtbaren Stunde mußte es sich zeigen, was an Mac war. Und es zeigte sich!

Plötzlich sprang er wieder auf den Boden und schwang die Faust in der Luft: „Wenn those blasted fools mich nicht holen,“ schrie er, „so werde ich mich selbst ausgraben!“

Aber Mac begann nicht sofort zu wühlen. Er nahm wieder auf dem Barren Platz und dachte lange und sorgfältig nach. Er zeichnete sich im Kopf den Plan der Sohle beim Pferdestall. Im Südstollen war es unmöglich! Wenn er überhaupt herauskam, so konnte es nur durch Merry Aunt, Pattersons Flöz, sein. Die Abbaustelle dieses Flözes lag siebzig, achtzig, neunzig Schritte vom Stall entfernt. Das wußte Mac ganz genau. Die Kohle in Merry Aunt war schon durch den Druck des Gebirges brüchig geworden. Das war von großer Wichtigkeit.

Noch um ein Uhr hatte er zu Patterson hinaufgeschrien: „He, Pat, Hikkins sagt, wir fördern nur noch Dreck!“

Pats schwitzendes Gesicht war im Lichtkreis der Lampe erschienen und Pat hatte wütend geheult: „Hikkins shall go to the devil, sag' ihm das, Mac! To hell, Mac! Merry Aunt ist nichts als Dreck, der Berg hat sie zerdrückt. Hikkins soll das Maul halten, Mac, sag' ihm das, sie sollen besser versetzen!“

Pat hatte das Flöz mit neuen guten Stempeln solid gestützt, denn er hatte befürchtet, daß ihn das Gebirge totschlagen werde. Das Flöz war steil, zweiundfünfzig Meter hoch und führte über eine Bremsbahn auf Sohle 7.

Mac zählte die Schritte ab, und als er siebzig gezählt hatte, wurde ihm eiskalt, und als er fünfundachtzig gezählt hatte und ans Gestein stieß, jubelte er hell auf.

Eiskalt vor Energie, mit harten Sehnen und Muskeln machte er sich sofort an die Arbeit. Nach einer Stunde hatte er — knietief im Wasser stehend — eine große Nische aus dem Geröll geschlagen. Aber er war erschöpft und wurde in der schlechten Luft seekrank. Er mußte ausruhen. Nach einer Pause arbeitete er weiter. Langsam und besonnen. Er mußte die Steine oben und zu beiden Seiten abtasten, um sich zu sichern, nicht verschüttet zu werden, Steinsplitter und Steine zwischen gefährlich hängende Brocken treiben, Stempel und Bretter aus dem Stall zum Stützen holen und die Felsstücke herauswälzen. So arbeitete Mac stundenlang, keuchend, kurz und heiß atmend. Dann war er total erschöpft und schlief auf dem Barren ein. Sobald er erwachte, lauschte er, und als er nichts hörte, machte er sich wieder an die Arbeit.

Er grub und grub. Mac grub auf diese Weise einige Tage — und im ganzen waren es doch nur vier Meter! Hundertmal hat er später geträumt, daß er gräbt und gräbt und sich durchs Gestein wühlt ...

Dann fühlte er, daß er an der Mündung des angeschlagenen Flözes war. Er fühlte es deutlich an dem feinen Kohlenstaub, der da lag von den abgerutschten Kohlen. Mac füllte sich die Taschen mit Hafer und stieg in das Flöz ein. Die meisten Stempel standen, der Berg hatte nur wenig Kohle hereingedrückt, und Mac jauchzte und zitterte vor Freude, als er merkte, daß sich die Kohle leicht wegschieben ließ, denn er hatte zweiundfünfzig Meter vor sich. Sich von Stempel zu Stempel schiebend, stieg er das schwarze Flöz in die Höhe. Zurück konnte er jetzt nicht mehr, denn er verschüttete sich selbst den Weg. Plötzlich spürte er einen Stiefel und am rauhen, abgeschürften Leder erkannte er sofort Pattersons Stiefel. Old Pat lag da, verschüttet, und der Schrecken und das Entsetzen lähmten Mac derartig, daß er lange Zeit untätig kauern blieb. Noch heute wagt er es nicht, an diese grauenhafte Stunde zu denken. Als er wieder zu sich kam, kroch er langsam höher. Dieses Flöz war in normaler Verfassung leicht in einer halben Stunde zu besteigen. Aber da Mac erschöpft und schwach war, die Kohle in ganzen Tonnen wegräumen mußte und vorsichtig erst zu untersuchen hatte, ob die Stempel noch standen, so dauerte es lange bei ihm. Schweißtriefend, zerschlagen erreichte er die Bremsbahn. Diese Bremsbahn führte von Sohle 8 direkt zur Sohle 7.

Mac legte sich schlafen. Er erwachte wieder und kletterte langsam die Gleise hinauf.

Endlich war er oben: Der Stollen war frei!

Mac kauerte sich nieder und kaute Hafer und leckte seine nassen Hände ab. Dann machte er sich auf den Weg zum Schacht. Er kannte die Sohle 7 so genau wie die Sohle 8, aber verschüttete Stollen zwangen ihn immer wieder, den Weg zu ändern. Er wanderte stundenlang, bis das Blut in seinen Ohren rauschte. Zum Schacht mußte er, zum Schacht — die Glocke ziehen ...

Plötzlich aber — als er schon zitterte vor Angst, nun hier eingeschlossen zu sein — plötzlich sah er rötliche Lichtfunken: Lampen! Es waren drei.

Mac öffnete den Mund, um zu schreien — aber er brachte keinen Ton heraus und brach zusammen.

Es ist möglich, daß Mac doch geschrien hat, obschon zwei von den Männern schworen, nichts gehört zu haben, während der dritte behauptete, es sei ihm gewesen, als habe er einen leisen Schrei gehört.

Mac fühlte, daß ihn jemand trug. Dann fühlte er, daß er sich im ausfahrenden Korb befand, und zwar erwachte er, weil der Korb so langsam ging. Dann fühlte er, wie man Decken über ihn breitete und ihn wieder trug — und dann fühlte er nichts mehr.

Mac war sieben volle Tage im Berg eingeschlossen gewesen, obschon er glaubte, es seien nur drei gewesen. Von allen Leuten auf Sohle 8 war er der einzig Gerettete. Wie ein Gespenst kam der Pferdejunge aus der zerstörten Sohle herauf. Seine Geschichte ging seinerzeit durch alle Blätter Amerikas und Europas. Der Pferdejunge von Uncle Tom! Sein Bild, wie man ihn hinaustrug, zugedeckt, und seine geschwärzte kleine Hand hing herab, wie er im Hospital im Bett aufrecht saß, erschien in allen Journalen.

Die ganze Welt lachte gerührt über Macs erste Bemerkung, als er erwachte. Er fragte den Arzt: „Haben Sie nicht etwas Kaugummi, Sir?" — Diese Bemerkung war aber ganz natürlich. Macs Mundhöhle war ausgetrocknet, er hätte ebensogut um Wasser bitten können.

Mac war in acht Tagen gesund. Als man ihm auf seine Frage nach Vater und Fred ausweichend antwortete, schlug er die mageren Hände vors Gesicht und weinte, wie ein Knabe von dreizehn Jahren weint, der plötzlich allein auf der Welt steht. Sonst aber ging es dem kleinen Mac vorzüglich. Er wurde gefüttert, alle Welt schickte ihm Kuchen, Geld, Wein. Damit aber wäre Macs Erlebnis zu Ende gewesen, wenn nicht eine reiche Dame in Chikago — gerührt durch das Schicksal des verwaisten Pferdejungen — sich seiner angenommen hätte. Sie leitete fortan seine Erziehung.

Mac kam es nicht in den Sinn, daß man etwas anderes werden könne als Bergmann, und so sandte ihn seine Patronesse auf eine Bergakademie. Nach beendetem Studium kehrte Mac als Ingenieur nach Uncle Tom zurück, wo er zwei Jahre blieb. Darauf ging er in die Silbermine Juan Alvarez in Bolivia — in eine Gegend, wo ein Mann genau wissen mußte, wann der richtige Moment für einen gutsitzenden Faustschlag gekommen war. Die Mine verkrachte und Mac leitete hierauf den Bau der Tunnel der Bolivia-Anden-Bahn. Hier war ihm seine „Idee" gekommen. Die Durchführung seiner Idee hing von verbesserten Gesteinsbohrern ab — und so machte sich Mac an die Arbeit. Der Diamant der Diamantbohrer mußte durch ein billiges Material von annähernder Härte ersetzt werden. Mac trat bei den Versuchswerkstätten der Edison Works Limited ein und versuchte einen Werkzeugstahl außerordentlicher Härte zu schaffen. Nachdem er zwei Jahre mit Zähigkeit gearbeitet hatte und seinem Ziele nahe war, schied er aus den Edison Works aus und machte sich selbständig.

Sein Allanit machte ihn rasch wohlhabend. Zu dieser Zeit lernte er Maud kennen. Er hatte nie Zeit gehabt, sich um Frauen zu kümmern und machte sich nichts aus ihnen. Maud aber gefiel ihm auf den ersten Blick! Ihr zarter brauner Madonnenkopf, ihre warmen, großen Augen, die in der Sonne bernsteinfarben aufleuchten konnten, ihre ein wenig versonnene Art (sie trauerte damals um ihre Mutter), ihr rasch entzündetes und entzücktes Wesen, all das machte einen tiefen Eindruck auf ihn. Besonders ihr Teint tat es ihm an. Es war die feinste, reinste und weißeste Haut, die er je gesehen hatte, und er begriff nicht, daß sie nicht beim kleinsten Luftzug zerriß. Es imponierte ihm, wie mutig sie ihr Leben in die Hand nahm. Sie gab damals Klavierunterricht in Buffalo und war von früh bis nachts tätig. Er hörte sie einmal über Musik, Kunst und Literatur sprechen — lauter Dinge, von denen er gar nichts verstand — und seine Bewunderung ihres Wissens und ihrer Klugheit war grenzenlos. Er verschoß sich regelrecht in Maud und beging die gleichen Dummheiten wie alle Männer in dieser Lage. Anfangs hatte er gar keinen Mut, und es gab Stunden, da er ehrlich verzweifelt war. Eines Tages aber entdeckte er einen Blick in Mauds Augen — was für ein Blick war es doch? — und dieser Blick gab ihm Mut. Kurz entschlossen machte er ihr einen Antrag, und einige Wochen darauf heirateten sie. Hierauf widmete er drei weitere Jahre rastloser Tätigkeit der Ausarbeitung seiner „Idee".

Und nun war er Mac, ganz einfach Mac, den die Volkssänger in den Concerthalls der Vorstadt besangen.

KAPITEL 2

In den ersten Monaten sah Maud ihren Gatten sehr selten.

Sie erkannte schon nach den ersten Tagen, daß seine jetzige Arbeit von ganz anderer Art war als seine Tätigkeit in der Fabrik in Buffalo, und sie war klug und stark genug, Macs Werk ohne viele Worte ihr Teil zu opfern. An vielen Tagen bekam sie ihn überhaupt nicht zu Gesicht. Er war auf der Baustelle, in den Versuchswerkstätten von Buffalo, oder er hatte dringende Konferenzen. Allan begann seine Arbeit morgens um sechs Uhr und sie hielt ihn häufig bis spät in die Nacht hinein fest. Vollkommen ermüdet, zog er es zuweilen vor, auf der Ledercouch seines Arbeitsraumes zu übernachten, anstatt erst nach Bronx zu fahren.

Auch darein fügte sich Maud.

Damit er wenigstens einigen Komfort für diese Fälle habe, richtete sie ihm ein Schlafzimmer mit Bad und ein Speisezimmer im Syndikatgebäude ein, eine richtige kleine Wohnung, in der er Tabak und Pfeifen, Kragen, Wäsche, kurz alles, was er brauchte, fand. Sie überließ ihm Lion, den chinesischen Boy, zur Bedienung. Denn niemand vermochte so gut mit Mac umzugehen wie er. Lion konnte mit asiatischem Gleichmut hundertmal nacheinander sagen — immer mit einer kleinen angemessenen Pause dazwischen —: „Dinner, sir — Dinner, sir." Er verlor weder die Geduld noch hatte er Launen. Er war immer da und man sah ihn nie. Er arbeitete lautlos und gleichmäßig wie eine gutgeölte Maschine und doch war stets alles in peinlicher Ordnung.

Nun sah sie Mac allerdings noch seltener, aber sie hielt sich tapfer. Solange es die Witterung erlaubte, arrangierte sie am Abend kleine Diners auf dem Dach des Syndikatgebäudes, das einen berückenden Blick über New York gewährte. Diese Diners mit einigen Freunden und Mitarbeitern Macs machten ihr große Freude und sie verwandte den ganzen Nachmittag auf die Vorbereitung. Es verdroß sie auch nicht, wenn Mac zuweilen nur auf einige Minuten kommen konnte.

Die Sonntage aber verbrachte Allan regelmäßig in Bronx bei ihr und Edith; und dann schien es, als wolle er alle Versäumnisse der Woche wettmachen, so ausschließlich widmete er sich ihr und dem Kinde, heiter und harmlos wie ein großer Knabe.

Manchmal auch fuhr er an den Sonntagen mit ihr nach der Baustelle in New Jersey, um „Hobby etwas Dampf aufzusetzen".

Es kam ein ganzer Monat voller Konferenzen mit den Gründern und Großaktionären des Syndikats, mit Finanzleuten, Ingenieuren, Agenten, Hygienikern, Baumeistern. In New Jersey waren sie auf große Mengen Wassers gestoßen, in „Bermuda" verursachte der Bau des Serpentintunnels unerwartete Schwierigkeiten. In „Finisterra" war das Arbeitermaterial minderwertig und mußte durch besseres ersetzt werden. Und dazu häuften sich die laufenden Arbeiten von Tag zu Tag mehr und mehr.

Allan arbeitete zuweilen zwanzig Stunden nacheinander, und es war selbstverständlich, daß sie an solchen Tagen keine Ansprüche an ihn erhob.

Mac versicherte ihr, daß es in einigen Wochen besser sein werde. Wenn der erste Rush vorbei sei! Sie hatte Geduld. Ihre einzige Sorge war, daß Mac sich überarbeiten könne.

Maud war stolz, die Frau Mac Allans zu sein! In einer stillen Begeisterung ging sie umher. Sie liebte es, wenn die Zeitungen ihn den „Eroberer der submarinen Kontinente"nannten und die Genialität und Kühnheit seiner Entwürfe priesen. Übrigens hatte sie sich noch nicht ganz daran gewöhnt, daß Mac nun plötzlich ein berühmter Mann geworden war. Sie betrachtete ihn zuweilen voller Staunen und Ehrfurcht. Aber dann fand sie, daß er ganz genau so aussah wie früher, schlicht, gar nicht ungewöhnlich. Sie befürchtete auch, daß sein Nimbus in der Öffentlichkeit verblassen würde, wenn die Leute wüßten, wie simpel sein Wesen im Grunde genommen sei. Eifrig sammelte sie alle Aufsätze und Zeitungsnotizen, die sich auf den Tunnel und Mac bezogen. Zuweilen trat sie auch in ein Kinotheater, wenn sie gerade vorbeikam, um sich selbst zu sehen, „Mac's wife", wie sie in Tunnel-City aus dem Automobil stieg und ihr heller Staubmantel flatterte im Winde. Die Journalisten nahmen jede Gelegenheit wahr, um sie zu interviewen, und sie lachte sich tot vor Vergnügen, wenn sie am nächsten Tag in der Zeitung einen Artikel fand: „Macs Frau sagt, er ist der beste Gatte und Vater New Yorks."

Obwohl sie es sich nicht eingestand, schmeichelte es ihr, wenn die Leute in Geschäften, wo sie Einkäufe machte, sie neugierig anstarrten, und ein großer Triumph ihres Lebens war es, als Ethel Lloyd ihren Wagen am Union-Square abstoppen ließ und sie ihren Freundinnen zeigte.

An den schönen Tagen fuhr sie Edith in einem eleganten Korbwägelchen im Bronx-Park spazieren und dann besuchten sie stets den Tiergarten, wo sie sich beide stundenlang vor den Affenkäfigen amüsieren konnten, und zwar amüsierte sich Maud nicht weniger als ihr Kind. Als aber der Herbst kam und Nebel aus dem feuchten Boden von Bronx stiegen, hatte dieses Vergnügen ein Ende.

Mac hatte versprochen, an Weihnachten drei Tage ganz und gar — ohne jede Arbeit! — mit ihnen zu verbringen, und Mauds Herz jubelte schon Wochen vorher. Es sollte genau so werden wie ihr erstes gemeinsames Weihnachtsfest. Hobby sollte am zweiten Feiertag kommen und sie wollten Bridge spielen, bis sie umfielen. Maud hatte ein endloses Programm für die drei Tage ausgearbeitet.

Den ganzen Dezember hindurch bekam sie allerdings ihren Gatten fast nicht zu sehen. Allan war tagtäglich von Beratungen mit Finanzleuten in Anspruch genommen, da sie die Vorbereitungen für die finanzielle Kampagne trafen, die im Januar eröffnet werden sollte.

Allan brauchte — vorerst! — die hübsche Summe von drei Milliarden Dollar. Aber er zweifelte keinen Augenblick daran, daß er sie bekommen würde.

Wochenlang war das Syndikatgebäude von Journalisten belagert gewesen, denn die Presse hatte mit der Sensation glänzende Geschäfte gemacht. Auf welche Weise sollte der Tunnel gebaut werden? Wie verwaltet? Wie sollten sie da drinnen mit Luft versorgt werden? Wie war die Tunnelkurve berechnet worden? Wieso kam es, daß die Tunnelkurve, trotz kleiner Umwege, um ein Fünfzigstel kürzer werden würde als der Seeweg? („Stich eine Nadel durch einen Globus und du weißt es!") Das waren alles Fragen, die das Publikum wochenlang in Atem hielten. Am Schluß hatte man nochmals die Fehde um den Tunnel, einen neuen „Tunnelkrieg" in den Zeitungen entfacht, der mit der gleichen Erbitterung und dem gleichen Lärm geführt wurde wie der erste.

Die gegnerische Presse führte wiederum ihre alten Argumente ins Feld: daß niemand diese ungeheure Strecke aus Granit und Gneis herauszubohren imstande sei, daß eine Tiefe von 4000 bis 5000 Metern unter dem Meeresspiegel jede menschliche Tätigkeit ausschließe, der ungeheuren Hitze und dem enormen Druck kein Material standhalten würde — daß aus all diesen Gründen der Tunnel ein klägliches Fiasko erleiden würde. Die freundlich gesinnte Presse aber machte ihren Lesern zum tausendstenmal die Vorzüge des Tunnels klar: Zeit! Zeit! Zeit! Pünktlichkeit! Sicherheit! Die Züge würden so sicher laufen wie die Züge auf der Erdoberfläche — ja, sicherer! Man sei nicht mehr vom Wetter, vom Nebel und Wasserstand abhängig und setze sich nicht der Gefahr aus, irgendwo auf dem Ozean von den Fischen gefressen zu werden. Man erinnere sich nur an die Katastrophe der „Titanic", bei der sechzehnhundert Menschen das Leben verloren, und an das Schicksal der „Kosmos", die mit ihren viertausend Menschen an Bord mitten im Ozean verscholl!

Die Luftschiffe kämen überhaupt niemals für einen Massenverkehr in Betracht. Und zudem sei es bis heute erst zwei Luftschiffen gelungen, den Atlantik zu überfliegen.

In jener Zeit konnte man keine Zeitung oder Zeitschrift in die Hand nehmen, ohne auf das Wort „Tunnel" und auf Illustrationen und Abbildungen zu stoßen, die sich auf den Tunnel bezogen.

Im November wurden die Nachrichten spärlicher und schließlich erloschen sie ganz. Das Pressebureau des Syndikats hüllte sich in Stillschweigen. Allan hatte die Baustellen gesperrt und es war unmöglich, neue Illustrationen zu veröffentlichen.

Das Fieber, das die Zeitungen im Volk entfacht hatten, verflog, und nach einigen Wochen war der Tunnel eine alte Geschichte, für die man kein Interesse mehr übrig hatte. Etwas Neues stand momentan im Vordergrund: internationaler Rundflug um die Erde!

Der Tunnel aber war vergessen.

Das war Allans Absicht! Er kannte seine Leute und wußte recht gut, daß diese ganze erste Begeisterung ihm keine Million Dollar eingebracht hätte. Er selbst wollte, wenn er den richtigen Zeitpunkt für gekommen wähnte, eine zweite Begeisterung entfachen, die nicht allein auf Sensation beruhte!

Im Dezember ging eine ausführlich kommentierte Nachricht durch die Zeitungen, die geeignet war, eine Ahnung von der Tragweite des Allanschen Projektes zu geben: die Pittsburg-Smelting and Refining Company erwarb für die Summe von zwölfeinhalb Millionen Dollar das Anrecht auf alle im Verlauf des Baus zutage geförderten Materialien, die sich hüttentechnisch verarbeiten ließen. (Die Aktien der P. S. R. C. waren im sechsten Baujahr um 60 Prozent gestiegen!) Gleichzeitig erschien die Notiz, daß die Edison-Bioskop-Gesellschaft für eine Million Dollar das alleinige Recht erworben habe, photographische und kinematographische Aufnahmen vom Tunnel während der ganzen Bauzeit zu machen und zu veröffentlichen.

Die Edison-Bio verkündete in grellen Plakaten, daß sie „das ewige Denkmal des Tunnelbaus, vom ersten Spatenstich an bis zum ersten Europa-Flyer schaffen wolle, um den kommenden Geschlechtern die Geschichte des größten menschlichen Werkes zu überliefern." Sie beabsichtige, die Tunnelfilme alle zuerst in New York vorzuführen, um sie von da aus über dreißigtausend Theater des ganzen Erdballs zu schicken.

Es war unmöglich, eine bessere Reklame für den Tunnel zu ersinnen!

Die Edison-Bio begann ihre Arbeit am gleichen Tage und ihre zweihundert Theater New Yorks waren bis auf den letzten Platz besetzt.

Edison-Bio brachte die bekannten Szenen auf dem Dachgarten des Atlantic, sie zeigte die fünf gewaltigen Staubsäulen der einzelnen Baustellen, die Steinfontänen, die das Dynamit emporjagt, die Abfütterung von hunderttausend Menschen, den Anmarsch der Arbeiterbataillone am Morgen, sie zeigte den Mann, dem ein Felsstück den Brustkorb eingeschlagen hat und der noch leise atmet, bevor er stirbt. Sie zeigte den Friedhof der Tunnelstadt mit fünfzehn frischen Hügeln. Sie zeigte Holzfäller in Kanada, die einen Wald für Allan niederschlagen — sie zeigte die Heere von beladenen Waggons, die alle die Buchstaben A. T. S. trugen.

Dieser Film, der zehn Minuten lang dauerte und den schlichten Namen „Eisenbahnwagen" trug, machte den stärksten und in der Tat einen überwältigenden Eindruck. Güterzüge, nichts sonst. Güterzüge in Schweden, Rußland, Österreich, Ungarn, Deutschland, Frankreich, England, Amerika. Züge mit Erzen, Holzstämmen, Kohlen, Schienen, Eisenrippen, Röhren, endlos. Ihre Maschinen qualmten und alle rollten vorüber — alle rollten! — ohne Aufhören rollten sie vorüber, so daß man sie schließlich rollen und rauschen hörte.

Zum Schluß kam noch ein kurzer Film: Allan geht mit Hobby über die Baustelle in New Jersey.

Jede Woche brachte die Edison-Bio einen neuen „Tunnelfilm", und am Schluß erschien Allan stets in irgendeiner Situation in eigener Person.

Während Allans Name früher kaum mehr gewesen war als der Name eines Rekordfliegers, der heute bejubelt wird und morgen das Genick bricht und übermorgen vergessen ist, so verband die Menge jetzt mit seinem Namen und seinem Werk festgefügte und klare Vorstellungen.

Vier Tage vor Weihnachten waren New York und alle großen und kleinen Städte der Staaten mit möbelwagengroßen Plakaten überschwemmt, vor denen sich die Menge trotz dem Geschäftsfieber der Weihnachtswoche ansammelte. Diese Plakate zeigten eine Feenstadt, einen Ozean von Häusern, aus der Vogelperspektive gesehen. Nie hatte ein Mensch etwas Ähnliches gesehen oder erträumt! In der Mitte dieser Stadt, die in lichten Farben gehalten war (ganz wie New York an einem dunstigen sonnigen Morgen erscheint), lag eine grandiose Bahnhofanlage, im Vergleich zu der Hudson-River-Terminal, Central- und Pennsylvania-Station Kinderspielzeuge waren. Ein Delta tiefliegender Trassen ging von ihr aus. Die Trassen, ebenso die Haupttrasse, die zu den Tunnelmündungen führte, waren von unzähligen Brücken überspannt, von Parkanlagen mit Fontänen und blühenden Terrassen eingesäumt. Ein dichtgedrängtes Gewimmel tausendfenstriger Wolkenkratzer scharte sich um den Bahnhofsquare: Hotels, Kaufhäuser, Banken, Officebuildings. Boulevards, Avenuen, in denen die Menge wimmelte, Autos, elektrische Bahnen, Hochbahnen dahinschossen. Endlose Reihen von Häuserblöcken, die sich im Dunst des Horizonts verloren. Im Vordergrund links waren märchenhafte, faszinierende Hafenanlagen zu sehen, Lagerhäuser, Docke, Kaie, auf denen die Arbeit fieberte, voller Dampfer, Schornstein an Schornstein, Mast an Mast. Im Vordergrund rechts ein endloser, sonniger Strand voller Strandkörbe, und dahinter riesige Luxusbadehotels. Und unter dieser blendenden Märchenstadt stand: „Mac Allans Städte in zehn Jahren."

Die oberen zwei Drittel des Riesenplakates waren sonnige Luft. Und ganz oben, am Rande, zog ein Aeroplan, nicht größer als eine Möwe. Man sah, daß der Pilot etwas mit der Hand über Bord warf, das anfangs wie Sand aussah, dann aber rasch größer wurde, flatterte, sich ausbreitete zu Zetteln wurde, von denen einzelne dicht über der Stadt so groß waren, daß man deutlich lesen konnte, was darauf stand: „Kauft Baustellen!"

Dieser Entwurf stammte von Hobby, der nur an den Kopf zu klopfen brauchte und die großartigsten Dinge kamen heraus.

Am gleichen Tag lag das Plakat in entsprechendem Format allen großen Zeitungen bei. Jeder Quadratfuß New Yorks war damit bedeckt. In allen Bureaus, Restaurants, Bars, Saloons, Zügen, Stationen, Ferryboats, überall stieß man auf die Wunderstadt, die Allan aus den Dünen stampfen wollte. Man belächelte, bestaunte, bewunderte sie, und am Abend kannte jedermann Mac Allans City ganz genau: ganz New York glaubte schon in Mac Allan City gewesen zu sein!

In der Tat, dieser Bursche verstand es, von sich reden zu machen!

„Bluff! Bluff! Fake! The greatest bluff of the world!"

Aber unter zehn, die „Bluff" schrien, sah man immer einen, der die Hände rang, die andern an den Schultern schüttelte und sich blau schrie:

„Bluff? Nonsense, Mann! Nimm deinen Kopf zusammen! Mac macht es!!! Wir sehen uns wieder! Mac ist ein Kerl, der alles macht, was er sagt!"

Waren diese Riesenstädte in Zukunft überhaupt wahrscheinlich und möglich? Das war die Frage, an der man sich die Köpfe einstieß.

Schon am nächsten Tage brachten die Zeitungen die Antworten der berühmtesten Statistiker, Nationalökonomen, Bankiers, Großindustriellen. Mr. F. says: —! Sie stimmten alle darin überein, daß allein schon die Verwaltung des Tunnels und der technische Betrieb viele Tausende von Menschen erfordern würde, die an und für sich respektable Städte füllten. Der Passagierverkehr zwischen Amerika und Europa würde sich nach Ansicht der einzelnen Kapazitäten zu drei Vierteln, nach jener anderer zu neun Zehnteln dem Tunnel zuwenden. Heute waren täglich rund fünfzehntausend Menschen zwischen den Kontinenten unterwegs. Mit der Eröffnung des Tunnels würde sich der Verkehr versechsfachen, ja — nach einigen — verzehnfachen. Die Ziffern konnten ins Unfaßbare emporschnellen. Ungeheure Menschenmassen würden täglich in den Tunnelstädten eintreffen. Es war sogar möglich, daß diese Tunnelstädte in zwanzig, fünfzig und hundert Jahren Dimensionen annehmen würden, die wir Menschen von heute mit unseren kleinlichen Maßstäben gar nicht auszudenken vermochten.

Allan führte nun Schlag auf Schlag.

Am nächsten Tag gab er die Bodenpreise bekannt!

Nein, Allan war nicht so schamlos, die gleichen Unsummen zu verlangen, die man in Manhattan forderte, wo man den Quadratmeter mit Tausend-Dollarnoten auslegen mußte, nein, aber trotzdem waren seine Preise unverschämt und machten den stärksten Mann mundtot. Die Real-Estate-Agenten tanzten, als ob sie Gift genommen hätten. Sie machten Bewegungen, als hätten sie sich Finger und Mundwerk verbrannt. Oh, hehe! Sie schlugen Beulen in ihre steifen Hüte: Mac! Wo war er, dieser Schurke, der ihre Hoffnungen zerschmettert hatte, in einigen Jahren ein Vermögen zu verdienen! Woher nahm er das Recht, alles Geld in die eigenen Taschen zu schieben?

Es lag haarklar auf der Hand: dieser Fall Allan war die größte und kühnste Bodenspekulation aller Zeiten! Allan, dieser Schurke, hatte Sandhaufen hektarweise eingekauft und verzapfte sie in Quadratmetern! — In der billigsten Zone seiner verfluchten Schwindelstädte — die noch gar nicht existierten! — verhundertfachte, in der teuersten Zone vertausendfachte er sein Geld!

Die Spekulation versteinerte! (Aber die einzelnen Spekulanten behielten einander argwöhnisch im Auge. Sie witterten geheime Attentate, Truste, Konzerne!) Wie eine feindselig geschlossene Phalanx stand sie Allans unverschämten Forderungen gegenüber. Allan hatte noch dazu die Nerven, zu verkünden, daß er dieses „günstige" Angebot nur drei Monate offen lassen werde. Sollte er! Es würde sich ja zeigen, ob es Liebhaber gab für seine Schmutzpfützen — hoho! — Narren, die einfaches Wasser für Whisky bezahlten — — —

Und es zeigte sich!

Gerade jene Schiffahrtskompagnien, die Allan mit Feuer und Gift auf den Leib gerückt waren, sicherten sich die ersten Baustellen, Kaie, Docke. Lloyds Bank schluckte einen ungeheuren Brocken, das Warenhaus Wannamaker folgte.

Nun mußte man! Man mußte! Jeden Tag veröffentlichten die Zeitungen neue Ankäufe — sinnlose Summen für nichts als Sand, Geröll — in einer Bluffstadt! — aber man mußte, wollte man nicht zu spät kommen. Es gab Geschichten in der Welt, deren Ausgang man nie voraussagen konnte.

Nearer my God to thee, — es gab kein Zurück mehr ...

Allan machte keine Pause. Er hatte die Öffentlichkeit auf die nötige Temperatur gebracht und er wollte von dieser Temperatur profitieren.

Am vierten Januar lud er die Welt auf einer Riesenseite in allen Zeitungen zur Zeichnung der ersten drei Milliarden Dollar ein, von welcher Summe zwei Drittel auf Amerika und ein Drittel auf Europa entfallen sollten. Eine Milliarde sollte durch Aktien, der Rest durch Shares aufgebracht werden.

Die Subskriptionseinladung enthielt alles Wesentliche über Baukosten, Eröffnung des Tunnels, Rentabilität, Verzinsung, Amortisation. Dreißigtausend Passagiere täglich angenommen, würde sich der Tunnel schon rentieren. Es sei aber ohne Zweifel täglich mit vierzigtausend und mehr zu rechnen. Dazu kämen die enormen Einnahmen für Fracht, Post, pneumatische Expreßpost und Telegramme ...

Es waren Zahlen, wie die Welt sie noch nie gesehen hatte! Verwirrende, beschwörende, unheimliche Zahlen, die einem Atem und Verstand raubten!

Die Zeichnungsaufforderung war von den Gründern und Großaktionären des Syndikats, den blendendsten Namen der Staaten, den führenden Banken unterzeichnet. Als Chef des finanziellen Ressorts tauchte zur größten Überraschung New Yorks ein Mann auf, der aller Welt als „Lloyds right-hand-man" bekannt war: S. Woolf, bisher Direktor von „Lloyds Bank."

KAPITEL 3

Lloyd selbst hatte S. Woolf an die Spitze des Syndikats geschoben, und damit war S. Woolfs Name für ewige Zeiten mit dem Tunnel verknüpft.

Sein Porträt erschien in den Abendblättern: ein würdevoller, ernster, etwas fetter Gentleman von orientalischem Typus. Wulstige Lippen, eine starke, gekrümmte Nase, kurzes, schwarzes, gekräuseltes Haar und kurzer schwarzer Bart; dunkle hervorquellende Augen von leicht melancholischem Glanz.

„Beginnt als Händler mit alten Kleidern — jetzt finanzieller Leiter des A. T. S. mit zweihunderttausend Dollar jährlich. Spricht zwölf Sprachen."

Die Sache mit den alten Kleidern war ein Märchen, das S. Woolf selbst einmal scherzweise in die Welt gesetzt hatte. Aber ohne Zweifel kam S. Woolf von „da unten" herauf. Bis zu seinem zwölften Jahre hatte er als Samuel Wolfsohn den Schmutz eines ungarischen Nestes, Szentes, an den Füßen herumgeschleppt und sich von Zwiebeln ernährt. Sein Vater war Leichenwäscher und Totengräber. Mit dreizehn Jahren kam er als Lehrling in eine Bank nach Budapest, wo er fünf Jahre blieb. Hier in Budapest begann ihn zuerst „der Rock zu zwicken," wie er sich ausdrückte. Ausgehöhlt von Ehrgeiz, Verzweiflung, Scham und Machtgelüsten war er, krank von tollen Wünschen. Er sammelte sich zu einem verzweifelten Sprung. Obacht, nun kam er! Und Samuel Wolfsohn schuftete Tag und Nacht, die Zähne zusammengebissen, mit wütender Energie. Er lernte Englisch, Französisch, Italienisch, Spanisch, Russisch, Polnisch. Und siehe da, sein Gehirn saugte diese Sprachen ohne große Schwierigkeiten auf wie ein Löschblatt die Tinte. Er machte sich an Teppichhändler, Orangenverkäufer, Kellner, Studenten, Taschendiebe heran, um sich in der Aussprache zu üben. Sein Ziel war Wien! Er kam nach Wien, aber auch hier zwickte ihn der Rock. Er kam sich wie mit tausend Riemen gefesselt vor. Sein Ziel war Berlin! Samuel Wolfsohn ahnte die Marschroute. Er nagelte noch weitere hunderttausend Vokabeln in sein Gedächtnis und lernte die ausländischen Zeitungen auswendig. Nach drei Jahren gelang es ihm, gegen einen Hungerlohn als Korrespondent bei einem Börsenmakler in Berlin anzukommen. Aber auch in Berlin zwickte ihn der Rock! Hier war er plötzlich Ungar und Jude. Er sagte sich, daß der Weg über London führen müsse und bombardierte die Londoner Bankhäuser mit Offerten. Ohne Erfolg. Die in London brauchten ihn nicht, aber er, Samuel Wolfsohn, wollte sie zwingen, ihn zu brauchen. Sein Instinkt wies ihn auf Chinesisch hin. Sein Gehirn saugte auch diese schwierige Sprache auf; die Aussprache übte er mit einem chinesischen Studenten, dem er als Entgelt Briefmarken verschaffte. Samuel Wolfsohn lebte elender als ein Hund. Er gab nie einen Pfennig Trinkgeld, er hatte den Mut, die frechste Schnauze eines Berliner Kellners zu überhören. Er nahm nie eine Elektrische, sondern schleppte sich heroisch auf seinen elenden, schmerzenden Plattfüßen, die voller Hühneraugen waren, dahin; er gab Sprachstunden für achtzig Pfennig, er übersetzte. Geld! Seine tollen Wünsche schüttelten ihn, sein Ehrgeiz knirschte, die kühnsten Verheißungen blendeten sein Hirn. Keine Pause, keine Erholung, kein Schlaf, keine Liebelei. Demütigungen und Züchtigungen, die das Leben über ihn verhängte, konnten ihn nicht mürbe machen, er krümmte den Rücken und richtete sich wieder auf. Entweder, oder! Plötzlich aber setzte er alles auf eine Karte! Er kündigte seine Stellung! Er bezahlte einem Zahnarzt dreißig Mark für eine Plombe und das Reinigen seines Gebisses. Er kaufte elegante Schuhe, ließ sich bei einem ersten Schneider einen englischen Anzug bauen und dampfte als Gentleman nach London. Nach vierwöchigen fruchtlosen Bemühungen stieß er hier bei Tayler and Terry, Bankers, auf einen Wolfsohn, der schon die Metamorphose hinter sich hatte. Dieser Wolfsohn sprach genau so viele Sprachen wie er und machte sich einen Spaß daraus, dem jungen Schwung das Genick zu brechen. Aber er brach es nicht. Es war der größte Erfolg seines Lebens. Der arrivierte Wolfsohn ließ einen chinesischen Dolmetsch kommen und versteinerte, als er hörte, daß die beiden eine regelrechte Unterhaltung führten. Drei Tage später war Samuel Wolfsohn wieder in Berlin, aber — if you please! — nicht, um dazubleiben! Er war nun Mr. S. Wolfson (ohne h) aus London, sprach ausschließlich Englisch und fuhr am selben Abend als nobler Reisender, der die

Bedienung des Schlafwagens tyrannisierte, nach Schanghai weiter. In Schanghai fühlte er sich schon wohler. Er sah Luft, den Horizont. Aber immer noch zwickte ihn der Rock ein wenig. Hier war er kein Engländer, so peinlich genau er auch seine Klubgenossen kopierte. Er ließ sich taufen, wurde Katholik, obgleich es niemand von ihm verlangte. Er machte Ersparnisse (der alte Wolfsohn konnte seine Leichenwäscherei aufgeben) und ging nach Amerika. Endlich konnte er frei atmen! Er hatte endlich einen weiten Rock an, in dem er sich wohlfühlte. Die Bahn war frei, alle Geschwindigkeitsenergien, die er in sich aufgespeichert hatte, konnte er entfesseln. Resolut stieß er die Endsilben seiner Namen ab, wie eine Eidechse den Schwanz, und nannte sich Sam Wolf. Damit aber niemand auf den Gedanken kommen sollte, er sei ein Deutscher, schob er noch ein o ein. Er verleugnete seinen englischen Akzent, ließ sich den englischen Schnurrbart rasieren und sprach durch die Nase; er gebärdete sich laut und gutgelaunt, er war der erste, der den Rock auszog und in Hemdärmeln über die Straße ging. Er lag wie ein Vollblutamerikaner im Thronsessel der Schuhputzer. Damit war aber die Zeit vorbei, da man ihn in jede beliebige Form pressen konnte, dreieckig, viereckig, kugelförmig, wie es sein mußte. S. Woolf stoppte ab. Er hatte diese Verwandlungen nötig gehabt, um er selbst zu werden. Punktum! Einige Jahre schuftete er an der Baumwollenbörse in Chikago, dann kam er nach New York. Ausgerechnet von hinten her, um den Erdball herum, war er dahin gekommen, wohin er gehörte. Seine Kenntnisse, sein Genie, seine unerhörte Arbeitskraft brachten ihn rasch in die Höhe, und nun preßte er mit seinen Patentsohlen fest und gehörig auf die Schultern unter ihm, genau so, wie man ihn gepreßt hatte. Er legte den lauten Brokerton ab, er wurde würdevoll, und zum Zeichen, daß er arriviert sei und tun könne, was er wolle, schaffte er sich ein individuelles Gesicht an: er ließ sich einen kurzen Backenbart stehen.

In New York widerfuhr ihm ein zweites Mal ein ähnliches Glück wie vor Jahren in London. Er stieß auf einen zweiten S. Woolf, aber auf einen S. Woolf von ungeheurem Kaliber. Er stieß auf Lloyd! Damals war er bei der Union-Exchange, keineswegs in erster Stellung. Aber das Glück wollte es, daß er ein kleines Manöver gegen Lloyd einzuleiten hatte. Er machte ein paar geschickte Schachzüge, und Lloyd — beschlagen in allen Eröffnungen dieser Art von Schachspiel, ein Kenner — fühlte, daß er es hier mit einem Talent zu tun hatte. Das war nicht die Taktik W. P. Griffith' und T. Lewis', nein — und als Lloyd anklopfte, kam S. Woolf heraus, und er sicherte sich dieses Talent. S. Woolf stieg und stieg — sein Auftrieb war so gewaltig, daß er nicht stillstehen konnte, bevor er nicht ganz oben war. So landete er im Alter von zweiundvierzig Jahren — etwas fett schon und asthmatisch, hartgebrannt vom Ehrgeiz — im Atlantik-Tunnel-Syndikat.

S. Woolf hatte auf seinem Weg nur einmal eine kurze Pause gemacht, und sie war ihm teuer zu stehen gekommen. Er hatte sich in Chikago in eine hübsche Wienerin verliebt und sie geheiratet. Aber die Schönheit der Wienerin, die seine Sinne entzündete, war bald verblüht, und nichts war geblieben als eine zänkische, arrogante, kränkelnde Ehefrau, die ihn mit ihrer Eifersucht bis aufs Blut peinigte. Genau vor sechs Wochen war diese Frau gestorben. S. Woolf trauerte ihr nicht nach. Er brachte seine zwei Söhne in eine Pension, nicht nach Europa etwa, sondern nach Boston, wo sie zu freien, gebildeten Amerikanern erzogen werden sollten. Er richtete einer lichtblonden Schwedin, die Gesang studierte, ein kleines Appartement in Brooklyn ein — und dann nahm er einen tiefen Atemzug und begann seine Tätigkeit im Syndikat.

Am ersten Tag schon kannte er Namen und Personalien seines ungeheuren Stabs von Subdirektoren, Prokuristen, Kassierern, Buchhaltern, Clerks, Stenotypistinnen, am zweiten Tag hatte er sämtliche Zügel in die Hand genommen und am dritten Tage war es, als ob er diesen Posten schon seit Jahren bekleidete.

Lloyd hatte S. Woolf empfohlen als den bedeutendsten Finanzpraktiker, den er in seinem Leben kennen gelernt habe, und Allan, dem die Persönlichkeit S. Woolfs fremd und wenig sympathisch war, mußte schon nach wenigen Tagen gestehen, daß er, wenn nicht mehr, zum mindesten ein bewundernswerter Arbeiter war.

KAPITEL 4

Die Subskriptions-Einladung war veröffentlicht, und der Tunnel begann zu schlucken!

Die Aktien lauteten auf tausend Dollar. Die Shares auf hundert, zwanzig und zehn Dollar.

Die kahle Riesenhalle der New York-Stock-Exchange erdröhnte am Tage der Emission von ungeheurem Lärm. Seit vielen Jahren war kein Papier mehr auf den Markt gekommen, dessen Zukunft sich so wenig vorherbestimmen ließ. Sie konnte unerhört glänzend sein, sie konnte keinen Cent Wert haben. Die Spekulation fieberte vor Erregung, verhielt sich aber abwartend, da niemand den Mut aufbrachte voranzugehen. Aber S. Woolf hatte schon Wochen vorher in Schlafwagen zugebracht und die Stellung sondiert, die die schwere Industrie, die das größte Interesse am Tunnel hatte, dem Syndikat gegenüber einnahm. Er ratifizierte keinen Auftrags-Vertrag, bevor er sich nicht überzeugt hatte, daß sein Mann ihm sicher war. So kam es, daß die Agenten der schweren Industrie Punkt zehn Uhr einen Rush starteten. Sie erwarben für rund fünfundsiebzig Millionen Dollar Aktien.

Der Damm war gebrochen ...

Allan aber war es in erster Linie um das Geld des Volkes zu tun. Nicht eine Rotte von Kapitalisten und Spekulanten sollte den Tunnel bauen, er sollte Eigentum des Volkes, Amerikas, der ganzen Welt werden.

Und das Geld des Volkes ließ nicht auf sich warten.

Die Menschen haben stets die Kühnheit und den Reichtum bewundert. Die Kühnheit ist ein Triumph über den Tod, der Reichtum ein Triumph über den Hunger, und nichts fürchten die Menschen mehr als Tod und Hunger.

Selbst unfruchtbar, stürzten sie sich von jeher auf fremde Ideen, um sich daran zu erwärmen, zu entflammen und über die eigene Dumpfheit und Langeweile wegzutäuschen. Sie waren ein Heer von Zeitungslesern, die dreimal täglich ihre Seele mit den Schicksalen unbekannter Menschen heizten. Sie waren ein Heer von Zuschauern, die sich stündlich an den tausendfältigen Kapriolen und tausendfältigen Todesstürzen ihrer Mitmenschen ergötzten, in dumpfem Grimm über die eigene Ohnmacht und Bettelarmut. Nur wenige Auserwählte konnten sich den Luxus leisten, selbst etwas zu erleben. Den andern fehlte Zeit und Geld und Mut, das Leben ließ ihnen nichts. Sie wurden fortgerissen von dem sausenden Treibriemen, der um den Erdball fegte, und wer das Zittern bekam und den Atem verlor, stürzte ab und zerschmetterte und niemand kümmerte sich um ihn. Niemand hatte Zeit und Geld und Mut, sich um ihn zu kümmern, auch das Mitgefühl war Luxus geworden. Die alten Kulturen waren bankerott und die Masse war kaum der Beachtung wert: etwas Kunst, etwas Religion, Christian Science, Heilsarmee, Theosophie und spiritistischer Schwindel — kaum genug, um den seelischen Bedarf einer Handvoll Menschen zu decken. Ein bißchen billige Zerstreuung, Theater, Kinos, Boxkämpfe und Varietés, wenn der sausende Treibriemen auf ein paar Stunden stillstand — um das Schwindelgefühl zu überwinden. Aber viele hatten alle Hände voll zu tun, ihren Körper zu trainieren, damit sie Kraft genug hatten, die Reise morgen wieder mitmachen zu können. Dieses Training nannten sie Sport.

Das Leben war heiß und schnell, wahnsinnig und mörderisch, leer, sinnlos. Tausende warfen es fort. Eine neue Melodie, wenn wir bitten dürfen, nicht die alten Gassenhauer!

Und Allan gab sie ihnen. Er gab ihnen ein Lied aus Eisen und knisternden elektrischen Funken, und sie verstanden es: es war das Lied ihrer Zeit und sie hörten seinen unerbittlichen Takt in den rauschenden Hochbahnzügen über ihren Köpfen.

Dieser Mann versprach keine Claims im Himmel, er behauptete nicht, daß die menschliche Seele sieben Etagen habe. Dieser Mann trieb keinen Humbug mit endgültig vergangenen und unkontrollierbaren zukünftigen Dingen, dieser Mann war die Gegenwart. Er versprach etwas Handgreifliches, das jeder verstehen konnte: er wollte ein Loch durch die Erde graben, das war alles!

Aber trotz der Einfachheit erkannte jedermann, wie unendlich kühn das Projekt dieses Mannes war. Und: es war umblendet von Millionen!

Zuerst floß das Geld des „kleinen Mannes" nur spärlich, dann aber in Strömen. Durch New York, Chikago, San Franzisko, ganz Amerika schwirrte das Wort „Tunnel-Shares." Man sprach von den Viktoria-Rand-Mine-Shares, den Continental Radium-Shares, die ihren Mann reich gemacht hatten. Die Tunnel-Shares konnten alles bisher Dagewesene glatt hinter sich lassen. Man konnte —! O, go on, ja, und man brauchte es! Es handelte sich nicht um tausend Dollar mehr oder weniger, es handelte sich darum, sich den Rückzug ins Alter zu decken, bevor einem die Zähne aus dem Kiefer fielen.

Wochenlang wälzte sich ein Strom von Menschen über die Granittreppe des Syndikatgebäudes. Denn obwohl man die Shares an hundert anderen Orten ebensogut kaufen konnte, wollte sie doch jedermann frisch aus der Quelle haben. Es waren Kutscher, Chauffeure, Kellner, Liftboys, Clerks, Ladenmädchen, Handwerker, Diebe, Juden, Christen, Amerikaner, Franzosen, Deutsche, Russen, Polen, Armenier, Türken, alle Nationen und Schattierungen der Haut, die sich vor dem Gebäude des Syndikats zusammenknäulten und erhitzten durch Gespräche über Shares, Minen, Dividende, Gewinn. Ein Geruch von Geld lag in der Luft! War es nicht, als ob solides Geld, solide Dollarnoten aus dem grauen Winterhimmel über Wallstreet herabregneten?

An manchen Tagen war der Andrang so groß, daß die Beamten gar nicht die Zeit hatten, das einkassierte Geld zu ordnen. Es war, bei Gott, wie in den fernen Tagen des Franklin-Syndikats, den Tagen des seligen „520% Miller." Die Beamten warfen das Geld einfach hinter sich auf den Boden. Sie wateten bis an die Knöchel im Geld, und unaufhörlich waren Diener beschäftigt, das Geld in Waschkörben wegzuschleppen. Diese Flut von Geld, die nicht abnahm, sondern stetig wuchs, zauberte einen Glanz wahnsinniger Gier in die Augen der Köpfe, die sich in die Schalter zwängten. Eine Handvoll — soviel als sie mit einer Hand packen konnten! — und sie, die Nummern, Motoren, Automaten, Maschinen, waren: Menschen. Schwindlig im Hirn wie nach Ausschweifungen gingen sie weg, berauscht von Träumen, Fieber in den Augen; wie Millionäre.

In Chikago, St. Louis, Frisko, in allen großen und kleinen Städten der Staaten spielten sich ähnliche Szenen ab. Es gab keinen Farmer, keinen Cowboy, keinen Miner, der nicht in A. T. S.-Shares spekulierte.

Und der Tunnel schluckte, der Tunnel trank das Geld, wie ein Riesenungeheuer mit vorsintflutlichem Durst. Auf beiden Seiten des Ozeans schluckte er.

KAPITEL 5

Die große Maschine lief mit ihrer vollen Geschwindigkeit, und Allan sorgte dafür, daß sie das Tempo beibehielt.

Sein Prinzip war, daß man alles in der Hälfte der Zeit tun könne, die man zu brauchen glaubt. Alle Menschen, die mit ihm in Berührung kamen, nahmen unbewußt sein Tempo an. Das war Allans Macht.

Der zweiunddreißigstöckige menschliche Bienenkorb aus Eisen und Beton roch von den Tresors im Souterrain bis hinauf zur Marconi-Station auf dem flachen Dach nach Schweiß und Arbeit. Seine achthundert Zellen wimmelten von Beamten, Clerks, Stenotypistinnen. Seine zwanzig Lifts schossen den ganzen Tag auf und ab. Es gab hier Paternosteraufzüge, in die man hineinsprang, während sie vorbeiflogen. Es gab Lifts, die nicht bis zum zehnten, zwanzigsten Stockwerk hielten, D-Lifts, es gab einen Lift, der bis zum obersten Stockwerk durchsauste. Kein einziger Quadratmeter der zweiunddreißig Etagen lag brach. Post, Telegraph, Kassen, Zentralen für Hochbau, Tiefbau, Kraftwerke, Städtebau, Maschinen, Schiffe, Eisen, Stahl, Zement, Holz. Bis spät in die Nacht hinein stand das Gebäude wie ein feenhaft beleuchteter Turm im bunten, klingenden Gewimmel des Broadway.

Über die ganze Breite der obersten vier Etagen spannte sich ein enormes, von Hobby entworfenes Reklametableau, das aus Tausenden von farbigen Glühlampen gebildet war. Eine Riesenkarte des atlantischen Ozeans, umrahmt von den Farben der stars and stripes. Der Atlantik blaue, ewig bebende Wellenlinien, links Nordamerika, rechts Europa mit den britischen Inseln, kompakte, blitzende Sternhaufen. Tunnel-City, Biskaya, Azora, Bermuda und Finisterra Klötze rubinfarbiger Lichter, die wie Scheinwerfer blenden. Auf dem Ozean, etwas näher zu Europa, ein Dampfer, getreu in Lichtern nachgeahmt. Dieser Dampfer aber kommt nicht von der Stelle. Unter den blauen Wellenlinien ist mit roten Lampen eine sanfte Kurve gezeichnet, die über die Bermudas und Azoren nach Spanien und Frankreich führt: der Tunnel. Durch den Tunnel aber jagen unaufhörlich feurige Züge zwischen den Kontinenten hin und her. Züge von sechs Waggons, in Abständen von fünf Sekunden! Ein Lichtnebel steigt aus dem glitzernden Tableau empor, das getragen wird von ruhigen, selbstbewußten, breiten, milchweißen Riesenlettern: Atlantik-Tunnel.

Je erregter die Luft um Allan fieberte, desto wohler fühlte er sich. Seine Laune war ausgezeichnet. Er sah stets heiß und angeregt aus, kräftiger und gesünder denn je. Sein Kopf saß noch freier auf den Schultern und diese Schultern waren noch breiter und stärker geworden. Seine Augen hatten den kindlichen, gutmütigen Ausdruck verloren, ihr Blick war bestimmt und gesammelt. Selbst sein Mund, früher zusammengepreßt, war erblüht, gesättigt von einem unmerklichen und undefinierbaren Lächeln. Er aß mit gesundem Appetit, schlief tief und traumlos und arbeitete — nicht überstürzt, aber gleichmäßig und ausdauernd.

Maud dagegen hatte eingebüßt an Glanz und Frische. Ihre Jugend war vorbei, sie war aus einem Mädchen eine Frau geworden. Ihre Wangen zeigten nicht mehr die alte frische Röte, sie waren etwas fahler und schmaler geworden, gespannt, aufmerksam, und ihre glatte Stirn war nachdenklich gefaltet.

Sie litt.

Im Februar und März hatte sie einige herrliche Wochen verlebt, die sie für Langeweile und Leere des Winters entschädigten. Sie war mit Mac auf den Bermudas, Azoren, und in Europa gewesen. Besonders während sie auf See waren, hatte sie Macs Gesellschaft fast den ganzen Tag über genießen können. Nach der

Heimkehr aber war es ihr um so schwerer geworden, sich wieder in Bronx einzugewöhnen.

Mac war wochenlang unterwegs. Buffalo, Chikago, Pittsburg, Tunnel-City, Kraftwerke an der Küste. Er lebte in D-Zügen. In New York aber erwartete ihn schon wieder ein Berg von Arbeit.

Zwar kam er nun häufiger nach Bronx, wie er versprochen hatte, aber fast immer, und selbst an den Sonntagen, brachte er Arbeit mit, die keinen Aufschub erlaubte. Häufig kam er nur, um zu schlafen, zu baden, zu frühstücken, und wieder war er fort.

Im April stand die Sonne schon hoch am Himmel und einige Tage waren sogar drückend heiß. Maud promenierte mit Edith, die nun schon tapfer an ihrer Seite einhertrippelte, im Bronx-Park, der von moderner Erde und jungem Laub herrlich roch. Wie im vorigen Sommer stand sie wieder, mit Edith auf dem Arm, stundenlang vor dem Affenkäfig und lachte. Die kleine Edith ritt, rotglühend vor Vergnügen, auf einem zierlichen Shetlandpony, sie warfen den Bären, die mit aufgesperrten Rachen an den Gittern hockten, Brotstücke in die Mäuler, sie besuchten die Löwenbabys — so verging der Nachmittag. Zuweilen wagte sich Maud auch mit ihrem Kind in die lärmende, staubende City hinein; sie hatte das Bedürfnis, das Leben zu spüren. Gewöhnlich landete sie dann in den Anlagen der Battery, wo die Hochbahnzüge über den Köpfen der spielenden Kinder dahindonnern. Von dem ganzen endlosen New York liebte Maud diese Stelle am meisten.

Neben dem Aquarium standen Bänke und hier nahm Maud Platz und träumte über die Bai hinaus, während ihr Mädchen mit bunten Geschirren im Sand spielte und vor Anstrengung und Aufregung laut schnaufte. Die weißen Ferryboote pendelten unaufhörlich zwischen Hoboken, Ellis Island, Bedloes Island, Staaten-Island und New York-Brooklyn hin und her. Die milchige, weite Bai und der Hudson wimmelten von ihnen, oft konnte sie dreißig zur gleichen Zeit zählen. Auf allen bewegte sich ein weißer, doppelarmiger Hebel, dem Wagbalken einer Wage ähnlich, ohne Pause auf und ab. So sah es aus, als marschierten die Dampfer in Siebenmeilenstiefeln dahin. Die Central of New Jersey Ferry kam beladen mit Eisenbahnwagen vorüber, Tugs und kleine Zollboote schossen aufgeregt durch das Wasser. Fern im Sonnennebel stand die lichte Silhouette der Freiheitstatue, und es schien, als schwebe sie auf dem Wasser. Dahinter zog ein blauer Streifen, das war Staaten Island, schon kaum mehr zu sehen. Aus den Kaminen der Dampfer schoß ein weißer Dampfstrahl und nach einer Weile hörte man Tuten und Pfeifen. Die Bai war voller Stimmen, vom schrillsten Winseln der Tugs bis zum tiefen Brummen der Ozeandampfer, das die Luft weithin erschütterte. Unausgesetzt rasselten Ketten und in der Ferne wurde Eisen gehämmert. Der Lärm war so vielstimmig und mannigfaltig, daß er wie ein sonderbares Konzert wirkte und Träumereien und Nachdenklichkeit erzeugte.

Plötzlich tutete es ganz nahe: ein riesiger Schnelldampfer schob sich in der Sonne durch das schmutziggrüne Wasser des Hudson; die Kapelle spielte an Bord, alle Verdecke waren mit Menschenköpfen punktiert und im Hinterschiff stand die schwarze Masse der Zwischendecker.

„Winke, Edith, winke dem Dampfer!"

Und Edith sah auf, schwang den kleinen Blecheimer und schrie — genau wie die Pfeife der Tugs.

Wenn sie aufbrachen, so wollte Edith stets zum Vater gehen. Aber Maud erklärte ihr, daß sie Vater nicht stören dürften.

Maud nahm wieder eifrig ihr Klavierspiel auf. Sie übte fleißig und nahm wieder Unterricht. Wieviel sie verlernt hatte! Ein paar Wochen lang besuchte sie alle großen Konzerte; sie spielte selbst an zwei Abenden im Monat im Heim der Verkäuferinnen und Blusenarbeiterinnen. Aber das Entzücken, das ihr mit der Musik ins Blut strömte, mischte sich mehr und mehr mit einer quälenden, dumpfen Sehnsucht, so daß sie nach einiger Zeit immer seltener musizierte und es schließlich ganz aufgab. Sie besuchte Vorträge über Kindererziehung, Hygiene, Ethik und Tierschutz. Ihr Name erschien sogar unter den Komiteedamen von Vereinigungen für Invalidenfürsorge und Waisenerziehung — jene modernen Ambulanzen, wo die Wunden verbunden werden, die die unbarmherzige Schlacht der Arbeit schlägt.

Aber es blieb eine Leere in ihr zurück, eine Leere, in der es brodelte von Groll und Verlangen.

Gegen Abend klingelte sie Mac regelmäßig an, und sie fühlte sich schon ruhiger, wenn sie seine Stimme hörte.

„Wirst du heute abend zu Tisch kommen, Mac?" fragte sie und lauschte schon gespannt auf seine Antwort, während sie noch sprach.

„Heute? Nein, heute ist es unmöglich. Aber morgen komme ich, ich richte es ein. Wie geht es Edith?"

„Besser als mir, Mac!" Aber sie lachte dabei, um Mac zu täuschen.

„Kannst du sie an den Apparat bringen, Maud?"

Und Maud, glücklich darüber, daß er an ihr Kind dachte, hob die Kleine in die Höhe und Edith mußte irgend etwas in das Telephon plappern.

„Nun adieu, Mac! Es schadet ja nichts, daß es heute nicht geht, aber morgen kenne ich keine Gnade — hörst du?"

„Ja, ich höre. Morgen bestimmt. Gute Nacht, Maud!"

Später aber kam es häufig vor, daß es Lion nicht gelang, Mac an den Apparat zu bringen, da er unmöglich abkommen könne.

Und Maud, unglücklich und zornig, warf den Hörer heftig hin und kämpfte mit den Tränen.

An den Abenden las sie. Sie las ganze Bücherschränke aus. Aber sie fand bald, daß die meisten Bücher nichts als Lüge waren. No, my dear, das Leben war ganz anders! Zuweilen aber fand sie ein Buch, das ihr ihren Jammer in seiner ganzen Größe bestätigte. Sie ging unglücklich, mit Tränen in den Augen, in den leeren, stillen Zimmern hin und her. Schließlich kam sie auf die großartige Idee, selbst ein Buch zu schreiben. Ein ganz eigenartiges Buch — und damit wollte sie Mac überraschen! Die Idee berauschte sie. Einen ganzen Nachmittag lief sie in der Stadt umher, um ein Buch aufzutreiben, wie sie es im Kopfe hatte. Endlich fand sie, was sie wünschte. Es war ein Tagebuch, in Alligatorhaut gebunden, mit feinem gelblichen Papier. Gleich nach Tisch begann sie ihre Arbeit. Sie schrieb auf die erste Seite: Leben meines kleinen Töchterchens Edith und was sie sagte.

Niedergeschrieben von ihrer Mutter Maud.

„Gott möge sie beschirmen, die süße Edith," schrieb sie auf das zweite Blatt. Und auf dem dritten fing sie an.

„To begin with my sweet little daughter was born ..."

Das Buch sollte Mac zu Weihnachten bekommen. Die Arbeit entzückte sie und vertrieb ihr viele einsame Abende. Jede Kleinigkeit aus dem Leben ihres jungen Töchterchens buchte sie gewissenhaft. Alle drolligen Aussprüche und alle naiven und weisen Fragen, Bemerkungen und Ansichten ihres Kindes. Zuweilen schweifte sie auch ab und verlor sich in ihre eigenen Sorgen und Gedanken.

Sie lebte vom Sonntag auf den Sonntag, da Mac sie besuchte. Die Sonntage waren ein Fest für sie. Sie schmückte das Haus, sie entwarf einen besonderen Speisezettel, der Mac für die ganze Woche entschädigen sollte. Aber zuweilen konnte Allan auch am Sonntag nicht abkommen.

An einem Sonntag wurde er plötzlich in die Stahlwerke nach Buffalo gerufen. Und am folgenden Sonntag brachte er Herrn Schlosser, Chef der Baustelle auf den Bermudas, mit nach Bronx und Maud hatte so gut wie nichts von ihm, denn die beiden benutzten den Tag zur Erörterung technischer Fragen.

Da erschien Maud eines Nachmittags zu ungewöhnlicher Stunde im Syndikatgebäude und ließ Mac durch Lion sagen, daß sie ihn sofort zu sprechen wünsche.

Sie wartete im Speisezimmer, das an Macs Arbeitssaal stieß und hörte eine rasselnde, fettige Stimme eine Reihe von Banken nennen.

„— Manhattan — Morgan Co. — Sherman —"

Sie erkannte die Stimme von S. Woolf, den sie nicht ausstehen konnte. Plötzlich brach er ab und Mac rief: „Sofort, sage sofort, Lion."

Lion trat ein und gab flüsternd Bescheid.

„Ich kann nicht warten, Lion!"

Der Chinese blinzelte verlegen und schlich lautlos hinaus.

Gleich darauf trat Mac ein, heiß von der Arbeit, in bester Laune.

Er fand Maud, das Gesicht in das Taschentuch gedrückt und heftig weinend.

„Maud?" fragt er bestürzt. „Was gibt es? Etwas mit Edith?"

Maud schluchzte lauter. Edith! Edith! An sie dachte er gar nicht. Konnte nicht mit ihr etwas sein? Ihre Schultern schüttelte das Weinen.

„Ich halte es ganz einfach nicht mehr aus!" schluchzte sie und preßte das Gesicht noch tiefer ins Taschentuch. Immer heftiger weinte sie. Sie konnte nun gar nicht mehr aufhören, wie ein Kind, das zu weinen anfing. All ihr Groll und Kummer mußte heraus.

Mac stand eine Weile ratlos. Dann berührte er Mauds Schulter und sagte: „Aber höre doch, Maud — ich konnte ja nichts dafür, daß uns Schlosser den Sonntag verdarb. Er kam von seiner Station herüber und konnte unmöglich länger als zwei Tage bleiben."

„Das ist es ja gar nicht. Dieser eine Sonntag —! Gestern nun war Ediths Geburtstag ... ich habe gewartet ... ich habe gedacht ..."

„Ediths Geburtstag?" sagte Allan verlegen.

„Ja. Du hast ihn vergessen!"

Da stand nun Mac beschämt da. „Wie konnte ich nur?" sagte er. „Noch vorgestern dachte ich daran!" Nach einer Pause fuhr er fort: „Höre, kleine Maud, ich muß soviel im Kopf haben in diesen Tagen; es ist ja nur, bis der Anfang gemacht ist —"

Da sprang Maud auf und stampfte mit dem Fuße und sah ihn zornrot an, während ihr die Tränen übers Gesicht liefen. „Das sagst du immer — seit Monaten sagst du das! — O, was für ein Leben!" schluchzte sie und warf sich wieder in den Stuhl und bedeckte das Gesicht mit dem Taschentuch. Mac wurde immer ratloser. Er stand da wie ein ausgescholtener Schulknabe und errötete. Noch nie hatte er Maud so aufgebracht gesehen.

„Nun, höre doch, Maud," begann er wieder, „es gibt mehr Arbeit, als ein Mensch annehmen konnte — aber das wird bald besser werden." Und er bat sie, noch eine Weile Geduld mit ihm haben zu wollen, sich zu zerstreuen, zu musizieren, Konzerte, Theater zu besuchen.

„O, das habe ich alles schon versucht, es ist langweilig — es wächst mir zum Hals heraus — und immer zu warten und zu warten —!"

Mac schüttelte den Kopf und sah hilflos auf Maud.

„Ja, was sollen wir mit dir tun, girlie — was sollen wir mit dir anfangen?" fragte er leise. „Vielleicht gingst du besser einige Wochen aufs Land? Nach Berkshire?"

Maud hob rasch den Kopf und sah ihn mit nassen, blanken Augen an.

„Willst du mich ganz los sein?" fragte sie mit offenem Mund.

„Ach, nein, nein. Ich will nur dein Bestes, liebste Maud. Du tust mir leid — ja, aufrichtig —"

„Ich will nicht, daß ich dir leid tue, nein ..." Und von neuem schüttelte sie dies heftige, dumme Weinen.

Mac nahm sie auf den Schoß und bemühte sich, sie durch Liebkosungen zu beruhigen, während er auf sie einsprach. „Ich komme heute abend nach Bronx!" sagte er schließlich, als sei damit alles wieder in Ordnung gebracht.

Maud trocknete ihr schwimmendes Gesicht ab.

„Gut. Aber wenn du später als halb neun Uhr kommst, so lasse ich mich scheiden von dir!" Und sie wurde plötzlich tiefrot im Gesicht, als sie dies sagte. „Ich habe oft daran gedacht — ja, Mac, lache nur, das ist keine Art, seine Frau zu behandeln, das sage ich dir." Sie umschlang Mac und preßte ihre heiße Wange an sein braunes Gesicht und flüsterte: „O, ich liebe dich so, Mac! Ich liebe dich ja so!"

Ihre Augen glänzten, als sie die zweiunddreißig Stockwerke im Lift abstürzte. Sie fühlte sich wohl und heiß im Herzen, aber schon schämte sie sich ein wenig. Sie dachte an Macs Bestürzung, den Kummer in seinen Augen, seine Ratlosigkeit und das versteckte Erstaunen, daß sie so wenig verstände, wie notwendig all diese Arbeit war. ‚Wie eine dumme Gans habe ich mich benommen' — dachte sie — ‚so töricht! Was wird Mac nun wohl von mir denken? Daß ich keinen Mut, keine Geduld und kein Verständnis für seine Arbeit habe — und wie dumm war es ihm vorzulügen, daß ich schon oft an Scheidung gedacht hätte.' Das war ihr erst in diesem Augenblick eingefallen.

„Ja, in der Tat, wie eine Gans — a real goose! — habe ich mich benommen," sagte sie halblaut, als sie in den Wagen einstieg und lachte leise, um sich über die beschämende Empfindung, sich töricht betragen zu haben, wegzuhelfen.

Allan gab Lion den Auftrag, ihn ein Viertel vor acht aus dem Bureau zu werfen. Pünktlich! Ein paar Minuten vor acht eilte er rasch in ein Geschäft und kaufte eine Menge Geschenke für Edith und einige für Maud, ohne lange zu wählen, denn von diesen Dingen verstand er nichts.

‚Sie hat recht, Maud,' dachte er, während er im Auto die sechs Meilen lange schnurgerade Lexington Avenue hinaufschnurrte, und er grübelte angestrengt darüber nach, wie er es künftighin einrichten wolle, um sich seiner Familie mehr widmen zu können. Aber er kam zu keinem Resultat. Die Wahrheit war die, daß die Arbeit von Tag zu Tag mehr anschwoll, anstatt weniger zu werden. ‚Was soll ich tun?' dachte er. ‚Wenn ich einen Ersatz für Schlosser hätte, er ist zu unselbständig.'

Dann erinnerte er sich, daß er einige dringliche Briefe in der Tasche hatte, überlas sie und setzte den Namen darunter. Beim Harlem-River war er damit fertig. Er ließ halten und die Briefe einwerfen. Es war noch zehn Minuten bis halb neun.

„Nimm Boston Road, Andy, let her rip, aber überfahre niemand."

Und Andy fegte Boston Road entlang, daß die Passanten taumelten und ein Berittener ihre Verfolgung im Galopp aufnahm. Mac legte die Füße auf den Sitz gegenüber, zündete sich eine Zigarre an und schloß übermüdet die Augen. Er war nahezu eingeschlafen, als das Auto mit einem Ruck hielt. Das ganze Haus war festlich erleuchtet.

Maud rannte wie ein Mädchen die Treppe herab und fiel Mac um den Hals. Noch während sie durch den Vorgarten lief, rief sie: „Oh, ich bin eine solche Gans, Mac!"

Sie kümmerte sich nicht darum, daß der Chauffeur es hörte.

Ja, nun wollte sie aber Geduld haben und nie mehr klagen.

„Ich schwöre es dir, Mac!"

KAPITEL 6

Maud hielt Wort, aber es wurde ihr nicht leicht.

Sie beklagte sich nicht mehr, wenn Mac am Sonntag ausblieb oder so viele Arbeit mitbrachte, daß er ihr kaum eine Minute widmen konnte. Mac hatte eine übermenschliche Arbeit übernommen, das wußte sie, eine Arbeit, die andere vollkommen verzehrt haben würde, und es war ihre Sache, ihm dazu nicht noch eine weitere Bürde aufzuladen. Im Gegenteil, sie mußte versuchen, ihm die wenigen Feierstunden so schön wie möglich zu gestalten.

So war sie heiter und guter Dinge, so oft er zu ihr kam, und verriet mit keinem Wort, daß sie sich all die Tage lang unsinnig nach ihm verzehrt hatte. Und merkwürdig — er, Mac, fragte nicht danach, es kam ihm gar nicht in den Sinn, daß sie leiden könnte.

Der Sommer kam, der Herbst, Bronx Park bekam gelbe Blätter und aus den Wipfeln vor dem Haus fiel das Laub in Bündeln herab, ohne daß ein Windstoß es berührte.

Mac fragte sie, ob sie nicht etwa nach Tunnel-City übersiedeln wolle? Sie verbarg ihr Erstaunen. Ja, er habe wöchentlich ein paarmal dort zu tun und beabsichtige für die Sonntagvormittage eine Art Audienzstunde einzurichten, in der jedermann, Ingenieur wie Arbeiter, ihm seine Wünsche und Beschwerden vortragen könne.

„Wenn du es wünschst, Mac?"

„Ich denke wohl, es wäre das beste, Maud. An und für sich will ich ja meine Bureaus nach Tunnel-City verlegen, sobald es angeht. Freilich fürchte ich, daß es etwas einsam für dich sein wird —?"

„Es wird nicht schlimmer sein als in Bronx, Mac," antwortete Maud lächelnd.

Die Übersiedlung sollte im Frühjahr stattfinden. Aber während Maud die Vorbereitungen traf, hielt sie oft inne und dachte: ‚Mein Gott, was soll ich in dieser Zementwüste anfangen?'

Sie mußte etwas beginnen, etwas, das sie beschäftigte und die törichten Gedanken und Träumereien vertrieb.

Schließlich hatte sie eine wundervolle Idee und sie machte sich voller Eifer an ihre Verwirklichung. Diese Idee belebte sie, und ihre Laune war so heiter und ihr Lächeln so geheimnisvoll, daß es sogar Mac auffiel.

Maud ergötzte sich eine Weile an Macs Neugierde, dann aber konnte sie ihr Geheimnis nicht mehr länger bei sich behalten. Ja, die Sache sei die: sie müsse etwas zu tun haben, eine solide Beschäftigung, eine richtige Arbeit. Keine bloße Spielerei. Nun sei sie auf den Gedanken gekommen, im Hospital von Tunnel-City zu arbeiten. „Untersteh' dich nicht zu lächeln, Mac!" Ja. Es sei ihr ernst damit. Sie habe übrigens schon den Kursus begonnen. In der Kinderklinik von Dr. Wassermann.

Mac wurde nachdenklich.

„Hast du wirklich schon angefangen damit, Maud?" fragte er, immer noch ungläubig.

„Ja, Mac, vor vier Wochen. Wenn ich nun im Frühjahr nach Tunnel-City komme, so habe ich eine Beschäftigung. Anders geht es nicht mehr."

Nun aber war Mac ganz Verblüffung, Nachdenklichkeit und Ernst. Er blinzelte vor Überraschung und fand nicht sogleich die Sprache wieder. Maud amüsierte sich ganz großartig! Dann nickte er ein paarmal mit dem Kopf. „Vielleicht ist es ganz gut, wenn du etwas arbeitest, Maud!" sagte er breit und nachdenklich. „Ob es aber gerade das Hospital sein muß —?" Plötzlich aber lachte er belustigt auf. Er sah seine kleine Maud im Kostüm einer Krankenpflegerin vor sich. „Verlangst du eine hohe Gage?" Maud aber ärgerte sich ein wenig über sein harmloses Lachen.

Er nahm ihren Plan für eine Laune, eine Spielerei. Er zweifelte an ihrer Ausdauer. Er begriff gar nicht, daß es für sie eine Notwendigkeit geworden war, zu arbeiten. Es kränkte sie, daß er sich so geringe Mühe gab, sie zu verstehen.

‚Früher kränkte mich so etwas ganz und gar nicht,‘ dachte sie am folgenden Tag. ‚Demnach muß ich anders geworden sein.‘ Und Maud, die sich Tag und Nacht quälte, aus dem einfachen Grunde, weil sie die Gewißheit ihres Glückes verloren hatte, fing an zu verstehen, daß eine Frau mehr wünscht als Liebe und Anbetung.

Am Abend war sie allein, es regnete herrlich und frisch draußen und sie machte Eintragungen in ihr Journal.

Sie notierte einige Aussprüche der kleinen Edith, die deutlich die naive Grausamkeit und den kindlichen Egoismus ihres vergötterten Töchterchens verrieten. Eigenschaften, die allen Kindern eigen sind, was Maud nicht vergaß hinzuzufügen. Dann spann sie ihre Gedanken weiter aus: „Es scheint mir," schrieb sie, „daß nur Mütter und Gattinnen wahrhaft selbstlos sein können. Kindern und Männern ist diese Eigenschaft nicht gegeben. Die Männer haben vor den Kindern nur das eine voraus: sie sind selbstlos und aufopferungsvoll in kleinen, äußerlichen, ich möchte sagen, unwesentlichen Dingen. Ihre tiefsten und wesentlichen Regungen und Wünsche werden sie aber nie zugunsten einer geliebten Person aufgeben. Mac ist ein Mann und ein Egoist wie alle Männer, ich kann ihm diesen Vorwurf nicht ersparen, obgleich ich ihn von ganzem Herzen liebe."

Sie überzeugte sich, daß Edith schlief, nahm einen Schal und trat auf die Veranda. Hier setzte sie sich in einen Korbsessel und lauschte dem Rauschen des Regens. Im Südwesten stand eine düstere Feuersbrunst: New York.

Als sie in ihr Schlafzimmer gehen wollte, fiel ihr Blick auf das aufgeschlagene Buch am Schreibtisch. Sie las ihr Aperçu, und während sie vorhin im Grunde ihres Herzens sogar ein wenig stolz gewesen war auf all ihre Weisheit, schüttelte sie jetzt den Kopf und schrieb darunter: „Eine Stunde später, nachdem ich dem Rauschen des Regens gelauscht habe. Mache ich Mac nicht ungerechte Vorwürfe? Bin nicht ich es, die egoistisch ist? Verlangt Mac etwas von mir? Oder verlange nicht ich von Mac, daß er Opfer bringt? Ich glaube, daß alles, was ich vorher geschrieben habe, kompletter Nonsens ist. Heute kann ich das Rechte nicht mehr finden. Schön rauscht der Regen. Er gibt Frieden und Schlaf. — Maud, Macs kleiner Narr.“

DRITTER TEIL

KAPITEL 1

Unterdessen hatten sich Mac Allans Bohrmaschinen an den fünf Arbeitszentralen schon meilenweit in die Finsternis hineingefressen. Wie zwei schauerliche Tore, die in die Unterwelt hinabführen, sahen diese Tunnelmündungen aus.

Tag und Nacht aber, ohne jede Pause, kamen endlose Gesteinszüge im Schnellzugstempo aus diesen Toren heraufgeflogen, Tag und Nacht, ohne Pause, stürzten sich Arbeiter- und Materialzüge in rasendem Tempo hinein. Wie Wunden waren diese Doppelstollen, brandige schwarze Wunden, die immerzu Eiter ausspien und frisches Blut verschlangen. Da drinnen aber, in der Tiefe, tobte der tausendarmige Mensch!

Mac Allans Arbeit war nicht jene Arbeit, die die Welt bisher kannte, sie war Raserei, ein höllischer Kampf um Sekunden. Er rannte sich den Weg durchs Gestein!

Die gleichen Maschinen, das gleiche Bohrermaterial vorausgesetzt, hätte Allan mit den Arbeitsmethoden früherer Zeiten zur Vollendung des Baus neunzig Jahre gebraucht. Er arbeitete aber nicht acht Stunden täglich, sondern vierundzwanzig. Er arbeitete Sonn- und Feiertage. Bei den „Vortrieben" arbeitete er mit sechs Schichten; er zwang seine Leute, in vier Stunden das zu leisten, was sie bei langsamem Tempo in acht Stunden geleistet haben würden. Auf diese Weise erzielte er eine sechsfache Arbeitsleistung.

Der Ort, wo die Bohrmaschine arbeitete, der Vortrieb, hieß bei den tunnelmen die „Hölle". Der Lärm war hier so ungeheuer, daß fast alle Arbeiter mehr oder weniger taub wurden, trotzdem sie die Ohren mit Watte verstopft hatten. Die Allanschen Bohrer, die den Berg perforierten, setzten mit einem klirrenden Schrillen ein, der Berg schrie wie tausend Kinder auf einmal in Todesangst, er lachte wie ein Heer

Irrsinniger, er delirierte wie ein Lazarett von Fieberkranken und endlich donnerte er wie große Wasserfälle. Durch den kochend heißen Stollen heulten fünf Meilen weit schreckliche, unerhörte Töne und Interferenzen, so daß niemand es gehört haben würde, wenn der Berg in Wirklichkeit zusammengestürzt wäre. Da das Getöse Kommando und Hornsignale verschluckt hätte, so mußten alle Befehle auf optischem Wege gegeben werden. Riesige Scheinwerfer schleuderten ihre grellen Lichtkegel bald gleißend weiß, bald blutrot in das Chaos von schweißüberströmten Menschenknäueln, Leibern, stürzenden Steinen, die selbst wieder Menschenleibern ähnlich sahen, und der Staub wälzte sich wie dicke Dampfwolken im Lichtkegel der Reflektoren. Mitten in diesem Chaos von rollenden Leibern und Steinen aber bebte und kroch ein graues, staubbedecktes Ungetüm, wie ein Ungeheuer der Vorzeit, das sich im Schlamm gewälzt hatte: Allans Bohrmaschine.

Von Allan ersonnen bis auf die kleinste Einzelheit, glich sie einem ungeheuren, gepanzerten Tintenfisch, Kabel und Elektromotoren als Eingeweide, nackte Menschenleiber im Schädel, einen Schwanz von Drähten und Kabeln hinter sich nachschleifend. Von einer Energie, die der von zwei Schnellzugslokomotiven entsprach, angetrieben, kroch er vorwärts, betastete mit seinen Fühlern, Tastern, Lefzen des vielgespaltenen Maules den Berg, während er helles Licht aus den Kiefern spie. Bebend in urtierischem Zorn, hin- und herschwankend vor Wollust des Zerstörens fraß er sich heulend und donnernd bis an den Kopf hinein ins Gestein. Er zog die Fühler und Lefzen zurück und spritzte etwas in die Löcher, die er gefressen hatte. Seine Fühler und Lefzen waren Bohrer mit Kronen aus Allanit, hohl, mit Wasser gekühlt, und was er durch die hohlen Bohrer in die Löcher spie, war Sprengstoff. Wie der Tintenfisch des Meeres, so änderte er plötzlich seine Farbe. Aus seinen Kiefern dampfte Blut, seine Rückennarbe funkelte böse drohend, und unheimlich wie der Tintenfisch des Meeres zog er sich zurück, in roten Dunst eingehüllt — und wieder kroch er vorwärts. Vor und zurück, Tag und Nacht, jahrelang, ohne Pause.

Sobald er die Farbe wechselt und sich zurückzieht, stürzt sich eine Rotte Menschen die Gesteinswand hinauf und windet fieberhaft die Drähte zusammen, die aus den Bohrlöchern hängen. Und wie vom Grauen gepeitscht jagt die Rotte zurück. Es grollt, donnert, dröhnt. Der zerschmetterte Berg rollt den Fliehenden drohend nach, ein Steinhagel jagt vor ihm her und prasselt gegen die Panzerplatten der Bohrmaschine. Wolken von Staub wälzen sich dem roten Glutatem entgegen. Plötzlich blendet er wieder grellweiß und Horden halbnackter Menschen stürmen in die brodelnde Staubwolke hinein und stürzen den noch rauchenden Schutthaufen hinauf.

Das gierig vorwärtsrollende Ungetüm aber streckt Freßwerkzeuge schauerlicher Art aus, Zangen, Krane, es schiebt seinen stählernen Unterkiefer vor und in die Höhe und frißt Gestein, Felsen, Schutt, den hundert Menschen mit verzerrten Gesichtern, glänzend von Schweiß, ihm in den Rachen werfen. Seine Kiefer beginnen zu mahlen, zu schlingen, der bis zum Boden schleifende Bauch schluckt und zum After kommt ein endloser Strom von Felsen und Steinen heraus.

Die hundert schweißtriefenden Teufel da oben taumeln zwischen dem rollenden Gestein, zerren an Ketten, schreien, brüllen und der Schuttberg schmilzt und sinkt sichtbar unter ihren Füßen zusammen. Fort, das Gestein muß aus dem Wege, das ist die Losung!

Schon aber meißeln und bohren und wühlen schmutzgetigerte Menschenklumpen unter den Freßwerkzeugen des Ungeheuers, um ihm den Weg zu ebnen. Männer mit Schwellen und Schienen keuchen heran, die Schwellen werden gebettet, die Schienen festgeschraubt, und das Ungeheuer wälzt sich vorwärts.

An seinem schmutzbedeckten Leib, seinen Flanken, seinem Bauch, seinem gewölbten Rücken hängen winzige Menschen. Sie bohren Löcher in Decke und Wände, den Boden, in hervorstehende Blöcke, so daß sie jederzeit im Augenblick mit Patronen gefüllt und abgesprengt werden können.

So fieberhaft und höllisch die Arbeit vor der Bohrmaschine wütete, so fieberhaft und höllisch tobte sie hinter ihr, wo der endlose Strom von Gestein herausquoll. Eine knappe halbe Stunde später mußte die Maschine zweihundert Meter rückwärts freie Fahrt haben, um das Sprengen abwarten zu können.

Sobald das Gestein auf dem ewig wandernden Rost unter dem Bauch der Maschine hervorkam, sprangen herkulische Burschen darauf und versicherten sich der großen Blöcke, die Menschenkraft nicht heben konnte. Während sie auf dem Rost, der zehn Schritte hinter die Maschine reichte, mitwanderten, befestigten sie die Ketten, die um die großen Blöcke geschlungen waren, an den Kranen, die aus der Rückwand der Maschine starrten und die Blöcke hoben.

Der ewig wandernde Rost aber schüttete die Gesteinsmassen prasselnd und krachend in niedrige, eiserne, verbeulte Karren, den Hunden in den Kohlengruben ähnlich, die, ein endloser Zug, vom linken Schienenstrang auf den rechten mit Hilfe eines halbkreisförmigen Verbindungsgeleises geführt wurden und gerade so lange hinter dem Rost stockten, als nötig war, um Gestein und Blöcke aufzunehmen. Sie wurden von einer mit Akkumulatoren gespeisten Grubenlokomotive gezogen. Klumpen von Menschen mit bleichen Gesichtern, einen Brei von Schmutz auf den Lippen, taumelten um Rost und Hunde, wühlten, wälzten, schaufelten und schrien, und das grelle Licht der Scheinwerfer blendete unbarmherzig auf sie hernieder, während die Luft der Wetterführung wie ein Sturmwind in sie hineinpfiff.

Die Schlacht bei der Bohrmaschine war mörderisch und täglich gab es Verwundete und häufig Tote.

Nach einer vierstündigen Raserei wurden die Mannschaften abgelöst. Vollkommen erschöpft, gekocht in ihrem eigenen Schweiß, bleich und halb bewußtlos vor Herzschwäche, warfen sie sich auf das nasse Gestein eines Waggons und schliefen augenblicklich ein, um erst über Tag zu erwachen.

Die Arbeiter sangen ein Lied, das einer aus ihren Reihen gedichtet hatte. Dieses Lied begann:

Drinnen, wo der Tunnel donnert

In der heißen Hölle, Brüder,

Gee, wie ist die Hölle heiß!

Einen Dollar extra für die Stunde,

Für die Stunde einen Dollar extra

Zahlt dir Mac für deinen Schweiß ...

Zu Hunderten flohen sie die „Hölle" und viele brachen nach kurzer Zeit für immer zusammen. Aber es kamen immer neue!

KAPITEL 2

Die kleine Grubenlokomotive aber rasselte mit den beladenen Hunden kilometerweit durch den Tunnel, bis dahin, wo die Eisenbahnwaggons standen, die die Hunde an Kranen in die Höhe zogen und entleerten. Waren die Waggons gefüllt, so fuhren die Züge ab — in jeder Stunde ein Dutzend und mehr — und neue, mit Material und Menschen standen an ihrer Stelle.

Die amerikanischen Stollen waren gegen das Ende des zweiten Jahres fünfundneunzig Kilometer weit vorgetrieben worden und diese ganze mächtige Strecke entlang fieberte und tobte die Arbeit. Denn Allan peitschte unaufhörlich zur größten Kraftanspannung an, täglich, stündlich. Rücksichtslos verabschiedete er Ingenieure, die ihre geforderten Kubikmeter nicht bewältigen konnten, rücksichtslos entließ er Arbeiter, die den Atem verloren.

Wo noch die eisernen Hunde rasseln und der zerfetzte Stollen von Staub, Steinsplittern und einem donnernden Getöse erfüllt ist, sind Bataillone von Arbeitern beim Schein der Reflektoren beschäftigt, Balken und Pfosten und Bretter zu schleppen, um den Stollen gegen hereinbrechendes Gestein zu sichern. Eine Schar von Technikern legt die elektrischen Kabel und provisorischen Schläuche und Röhren für Wasser und zugepumpte Luft.

Bei den Zügen stürzen Horden von Menschen hin und her, um das Material abzuladen und über die Strecke zu verteilen, so daß man nur hinzugreifen hatte, wenn man es brauchte: Balken, Bretter, Klammern, Eisenträger, Schrauben, Röhren, Kabel, Bohrer, Sprenghülsen, Ketten, Schienen, Schwellen.

Von dreihundert zu dreihundert Metern aber wütet ein Trupp schmutziger Gestalten zwischen den Pfosten mit Bohrern gegen die Stollenwand. Sie sprengen und schlagen eine Nische so hoch wie ein Mann und sobald ein Zug gellend vorbeikommt, flüchten sie zwischen die Pfosten. Bald aber ist die Nische so tief, daß sie sich nicht mehr um die Züge zu kümmern brauchen, und nach einigen Tagen klingt die Wand hohl, sie stürzt ein und sie stehen im Parallelstollen, wo die Züge vorbeifliegen wie drüben. Dann marschieren sie ihre dreihundert Meter weiter, um den neuen Querschlag in Angriff zu nehmen.

Diese Querschläge dienen zur Ventilation, zu hundert anderen Zwecken.

Ihnen auf den Fersen aber folgt ein Trupp, dessen Aufgabe darin besteht, diese schmalen Verbindungsgänge kunstgerecht auszumauern. Jahraus, jahrein tun sie nichts anderes. Nur jeden zwanzigsten Querstollen lassen sie stehen wie er ist.

Weiter, vorwärts!

Ein Zug rauscht heran und hält bei dem zwanzigsten Querschlag. Eine Schar geschwärzter Burschen springt von den Waggons, und Bohrer, Spitzhacken, Eisenträger, Zementsäcke, Schienen, Schwellen wandern über ihre Schultern blitzschnell in den Querstollen hinein, während hinten schon die Glocken der aufgehaltenen Züge ungeduldig gellen. Weiter! Die Züge rollen. Der Querstollen hat die geschwärzten Burschen verschluckt, die Bohrer schrillen, es knallt, das Gestein birst, der Stollen wird breiter und breiter, er steht schräg zu den Tunneltrassen, Eisen und Beton sind seine Wände, seine Decke, sein Boden. Ein Geleise führt durch ihn hindurch: eine Weiche.

Diese Weichen haben den ganz unschätzbaren Wert, daß man von sechs zu sechs Kilometern nach Belieben die ewig rollenden Material- und Gesteinszüge des einen Stollens auf den anderen überführen kann.

Auf diese höchst simple Weise ist eine Strecke von sechs Kilometern isoliert für den Ausbau.

Der sechs Kilometer lange Wald von Kronbalken, Pfosten, Stempeln, Riegeln verwandelt sich in einen sechs Kilometer langen Wald aus Eisenrippen und Eisenfachwerk.

Wo es eine Hölle gibt, da gibt es auch ein Fegfeuer. Und wie es beim Tunnelbau „hellmen" gab, so gab es „purgatorymen", denn diese Baustelle hieß „purgatory".

Hier ist freie Bahn und ein Meer von Waggons wälzt sich in diesen Stollenabschnitt und Trauben von Menschen hängen an den Waggons. An hundert Orten zugleich beginnt die Schlacht: Kanonenschüsse, Hornsignale, das Blitzen der Scheinwerfer. Der Stollen wird zur erforderlichen Breite und Höhe ausgesprengt. Es dröhnt, wie wenn Geschosse in ein Panzerschiff einschlagen. Eisenträger und Schienen, die auf den Boden donnern. Mennigrotes Eisen überschwemmt den Stollen, Rippen, Platten, gewalzt in den Werken von Pennsylvania, Ohio, Oklahoma und Kentucky. Die alten Schienen werden aufgerissen, das Dynamit und Melinit schlitzt die Sohle auf, Pickel und Schaufeln wirbeln. Achtung! Es heult und keucht, verzerrte Mäuler, geschwollene Muskeln, zuckende Schläfenadern, wie Nattern geringelt, Leib hinter Leib: sie schleppen die Sohlenstücke heran, mächtige Doppel-T-Träger, die bestimmt sind, die Schiene der Tunnelzüge (denn die Tunnelbahn wird als Einschienenbahn gebaut) zu tragen. Rudel von Ingenieuren mit Meßinstrumenten und Apparaten liegen am Boden und arbeiten mit Anspannung all ihrer Nerven, während der Schweiß ihre halbnackten Körper mit Schmutzstreifen tigert. Das Sohlenstück, vier Meter lang, achtzig Zentimeter tief, an den Enden leicht aufwärts gebogen, wird in Beton gebettet. Wie der Kiel eines Schiffes gelegt wird, so reiht sich Sohlenstück an Sohlenstück und ein Betonstrom flutet ihnen nach, so daß sie darin versinken. Schwellen. Wie hundert Ameisen einen Strohhalm schleppen, so schleppen hundert keuchende Männer mit eingeknickten Knien die mächtigen, dreißig Meter langen Schienen heran, die auf den Schwellen befestigt werden. Hinter ihnen kriechen andere mit den schweren Teilen der Rippen, die das ganze Tunneloval als Eisenfachwerk umschnüren sollen. Zusammengesetzt haben diese Rippen die Gestalt einer Ellipse, die an der Sohle etwas flach gedrückt ist. Vier Teile bilden eine Rippe: ein Sohlenstück, zwei Seitenstücke (die Widerlager) und ein Deckenstück, die Kappe. Diese Stücke sind aus zolldickem Eisen, und durch starkes

Fachwerk untereinander verbunden. Die Nietmaschinen prasseln, der Stollen dröhnt. Rippe reiht sich an Rippe. Ein Gitterwerk von mennigrotem Eisen umschnürt den Stollen. Schon aber, da hinten, klettern die Maurer im Eisenfachwerk, um den Mantel des Tunnels auszumauern, einen meterdicken Panzer aus Eisenbeton, den kein Druck der Welt sprengen kann.

Zu beiden Seiten der mächtigen Schiene werden in angemessenem Abstand Röhren in allen Dimensionen gelegt, verschweißt, verschraubt. Röhren für Telephon- und Telegraphendrähte, für Stromkabel, ungeheure Röhren für Wasser, mächtige Röhren für die Luft, die die Maschinen draußen über Tag ohne Pause in die Stollen pressen sollen. Besondere Röhren für die pneumatische Expreßpost. Sand, Schotter bedeckt die Röhren; Schwellen und Schienen für die gewöhnlichen Materialzüge werden darüber gelegt, solide Geleise, die den Material- und Gesteinszügen erlauben, mit Schnellzugsgeschwindigkeit dahinzurasen.

Kaum haben sie da vorn die letzte Rippe genietet, so sind auch schon die Geleise für die Strecke von sechs Kilometern fertig. Die Züge werden hereingeleitet und fliegen dahin, während die Maurer noch im Eisenfachwerk hängen.

Dreißig Kilometer hinter dem Vortrieb, wo die Bohrmaschine donnerte, war der Stollen schon fertig ausgebaut.

KAPITEL 3

Das aber war nicht alles. Tausend Dinge mußten vorgesehen werden! Sobald die amerikanischen Stollen mit den Stollen zusammenstießen, die sich von den Bermudas aus durch den Gneis fraßen, mußte die ganze Strecke betriebsfähig sein.

Allans Pläne lagen seit Jahren bis auf die letzten Kleinigkeiten fertig vor.

Von zwanzig zu zwanzig Kilometern ließ er kleine Stationen in den Berg schlagen, in denen die Streckenwärter hausen sollten. Alle sechzig Kilometer plante er größere Stationen und alle zweihundertvierzig Kilometer große Stationen. All diese Stationen waren Depots für Reserveakkumulatoren, Maschinen und Nahrungsmittel. Die größeren und großen Stationen sollten Transformatoren, Hochvoltstationen, Kühl- und Luftmaschinen aufnehmen. Es waren ferner Seitenstollen nötig, in denen abgeleitete Züge Platz fanden.

Für alle diese Arbeiten waren verschiedene Arbeiterbataillone ausgebildet worden und all diese Horden fraßen sich in den Berg und schlugen Lawinen von Gestein heraus.

Wie ein Vulkan in höchster Raserei spien die Tunnelmündungen Tag und Nacht Gestein aus. Unaufhörlich, dicht hintereinander flogen die vollen Züge aus den gähnenden Toren hervor. Mit einer Leichtigkeit, die das Auge entzückte, nahmen sie die Steigung, um oben angelangt einen Augenblick zu halten. Was aber nur Gestein und Schutt schien, das bewegte sich plötzlich auf den Waggons und geschwärzte, beschmutzte, unkenntliche Gestalten sprangen herab. Der Gesteinszug aber wand sich über hundert Weichen und schoß davon. Er fuhr in einem großen Bogen durch „Mac City" (wie die Tunnelstadt in New Jersey allgemein hieß), bis er auf eins der hundert Geleise am Meer einlenkte, wo er entladen wurde. Hier am Meer waren sie alle laut und heiter, denn sie hatten die „leichte Woche".

Mac Allan hatte zweihundert Doppelkilometer Gestein herausgeschafft, genug um eine Mauer von New York nach Buffalo zu bauen. Er besaß den größten Steinbruch der Welt; aber er verschwendete keine Schaufel voll. Er hatte das ganze ungeheure Gelände zweckmäßig nivelliert. Er hatte das Gestade, das mählich abfiel, geebnet und das seichte Meer kilometerweit hinausgedrängt. Dort draußen aber, wo das Meer schon tiefer war, versanken täglich Tausende von Waggonladungen Gestein im Meer und langsam schob sich ein ungeheurer Damm ins Meer hinaus. Das war einer der Kaie von Allans Hafen, der die Welt auf dem Plan der Zukunftsstadt so verblüfft hatte. Zwei Meilen entfernt davon bauten seine Ingenieure den größten und gleichmäßigsten Badestrand, den irgendein Ort der Welt besaß. Hier sollten riesige Badehotels errichtet werden.

Mac City selbst aber sah aus wie ein ungeheures Schuttfeld, auf dem kein Baum, kein Strauch wuchs, kein Tier, kein Vogel lebte. Es flimmerte in der Sonne, daß die Augen schmerzten. Weithin war diese Wüste mit Geleisen bedeckt, übersponnen mit fächerförmig sich nach beiden Seiten ausbreitenden Geleisen, den magnetischen Figuren ähnlich, zu denen sich Eisenfeilstaub bei den Polen eines Magnets ordnet. Überall schossen Züge dahin, elektrische, Dampfzüge, überall qualmten Lokomotiven, heulte, schellte, pfiff und klingelte es. Draußen im provisorischen Hafen Allans lagen Scharen von qualmenden Dampfern und hohen Seglern, die Eisen, Holz, Zement, Getreide, Vieh, Nahrungsmittel aller Art von Chikago, Montreal, Portland, Newport, Charleston, Savanah, New Orleans, Galveston hierhergebracht hatten. Und im Nordosten stand eine dicke Mauer von Rauch, undurchdringlich: der Materialbahnhof.

Die Baracken waren verschwunden. Auf den Terrassen des Trasseneinschnittes blitzten Glasdächer: Maschinenhallen, Kraftstationen, an die turmhohe Bureaugebäude stießen. Mitten in der Steinwüste erhob sich ein zwanzigstöckiges Hotel: „Atlantic-Tunnel". Es war kalkweiß, nagelneu und diente als Absteigequartier für die Scharen von Ingenieuren, Agenten, Vertretern großer Firmen, und für Tausende von Neugierigen, die jeden Sonntag von New York herüberkamen.

Gegenüber hatte Wannamaker ein vorläufig zwölf Stockwerke hohes Warenhaus errichtet. Breite Straßen, vollkommen fertig, liefen schnurgerade durch das Schuttfeld, Brücken spannten sich über den Trasseneinschnitt. An der Peripherie der Steinwüste aber lagen freundliche Arbeiterstädte mit Schulen, Kirchen, Spielplätzen, mit Bars und Saloons, die von ehemaligen Preisboxern oder Rennfahrern geleitet wurden. Fernab, in einem Walde kleiner Zwergföhren, stand einsam, vergessen und tot ein Gebäude, das einer Synagoge ähnlich sah: ein Krematorium mit langen leeren Kreuzgängen. Nur ein Gang enthielt schon Urnen. Und sie alle trugen die gleiche Inschrift unter den englischen, französischen, russischen, deutschen, italienischen, chinesischen Namen: Verunglückt beim Bau des Atlantic-Tunnels — beim Sprengen — verschüttet — von einem Zug überfahren: wie die Inschriften gefallener Krieger.

Nahe am Meere lagen die weißen neuen Hospitäler, nach modernsten Prinzipien erbaut. Hier unten, etwas abseits, stand in einem frischangelegten Garten eine neue Villa: Mauds Haus.

KAPITEL 4

Maud hatte soviel Macht als möglich in ihren kleinen Händen zusammengerafft.

Sie war Vorsteherin des Rekonvaleszentenheims für Frauen und Kinder von Mac City geworden. Ferner gehörte sie einem aus Ärzten und Ärztinnen gebildeten Komitee an, dem die Hygiene der Arbeiterwohnungen, die Pflege von Wöchnerinnen und Säuglingen oblag. Aus eigener Initiative hatte sie eine Handarbeits- und Haushaltungsschule für junge Mädchen gegründet, einen Kindergarten und einen Klub für Frauen und junge Mädchen, in dem an jedem Freitag kleine Vorlesungen und musikalische Vorträge stattfanden. Sie hatte reichlich zu tun. Sie hatte ihre „Office", genau wie Mac, und beschäftigte eine Privatsekretärin und eine Stenotypistin. Eine Schar von Pflegerinnen und Lehrerinnen — übrigens Töchter der ersten Familien New Yorks — stand ihr zur Seite.

Maud tat niemand etwas zuleide, sie war rücksichtsvoll, freundlich, sonnig, ihr Anteil an fremden Schicksalen war aufrichtig, und so kam es, daß alle Welt sie liebte und viele sie verehrten.

Sie hatte in ihrer Eigenschaft als Mitglied des Hygienekomitees fast alle Arbeiterhäuser betreten. Im italienischen, polnischen und russischen Viertel hatte sie eine energische und siegreiche Kampagne gegen den Schmutz und das Ungeziefer ausgefochten. Sie hatte es durchgesetzt, daß alle Häuser von Zeit zu Zeit desinfiziert und von oben bis unten ausgefegt wurden. Die Häuser waren fast ganz aus Zement und ließen sich auswaschen wie eine Waschküche. Ihre Besuche hatten sie den Leuten nahe gebracht und sie stand ihnen mit Rat und Tat zur Seite, wo immer sie konnte. Ihre Wirtschaftsschule war bis auf den letzten Platz besetzt. Sie hatte ausgezeichnete Lehrerinnen engagiert, für die Küche sowohl als die Schneiderwerkstätte. Maud versäumte es nicht, zu kontrollieren und zu inspizieren, um ihre Institute fortwährend im Auge zu behalten. Eine ganze Bibliothek der einschlägigen Literatur hatte sie durchstudiert, um sich die nötigen theoretischen Kenntnisse anzueignen. Und es war ihr, bei Gott, nicht leicht geworden, alles so vortrefflich und gut zu schaffen, zumal sie von Natur aus keine besonderen organisatorischen Talente besaß. Aber es ging. Und Maud war stolz auf das Lob, das die Zeitungen ihren Einrichtungen spendeten.

Das Feld ihrer hauptsächlichen Tätigkeit aber war das Rekonvaleszentenheim für Frauen und Kinder.

Das Heim lag dicht neben ihrer Villa, sie brauchte nur zwei Gärten zu durchqueren. Sie erschien täglich Punkt neun Uhr morgens, um ihren Rundgang zu machen, interessierte sich für jeden einzelnen ihrer Schützlinge und half häufig aus eigener Kasse, wenn das Budget des Hospitals erschöpft war. Mit ganz besonderer Sorgfalt umgab sie die ihr anvertrauten Kinder.

Sie hatte Arbeit, Freude, Erfolge, ihre Beziehungen zu den Menschen und zum Leben waren fruchtbarer und reicher geworden, aber Maud war ehrlich genug sich einzugestehen, daß all das zusammen nicht imstande war, ihr das eheliche Glück zu ersetzen.

Zwei, drei Jahre lang hatte sie im reinsten Glück mit Mac gelebt — bis der Tunnel kam und ihn ihr entriß. Mac liebte sie ja noch, ja! Er war aufmerksam, liebenswürdig, gewiß, aber es war nicht mehr wie früher — keine Lüge!

Sie sah ihn jetzt häufiger als in den ersten Jahren des Baus. Er hatte wohl seine Bureaus in New York beibehalten, sich aber Arbeitsräume in der Tunnelstadt eingerichtet, wo er oft wochenlang mit kurzen Unterbrechungen blieb. Darüber hätte sie nicht klagen können. Aber Mac selbst hatte sich verändert. Seine Harmlosigkeit, sein naiver Frohsinn, die sie im Anfang ihrer Ehe so überrascht und entzückt hatten, verschwanden mehr und mehr. Ernst wie in der Arbeit und in der Öffentlichkeit war er auch zu Hause. Er gab sich Mühe, so heiter und gutgelaunt wie früher zu erscheinen, aber es gelang ihm nicht immer. Er war zerstreut, absorbiert von der Arbeit, und aus seinen Augen wich nicht jener scheinbar geistesabwesende Ausdruck, den die Konzentration auf ein und dieselbe Idee erzeugt. Seine Züge waren auch magerer und härter geworden.

Die Zeiten waren vorüber, da er sie auf den Schoß nahm und liebkoste, er küßte sie, so oft er kam und ging, sah ihr in die Augen, lächelte — aber ihr weiblicher Instinkt ließ sich nicht täuschen. Merkwürdigerweise hatte er, gehetzt von der Arbeit, all die Jahre hindurch nie mehr einen der „wichtigen Tage" vergessen, wie Ediths oder ihren Geburtstag, ihren Hochzeitstag, Weihnachten. Aber Maud sah einmal zufällig, daß in seinem Taschenbuche diese Tage rot angestrichen waren — sie lächelte resigniert: er merkte sie sich mechanisch, nicht mehr mit dem Herzen, das ihn täglich daran erinnerte.

Es ging ihr nicht anders wie den meisten ihrer Freundinnen, deren Männer den Tag über in Fabriken, Banken und Laboratorien schufteten, sie anbeteten, mit Spitzen, Perlen und Pelzen behingen, sie zuvorkommend ins Theater führten, aber mit den Gedanken doch bei der Arbeit waren. Das Leben war nicht anders, aber sie, Maud, fand es entsetzlich, wenn es nicht anders war. Lieber wollte sie arm sein, unbekannt, fern von der Welt — dafür aber forderte sie ewige Liebe, ewige Zärtlichkeit. Ja, so wünschte sie es sich, obschon ihr das zuweilen töricht erschien.

Maud liebte es, nach getaner Arbeit bei einer Handarbeit zu sitzen und ihren Gedanken nachzuhängen. Dann kam sie immer auf die Zeit zurück, da Mac um sie warb. Er erschien ihr in der Erinnerung unendlich jung und naiv. Völlig unbewandert im Umgang mit Frauen, war er nicht auf originelle Gedanken verfallen, ihr seine Liebe zu verstehen zu geben. Blumen, Bücher, Konzert- und Theaterbillette, kleine Ritterdienste — ganz wie der banalste Mensch. Und doch gefiel ihr das an ihm, jetzt mehr als damals. Ganz unerwartet hatte er sein Benehmen aber dann geändert und war mehr jenem Mac ähnlich geworden, den sie jetzt kannte. Eines Abends hatte er ihr nach einer ausweichenden Antwort bestimmt und fast unhöflich gesagt:

„Denken Sie darüber nach. Ich lasse Ihnen bis morgen um fünf Uhr Zeit. Wenn Sie sich dann noch nicht entschieden haben, so sollen Sie nie wieder ein Wort von mir darüber hören. Good bye!" Und siehe da, Punkt fünf Uhr hatte er sich eingestellt ...! Maud erinnerte sich stets mit einem Lächeln an diese Szene, aber sie hatte auch nicht vergessen, mit welcher Bangigkeit sie die Nacht und den Tag darauf verbracht hatte.

Je weiter der Tunnel ihr Mac entführte, desto hartnäckiger, mit desto größerer Beharrlichkeit, die gleichzeitig wohltat und schmerzte, verweilten ihre Gedanken bei ihren ersten Spaziergängen, Gesprächen und harmlosen und doch so bedeutungsschweren kleinen Erlebnissen ihrer jungen Ehe. Sie hatte einen Groll gegen den Tunnel im Herzen! Sie haßte den Tunnel, denn er war stärker gewesen als sie! Ach, die kleine Eitelkeit der ersten Zeit war längst verflogen. Es war ihr einerlei, ob man Macs Namen in fünf Kontinenten kannte oder nicht. Wenn nachts der gespenstische Widerschein der brennenden Tunnelstadt in ihr Zimmer drang, so war ihr Haß dagegen oft so stark, daß sie die Läden schloß, um ihn nicht zu sehen. Sie hätte weinen mögen vor Groll, und zuweilen weinte sie auch, still und ungesehen. Wenn sie sah, wie die Züge sich in die Stollen stürzten, so schüttelte sie den Kopf. Es war Tollheit! Für Mac aber schien es nichts Selbstverständlicheres zu geben. Trotz alledem aber — und diese Hoffnung hielt sie aufrecht! — hoffte sie darauf, daß Mac wieder mit seinem Herzen zu ihr zurückkehren würde. Eines Tages mußte ihn der Tunnel doch wieder freigeben! Wenn der erste Zug lief ...

Aber, o guter Gott, das waren noch Jahre! Maud seufzte. Geduld, Geduld! Vorläufig hatte sie ihre Tätigkeit. Sie hatte ihre geliebte Edith, die sich zu einem kleinen Dämchen entwickelt hatte und mit neugierigen, klugen Augen ins Leben blickte. Sie hatte Mac öfter als früher. Sie hatte Hobby, der fast täglich bei ihr speiste, allerhand Schnurren erzählte und mit dem es sich so wunderbar plaudern ließ. Auch ihr Haushalt stellte größere Ansprüche an sie als früher. Denn Mac brachte häufig Gäste mit, berühmte Leute, deren Name so gewichtig war, daß ihnen Mac den Zutritt in den Tunnel erlaubte. Maud freute sich über jeden derartigen Besuch. Diese Berühmtheiten waren meistens ältere Herren, mit denen es sich leicht verkehren ließ. Denn alle hatten eine Eigenschaft gemeinsam: sie waren sehr einfach, um nicht zu sagen schüchtern. Es waren große Gelehrte, die geologische, physikalische und technische Fragen zu Mac führten und die oft wochenlang mit ihren Instrumenten in einer Station tausend Meter unter dem Meeresspiegel hausten, um irgend etwas herauszufinden. Mac aber verkehrte mit diesen Berühmtheiten ganz wie er mit ihr oder mit Hobby verkehrte.

Aber wenn sich diese großen Tiere verabschiedeten, so verbeugten sie sich vor Mac und drückten ihm die Hand und konnten ihm nicht genug danken. Und Mac lächelte sein bescheidenes und gutmütiges Lächeln und sagte: „Allright, sir!" und wünschte ihnen gute Reise. Denn diese Leute kamen meist von weit her.

Einmal kam auch eine Dame zu ihr heraus.

„Mein Name ist Ethel Lloyd!" sagte diese Dame und hob den Schleier in die Höhe.

Ja, es war Ethel, in der Tat! Sie errötete, denn sie hatte keinen eigentlichen Anlaß, Maud einen Besuch zu machen. Und Maud errötete ebenfalls — weil Ethel errötete, und weil ihr der Gedanke durch den Kopf schoß, daß Ethel sehr unverfroren sei, und weil sie dachte, Ethel müsse diesen Gedanken in ihren Augen lesen.

Ethel faßte sich aber sofort. „Ich habe soviel von den Schulen gelesen, die Sie ins Leben riefen, Frau Allan," begann sie, gewandt und fließend sprechend, „daß ich zuletzt den Wunsch hatte, Ihre Einrichtungen kennen zu lernen. Ich stehe ja persönlich ähnlichen Bestrebungen in New York nahe, wie Sie wissen werden."

Ethel Lloyd trug einen angeborenen Stolz und eine natürliche Würde zur Schau, die nicht unangenehm wirkte, eine natürliche Offenheit und Herzlichkeit, die entzückte. Sie hatte das Kindliche, das Allan seinerzeit vor Jahren aufgefallen war, verloren und war eine vollkommene Dame geworden. Ihre früher etwas süßliche und zarte Schönheit war reifer geworden. Hatte sie vor Jahren den Eindruck eines Pastellgemäldes erweckt, so erschien jetzt alles an ihr klar und leuchtend, ihre Augen, ihr Mund, ihr Haar. Sie sah stets aus, als käme sie gerade aus ihrem Toilettezimmer. Die Flechte an ihrem Kinn hatte sich unmerklich vergrößert und war um eine Nuance dunkler geworden, aber Ethel suchte sie nicht mehr durch Puder zu verdecken.

Maud mußte aus Höflichkeit persönlich die Führung übernehmen. Sie zeigte Ethel das Hospital, die Schulen, den Kindergarten und die bescheidenen Klubräume des

Frauenklubs. Ethel fand alles ausgezeichnet, ohne aber nach Art junger Damen übertriebenes Lob zu spenden. Und schließlich fragte Ethel, ob sie sich irgendwie nützlich machen könne? Nein? Es war Ethel auch so recht. Zu Hause plauderte sie so reizend mit Edith, daß das Kind augenblicklich Zuneigung zu ihr faßte. Nun überwand Maud ihre unerklärliche und durch nichts begründete Abneigung gegen Ethel und bat sie, zum Diner zu bleiben. Ethel telephonierte an ihren „Pa" und blieb.

Mac brachte Hobby mit zu Tisch. Hobbys Anwesenheit gab Ethel eine große Sicherheit, die sie nie und nimmer gefunden haben würde, wenn nur der stille und schweigsame Mac dagewesen wäre. Sie führte die Unterhaltung. Hatte sie am Nachmittag Mauds Institute sachlich gelobt — nicht nach Art junger Damen übertrieben —, so lobte sie sie jetzt überschwenglich. Mauds Argwohn wurde wieder wach. ‚Sie hat es auf Mac abgesehen,' sagte sie sich. Aber zu ihrer größten Befriedigung schenkte ihr Mac kaum mehr als höfliches Interesse. Er betrachtete die schöne und verwöhnte Ethel mit denselben gleichgültigen Augen wie er etwa eine Stenotypistin betrachtete.

„Die Bibliothek im Frauenklub scheint mir noch etwas dürftig zu sein," sagte Ethel.

„Sie soll im Laufe der Zeit ergänzt werden."

„Es würde mir große Freude machen, wenn Sie mir erlaubten, einige Bücher beizusteuern, Frau Allan. Hobby, nehmen Sie meine Partei."

„Wenn Sie einige Bücher übrig haben," sagte Maud —

In den nächsten Tagen sandte Ethel ganze Ballen von Büchern, gegen fünftausend Bände. Maud dankte ihr herzlich, aber sie bereute ihr Entgegenkommen. Denn seitdem kam Ethel öfter herausgefahren. Sie tat, als sei sie innig befreundet mit Maud und überhäufte die kleine Edith mit Geschenken. Einmal fragte sie Mac, ob sie nicht gelegentlich in den Tunnel einfahren könne?

Mac sah sie erstaunt an, denn es war das erstemal, daß eine Dame diese Frage an ihn stellte.

„Das können Sie nicht!" antwortete er kurz und fast etwas schroff.

Aber Ethel war gar nicht gekränkt. Sie lachte herzlich und sagte: „Aber, Herr Allan, habe ich Ihnen Anlaß gegeben, ärgerlich zu werden?"

Seitdem kam sie etwas seltener. Und Maud hatte nichts dagegen. Sie konnte Ethel Lloyd nicht lieben, so sehr sie sich auch Mühe dazu gab. Und Maud gehörte zu den Leuten, die nur mit jemand verkehren können, wenn sie ihm aufrichtig zugetan sind.

Aus diesem Grunde war ihr Hobbys Gesellschaft so angenehm. Er verkehrte täglich in ihrem Hause. Er kam zum Lunch und Diner, einerlei ob Allan da war oder nicht. Es kam dahin, daß sie ihn vermißte, wenn er ausblieb. Und das selbst in Zeiten, da Mac bei ihr war.

KAPITEL 5

„Hobby ist immer bei so prächtiger Laune!" sagte Maud des öfteren.

Und Allan erwiderte: „Er war von jeher ein wunderbarer Bursche, Maud."

Er lächelte dazu und ließ sich nicht merken, daß er aus Mauds häufigem Hinweis auf Hobbys gute Laune einen leichten Vorwurf heraushörte. Er war nicht Hobby. Er hatte nicht Hobbys Talent zur Fröhlichkeit, nicht Hobbys leichten Sinn. Er konnte nicht wie Hobby nach zwölfstündiger Arbeit Niggertänze und Songs zum besten geben und allerlei lustige Dummheiten inszenieren. Hat jemand Hobby schon anders gesehen als lachend und scherzend? Hobby grinst über das ganze Gesicht, Hobby rollt die Zunge im Mund und eine witzige Bosheit kommt heraus. Wo Hobby hinkommt, macht sich alles schon zum Lachen bereit, Hobby ist verpflichtet, witzig zu sein. Nein, er war nicht Hobby. Das einzige, was er konnte, war, kein Spielverderber zu sein und er gab sich alle Mühe dazu. Viel schlimmer aber war es, daß sein Verhältnis zu Maud im Laufe der Jahre an Innigkeit eingebüßt hatte. Er belog sich nicht. Es schien ihm, als ob es für einen Mann wie ihn besser wäre, keine Familie zu haben — trotzdem er Maud und sein Töchterchen innig liebte.

Hobby tat seine Arbeit und war fertig. Er aber, Allan, war nie fertig! Der Tunnel wuchs und die Arbeit wuchs mit ihm. Und dazu hatte er noch seine besonderen Sorgen, über die er mit keinem Menschen sprach!

Schon jetzt zweifelte er daran, den Tunnel in fünfzehn Jahren fertig bauen zu können. Nach seinen Berechnungen wäre es im günstigsten Falle möglich gewesen. Er hatte kaltblütig diesen Termin angesetzt, um für sein Unternehmen die öffentliche Meinung und das Geld des Volkes zu gewinnen. Hätte er zwanzig oder fünfundzwanzig Jahre angegeben, so würde man ihm nicht das halbe Geld gegeben haben.

Kaum die Doppelstollen Biscaya-Finisterra und Amerika-Bermuda würde er in dieser Zeit bewältigen können.

Am Ende des vierten Baujahrs waren die Stollen der amerikanischen Strecke zweihundertvierzig Kilometer weit von der amerikanischen Küste aus vorgetrieben, achtzig Kilometer von Bermuda aus. Auf der französischen Strecke waren rund zweihundert von Biscaya aus, siebzig von Finisterra aus gebohrt. Von den atlantischen Strecken dagegen war noch nicht der sechste Teil fertiggestellt. Wie sollten die gewaltigen Strecken — Finisterra-Azora, Azora-Bermuda — bewältigt werden?

Dazu kamen finanzielle Schwierigkeiten. Die Vorbereitungsarbeiten, die Serpentinen auf Bermuda hatten weitaus größere Summen verschlungen, als er in seiner Kalkulation angenommen hatte. Vor dem siebten Baujahr, frühestens dem sechsten, war aber unter keinen Umständen an die zweite Drei-Milliarden-Anleihe zu denken. Er würde bald gezwungen sein, den Tunnel auf große Strecken vorläufig einstollig fortzuführen, wodurch die Arbeit unendlich erschwert wurde. Wie sollte es bei der einstolligen Bauweise möglich sein, das Gestein herauszuschaffen, dieses Gestein, das wuchs und anschwoll und die Stollen heute schon zu ersticken drohte. Überall lag es, zwischen den Geleisen, in den Querschlägen und Stationen und die Züge keuchten unter der Last.

Allan verbrachte Monate im Tunnel, um raschere Arbeitsmethoden ausfindig zu machen. In den amerikanischen Stollen wurde jede einzelne Maschine, jede neue Erfindung und Verbesserung ausprobiert, bevor sie an den übrigen Arbeitsstellen Verwendung fand. Hier wurden die Mannschaften geschult, die „Höllen-Männer" und „Fegfeuer-Leute", um sodann nach den anderen Stationen als Pacemaker verpflanzt zu werden. Ganz allmählich mußten sie an das rasende Tempo und die Hitze gewöhnt werden. Ein untrainierter Mann wäre in der ersten Stunde in der „Hölle" niedergebrochen.

Jeden noch so unscheinbaren Handgriff suchte Allan mit dem geringsten Aufwand an Kraft, Geld und Zeit zu leisten. Er führte eine bis ins minimale gehende Arbeitsteilung ein, so daß der einzelne Arbeiter jahraus, jahrein dieselben Funktionen zu erfüllen hatte, bis er sie automatisch und immer schneller verrichtete. Er hatte seine Spezialisten, die die Kolonnen schulten und drillten, bis sie Rekorde schufen (z. B. im Abladen eines Waggons) und diese Rekorde wurden als normale Arbeitsleistung gefordert. Eine verlorne Sekunde war nie mehr einzuholen, nie mehr, und kostete ein Vermögen an Zeit und Geld. Wenn ein Mann in der Minute nur eine Sekunde verlor, so machte das bei einem Heer von 180000 Mann, wovon ununterbrochen 60000 tätig waren, an einem Arbeitstag 24000 Arbeitsstunden! Von Jahr zu Jahr hatte Allan die Arbeitsleistung um fünf Prozent zu steigern vermocht. Trotz alledem ging es zu langsam!

Besonders der Vortrieb machte Allan große Sorgen. Es war absolut unmöglich, mehr Menschen in die letzten fünfhundert Meter zu werfen, wenn sie sich nicht gegenseitig die Kniescheiben einrennen sollten. Er experimentierte mit den verschiedensten Sprengstoffen, bis er ein Mittel fand — „Tunnel 8" —, das den Berg in ziemlich gleichmäßige, leicht wegzuräumende Blöcke zerriß. Er hörte stundenlang die Vorträge seiner Ingenieure an; ohne je zu ermüden, diskutierte er ihre Vorschläge, prüfte, erprobte.

Unerwartet, wie aus dem Meer gestiegen, erschien er auf den Bermudas. Schlosser flog. Er wurde in die Konstruktionsbureaus nach Mac City gesandt. Ein junger, kaum dreißigjähriger Engländer namens John Farbey trat an seine Stelle. Allan rief die Ingenieure, die schon atemlos waren von dem jetzigen Arbeitstempo, zusammen und erklärte ihnen, daß sie ihre Arbeit um ein Viertel beschleunigen müßten. Müßten! Denn er, Allan, müsse seinen Termin einhalten. Wie sie das täten, sei ihre Sache ...

Unerwartet erschien er auf den Azoren. Es war ihm gelungen, für diese Baustelle einen Deutschen, Michael Müller, zu gewinnen, der einige Jahre eine leitende Stelle beim Bau des Kanaltunnels eingenommen hatte. Müller wog zwei Zentner fünfzig Pfund und war allgemein unter dem Namen „der fette Müller" bekannt. Er war beliebt bei seinen Leuten — zum Teil lediglich dank seiner Fettleibigkeit, die Anlaß zur Komik gab — und ein unermüdlicher Arbeiter! Müller drang gegenwärtig mit seinen Stollen sogar rascher vor als Allan und Harriman in New Jersey. Müller, dieser ewig lachende, rasselnde Fettberg, wurde förmlich vom Glück verfolgt. Seine Baustelle war geologisch die interessanteste und produktivste und bewies zur Genüge, daß diese Teile des Ozeans in früheren Perioden trocken lagen. Er war auf mächtige Kalilager gestoßen und auf Eisenerze. Die Pittsburg-Smelting and Refining Company, die seinerzeit das Verhüttungsrecht für alle geförderten Materialien erworben hatte, verdankte seinem Glück, daß ihre Papiere um 60 Prozent gestiegen waren. Die Förderung kostete sie dabei keinen Cent, ihre Ingenieure hatten lediglich die betreffenden Waggons zu bezeichnen und sie wurden ausrangiert. Und täglich, stündlich bebte sie vor Aufregung, es könnten ihr unerhörte Schätze in den Schoß fallen. In den letzten Monaten war Müller auf ein Kohlenflöz von fünf Meter Mächtigkeit gestoßen, „prächtige Kohle", wie er sagte. Das aber war nicht alles. Dieses Flöz lag ausgerechnet in der Achse der Stollen und hatte kein Ende. Müller schoß durch den Berg. Sein einziger Feind, sein Erzfeind, war das Wasser. Seine Stollen lagen nun achthundert Meter tief unter dem Meeresboden und doch troffen sie von Wasser. Müller hatte eine Batterie von Mammut-Kreiselpumpen stehen, die unaufhörlich einen Strom schmutzigen Wassers ins Meer preßten.

Allan erschien in Finisterra und Biscaya und erklärte hier wie auf den Bermudas, daß er seinen Termin einhalten müsse und beschleunigte Arbeit fordere. Den Chefingenieur der französischen Baustelle, Monsieur Gaillard, einen weißhaarigen, eleganten Franzosen von großen Fähigkeiten, sägte er ab und ersetzte ihn durch einen Amerikaner, Stephan Olin-Mühlenberg, ohne sich um das Geschrei in der französischen Presse zu kümmern.

Wie aus dem Boden gewachsen, erschien Allan in den einzelnen Kraftstationen, und es entging ihm nichts, nicht das geringste, und die Ingenieure atmeten auf, wenn er wieder fort war und sie noch ihren Verstand behalten hatten.

Allan erschien in Paris und die Zeitungen brachten spaltenlange Artikel über ihn und zusammengelogene Interviews. Acht Tage später wurde bekannt, daß eine französische Gesellschaft die Konzession erhalten habe, eine Schnellbahn Paris-Biscaya zu bauen, so daß also die Tunnelzüge direkt bis Paris laufen konnten. Gleichzeitig wurden alle großen europäischen Städte mit Plakaten überschwemmt, die eine von Hobbys Zauberstädten zeigten: die Tunnelstation „Azora". Hobbys Feenstadt erregte ein ähnliches ungläubiges Kopfschütteln, eine ähnliche Begeisterung auf der anderen Seite, wie seinerzeit die Zauberstadt in Amerika. Hobby hatte wiederum seine Phantasie spielen lassen. Besondere Verwunderung aber rief eine Skizze in einer Ecke des Riesenplakats hervor, die den ursprünglichen Bestand an Grund zeigte und den zukünftigen. Das Syndikat hatte einen Streifen der Insel San Jorgo erworben, dazu ein paar kleine Inseln und eine Gruppe von Sandbänken. In wenigen Jahren aber sollte sich der Grund vervierfachen. Die Inseln waren durch enorme, breite Dämme miteinander verbunden, die Sandbänke mit dem Hauptkomplex verschmolzen. Man dachte im ersten Augenblick nicht daran, daß Allan an dieser Baustelle viertausend Doppelkilometer Gestein (und mehr, wenn er wollte) ins Meer stürzen und somit recht gut diese merkwürdig geformte große Insel schaffen konnte ...

Wie in der amerikanischen Phantomstadt gab es in dem zukünftigen „Azora" einen ungeheuren, herrlichen Hafen mit Dämmen, Molen, Leuchttürmen, und besonders fiel die zauberhafte Badestadt ins Auge: Hotels, Terrassen, Parks, ein unübersehbarer Strand.

Die weitaus größte Bewunderung, um nicht zu sagen Bestürzung erregten aber die vom Tunnel-Syndikat geforderten Bodenpreise. Sie waren für europäische Verhältnisse exorbitant! Das Syndikat aber hatte seine Blicke kühl und unbarmherzig auf das europäische Kapital geheftet, wie die Schlange auf einen Vogel. Es war ja leicht einzusehen, daß Azora den gesamten Personenverkehr Südamerikas verschlingen würde. Es gehört auch nicht viel Verstand dazu, um zu begreifen, daß Azora — von Paris in vierzehn, von New York in sechzehn Stunden zu erreichen — der berühmteste Badeort der Welt werden mußte, das Rendezvous der vornehmen Welt Englands, Frankreichs und Amerikas.

Und das europäische Kapital kam. Es bildeten sich Ringe von Terrainspekulanten, die große Gebiete kauften, um sie in zehn Jahren in Quadratruten zu verschachern.

Aus Paris, London, Liverpool, Berlin, Frankfurt, Wien floß das Geld und strömte in S. Woolfs große Tasche, in S. Woolfs „big pocket", die im Volke sprichwörtlich geworden war.

KAPITEL 6

S. Woolf strich dieses Geld ein, wie er die drei Milliarden des Kapitals und des Volkes einstrich und die Summen, die Bermuda, Biscaya, Finisterra und Mac City brachten. Ohne Danke zu sagen. Es hatte seinerzeit nicht an Warnern gefehlt, die eine Lawine von Bankerotten prophezeiten, wenn ein solch ungeheurer Strom von Geld einer Seite zuflute. Diese Prophezeiungen von Finanzdilettanten hatten sich nur zum allergeringsten Teil erfüllt. Ein paar Industrien waren trocken gelegt worden, hatten sich aber in kurzer Zeit wieder erholt.

Denn S. Woolfs Geld rostete nicht. Kein Heller rostete! Es begann augenblicklich wieder den alten Kreislauf, kaum daß es in seine Hände gelangt war.

Er sandte es um den ganzen Erdball.

Die Springflut von Gold rollte über den Atlantik nach Frankreich, England, Deutschland, Schweden, Spanien, Italien, die Türkei, Rußland. Sie übersprang den Ural und rollte hinein in die Wälder Sibiriens, in die Berge des Baikal. Sie flutete über Südafrika, Kapland, Oranje, über Australien, Neuseeland. Sie flutete nach

Minneapolis, Chikago und St. Louis, in die Rocky Mountains, nach Nevada, nach Alaska.

S. Woolfs Dollar waren Milliarden rasender kleiner Krieger, die sich mit dem Geld aller Nationen und aller Rassen schlugen. Sie waren alle kleine S. Woolfs, mit S. Woolfschem Instinkt bis zum Hals gefüllt, deren Losung: Money! war. Sie stürzten sich in Heeren durch den Draht auf dem Grund des Meeres, sie flogen durch die Luft. Sobald sie aber den Kampfplatz erreicht hatten, verwandelten sie sich! Sie wurden zu kleinen stählernen Hämmern, die Tag und Nacht prasselten vor Gier, sie wurden zu flinken Weberschiffchen in Liverpool, sie rutschten als Hottentotten über die Sandflächen der Diamantfelder Südafrikas. Sie wurden zu einer Pleuelstange an einer Maschine von tausend Pferdekräften, zu einem Riesenschenkel aus blankem Stahl, der vierundzwanzig Stunden jeden Tag wütend den Dampf besiegte und stets vom Dampf zurückgeschleudert wurde. Sie wurden zu einem Zug voll Eisenbahnschwellen, der von Omsk nach Peking unterwegs ist, zu einem Schiffsbauch voller Gerste, von Odessa nach Marseille. Sie stürzten in Südwales im Förderkorb achthundert Meter in die Tiefe und rasten mit Kohlen herauf. Sie hockten auf tausend Gebäuden der Welt und wucherten, sie mähten Getreide in Kanada und standen als Tabakpflanzen in Sumatra.

Sie kämpften! Auf einen Wink Woolfs wandten sie Sumatra den Rücken und pochten Gold in Nevada. Sie verließen Australien im Fluge und fielen als ein Schwarm in der Baumwollenbörse Liverpools ein.

S. Woolf gönnte ihnen keine Ruhe. Tag und Nacht hetzte er sie durch hundert Verwandlungen. Er saß im Sessel seiner Office, kaute Zigarren, schwitzte, diktierte gleichzeitig ein Dutzend Telegramme und Briefe, den Telephonhörer am Ohr, nebenbei ein Gespräch mit einem Prokuristen führend. Er lauschte mit dem rechten Ohr auf die Stimme im Apparat, mit dem linken auf den Rapport des Beamten. Er sprach mit einer Stimme zu dem Beamten, schrie mit einer zweiten in das Telephon hinein. Er übersah mit einem Auge seine Stenographen und Typewriter, ob sie auf die Fortsetzung warteten, mit dem anderen sah er auf die Uhr. Er dachte, daß Nelly nun schon zwanzig Minuten auf ihn warte und ein Gesicht schneiden würde, wenn er so spät zum Diner käme, er dachte gleichzeitig, daß der Prokurist im Falle Rand Mines ein Idiot sei, im Falle Garnier frères aber weitsichtig denke, er dachte — ganz im Hintergrund seines haarigen, dampfenden Schädels — an die große Schlacht, die er morgen an der Wiener Börse schlagen und gewinnen würde.

Jede Woche hatte er über eineinhalb Millionen Dollar flüssig zu machen für Löhne und an den Quartalen für Zinsen und Abschreibungen Hunderte von Millionen. An diesen Zeitpunkten kam er tagelang nicht aus seiner Office heraus. Dann war die Schlacht in vollem Gange und S. Woolf erkaufte sich den Sieg mit einem großen Verlust an Schweiß und Fett und Atem.

Er rief seine Armeekorps zurück. Und sie kamen, jeder Dollar ein kleiner heroischer Sieger, der Beute gemacht hatte, acht Cent oder zehn, zwanzig Cent. Viele kehrten als Krüppel heim und manche waren auf der Walstatt gefallen — das war der Krieg!

Diesen atemlosen, rasenden Kampf focht S. Woolf seit Jahren aus, Tag und Nacht auf der Witterung nach dem günstigsten Angriff, Überfall und Rückzug. Stündlich gab er seinen Befehlshabern in fünf Erdteilen Befehle und stündlich prüfte er ihre Schlachtberichte.

S. Woolf leistete erstklassige Arbeit. Er war ein Geldgenie, er roch das Geld auf Meilen Abstand. Er hatte ungezählte Millionen Aktien und Anteilscheine nach Europa geschmuggelt, denn des amerikanischen Geldes glaubte er sicher zu sein, wenn er seine goldenen Reservearmeen unter Waffen rufen mußte. Er hatte Prospekte verfaßt, die sich wie Gedichte Walt Whitmans lasen. Er verstand es wie kein anderer, zur rechten Zeit das rechte Trinkgeld in die rechte Hand zu drücken. Dank dieser Taktik machte er in weniger zivilisierten Ländern (wie Rußland, Persien) Geschäfte, die fünfundzwanzig und vierzig Prozent abwarfen und die nur im Finanzleben für erlaubt gelten. Bei den jährlichen Generalversammlungen ging er aufgerichtet durchs Ziel und das Syndikat hatte im Lauf der Jahre sein Gehalt auf dreihunderttausend Dollar erhöht. Er war unersetzlich.

S. Woolf arbeitete, daß seine Lungen rasselten. Jedes Blatt Papier, das er in die Hand nahm, zeigte den fetten Abdruck seines Daumens, trotzdem er hundertmal am Tage die Hände wusch. Er schied ganze Tonnen Talg aus und wurde trotzdem immer fetter. Sobald er aber den schweißfeuchten Kopf unter kaltes Wasser gesteckt, Haare und Bart gebürstet, einen frischen Kragen umgelegt hatte und die Office verließ, war er ein würdevoller Gentleman, der nie Eile und Hast verriet. Er bestieg bedächtig seinen eleganten pechschwarzen Car, dessen silberner Drache wie das Nebelhorn eines Ozeandampfers brummte und rollte den Broadway hinab, um den Abend zu genießen.

Das Diner nahm er gewöhnlich bei einer seiner jungen Freundinnen ein. Er liebte es, gut zu speisen und ein Glas starken, kostbaren Weins dazu zu trinken.

Jeden Abend um elf erschien er im Klub, um zwei Stunden zu spielen. Er spielte besonnen, nicht zu hoch und nicht zu niedrig, schweigsam, zuweilen mit den roten, wulstigen Lippen in seinen schwarzen Bart plusternd.

Im Klub trank er stets eine Tasse Kaffee, nichts sonst.

S. Woolf war das Muster eines Gentleman.

Er hatte nur ein Laster und er verbarg es sorgfältig vor der Welt. Das war seine außerordentliche Sinnlichkeit. Seinen dunkeln, tierisch glänzenden, schwarzbewimperten Augen entging kein schöner Frauenkörper. Das Blut begann in seinen Ohren zu knacken, sobald er ein junges hübsches Mädchen mit runden Hüften sah. Er kam jedes Jahr viermal mindestens nach Paris und London und in beiden Städten hielt er ein oder zwei hübsche Mädchen aus, denen er luxuriöse Wohnungen mit spiegelverschalten Alkoven eingerichtet hatte. Er gab einem Dutzend junger süßer Geschöpfe Sektsoupers, bei denen er im Frack erschien und die Göttinnen in ihrer schönen schimmernden Haut. Häufig brachte er von seinen Reisen „Nichten" mit, die er nach New York verpflanzte. Die Mädchen mußten schön, jung, schwellend und blond sein; besonders Engländerinnen, Deutschen und Skandinavierinnen gab er den Vorzug. S. Woolf rächte auf diese Weise den armen Samuel Wolfsohn, den die Konkurrenz gutgebauter Tennisspieler und großer Monatswechsel vor Jahren bei allen schönen Frauen aus dem Felde geschlagen hatte. Er rächte sich an jener hochmütigen blonden Rasse, die ihn früher mit dem Fuß ins Gesicht trat, indem er jetzt ihre Frauen kaufte. Und er entschädigte sich vor allem für eine entbehrungsreiche Jugend, die ihm weder Zeit noch Möglichkeit ließ, seinen Durst zu stillen.

Von jeder Reise brachte er eine Anzahl Siegestrophäen mit, Locken und Strähnen, vom kühlen silbrigen Blond bis zum heißesten Rot, die er in einem japanischen Lackschrank in seiner New Yorker Wohnung aufbewahrte. Aber davon wußte niemand etwas, denn S. Woolf schwieg.

Auch aus einem anderen Grunde liebte er seine trips nach Europa. Er sah seinen alten Vater, an dem er mit einer sonderbaren Sentimentalität hing. Zweimal im Jahre kam er auf zwei Tage nach Szentes und Telegramme flogen vor ihm her. Ganz Szentes war in Aufregung. Der große Sohn des alten Wolfsohn! Der Glückliche! Dieser Kopf! Er kam.

S. Woolf hatte seinem Vater ein hübsches Haus gebaut und einen schönen Garten anlegen lassen. Fast wie eine Villa. Musikanten kamen und fiedelten und tanzten, während ganz Szentes sich gegen das eiserne Gartengitter drängte.

Der alte Wolfsohn wiegte sich hin und her und wackelte mit dem kleinen, abgemagerten Kopf und vergoß Freudentränen.

„Groß bist du geworden, mein Sohn! Wer hätt' gedacht! Groß, mein Stolz! Ich danke Gott jeden Tag!"

S. Woolf aber war ob seines freundlichen Wesens in ganz Szentes beliebt. Mit hoch und niedrig, jung und alt verkehrte er mit der gleichen amerikanisch-demokratischen Einfachheit. So groß und so bescheiden!

Der alte Wolfsohn hatte nur noch einen Wunsch, bevor ihn Gott abrief.

„Ihn möchte ich sehen!" sagte er. „Diesen Herrn Allan! Was für ein Mann!"

Und S. Woolf entgegnete darauf: „Du wirst! Kommt er wieder nach Wien oder Berlin, und er kommt, so telegraphiere ich dir. Du gehst ins Hotel, sagst, du bist mein Vater, er wird sich freuen!"

Der alte Wolfsohn aber streckte die kleinen Greisenhände empor und schüttelte den Kopf und weinte: „Nie werd' ich ihn sehen, diesen Herrn Allan. Nie werd' ich es wagen, bei ihm vorzusprechen. Die Füße trügen mich nicht."

Der Abschied fiel jedesmal beiden sehr schwer. Der alte Wolfsohn schlürfte noch ein paar kleine Schritte mit eingeknickten Füßen neben dem Salonwagen seines Sohnes einher und jammerte laut, und S. Woolf rannen die Tränen übers Gesicht. Sobald er aber das Fenster geschlossen und die Augen getrocknet hatte, war er wieder S. Woolf, dessen dunkler Rabbinerschädel auf keine Frage Antwort gab.

S. Woolf hatte seine Bahn durchmessen. Er war reich, berühmt, gefürchtet, die Finanzminister großer Reiche empfingen ihn mit Achtung, er war, von dem bißchen Asthma abgesehen, gesund. Sein Appetit und seine Verdauung waren vorzüglich und sein Appetit auf Frauen ebenso. Und doch war er nicht glücklich.

Sein Unglück war, daß er alle Dinge analysieren mußte und daß er Zeit gehabt hatte nachzudenken, in Pullmancars, in Steamerchairs. Er hatte an alle Menschen gedacht, denen er im Leben begegnet war und die sein Gedächtnis kinematographiert hatte. Er hatte diese Menschen untereinander verglichen und sich selbst mit diesen Menschen. Er war klug und kritisch. Und er hatte zu seinem nicht geringen Schrecken herausgefunden, daß er ein ganz alltäglicher Mensch war! Er kannte den Markt, den Weltmarkt, er war ein Kursbericht, ein Börsentelegraph, ein Mensch mit Zahlen angefüllt bis unter die Nägel seiner Zehen — aber was war er sonst? War er, was sie eine Persönlichkeit nannten? Nein. Sein Vater, der zweitausend Jahre hinter ihm zurück war, war trotz allem mehr Persönlichkeit als er. Er aber, er war Österreicher geworden, Deutscher, Engländer, Amerikaner. Bei all diesen Verwandlungen hatte er Haut gelassen und nun — was war er nun? Ja, der Teufel hätte sagen können, was er nun eigentlich war! Sein Gedächtnis, dieses abnorme Gedächtnis, das auf Jahre hinaus mechanisch die Nummer eines Eisenbahnwaggons behielt, in dem er von San Franzisko nach Chikago gefahren war, dieses Gedächtnis war wie ein ewig waches Gewissen. Er wußte, woher er diesen Gedanken hatte, den er als originales Produkt vorführte, diese Art, den Hut zu ziehen, diese Art, zu sprechen, diese Art, zu lächeln und diese Art, jemanden anzusehen, der ihn langweilte. Sobald er all dieses erkannt hatte, begriff er, weshalb sein Instinkt ihn gerade zu jener Pose geführt hatte, die die sicherste war: Ruhe, Würde, Schweigsamkeit. Und selbst diese Pose war aus Millionen Elementen zusammengesetzt, die er von anderen Menschen entlehnt hatte!

Er dachte an Allan, Hobby, Lloyd, Harriman. Sie alle waren Menschen! Bis auf Lloyd hielt er sie alle für beschränkt, für Leute, die nur „viereckig" denken konnten, die überhaupt niemals dachten! Aber trotzdem waren sie Menschen, originelle Menschen, die man — selbst wenn man es nicht definieren konnte — als selbständige Persönlichkeiten empfand! Er dachte an Allans Würde. Worin lag sie? Wer konnte sagen, weshalb er würdig erschien? Niemand. Seine Macht, der — Schrecken, den er einflößte? Worin lag es? Niemand konnte es sagen. Dieser Allan hatte keine Pose, er war stets natürlich, einfach, er selbst und er wirkte! Er hatte oft Allans braunes, sommersprossiges Gesicht beobachtet. Es drückte weder Adel noch Genie aus und doch konnte er seinen Blick nicht sättigen an der Einfachheit, der Klarheit dieser Züge. Wenn Allan etwas sagte, nur leichthin, so genügte das schon. Niemand würde auch nur daran gedacht haben, seine Anordnungen zu ignorieren.

Nun, S. Woolf war nicht der Mann, der sich Tag und Nacht mit diesen Dingen beschäftigte. Zuweilen nur gab er sich damit ab, wenn der Zug durch die Landschaft glitt. Dann aber geriet er stets in eine unbehagliche und gereizte Verfassung.

Bei diesen Betrachtungen stieß er immer auf einen Punkt: das war sein Verhältnis zu Allan. Allan achtete ihn, er behandelte ihn zuvorkommend, kollegial — aber er behandelte ihn doch nicht wie die anderen, und er, S. Woolf, bemerkte das wohl.

Er hörte, wie Allan fast alle Ingenieure, Chefingenieure und Beamte einfach bei ihren Namen rief. Warum aber nannte er ihn stets „Herr Woolf", ohne sich je zu versprechen? Aus Respekt? O nein, mein Sohn, dieser Allan hatte nur vor sich selbst Respekt! So lächerlich es S. Woolf auch selbst erschien, es war einer seiner intimsten Wünsche, daß Allan ihn eines Tages auf die Schulter klopfte und sagte: „Hallo, Woolf, how do you do?" — Aber er wartete seit Jahren darauf.

Dann wurde es S. Woolf stets klar, daß er Allan haßte! Ja, er haßte ihn — ohne jeden Grund. Er wünschte, Allans Sicherheit erschüttert zu sehen, Allans Blick sollte einmal flackern, Allan sollte einmal abhängig von ihm sein.

S. Woolf war ganz heiße Leidenschaft, wenn er diese Gedanken erwog. Es war ja auch recht wohl möglich! Es konnte ein Tag kommen, da er, S. Woolf —! Weshalb sollte es nicht möglich sein, daß seine Stellung eines Tages einer absoluten Beherrschung des Syndikats gleichkäme?

S. Woolf legte die orientalischen Augendeckel über seine schwarzen, glänzenden Augen und seine fetten Wangen zitterten.

Das war der kühnste Gedanke, den er in seinem Leben gedacht hatte, und dieser Gedanke hypnotisierte ihn.

Er brauchte ja nur eine Milliarde Aktien im Rücken zu haben — und dann sollte Mac Allan sehen, wer S. Woolf war.

S. Woolf zündete sich eine Zigarre an und träumte seinen ehrgeizigen Traum.

KAPITEL 7

Edison Bio machte immer noch glänzende Geschäfte mit ihrem wöchentlich neuen Tunnel-Film.

Sie zeigte die schwarze Wolkenbank, die ewig über dem Materialbahnhof in Mac City steht. Sie zeigte die unübersehbare Armee von Waggons, die von tausend qualmenden Lokomotiven aus allen Staaten Amerikas hierhergeschleppt wurden. Verladebrücken, Drehkrane, Laufkatzen, Hochbahnkrane. Sie zeigte das „Fegfeuer" und die „Hölle" voll rasender Menschen, der Phonograph gab gleichzeitig den Lärm wieder, wie er, zwei Meilen hinter der „Hölle" durch die Stollen tobte. Obwohl durch einen Dämpfer aufgenommen, war der Lärm so überwältigend und entsetzlich, daß das Auditorium sich die Ohren zuhielt.

Edison Bio zeigte die ganze Bibel der modernen Arbeit. Und alles mit einem bestimmten Ziel: dem Tunnel!

Und die Zuschauer, die sich vor zehn Minuten an einem schauerlichen Melodrama ergötzt hatten, fühlten, daß all die bunten, rauchenden und dröhnenden Bilder der Arbeit, die die Leinwand zeigte, nichts anderes waren als Szenen eines weitaus größeren und mächtigeren Dramas, dessen Held ihre Zeit war.

Edison Bio verkündete das Epos des Eisens, größer und gewaltiger als alle Epen des Altertums.

Eisengruben in Bilbao, Nordspanien, Gellivara, Grängesberg Schweden. Eine Hüttenstadt in Ohio, die Luft ein Aschenregen, die Schlöte dicht wie Lanzen. Flammende Hochöfen in Schweden, Feuerzacken ringsum am nächtlichen Horizont. Inferno. Ein Eisenhüttenwerk in Westfalen. Paläste aus Glas, Maschinen, vom Menschen ersonnen, Mammute mit ihrem zwerghaften Erzeuger und Lenker zur Seite. Eine Gruppe dicker Teufel, turmhoch, schwelend, die Hochöfen, umschnürt von Eisengürteln, zuweilen Feuer gegen den Himmel speiend. Die Erzkarren sausen hinauf, der Ofen wird beschickt. Die Giftgase brausen durch die Bäuche der dicken Teufel und erhitzen den Wind auf 1000 Grad, so daß Kohle und Koks von selbst zu glühen beginnen. 300 Tonnen Roheisen schmilzt der Ofen am Tage. Das Stichloch wird angestochen, ein Bach von Eisen schießt in die Gießhalle, die Menschen glühen, ihre Totengesichter blenden. Die Bessemer- und Thomasbirnen, geschwollene Spinnenleiber, Stockwerke hoch, bald stehend, bald liegend, vom Druck des Wassers bewegt, Luft durch das Eisen blasend, Feuerschlangen und Funkengarben weit hinausspeiend. Glut, Hitze, Hölle und Triumph! Die Martinsöfen, die Rollöfen, die Dampfhämmer, die Walzwerke, Rauch, Funkentänze, brennende Menschen, jeder Zoll Genie, Sieg. Der Eisenblock glüht und knistert, läuft über die Walzenstraße zwischen den Walzen hindurch, streckt sich wie Wachs, wird länger, länger, läuft zurück durch das letzte Profil und liegt da, heiß und schwitzend, schwarz, besiegt, fertig: „Krupp, Essen, walzt eine Tunnelschiene."

Zum Schluß: Ein Stollen in einem Kohlenbergwerk. Ein Pferdekopf, ein Pferd, ein kleiner Junge in hohen Stiefeln, der daneben hergeht, ein endloser Zug von Kohlenkarren dahinter. Ewig nickt das Pferd mit dem Kopf, stapft der Junge, bis er ganz nahe ist und mit seinem geschwärzten, fahlen Gesicht ins Publikum grinst.

Der Konferencier: „Solch ein Kohlenjunge war Mac Allan, der Erbauer des Tunnels, vor zwanzig Jahren."

Ein ungeheurer Jubel bricht los! Der menschlichen Energie und Kraft jubelt man zu — sich selbst, seinen eigenen Hoffnungen!

In dreißigtausend Theatern führte Edison Bio die Tunnelfilme täglich vor. Es gab kein Nest in Sibirien und Peru, wo man die Filme nicht sah. So war es natürlich, daß all die Höchstkommandierenden des Tunnelbaus ebenso bekannt wurden wie Allan selbst. Ihre Namen prägten sich dem Gedächtnis des Volkes ein wie die Namen von Stephenson, Marconi, Ehrlich, Koch.

Nur Allan selbst hatte noch nicht Zeit gehabt, sich den Tunnelfilm anzusehen, obgleich die Edison Bio wiederholt versucht hatte, ihn an den Haaren hineinzuziehen.

Denn die Edison Bio versprach sich einen besonderen Erfolg von dem Film: „Mac Allan sieht sich selbst im Edison Bio."

KAPITEL 8

„Wo ist Mac?" fragte Hobby.

Maud hielt im Schaukeln inne.

„Laß sehen! — In Montreal, Hobby."

Es ist Abend und sie sitzen beide auf der Veranda im ersten Stock des Hauses, die auf das Meer hinausgeht. Der Garten liegt schweigend unter ihnen im Dunkel. Die müde Dünung des Meeres rauscht und zischt gleichmäßig, und fern braust und klingt die Arbeit. Sie haben vor Tisch vier Games Tennis geklopft, zu Abend gegessen und nun ruhen sie noch ein Stündchen aus. Das Haus liegt ganz ruhig und dunkel.

Hobby gähnt müde und klopft sich dabei auf den Mund. Das gleichmäßig feine Zischen des Meeres schläfert ihn ein.

Maud aber saß und schaukelte sich und ihre Augen waren ganz wach.

Sie betrachtete Hobby. In seiner hellen Kleidung, mit seinen lichtblonden Haaren, sah er in der Dunkelheit fast weiß aus, und nur sein Gesicht und sein Schlips waren dunkel. Wie ein Negativ. Maud lächelte, denn sie erinnerte sich an die Geschichte, die ihr Hobby beim Essen erzählte — eine Geschichte von einer der „Nichten" S. Woolfs, die S. Woolf verklagte, weil er sie auf die Straße setzte. Von der Geschichte kam sie aber sofort wieder auf Hobby selbst zurück. Er gefiel ihr. Selbst seine Albernheiten gefielen ihr. Sie waren die besten Kameraden, hatten keine Geheimnisse vor einander. Zuweilen wollte er ihr sogar Dinge erzählen, die sie gar nicht wissen wollte und sie mußte ihn bitten, den Mund zu halten. Hobby und Edith waren so herzlich und vertraut miteinander wie Vater und Kind. Und oft sah es aus, als ob Hobby der Herr des Hauses wäre.

„Hobby könnte ebensogut mein Mann sein wie Mac," dachte Maud und fühlte, wie sie heiß und rot wurde.

In diesem Augenblick lachte Hobby leise vor sich hin.

„Warum lachst du, Hobby?"

Hobby dehnte sich, daß der Sessel knirschte.

„Ich habe eben gedacht, wie ich die nächsten sieben Wochen leben werde."

„Hast du wieder verloren?"

„Ja. Wenn ich full hand in der Hand habe, so werde ich doch halten? Ich habe sechstausend Dollar verpulvert. Vanderstyfft gewinnt, die reichen Kerle gewinnen immer."

Maud lachte.

„Du brauchst ja nur ein Wort zu Mac zu sagen."

„Ja, ja, ja —" erwiderte Hobby und gähnte wieder und klopfte sich auf den Mund. „So geht es, wenn man ein fool ist!"

Und beide hingen wieder ihren Gedanken nach. Maud hatte einen Trick ersonnen, wie sie mit dem Schaukelstuhl vorwärts und rückwärts wandern konnte, während sie schaukelte. Bald war sie einen Schritt näher, bald einen Schritt ferner. Und immer behielt sie Hobby im Auge.

Ihr Herz war voller Verwirrung, Resignation und Verlangen.

Hobby hatte die Augen geschlossen und Maud fragte plötzlich dicht neben ihm: „Frank, wie wäre es geworden, wenn ich dich geheiratet hätte?"

Hobby öffnete die Augen und war sofort ganz wach. Mauds Frage hatte ihn aufgeschreckt und der Klang seines Vornamens, mit dem ihn seit Jahren niemand mehr angesprochen hatte. Er erschrak, denn Mauds Gesicht war ganz nahe und doch war sie vor einem Augenblick noch zwei Schritt fern gewesen. Ihre weichen, kleinen Hände lagen auf der Lehne seines Stuhles.

„Wie kann ich das wissen?" entgegnete er unsicher und versuchte es mit einem leisen Lachen.

Mauds Augen standen dicht vor ihm. Ein goldener Glanz leuchtete warm und flehend aus ihrer Tiefe. Ihr Gesicht schimmerte bleich und schmal, wie vergrämt, aus dem dunkeln Scheitel.

„Warum habe ich dich nicht geheiratet, Frank?"

Hobby holte Atem. „Weil dir Mac besser gefiel," sagte er nach einer Weile.

Maud nickte. „Wären wir zusammen glücklich geworden, Frank?"

Hobbys Verwirrtheit steigerte sich, zumal er sich nicht regen konnte, ohne Maud zu nahe zu kommen.

„Wer weiß es, Maud?" Hobby lächelte.

„Hast du mich früher wirklich geliebt, Frank, oder tatest du nur so?" flüsterte Maud.

„Ja, wirklich!"

„Wärst du glücklich mit mir geworden, Frank, glaubst du?"

„Ich glaube es."

Maud nickte und ihre feinen Brauen zogen sich träumerisch in die Höhe. „Ja?" flüsterte sie, noch leiser, voller Glück und Weh.

Hobby ertrug die Situation nicht länger. Wie konnte es Maud nur in den Sinn kommen, an diese alten Dinge zu rühren? Er wollte ihr sagen, daß das alles Nonsens sei, er wollte einlenken. Ja, zum Teufel, Maud gefiel ihm immer noch und er hatte seinerzeit böse Tage gehabt ...

„Und nun sind wir gute Freunde geworden, Maud, nicht wahr?" fragte er in so harmlosem alltäglichen Tonfall, als er es in diesem Augenblick vermochte.

Maud nickte, ganz unmerklich. Sie sah ihn immer noch an und so saßen sie eine, zwei Sekunden und sahen einander in die Augen. Plötzlich geschah es! Er hatte eine kleine Bewegung gemacht, weil er nicht länger stillhalten konnte — ja, wie war es doch gekommen? —: ihre Lippen berührten sich wie von selbst.

Maud fuhr zurück. Sie stieß einen kleinen, erstickten Schrei aus, stand auf, stand eine Weile regungslos da und verschwand im Dunkel. Eine Türe ging.

Hobby kletterte langsam aus dem Korbsessel und sah mit einem verwirrten, geistesabwesenden Lächeln ins Dunkle hinein, während er noch Mauds Mund auf seinen Lippen fühlte, weich und warm, und seine Arme vor Müdigkeit abzufallen drohten.

Dann fand er sich zurecht. Er hörte plötzlich die Dünung wieder zischen und einen Zug in der Ferne klingeln. Er zog gedankenlos die Uhr und ging durch die dunklen Zimmer in den Garten hinunter.

„Nie wieder!" dachte er. „Stop, my boy! Maud wird mich sobald nicht wieder sehen."

Er nahm den Hut vom Nagel, zündete sich mit zitternden Händen eine Zigarette an und verließ das Haus, immer noch erregt, beglückt, verwirrt.

„Ja, zum Teufel, wie kam es nur?" dachte er immer wieder und hielt den Schritt an.

Unterdessen saß Maud zusammengeduckt in ihrem dunklen Zimmer, die Hände im Schoß, blickte mit erschrockenen Augen vor sich auf den Boden und flüsterte: „Die Schande — die Schande — o Mac, Mac!" Und sie weinte still und zerknirscht. Nie mehr würde sie Mac in die Augen sehen können, nie mehr. Sie mußte es ihm sagen, sie mußte sich scheiden lassen, ja, das mußte sie! Und Edith? Sie konnte wirklich stolz auf ihre Mutter sein, in der Tat!

Sie erschrak. Hobby ging drunten. Er geht so leicht, dachte sie, sein Schritt ist so leicht. Ihr Herz pochte im Hals. Sollte sie aufstehen, rufen: „Hobby, komm —!" Ihr Gesicht glühte und sie rang die Hände. O Himmel, nein —die Schande — was war über sie gekommen? Den ganzen Tag über hatte sie schon törichte Gedanken im Kopf gehabt und am Abend die Augen nicht von Hobby losreißen können und gedacht — ja, nun wollte sie schon ganz ehrlich sein! — wie es wäre, wenn er sie küßte ...

Maud weinte noch im Bett vor Kummer und Reue. Dann wurde sie ruhiger und faßte sich. „Ich werde es Mac sagen, wenn er kommt, und ihn bitten, mir zu verzeihen, ihm schwören ... Laß mich nicht so allein, Mac, werde ich sagen. Übrigens war es doch schön — Gott, Hobby erschrak bis ins tiefste Herz hinein. Schlafen, schlafen, schlafen!"

Am andern Morgen, als sie mit Edith zusammen badete, spürte sie nur noch einen kleinen Druck im Herzen, der auch blieb, wenn sie gar nicht an den gestrigen Abend dachte. Es würde alles wieder gut werden, gewiß. Es kam ihr vor, als habe sie Mac nie heißer geliebt. Aber er sollte sie nicht so vernachlässigen! Nur manchmal versank sie in Nachdenken und sah mit blickleeren Augen vor sich hin, von heißen, raschen, unruhigen Gedanken erfüllt. Wenn sie nun aber Hobby wirklich liebte ...?

Hobby kam drei Tage nicht. Er arbeitete am Tage wie ein Teufel und abends war er in New York und spielte und trank Whisky. Er borgte sich viertausend Dollar und verlor sie bis auf den letzten Cent.

Am vierten Tag sandte ihm Maud eine Note, daß sie ihn bestimmt erwarte am Abend. Sie habe mit ihm zu reden.

Hobby kam. Maud errötete, als sie ihn sah, empfing ihn aber heiter und lachend.

„Wir wollen nie wieder eine solche Dummheit begehen, Hobby!" sagte sie. „Hörst du? O, ich habe mir solche Vorwürfe gemacht! Ich habe nicht geschlafen, Hobby. Nein, nie wieder. Ich bin ja schuldig, nicht du, ich lüge mich nicht an. Zuerst dachte ich, ich müsse es Mac beichten, nun aber bin ich entschlossen, ihm nichts zu sagen. Oder meinst du, ich sollte?"

„Du kannst es ja gelegentlich tun, Maud. Oder ich —"

„Nein, du nicht, hörst du, Hobby! Ja, gelegentlich — du hast recht. Und nun wollen wir wieder die alten, guten Kameraden sein, Hobby!"

„All right!" sagte Hobby und nahm ihre Hand und dachte, wie hübsch ihr Haar glänze und wie hübsch ihr diese leichte Röte und Verwirrtheit stehe und wie gut und treu sie sei, und daß ihn dieser Kuß viertausend Dollar gekostet habe. Never mind!

„Die Balljungen sind da, willst du spielen?"

So waren sie wieder die alten Kameraden, und nur Maud konnte dann und wann nicht umhin, Hobby durch einen Blick daran zu erinnern, daß sie ein Geheimnis zusammen hätten.

VIERTER TEIL

KAPITEL 1

Mac Allan stand wie ein geißelschwingendes Phantom über der Erde und peitschte zur Arbeit an.

Die ganze Welt verfolgte voller Spannung das atemlose Rasen unter dem Meeresboden. Die Zeitungen hatten eine stehende Rubrik eingeführt, auf die sich alle Augen zuerst richteten, wie auf die Nachrichten von einem Kriegschauplatz.

In den ersten Wochen des siebten Baujahres aber wurde Allan vom Geschick eingeholt. In den amerikanischen Stollen ereignete sich die große Oktoberkatastrophe, die sein Werk ernstlich gefährdete.

Kleinere Unglücksfälle und Störungen waren alltäglich. Es wurden Arbeiter von niederbrechendem Gestein verschüttet, beim Sprengen in Stücke gerissen, von Zügen zermalmt. Der Tod war im Tunnel zu Hause und holte sich die Tunnelmänner ohne viele Umstände heraus. In allen Stollen waren wiederholt große Mengen Wasser eingebrochen, die die Pumpen nur mit Mühe bewältigen konnten, und Tausende von Menschen liefen Gefahr zu ertrinken. Diese Tapferen standen zuweilen bis an die Brust im Wasser. Und oft waren diese einbrechenden Wasser kochend heiß und dampften wie Geiser. Allerdings ließen sich große Wassermengen in den meisten Fällen vorherbestimmen, so daß man seine Maßnahmen treffen konnte. Mit besonders konstruierten Apparaten, den Sendeapparaten der drahtlosen Telegraphie ähnlich, wurden nach einem von Doktor Lövy, Göttingen, zuerst angeregten Verfahren elektrische Wellen in den Berg gesandt, die, sobald Wassermengen (oder Erzlager) vorhanden waren, reflektiert wurden und mit den ausgesandten Wellen in Interferenz traten. Wiederholt waren die Bohrmaschinen verschüttet worden und bei diesen Unfällen ging es nicht ohne Tote ab. Denn wer in der letzten Sekunde nicht flüchten konnte, wurde zermalmt. Kohlenoxydvergiftung, Anämie waren alltägliche Erscheinungen. Der Tunnel hatte sogar eine neue

Krankheit hervorgerufen, ähnlich jener, die man bei den Arbeitern in den Caissons beobachtet, der Caissonkrankheit; sie wurde im Volk „the bends", die „Beuge", genannt. Allan hatte am Meer ein eigenes Erholungsheim für diese merkwürdigen Kranken eingerichtet.

Alles in allem aber hatte der Tunnel in sechs Jahren nicht mehr Opfer gefordert als andere technische Großbetriebe. In Summa 1713 Menschenleben, eine verhältnismäßig niedrige Ziffer.

Der zehnte Oktober des siebten Baujahrs aber war Allans schwarzer Tag ...

Allan pflegte alljährlich im Oktober eine Generalinspektion der amerikanischen Baustelle vorzunehmen, die mehrere Tage in Anspruch nahm. Bei den Ingenieuren und Beamten hieß sie das „jüngste Gericht". Am 4. Oktober inspizierte er die „City". Er besuchte die Arbeiterhäuser, Schlachthäuser, Bäder und Hospitäler. Er kam auch in Mauds Rekonvaleszentenheim, und Maud war den ganzen Tag über in Aufregung und wurde purpurrot über das Kompliment, das er ihrer Leitung machte. Er besuchte in den nächsten Tagen die Bürogebäude, Materialbahnhöfe und Maschinenhallen, in denen in endloser Reise die Dynamos schwangen und knisterten, die Expreß- und Drillingspumpen, Grubenventilatoren und Kompressoren arbeiteten.

Am nächsten Tag fuhr er mit Hobby, Harriman und Ingenieur Bärmann in den Tunnel.

Die Tunnelinspektion dauerte mehrere Tage, denn Allan kontrollierte jede Station, jede Maschine, jede Weiche, jeden Querschlag, jedes Depot. Sobald sie an einer Stelle fertig waren, stoppten sie durch Signale einen Zug ab, schwangen sich auf einen Waggon und fuhren ein Stück weiter.

Die Stollen waren dunkel wie Keller. Zuweilen huschten Lichtschwärme vorbei: Eisengerüste, Menschenleiber, die in den Gerüsten hingen; eine rote Lampe blendete, die Glocke des Zuges gellte und Schatten flüchteten zur Seite.

Die dunkeln Stollen rauschten von den Zügen, die dahinflogen. Sie knackten und krachten, gellende Schreie flatterten in der fernen Finsternis. Es heulte irgendwo wie Wölfe, es blies und schnob wie ein Nilpferd, das auftaucht, dann hörte man mächtige, rauhe Stimmen von Zyklopen wütend streiten und man glaubte selbst einzelne Worte deutlich zu verstehen. Ein Gelächter kollerte durch die Stollen und schließlich vereinigten sich all diese sonderbaren und unheimlichen Laute, der Tunnel mahlte, rauschte, gröhlte und ganz plötzlich fuhr der Zug in ein Donnerwetter von Gellen und Getöse hinein, daß man sein eigenes Wort nicht mehr vernahm. Vierzig Kilometer hinter der Bohrmaschine dröhnte der Tunnel wie ein riesiges Widderhorn, in das die Hölle stieß. Hier gleißten die Arbeitsstätten von Licht und Scheinwerfern wie weißglühende Schmelzöfen.

Die Nachricht, daß Allan im Tunnel war, hatte sich wie ein Lauffeuer verbreitet. Wo er hinkam — unkenntlich von Staub und Schmutz und doch sofort erkannt — begannen die Rotten „das Lied vom Mac" zu singen:

„Three cheers and a tiger for him!

Nehmt die Kappe ab vor Mac,

Mac ist unser Mann!

Mac ist ein Bursche, der alles kann,

God damn you, yes, solch ein Kerl ist Mac,

Three cheers and a tiger for Mac!"

Auf den Gesteintransporten saßen die abgelösten Mannschaften und die Züge ließen in dem Rollen und Grollen des Stollens ein Echo von Gesang zurück.

Mac war populär und — soweit es der fanatische Haß zwischen Arbeiter und Kapital zuließ — bei seinen Leuten beliebt. Er war einer wie sie, aus ihrem Stoffe, wenn auch von hundertfältiger Kraft.

„Mac —!" sagten sie, „ja, Mac ist ein Bursche —!" Das war alles, aber es war das höchste Lob.

Besonders seine „Sonntagsaudienzen" hatten viel zu seiner Popularität beigetragen. Auch über sie gab es ein Lied, das diesen Inhalt hatte: „Schreibe eine Zeile an Mac, wenn du Sorgen hast. Er ist gerecht und einer von uns. Besser noch, geh zur Sonntagsaudienz. Ich kenne ihn, er wird dich nicht fortschicken, ohne dich gehört zu haben. Er versteht das Herz des Arbeiters."

Im „Fegfeuer" prasselten und surrten die elektrischen Nietmaschinen, wie Propeller bei Vollgas, das Eisen dröhnte. Auch hier sangen die Leute. Das Weiße der Augen blinkte aus den schmutzigen Gesichtern, die Mäuler öffneten sich gleichmäßig, aber man hörte keinen Ton.

Die letzten dreißig Kilometer des vorgeschobenen Südstollens mußten sie fast ganz zu Fuß zurücklegen oder auf langsam rollenden Materialzügen. Hier war der Stollen ein Wald roher Pfosten, ein Gerüst von Balken, erschüttert von einem unfaßbaren Getöse, dessen Wucht man immer wieder vergaß und stets neu erlebte. Die Hitze (48° C.) zerriß Pfosten und Balken, trotzdem sie häufig mit Wasser besprizt wurden und die Wetterführung unaufhörlich frischen, gekühlten Wind hereinschleuderte. Die Luft war schlecht, verbraucht, eine elende Grubenluft.

In einem kleinen Querschlag lag ein ölbeschmutzter halbnackter Leichnam. Ein Monteur, den der Herzschlag getroffen hatte. Umtobt von Arbeit lag er da und eilige Füße stiegen über ihn hinweg. Nicht einmal seine Augen hatte man geschlossen.

Dann kamen sie in die „Hölle". Mitten in den heulenden Staubwirbeln stand ein kleiner, erdfahler Japaner, bewegungslos wie eine Statue, und gab die optischen Befehle. Bald rot, bald weiß, blendete der Lichtkegel seines Reflektors und zuweilen schoß er einen grasgrünen Lichtstrahl in eine Rotte wühlender Menschen hinein, so daß sie wie Leichen, die noch schufteten, aussahen.

Hier beachtete sie niemand. Kein Gruß, kein Gesang, völlig erschöpfte Menschen, die halb bewußtlos rasten. Vielmehr mußten sie hier auf die andern achten, um nicht von einem Pfosten, den keuchende Männer übers Geröll schleppten oder von einem Steinblock, den sechs Paar nervige, zerschundene Arme auf einen Karren schwangen, niedergeschlagen zu werden.

Der Stollen lag hier schon sehr tief, viertausendvierhundert Meter unter dem Meeresspiegel. Die glühende Atmosphäre, von Staubsplittern erfüllt, riß die Luftwege wund. Hobby gähnte unaufhörlich aus Lufthunger und Harrimans Augen traten aus seinem roten Gesicht hervor, als ersticke er. Allans Lungen aber waren an sauerstoffarme Luft gewöhnt. Die donnernde Arbeit, die hin- und herstürzenden Menschenhaufen machten ihn lebendig. Unwillkürlich bekamen seine Augen einen herrischen und triumphierenden Ausdruck. Er ging aus seiner Ruhe und Schweigsamkeit heraus, glitt hin und her, schrie, gestikulierte und sein muskulöser Rücken glänzte von Schweiß.

Harriman kroch mit einer Gesteinsprobe in der Hand zu Allan und hielt sie ihm vor die Augen. Dann legte er die Hände vor den Mund und heulte in Allans Ohr: „Das ist das unbekannte Erz!"

„Erz?" tutete Allan auf dieselbe Art zurück. Es war ein rostbraunes, amorphes Gestein, das sich leicht brechen ließ. Geologisch die erste Entdeckung während des Tunnelbaus. Das unbekannte Erz, das den Namen Submarinium erhalten hatte, war stark radiumhaltig und die Smelting and Refining Co. erwartete jeden Tag, daß man auf große Lager stoßen würde. Harriman heulte das Allan ins Ohr.

Allan lachte: „Das könnte ihnen passen!"

Aus der Bohrmaschine schlüpfte ein rothaariger Mensch von ungeheurem Knochenbau, mit langen Gorillaarmen. Eine Säule von Dreck und Öl, grauen Staubbrei auf den schläfrigen Augendeckeln. Er sah wie ein Gesteinschlepper aus, war aber einer der ersten Ingenieure Allans, ein Irländer namens O'Niel. Sein rechter Arm blutete und das Blut vermischte sich mit dem Schmutz zu einer schwarzen Masse, wie Wagenschmiere. Er spie unausgesetzt Staub aus und nieste. Ein Arbeiter überspritzte ihn mit Wasser, wie man einen Elefanten duscht. O'Niel drehte und bückte sich im Wasserstrahl, vollkommen nackt, und kam triefend zu Allan heran.

Allan gab ihm die Hand und deutete auf seinen Arm.

Der Irländer schüttelte den Kopf und strich mit den großen Händen das Wasser aus den Haaren.

„Der Gneis wird grauer und grauer!" tutete er Allan ins Ohr. „Grauer und härter. Der rote Gneis ist ein Kinderspiel dagegen. Wir müssen jede Stunde neue Kronen auf die Bohrer setzen. Und die Hitze, pfui Teufel!"

„Wir gehen bald wieder in die Höhe!"

O'Niel grinste. „In drei Jahren!" heulte er.

„Habt ihr kein Wasser voraus?"

„Nein."

Plötzlich wurden sie alle grün und gespenstisch fahl: der Japaner hatte seinen Lichtkegel auf sie gerichtet.

O'Niel schob Allan ohne weiteres zur Seite, die Bohrmaschine kam zurück.

Allan wartete drei Ablösungen ab, dann kletterte er auf einen Gesteinszug und fuhr mit Harriman und Hobby zurück. Sie schliefen augenblicklich erschöpft ein, aber

Allan empfand, obschon er schlief, noch lange Zeit jede Störung, der der Zug auf seiner vierhundert Kilometer langen Reise nach oben begegnete. Die Bremsen schlugen an, die Waggons stießen zusammen, daß Steine auf die Geleise rollten. Gestalten kletterten herauf, Rufe, ein rotes Licht blendete. Der Zug schleppte sich über eine Weiche und hielt lange Zeit. Allan erwachte halb und sah dunkle Gestalten, die über ihn stiegen.

„Das ist Mac, tritt nicht auf ihn."

Der Zug fuhr, hielt, fuhr wieder. Plötzlich aber begann er zu rasen und es schien Allan, als flögen sie dahin und er fiel in einen tiefen Schlaf.

Er erwachte, als das grelle, grausame Licht des Tages wie ein gleißendes Messer nach seinen Augen stieß.

Der Zug hielt vor dem Stationsgebäude und Mac City atmete auf: Das „jüngste Gericht" war vorüber und es war glimpflich abgelaufen.

Die Ingenieure gingen in den Baderaum. Hobby lag wie schlafend in seinem Bassin und rauchte eine Zigarette. Harriman dagegen plusterte und zischte wie ein Nilpferd.

„Kommst du mit zum Frühstück, Hobby?" fragte Allan. „Maud wird schon wach sein. Es ist sieben Uhr."

„Ich muß schlafen," erwiderte Hobby mit der Zigarette im Mund. „Heute nacht muß ich wieder hinein. Aber ich komme bestimmt zum Abendessen."

„Schade, dann bin ich nicht hier."

„New York?"

„Nein, Buffalo. Wir probieren einen neuen Bohrertyp, den der fette Müller erfunden hat." Hobby interessierte sich nicht sehr für Bohrer und so sprang er auf den fetten Müller über. Er lachte leise. „Pendleton hat mir gestern aus Azora geschrieben, Mac," sagte er schläfrig, „dieser Müller soll ja schrecklich saufen!"

„Diese Deutschen saufen ja alle wie die Stiere," warf Allan ein und behandelte seine Füße mit der Bürste.

„Pendleton schreibt, er gibt Gartenfeste und säuft alle unter den Tisch."

In diesem Augenblick ging der kleine Japaner an ihnen vorbei, geschniegelt und gebügelt; er hatte schon die zweite Schicht hinter sich. Er grüßte höflich.

Hobby öffnete ein Auge. „Good morning, Jap!" rief er.

„Das ist ein tüchtiger Kerl!" sagte Allan, als der Japaner die Türe hinter sich zuzog.

Vierundzwanzig Stunden später war der tüchtige Kerl schon längst tot.

KAPITEL 2

Am nächsten Morgen, einige Minuten vor vier Uhr, ereignete sich die Katastrophe.

Der Ort, an dem die Bohrmaschine des vorgetriebenen Südstollens an diesem unglückseligen 10. Oktober den Berg zermalmte, war genau vierhundertundzwanzig Kilometer von der Mündung des Tunnels entfernt. Dreißig Kilometer dahinter arbeitete die Maschine des Parallelstollens.

Der Berg war soeben geschossen worden. Der Scheinwerfer, mit dem der kleine Japaner von gestern die Befehle erteilte, blendete kreideweiß in das rollende Gestein und die Rotte halbnackter Menschen, die den rauchenden Schuttberg emporjagte. In diesem Augenblick streckte einer die Arme empor, ein zweiter stürzte hintenüber, ein dritter versank urplötzlich. Der rauchende Schuttberg rollte rasend schnell vorwärts, Leiber, Köpfe, Arme und Beine verschlingend wie eine wirbelnde Lawine. Der tobende Lärm der Arbeit wurde verschlungen von einem dumpfen Brummen, so ungeheuer, daß das menschliche Ohr es kaum noch aufnahm. Ein Druck umklammerte den Kopf, daß die Trommelfelle zerrissen. Der kleine Japaner versank plötzlich. Es wurde schwarze Nacht. Niemand von all den „Höllenmännern" hatte mehr gesehen als einen taumelnden Menschen, einen verzerrten Mund, einen sinkenden Pfosten. Niemand hatte etwas gehört. Die Bohrmaschine, dieses Panzerschiff aus Stahl, das die Kraft von zwei Schnellzugslokomotiven vorwärts bewegte, wurde wie eine Wellblechbaracke aus den Schienen gehoben, gegen die Wand geschleudert und zerdrückt. Die Menschenleiber flogen in einem Hagel von Felsblöcken wie Projektile durch die Luft, die eisernen Gesteinskarren wurden weggefegt, zerfetzt, zu Klumpen geballt; der Wald aus Pfosten krachte zusammen und begrub mit dem niedergehenden Gestein alles unter sich, was lebte.

Das geschah in einer einzigen Sekunde. Einen Augenblick später war es totenstill und das Dröhnen der Explosion donnerte in der Ferne.

Die Explosion richtete auf eine Entfernung von fünfundzwanzig Kilometern Verwüstungen an und der Tunnel brüllte achtzig Kilometer weit auf — als donnere der Ozean in die Stollen. Hinter dem Gebrüll aber, das wie eine große eherne Kugel in die Ferne rollte, kam die Stille, eine fürchterliche Stille — dann Staubwolken — und hinter dem Staub Rauch: der Tunnel brannte!

Aus dem Rauch kamen Züge gerast, mit Trauben von entsetzten Menschen behangen, dann kamen unkenntliche Gespenster zu Fuß angestürzt, in der Finsternis, und dann kam nichts mehr.

Die Katastrophe trat unglücklicherweise gerade bei Schichtwechsel ein und in den letzten zwei Kilometern waren rund zweitausendfünfhundert Menschen zusammengedrängt. Mehr als die Hälfte war in einer Sekunde zerschmettert, zerfetzt, erschlagen, verschüttet und niemand hatte einen Schrei gehört.

Dann aber — als das Dröhnen der Explosion in der Ferne verhallte — wurde die Totenstille des nachtschwarzen Stollens von verzweifelten Schreien zerrissen, von lautem Jammern, von wahnsinnigem Gelächter, von hohen winselnden Tönen des letzten Schmerzes, von Hilferufen, Verwünschungen, Röcheln und tierischem Gebrüll. An allen Ecken begann es zu wühlen und sich zu regen. Geröll rieselte, Bretter splitterten, es rutschte, glitt, knirschte. Die Finsternis war entsetzlich. Der Staub sank wie dicker Aschenregen herab. Ein Balken schob sich zur Seite und ein Mensch kroch keuchend aus einem Loch heraus, nieste und kauerte betäubt auf dem Schutthaufen.

„Wo seid ihr?!" schrie er, „In Gottes Namen!!" Fortwährend schrie er dasselbe und nichts antwortete ihm als wilde Schreie und tierisches Stöhnen. Der Mensch aber brüllte lauter und lauter vor Entsetzen und Schmerzen und seine Stimme klang immer schriller und irrsinniger.

Plötzlich aber schwieg er still. In der Finsternis flackerte ein Feuerschein. Eine Flamme leckte aus der Spalte eines hausähnlichen Trümmerhaufens und plötzlich schoß eine schwelende Feuergarbe empor. Der Mensch, ein Neger, stieß einen Schrei aus, der in ein entsetztes Röcheln überging: denn — Gott sei mir gnädig! — mitten in der Flamme erschien ein Mensch! Dieser Mensch kletterte durch die Flamme empor, ein qualmendes Bündel mit gelbem Chinesengesicht, ein schreckenverbreitendes Gespenst. Das Gespenst kroch lautlos höher und höher, so daß es haushoch oben zu hängen schien, dann rutschte es herab. In diesem Augenblick stellte sich eine Erinnerung in dem verstörten Hirn des Negers ein. Er erkannte das Gespenst.

„Hobby!" brüllte er. „Hobby!"

Aber Hobby hörte nicht, antwortete nicht. Er taumelte, stürzte in die Knie, klopfte sich die Funken von den Kleidern, röchelte und schnappte nach Luft. Eine Weile kauerte er betäubt am Boden, ein dunkler Klumpen im Feuerschein. Es sah aus, als wolle er fallen, aber er fiel nur auf beide Hände und begann nun langsam, mechanisch, vorwärts zu kriechen, instinktiv der Stimme entgegen, die unaufhörlich seinen Namen schrie. Unerwartet stieß er auf eine dunkle Gestalt und hielt inne. Der Neger hockte mit blutüberströmten Gesicht da und brüllte. Bald blinkten ihn zwei weiße Augen an, bald eines. Das kam daher, weil das Blut immer wieder ein Auge des Negers anfüllte und er es krampfhaft aufreißen mußte.

Sie hockten einander eine Weile gegenüber und sahen sich an.

„Fort!" flüsterte dann Hobby, ohne Sinne, und richtete sich automatisch auf.

Der Neger griff nach ihm.

„Hobby!" heulte er entsetzt. „Hobby, was ist geschehen?!"

Hobby leckte sich die Lippe ab und versuchte zu denken.

„Fort!" flüsterte er dann wieder mit heiserer Stimme, immer noch betäubt.

Der Neger klammerte sich an ihn und wollte sich aufrichten, stürzte aber schreiend zu Boden. „Mein Fuß!" heulte er. „Großer Gott im Himmel — was ist mit meinem Fuß —?!"

Hobby vermochte nicht zu denken. Ganz instinktiv tat er, was man tut, wenn ein Mensch niederfällt. Er versuchte den Neger aufzuheben. Aber sie stürzten beide zu Boden.

Hobby fiel mit dem Kinn gegen einen Balken, so heftig, daß sein Schädel krachte. Der Schmerz rüttelte ihn auf. In seiner Betäubung war es ihm, als habe er einen Schlag gegen den Kiefer erhalten, und er richtete sich, halb bewußtlos, zu einer verzweifelten Gegenwehr. Da aber — da aber ging etwas Merkwürdiges mit ihm vor. Er sah keinen Gegner, seine Hände hatten sich im Schutt geballt. Hobby wurde wach. Plötzlich wußte er, daß er im Stollen war und daß etwas Furchtbares geschehen sein mußte —! Er begann zu zittern, all seine Rückenmuskeln, die sich nie in seinem Leben so bewegt hatten, zuckten konvulsivisch wie die Muskeln eines erschrockenen Pferdes.

Hobby verstand.

„Katastrophe ..." dachte er.

Er richtete sich halb auf und sah, daß die Bohrmaschine brannte. Zu seinem Erstaunen sah er Haufen nackter und halbnackter Menschen in den erschreckendsten Verrenkungen auf dem Schutt liegen und sie alle regten sich nicht. Er sah, daß sie überall lagen, neben ihm, rings umher. Sie lagen mit offenem Mund, lang hingestreckt mit zermalmten Köpfen, eingeklemmt zwischen Pfosten, aufgespießt, in Stücke zerfetzt. Überall lagen sie! Hobbys Haare flogen. Sie lagen verschüttet bis zum Kinn, zusammengerollt zu einem Knäuel, und soviele Steinblöcke, Balken, Pfosten und Karrentrümmer es hier gab, ebenso viele Köpfe, Rücken, Stiefel, Arme und Hände starrten aus dem Schutt. Mehr! Hobby schrumpfte ein vor Grauen, es schüttelte ihn, daß er sich festhalten mußte, um nicht hinzuschlagen. Jetzt verstand er auch die sonderbaren Laute, die nah und fern den halbdunklen Stollen füllten. Dieses Miauen, Greinen, Winseln, Schnauben und Brüllen wie von Tieren — diese unerhörten, nie gehörten Laute —: das waren

Menschen! Seine Haut, sein Gesicht und seine Hände erstarrten wie vor Kälte, seine Füße waren gelähmt. In seiner nächsten Nähe saß ein Mensch, dem das Blut aus dem Mundwinkel lief wie aus einem Brunnen. Der Mensch atmete nicht mehr, aber er hielt die hohle Hand darunter und Hobby hörte das Blut plätschern und rieseln. Es war der kleine Japaner. Er erkannte ihn. Plötzlich sank seine Hand herab und sein Kopf neigte sich, bis er aufschlug.

„Fort, fort!" flüsterte Hobby, vom Grauen geschüttelt. „Wir müssen fort von hier!"

Der Neger griff nach Hobbys Gürtel und half mit seinem unverletzten Fuß nach, so gut es ging. So krochen sie zusammen durch das Gewirr von Pfosten und Leichnamen und Gestein, den Schreien und tierischen Lauten entgegen.

„Hobby!" stöhnte der Neger und schluchzte vor Angst und Entsetzen. „Mister Hobby, the Lord bless your soul — verlassen Sie mich nicht, lassen Sie mich nicht hier! O, Lord, mercy —! Ich habe eine Frau und zwei kleine Kinder draußen — verlassen Sie einen armen Nigger nicht. O Barmherzigkeit!"

Die brennende Bohrmaschine warf grelle, böse Lichtzacken und schwarze flatternde Schatten in das dunkle Chaos und Hobby mußte darauf achten, nicht auf Gliedmaßen und Köpfe zu treten, die aus dem Geröll hervorragten. Plötzlich tauchte zwischen zwei umgeworfenen Eisenkarren eine Gestalt auf, eine Hand tastete nach ihm und er fuhr zurück. Da sah er in ein Gesicht, das ihn mit idiotischem Ausdruck anstarrte.

„Was willst du?" fragte Hobby, zu Tode erschrocken.

„Hinaus!" keuchte das Gesicht.

„Geh weg!" antwortete Hobby. „Das ist die falsche Richtung!"

Der Ausdruck des Gesichts änderte sich nicht. Aber es zog sich langsam zurück. Und ohne jeden Laut verschwand die Gestalt, wie verschluckt vom Schutt.

Hobbys Kopf war klarer geworden und er versuchte seine Gedanken zu sammeln. Die Brandwunden schmerzten ihn, sein linker Arm blutete, aber sonst war er heil. Er erinnerte sich, daß Allan ihn zu O'Niel mit einem Auftrag geschickt hatte. Zehn Minuten vor der Explosion hatte er noch bei den Gesteinskarren mit O'Niel, dem roten Irländer, gesprochen. Dann war er in die Bohrmaschine geklettert. Weshalb, wußte er nicht mehr. Er hatte die Maschine kaum betreten, als er fühlte, wie plötzlich der Boden unter ihm schwankte. Er sah in ein Paar erstaunter Augen — dann sah er nichts mehr. Soweit wußte er alles, aber es war ihm rätselhaft, wie er wieder aus der Bohrmaschine herausgekommen war. Hatte ihn die Explosion herausgeschleudert?

Während er den stöhnenden und jammernden Neger hinter sich herzerrte, überdachte er die Lage. Sie schien ihm nicht hoffnungslos zu sein. Wenn er den Querschlag erreichte, in dem gestern der tote Monteur lag, so war er gerettet. Dort gab es Verbandzeug, Sauerstoffapparate, Notlampen. Er erinnerte sich deutlich, daß Allan die Lampen probiert hatte. Der Querstollen lag rechts. Aber wie weit entfernt? Drei Meilen, fünf Meilen? Das wußte er nicht. Gelang es ihm nicht, so mußte er ersticken, denn der Rauch wurde mit jeder Minute stärker. Und Hobby kroch verzweifelt vorwärts.

Da hörte er dicht in der Nähe eine Stimme seinen Namen keuchen. Er hielt inne und lauschte mit fliegenden Lungen.

„Hierher!" keuchte die Stimme. „Ich bin es. O'Niel!"

Ja, O'Niel, der große Irländer war es. Er, dessen Knochen sonst soviel Platz wegnahmen, saß eingerammt zwischen Pfosten, die rechte Gesichtshälfte von Blut überströmt; grau, wie mit Asche bedeckt sah er aus und seine Augen waren rote schmerzhafte Feuer.

„Ich bin fertig, Hobby!" keuchte O'Niel. „Was ist geschehen? Ich bin fertig und leide schrecklich. Erschieße mich, Hobby!"

Hobby versuchte einen Balken zur Seite zu schieben. Er nahm alle Kraft zusammen, stürzte aber plötzlich auf unerklärliche Weise zu Boden.

„Es hat keinen Wert, Hobby," fuhr O'Niel fort. „Ich bin fertig und leide! Erschieße mich und rette dich!"

Ja, O'Niel war fertig, Hobby sah es. Er nahm den Revolver aus der Tasche. Die Waffe wog zentnerschwer in seiner Hand und er konnte den Arm kaum heben.

„Mach' die Augen zu, O'Niel!"

„Warum sollte ich, Hobby —?" O'Niel lächelte ein verzweifeltes Lächeln. „Sage Mac, ich habe keine Schuld — danke, Hobby!"

Der Rauch beizte, aber der Feuerschein wurde immer schwächer, so daß Hobby hoffte, er werde erlöschen. Dann gab es keine Gefahr mehr. Da aber ertönten zwei kurze, heftige Detonationen. „Das sind die Sprenghülsen," dachte er.

Gleich darauf wurde es heller. Ein hoher Pfosten brannte lichterloh und leuchtete weithin durch den Stollen. Da sah Hobby, wie einzelne sich auswühlten und andere langsam, Schritt für Schritt vorwärts kletterten, nackte, schmutzige Rücken und Arme, schwefelgelb im Feuerschein. Es winselte und schrie aus dem Gestein, Hände ragten heraus und winkten mit verkrampften Fingern, und dort hob sich der Boden ruckweise in die Höhe, aber die Schuttlage sank immer wieder herab.

Hobby kroch stumpf weiter. Er keuchte. Der Schweiß tropfte aus seinem Gesicht und er war halb bewußtlos vor Anstrengung. Er achtete nicht auf den Arm, der aus dem Schutt ragte und ihn am Fuß festhalten wollte, apathisch kletterte er durch eine Traufe von Blut hindurch, die von der Decke herabkam. Wieviel Blut ein Mensch hat! dachte er und nahm seinen Weg direkt über einen Toten hinweg, der auf dem Bauche lag.

Der Neger, den ihm das Schicksal in dieser schrecklichen Stunde zugeteilt hatte, klammerte die Arme um seinen Nacken und heulte und weinte vor Schmerzen und Angst und zuweilen küßte er seine Haare und flehte ihn an, ihn nicht zu verlassen.

„Mein Name ist Washington Jackson," keuchte der Neger, „ich stamme aus Athens in Georgia und heiratete Amanda Bell aus Danielsville. Vor drei Jahren nahm ich den Tunnel-Job, als Steinträger. Ich habe zwei Kinder, sechs und fünf Jahre alt."

„Halt's Maul, Boy!" schrie Hobby. „Klammere dich nicht so fest."

„O, Mister Hobby," schmeichelte Jackson, „Sie sind gut, man sagt es — o, Mister Hobby —" und er küßte Hobbys Haar und Ohr. Plötzlich aber, da ihn Hobby auf die Hände schlug, überfiel ihn eine wahnsinnige Wut: er glaubte, Hobby wolle ihn abschütteln. Mit aller Kraft schraubte er die Hände um Hobbys Hals und keuchte: „Du meinst, du kannst mich hier verrecken lassen, Hobby! Du meinst —ach!" Und er fiel mit einem lauten Schrei zu Boden, denn Hobby hatte ihm die Daumen in die Augen gedrückt.

„Hobby, Mister Hobby," flehte er winselnd und weinte und streckte die Hände aus, „verlassen Sie mich nicht, bei Ihrer Mutter, Ihrer guten, alten Mutter —"

Hobby rang nach Luft. Seine Brust schraubte sich zusammen, er wurde steif und lang und glaubte, es gehe nun dahin mit ihm.

„Komm!" sagte er, als er wieder Atem bekam. „Du verfluchter Teufel! Wir müssen unter diesem Zug durch! Wenn du mich wieder drosselst, so schlag ich dich nieder!"

„Hobby, guter Mister Hobby!" Und Jackson kroch wimmernd und stöhnend, mit einer Hand an Hobbys Riemen hängend, hinter Hobby her.

„Hurry up you idiot!" Hobbys Schläfen waren nahe am Zerspringen.

Der Stollen war in einer Länge von drei Meilen nahezu vollkommen zerstört, von Pfosten und Gestein verschüttet. Überall kletterten Gestalten, blutig, zerfetzt, schreiend, wimmernd, wortlos, und keuchten so rasch wie möglich vorwärts. Sie kletterten über Gesteins- und Materialzüge, die aus den Schienen gehoben waren, sie krochen Schutthaufen hinauf und hinunter, zwängten sich zwischen Balken hindurch. Je weiter sie vordrangen, desto mehr Gefährten begegneten sie, die alle vorwärts hasteten. Hier war es ganz dunkel und nur ein fahler Lichtzacken leckte zuweilen herein. Der Rauch drang vorwärts, beizend, und sobald sie ihn in der Nase spürten, schlugen sie ein verzweifeltes Tempo an.

Sie stiegen brutal über die Leiber der langsam kriechenden Verletzten hinweg, sie schlugen einander mit den Fäusten zu Boden, um einen einzigen kleinen Schritt zu gewinnen, und ein Farbiger schwang sein Messer und stieß jeden blind nieder, der ihm in den Weg kam. Bei einer engen Passage zwischen einem umgestürzten Waggon und einem Gewirr von Pfosten gab es eine richtige Schlacht. Die Revolver knallten und die Schreie der Getroffenen vermischten sich mit dem Wutgeheul jener, die einander drosselten. Aber einer nach dem andern verschwand durch die Spalte und die Verwundeten krochen stöhnend nach.

Dann wurde die Strecke freier. Hier standen weniger Züge im Wege und die Explosion hatte nicht sämtliche Pfosten eingerissen. Aber hier war es vollkommen dunkel. Keuchend, zähneknirschend, schweiß- und blutüberströmt rutschten und kletterten die Fliehenden vorwärts. Sie rannten gegen Balken und schrien auf, sie stürzten von einem Waggon und suchten. Vorwärts! Vorwärts! Die Wut des Selbsterhaltungstriebes ließ langsam nach und allmählich erwachte wieder ein Gefühl der Kameradschaft.

„Hierher, hier ist der Weg frei!"

„Geht es hier durch?"

„Rechts an den Waggons!"

Drei Stunden nach der Katastrophe erreichten die ersten Leute aus dem zerstörten Holzstollen den Parallelstollen. Auch hier war die Lichtleitung zerstört. Es war finstere Nacht und alle stießen ein Geheul der Wut aus. Kein Zug! Keine Lampen! Die Mannschaften des Parallelstollens waren längst geflüchtet und alle Züge fort.

Der Rauch kam und das wahnwitzige Rennen begann von neuem.

Die Rotte glitt, lief, stürzte eine Stunde lang durch die Finsternis vorwärts, dann brachen die ersten erschöpft zusammen.

„Es hat keinen Sinn!" schrien sie. „Wir können nicht vierhundert Kilometer laufen!"

„Was sollen wir tun?"

„Warten, bis sie uns holen!"

„Holen? Wer soll kommen?"

„Wir verhungern!"

„Wo sind die Depots?"

„Wo sind die Notlampen?"

„Ja, wo sind sie?"

„Mac —!"

„Ja, warte Mac —!"

Und plötzlich flammte ihre Rachegier auf. „Warte Mac! Wenn wir hinauskommen — !"

Aber der Rauch kam und sie stürzten wieder vorwärts, bis abermals ihre Knie wankten.

„Hier ist eine Station, hallo!"

Die Station war dunkel und verlassen. Die Maschinen standen, alles war von der Panik hinausgerissen worden.

Die Horde drang in die Station ein. Mit den Stationen waren sie vertraut. Sie wußten, daß hier plombierte Kisten mit Nahrungsmitteln standen, die man nur zu öffnen brauchte.

Es krachte und knackte in der Finsternis. Niemand war eigentlich hungrig, denn das Entsetzen hatte den Hunger verscheucht. Aber inmitten der Vorräte erwachte in ihnen ein wilder Instinkt, sich den Magen anzufüllen, und sie stürzten sich wie Wölfe auf die Kisten. Sie stopften die Taschen voll Nahrungsmittel. Noch mehr, sinnlos vor Entsetzen und Wut verstreuten sie Säcke von Zwieback und getrocknetem Fleisch, zerschlugen sie Flaschen zu Hunderten.

„Hier sind die Lampen!" schrie eine Stimme.

Es waren Notlampen mit Trockenbatterien, die man nur einzuschalten hatte.

„Halt, nicht andrehen, ich schieße!"

„Warum nicht?"

„Es könnte eine Explosion geben!"

Dieser Gedanke allein genügte, um sie erstarren zu lassen. Vor Angst wurden sie ganz still.

Aber der Rauch kam und wieder begann die Jagd.

Plötzlich hörten sie Geschrei und Schüsse. Licht! Sie stürzten durch einen Querschlag in den Parallelstollen. Und da sahen sie gerade noch, wie in der Ferne Haufen von Menschen um einen Platz auf einem Waggon kämpften, mit Fäusten, Messern, Revolvern. Der Zug fuhr ab und sie warfen sich verzweifelt auf den Boden und schrien: „Mac! Mac! Warte, wenn wir kommen!"

KAPITEL 3

Die Panik fegte durch den Tunnel. Dreißigtausend Menschen fegte sie durch die Stollen hinaus. Die Mannschaften in den unbeschädigten Stollen hatten augenblicklich, als sie das Brüllen der Explosion vernahmen, die Arbeit eingestellt.

„Das Meer kommt!" schrien sie und wandten sich zur Flucht. Doch die Ingenieure hielten sie mit Revolvern in der Faust zurück. Als aber eine Wolke von Staub hereinblies und verstörte Menschen angestürzt kamen, hielt sie keine Drohung mehr zurück.

Sie schwangen sich auf die Gesteinszüge und jagten davon.

Bei einer Weiche entgleiste ein Zug und die nachfolgenden zehn Züge waren plötzlich aufgehalten.

Die Horden drangen in den Parallelstollen ein und hielten hier die Züge auf, indem sie sich mitten auf die Schienen stellten und schrien. Die Züge waren aber schon gehäuft voller Menschen und es gab erbitterte Kämpfe um einen Platz.

Die Panik war um so größer, als niemand wußte, was sich ereignet hatte — man wußte nur, daß etwas ganz Schreckliches geschehen war! Die Ingenieure versuchten die Leute zur Vernunft zu bringen, als sich aber immer mehr Züge voll entsetzter Menschen heranwälzten, die schrien: „Der Tunnel brennt!" — und als der Rauch aus den finstern Stollen hervorkroch, wurden auch sie von der Panik ergriffen. Alle Züge rollten auswärts. Die einfahrenden Züge mit Material und Ablösungsmannschaften wurden durch das wilde Geschrei der vorbeijagenden Menschenhaufen abgestoppt und begannen hierauf ebenfalls auswärts zu fahren.

So kam es, daß zwei Stunden nach der Katastrophe der Tunnel auf hundert Kilometer vollkommen verlassen war. Auch die Maschinisten in den innern Stationen waren entflohen und die Maschinen standen still. Nur da und dort waren ein paar mutige Ingenieure in den Stationen zurückgeblieben.

Ingenieur Bärmann verteidigte den letzten Zug.

Dieser Zug bestand aus zehn Waggons und stand im fertigen Teil des „Fegfeuers", wo die eisernen Rippen genietet wurden, fünfundzwanzig Kilometer hinter dem Ort der Katastrophe. Die Lichtanlage war auch hier zerstört. Aber Bärmann hatte Akkumulatorenlampen aufgestellt, die in den Rauch hineinblendeten.

Dreitausend Mann hatten im „Fegfeuer" gearbeitet, zweitausend etwa waren schon fort, die letzten tausend wollte Bärmann mit seinem Zug befördern.

Sie kamen in Truppen angekeucht und stürzten sich toll vor Schrecken auf die Waggons. Immer mehr kamen. Bärmann wartete geduldig und zäh, denn manche „Fegfeuerleute" hatten drei Kilometer bis zum Zug zurückzulegen.

„Fahren! Abfahren!"

„Wir müssen auf sie warten!" schrie Bärmann. „No dirty business now! Ich habe sechs Kugeln im Revolver!"

Bärmann war ein ergrauter, kleiner Mann, kurzbeinig, ein Deutscher, und verstand keinen Spaß.

Er ging hin und her, am Zug entlang, und wetterte und fluchte zu den Köpfen und Fäusten hinauf, die sich droben im Rauch aufgeregt bewegten.

„Keine Schweinereien, ihr kommt alle hinaus!"

Bärmann hatte den Revolver schußbereit in der Hand. (Bei der Katastrophe zeigte es sich, daß alle Ingenieure mit Revolvern ausgerüstet waren.)

Zuletzt, als die Drohungen lauter wurden, postierte er sich neben dem Maschinisten der Führungsmaschine auf und drohte ihm, ihn niederzuschießen, wenn er ohne Befehl abfahren sollte. Jeder Puffer, jede Kette des Zuges hing voller Menschen und alle schrien: „Fahren, fahren!"

Aber Bärmann wartete immer noch, obschon der Rauch unerträglich wurde.

Da krachte ein Schuß und Bärmann schlug zu Boden und nun fuhr der Zug.

Horden verzweifelter Menschen rannten ihm nach, rasend vor Wut, um endlich atemlos, keuchend, Schaum vor dem Mund, stehenzubleiben.

Und dann machten sich diese Horden der Zurückgebliebenen auf den vierhundert Kilometer langen Weg über Schwellen und Schutt. Und je weiter sie sich wälzten, desto drohender wurde der Ruf: „Mac, du bist ein toter Mann!"

Hinter ihnen aber, weit hinter ihnen, kamen noch mehr, immer noch mehr, immer andere.

Es begann das schreckliche Laufen im Tunnel, dieses Laufen um das Leben, von dem später die Zeitungen voll waren.

Die Horden wurden wilder und toller, je länger sie liefen, sie zerstörten die Depots, die Maschinen, und selbst dann, als sie die Strecke erreichten, wo noch das elektrische Licht brannte, nahm ihre Wut und Angst nicht ab. Und als der erste Rettungszug erschien, der alle, für die gar keine Gefahr mehr bestand, hinausbringen sollte, kämpften sie mit dem Messer und dem Revolver, um zuerst auf den Zug zu kommen.

Zur Zeit als sich tief drinnen im Tunnel die Katastrophe ereignete, war es noch Nacht in Mac City. Es war düster. Das schwere massige Gewölk des Himmels glomm düsterrot im hellen Nachtschweiß der schlaflosesten Stadt dieser schlaflosen Zeit.

Mac City fieberte und lärmte wie am Tage. Bis zum Horizont war die Erde bedeckt von ewig bewegten glühenden Lavaströmen, aus denen Funken, Feuerblitze und Dampf stiegen. Myriaden wimmelnder Lichter schossen hin und her, wie Infusorien im Mikroskop. Die Glasdächer der Maschinenhallen auf den Terrassen des Trasseneinschnittes funkelten wie grünes Eis in einer mondhellen Winternacht. Pfeifen und Glocken schrien gierig und ringsum hämmerte das Eisen und die Erde bebte.

Die Züge schossen hinab, herauf, wie sonst. Die ungeheuren Maschinen, Dynamos, Pumpen, Ventilatoren spielten und klangen in den blitzblanken Hallen.

Es war kühl und die Mannschaften, die aus dem backofenwarmen Tunnel kamen, rückten frierend zusammen und stürzten, sobald der Zug hielt, zähneklappernd in die Kantine, um heißen Kaffee oder Grog zu trinken. Dann sprangen sie laut und polternd in die elektrischen Cars, die sie nach ihren Kasernen und Häusern brachten.

Schon wenige Minuten nach vier Uhr ging das Gerücht um, daß im Tunnel ein Unglück passiert sei. Ein Viertel nach vier Uhr wurde Harriman aufgeweckt und erschien verschlafen und fast zusammenbrechend vor Müdigkeit im Zentralbüro.

Harriman war ein energischer und entschlossener Mann, hart geworden auf den Schlachtfeldern der Arbeit. Gerade heute aber befand er sich in einer elenden

Verfassung. Er hatte die ganze Nacht über geweint. Denn ein Telegramm hatte ihn abends erreicht, daß sein Sohn, das Einzige, was ihm aus seinem Leben geblieben war, in China dem Fieber erlegen sei. Schwer und schrecklich hatte er gelitten und schließlich eine doppelte Dosis Schlafpulver genommen, um einschlafen zu können. Er schlief jetzt noch, während er in den Tunnel hineintelephonierte, um näheres über die Katastrophe zu erfahren. Niemand wußte etwas und Harriman saß apathisch und teilnahmlos im Sessel und schlief mit offenen Augen. Zur selben Zeit wurde es Licht in Hunderten von Arbeiterhäusern in den Kolonien. Stimmen sprachen und raunten in den Straßen, jenes erschreckte Raunen, das man sonderbarerweise im tiefsten Schlaf hört. Weiber liefen zusammen. Von der Süd- und Nordkolonie her bewegten sich dunkle Truppe von Weibern und Männern den funkelnden Glasdächern der Terrassen entgegen zum Zentralbureau.

Sie sammelten sich vor dem nüchternen, hohen Gebäude an und als sie ein großer Haufe geworden waren, begann dieser Haufe ganz von selbst zu rufen. „Harriman! Wir wollen wissen, was geschehen ist!"

Ein Clerk mit aufreizend gleichgültiger Miene erschien.

„Wir wissen selbst nichts Bestimmtes."

„Fort mit dem Clerk! Wir wollen keinen Clerk! Wir wollen Harriman! — Harriman!!"

Immer mehr sammelten sich an. Von allen Seiten krochen die dunkeln Bündel heran und vereinigten sich mit der Menge vor dem Bürogebäude.

Harriman erschien endlich selbst, bleich, alt, müde und verschlafen und Hunderte von Stimmen schrien ihm die Frage entgegen, in allen Sprachen und Tonarten: „Was ist passiert?"

Harriman machte ein Zeichen, daß er sprechen wollte, und es wurde ganz still.

„Im Südstollen hat bei der Bohrmaschine eine Explosion stattgefunden. Mehr wissen wir nicht." Harriman vermochte kaum zu sprechen, die Zunge lag ihm wie ein metallner Klöpfel im Mund.

Ein wildes Geheul antwortete ihm. „Lügner! Schwindler! Du willst es uns nicht sagen!"

Harriman stieg das Blut ins Gesicht und seine Augen traten aus dem Kopf vor Zorn; er besann sich, wollte sprechen, aber sein Gehirn arbeitete nicht. Er ging und schlug die Tür hinter sich zu.

Da flog ein Stein durch die Luft und zertrümmerte eine Scheibe im Parterre. Man sah, wie ein Clerk sich erschrocken davonmachte.

„Harriman! Harriman!"

Harriman erschien wieder in der Türe. Er hatte sich kalt gewaschen und war etwas wacher geworden. Krebsrot sah sein Gesicht unter den grauweißen Haaren aus.

„Was für ein Unsinn ist das, die Fenster einzuschmeißen?!" schrie er laut. „Wir wissen nicht mehr, als ich sagte! Seid vernünftig!"

Stimmen schrien durcheinander.

„Wir wollen wissen, wie viele tot sind. Wer ist tot? Namen!"

„Ihr seid ein Pack von Narren, ihr Weiber!" schrie Harriman zornig. „Wie soll ich das jetzt schon wissen." Und Harriman drehte sich langsam um und ging wieder ins Haus zurück, einen Fluch zwischen den Zähnen.

„Harriman! Harriman!"

Die Weiber drängten nach.

Es hagelte plötzlich Steine. Denn das Volk, das sich sonst der Justiz ohne zu denken unterwirft, schafft sich in solchen Augenblicken aus eingeborenem Rechtsgefühl eigene Gesetze und bringt sie augenblicklich an Ort und Stelle in Anwendung.

Harriman kam wieder, voller Wut. Aber er sagte nichts.

„Zeig uns das Telegramm!"

Harriman blieb stehen. „Telegramm? Ich habe kein Telegramm. Eine telephonische Nachricht hatte ich."

„Her damit!"

Harriman verzog keine Miene. „Gut, ihr sollt sie haben." In einer Minute kam er wieder zurück, mit einem Zettel von einem Telephonblock in der Hand und las laut vor. Weithin vernahm man die Worte, die er hervorhob: „Bohrmaschine — Südstollen — Explosion beim Schießen — 20 bis 30 Tote und Verletzte. — Hobby."

Und Harriman übergab den Zettel den Zunächststehenden und ging ins Haus zurück.

Im Nu war der Zettel in hundert Stücke zerrissen, so viele wollten ihn gleichzeitig lesen. Die Menge beruhigte sich für einige Zeit. 20 bis 30 Tote — das war gewiß schrecklich, aber keine große Katastrophe. Man konnte wieder hoffen. Es war ja nicht gesagt, daß gerade er bei der Bohrmaschine gearbeitet hatte. Am meisten beruhigte der Umstand, daß Hobby die telephonische Nachricht gesandt hatte.

Und doch gingen die Weiber nicht nach Hause. Merkwürdig! Ihre alte Unruhe kam zurück, ihre Augen flackerten, ihre Herzen schlugen. Ein Druck lastete auf ihnen und sie wechselten scheue Blicke.

Wenn Harriman log —?

Sie fluteten hinüber zur Station, wo die Züge heraufkamen, und warteten zitternd, frierend, in Tücher und Decken eingehüllt. Von der Station aus konnte man die Trasse hinab bis zur Tunnelmündung sehen. Die nassen Geleise glänzten im Licht der Bogenlampen, bis sie zu dünnen Linien zusammenschmolzen. Ganz unten gähnten zwei graue Löcher. Ein Licht erschien in einem Loch, es blitzte unbestimmt auf, ein Feuerschein fuhr heraus und plötzlich sah man das blendende Zyklopenauge eines Zuges die Trasse herauffliegen.

Die Züge verkehrten noch ganz regelmäßig. In gleichen Abständen liefen die Materialzüge hinab, in unregelmäßigen Zwischenräumen, wie gewöhnlich, jagten die Gesteinszüge herauf, oft nur einer, oft drei, fünf, zehn hintereinander, wie sie es seit sechs Jahren Tag und Nacht taten. Es war das gleiche Bild, wie sie es alle tausendmal gesehen hatten. Und doch starrten sie mit wachsender Spannung auf die Züge, die heraufkamen.

Brachten sie Mannschaften mit, so wurden die Ankommenden umdrängt, mit Fragen bestürmt. Aber sie wußten nichts, sie waren ja schon auf der Ausfahrt gewesen.

Es ist unerklärlich, wie das Gerücht kaum zehn Minuten nach der Katastrophe schon über Tag umgehen konnte. Ein unvorsichtiges Wort eines Ingenieurs, ein unwillkürlicher Ausruf am Telephon — es war bekannt geworden. Nun aber hörte man gar nichts mehr, gar nichts, die Nachrichten wurden sorgfältig gehütet.

Bis sechs Uhr fuhren die Materialzüge und Mannschaften regelmäßig ein. (Sie wurden laut Order bis zum 50. Kilometer geführt!)

Um sechs Uhr wurde den bereitstehenden Mannschaften mitgeteilt, daß ein Materialzug entgleist sei und die Strecke erst geräumt werden müsse. Sie hätten sich aber bereitzuhalten. Da nickten die erfahrenen Burschen und warfen einander Blicke zu: Es mußte da drinnen bös aussehen! Lord!

Den Weibern wurde befohlen, die Station zu räumen. Aber sie kamen dem Befehl nicht nach. Sie standen unbeweglich, festgeschraubt von ihrem Instinkt zwischen dem Netz von Geleisen und starrten die Trasse hinab. Immer größere Truppe gesellten sich zur Menge. Kinder, halbwüchsige Burschen, Arbeiter, Neugierige.

Der Tunnel aber spie Gestein aus, immerzu, ohne Aufhören.

Plötzlich beobachtete die Menge, daß die Materialzüge seltener einfuhren und ein wirres Durcheinander von Stimmen schwirrte auf. Dann fuhren überhaupt keine Materialzüge mehr ein und die Menge wurde noch unruhiger. Niemand glaubte das Märchen, daß ein entgleister Zug die Strecke blockiert habe. Alle wußten, daß es täglich vorkam und die Züge sich trotzdem in der gleichen Anzahl in den Tunnel hinabstürzten.

Nun war es Tag.

Die Zeitungen New Yorks machten bereits mit der Katastrophe Geschäfte: „Der Ozean in den Tunnel eingebrochen! 10000 Tote!"

Kalt, blinkend, kam das Licht übers Meer her. Die elektrischen Lampen erloschen mit einem Schlage. Nur weit draußen auf dem Kai, wo plötzlich der Qualm der Dampferschornsteine sichtbar wurde, drehte sich noch das Blinkfeuer, als habe man vergessen, es abzustellen. Nach einer Weile erlosch es auch. Schrecklich nüchtern lag die blitzende Märchenstadt plötzlich da: mit ihrem kalten Schienennetz, ihrem Meer von Zügen, Kabelmasten und vereinzelten hohen Häusern, über die sich graue Wolken schleppten. Die Gesichter sahen alle gelb und übernächtig aus, erstarrt und blaugefroren, denn vom Meer kam mit dem kalten Licht ein eisiger Luftstrom und kalter Sprühregen. Die Weiber schickten ihre Kinder nach Hause, Röcke, Tücher, Decken zu holen. Sie selbst aber rührten sich nicht von der Stelle!

Die Gesteinszüge, die von jetzt an heraufflogen, waren alle mit Mannschaften besetzt. Ja sogar die erst vor kurzer Zeit eingefahrenen Material- und Arbeiterzüge kamen wieder zurück.

Die Erregung wuchs und wuchs.

Aber alle Mannschaften, die heraufkamen, waren völlig im unklaren über die Ausdehnung der Katastrophe. Sie waren nur ausgefahren, weil alle hinter ihnen ausfuhren.

Und wieder starrten die Weiber voller Unruhe und schrecklicher Angst auf die zwei kleinen schwarzen Löcher da unten, die in die Höhe blickten wie zwei heimtückische zerfressene Augen, aus denen das Unheil und das Grauen selbst starrte.

Gegen neun Uhr kamen die ersten Züge, auf denen Mann neben Mann saß, die alle erregt gestikulierten, bevor nur der Zug hielt. Sie kamen aus dem Innern des Tunnels, wohin die Panik gerade ihre ersten Schrecken geworfen hatte. Sie schrien und heulten: „Der Tunnel brennt!"

Ein ungeheures Geschrei und Geheul stieg empor. Die Menge wälzte sich vorwärts, hin und her.

Da erschien Harriman auf einem Waggon und schwenkte den Hut und schrie. Im Morgenlicht sah er wie ein Leichnam aus, fahl, ohne Blut, und jedermann führte sein Aussehen auf das Unglück zurück.

„Harriman! Ruhe, er will reden!"

„Ich schwöre, daß ich die Wahrheit spreche!" schrie Harriman, als sich die Menge beruhigt hatte, und dicke Dunstwolken stießen bei jedem Wort aus seinem Mund hervor. „Es ist ein Unsinn, daß der Tunnel brennt! Beton und Eisen kann nicht brennen. Infolge der Explosion sind ein paar lausige Pfosten hinter der Bohrmaschine in Brand geraten und daraufhin ist eine Panik entstanden. Unsere Ingenieure sind schon bei der Arbeit zu löschen! Ihr braucht nicht —"

Aber man ließ Harriman nicht ausreden. Ein wildes Pfeifen und Schreien unterbrach ihn und die Weiber hoben Steine auf. Harriman sprang vom Waggon und kehrte in die Station zurück. Er sank kraftlos in einen Stuhl.

Er fühlte, daß alles verloren sei und nur Allan allein eine Katastrophe hier oben verhindern konnte.

Allan aber konnte nicht vor dem Abend hier sein!

Der nüchterne, kalte Stationssaal war voll von Ingenieuren, Ärzten und Beamten, die herbeigeeilt waren, um sich zur Hilfeleistung bereitzuhalten.

Harriman hatte einen Liter schwarzen Kaffees getrunken, um die Wirkung der Schlafpulver aufzuheben. Er hatte sich übergeben und war zweimal ohnmächtig geworden.

Ja, was sollte er tun? Das einzig Vernünftige, was er gehört hatte, war eine Botschaft Bärmanns, von einem Ingenieur in Bärmanns Namen von der sechzehnten Station aus telephoniert.

Nach Bärmanns Ansicht seien die Pfosten im verzimmerten Stollen infolge der Hitze von selbst in Brand geraten und das Feuer habe die Sprenghülsen zur Explosion gebracht. Das war vernünftig, aber dann konnte doch die Detonation nicht so heftig gewesen sein, daß man sie bis zur zwölften Station hörte?

Harriman hatte Rettungszüge hineingeschickt, aber sie waren zurückgekommen, da die Züge aller vier Gleise nach auswärts liefen und sie zurückpreßten.

Harriman hatte dreißig Minuten nach vier Uhr an Allan telegraphiert, den die Depesche im Schlafwagen New York-Buffalo erreichte. Allan hatte geantwortet, daß er mit einem Extrazug zurückeilen werde. Eine Explosion sei ausgeschlossen, da die Sprengstoffe im Feuer nur verbrannten. In der Maschine selbst sei die Menge der Sprengstoffe auch äußerst gering. Rettungszüge! Alle Stationen mit Ingenieuren besetzen! Den brennenden Stollen unter Wasser setzen!

Allan hatte gut reden. Es war ja gar nicht möglich, vorläufig einen einzigen Zug in den Tunnel zu bringen, obgleich Harriman augenblicklich die reguläre Ableitung der Züge auf die nach außen führenden Geleise angeordnet hatte.

Niemand telephonierte mehr, nur in der fünfzehnten, sechzehnten und achtzehnten Station waren noch Ingenieure, die angaben, daß alle Züge vorbei seien.

Die Geleise wurden aber nach einiger Zeit frei und Harrimann sandte vier Rettungszüge hintereinander in den Tunnel.

Die Menge ließ die Züge finster passieren.

Einzelne Weiber stießen gemeine Schimpfworte gegen die Ingenieure aus. Die Stimmung wurde von Minute zu Minute erregter. Dann aber, gegen zehn Uhr, kamen die ersten Züge mit Arbeitern aus dem „Fegfeuer" an.

Nun bestand kein Zweifel mehr, daß die Katastrophe schrecklicher war, als jemand hätte ahnen können.

Immer mehr Züge kamen und nun kamen Mannschaften, die schrien: „Alles in den letzten dreißig Kilometern ist tot!!"

KAPITEL 4

Die Männer mit den beschmutzten gelben Gesichtern, die aus dem Tunnel kamen, wurden umringt und mit tausend Fragen bestürmt, die sie nicht beantworten konnten. Hundertmal mußten sie erzählen, was sie von dem Unglück wußten, und es war doch mit zehn Worten zu sagen. Frauen, die ihren Gatten fanden, warfen sich ihm an den Hals und zeigten ihre Freude ganz offen den andern, die noch in entsetzlicher Ungewißheit schwebten. Die Angst irrte in ihren Zügen, sie wiederholten hundertmal die Frage, ob man ihren Mann nicht gesehen habe, sie weinten still, sie liefen hin und her und schrien und stießen Verwünschungen aus, und wieder standen sie still und starrten die Trasse hinab, bis sie die Angst von neuem umhertrieb.

Man hoffte noch immer; denn daß „alle in den letzten dreißig Kilometern tot waren," hatte sich schon als Übertreibung herausgestellt.

Endlich kam auch jener Zug herauf, dessen Abfahrt Ingenieur Bärmann so lange verhindert hatte, bis man ihn niederschoß. Dieser Zug brachte den ersten Toten mit, einen Italiener. Aber dieser Italiener hatte nicht bei der Katastrophe sein Leben eingebüßt. Er hatte mit einem Landsmann, einem amico, ein verzweifeltes Messergefecht um einen Platz auf einem Waggon geführt und den Landsmann niedergestochen. Der stürzende amico hatte ihm den Leib aufgeschlitzt und auf der Ausfahrt war er gestorben. Immerhin war er der erste Tote. Der Photograph der Edison Bio kurbelte.

Als der Tote in das Stationsgebäude getragen wurde, ereignete sich eine seelische Explosion in der Menge! Die Wut flammte auf! Und plötzlich schrien alle (genau wie die Leute im Tunnel): „Wo ist Mac? Mac muß bezahlen!" Da bahnte sich eine hysterisch schreiende Frau den Weg durch die Weiber und rannte dem Toten nach, während sie sich die Haare in Büscheln ausriß und den Bettkittel zerfetzte.

„Césare! Césare —!" Ja, es war Césare.

Als die erregten Arbeiterhorden des Bärmannschen Zuges (zumeist Italiener und Neger) aber erklärten, daß kein Zug mehr käme — wurde es ganz still ...

„Kein Zug mehr?"

„Wir sind die letzten!"

„Was seid ihr?"

„Die letzten!! Wir sind die letzten!"

Es war, als sei ein Hagel von Kartätschen über die Menge niedergegangen. Alle stürzten hin und her, sinnlos, verstört, die Hände an den Schläfen, als seien sie in den Kopf getroffen.

„Die letzten!! Sie sind die letzten!!"

Weiber fielen zu Boden und jammerten, Kinder weinten; bei andern flammte aber sofort die Rachgier auf. Und plötzlich setzte sich die ganze ungeheure Menge in Bewegung und eine Wolke von Geschrei und Lärm zog über ihr her.

Ein dunkelhäutiger viereckiger Pole mit martialischem Schnurrbart stieg auf einen Steinblock und brüllte: „Mac hat sie in einer Mausefalle gefangen — in einer Mausefalle — Rache für die Kameraden!"

Der Haufe tobte. In jeder Hand befand sich plötzlich ein Stein, die Waffe des Volkes, und Steine gab es hier genug. (Einer der Gründe, weshalb man in Großstädten gerne asphaltierte Straßen anlegt!)

In den nächsten drei Sekunden war kein Fenster des Stationsgebäudes mehr ganz.

„Heraus mit Harriman!"

Aber Harriman ließ sich nicht mehr sehen.

Er hatte nach der Miliz telephoniert, denn die paar Polizisten der Tunnelstadt waren machtlos. Nun saß er bleich und keuchend in einer Ecke und vermochte nicht mehr zu denken.

Man stieß Schmähungen gegen ihn aus und machte Miene, das Haus zu stürmen. Da aber hatte der Pole einen anderen Vorschlag: Die Ingenieure alle zusammen waren ja schuld! Man sollte ihnen die Häuser über dem Kopfe anzünden und ihre Weiber und Kinder verbrennen!

„Tausende, Tausende sind tot!"

„Alle müssen sie hin werden!" schrie die Italienerin, deren Mann erstochen worden war. „Alle! Rache für Césare!" Und sie rannte voran, eine Furie aus Kleiderfetzen und zerzausten Haaren.

Die Menge wälzte sich über das Schuttfeld in den grauen Regen hinein, umheult von wirrem Lärm. Die Gatten, die Ernährer, die Väter tot — Not, Elend! Rache! Aus dem Lärm klangen Fetzen von Gesang, Rotten sangen an verschiedenen Stellen gleichzeitig die Marseillaise, die Internationale, die Union-Hymne. „Tot, tot, Tausende tot!"

Eine blinde Wut zu zerstören, niederzureißen und zu töten war in dem erregten Volkshaufen entflammt. Geleise wurden aufgerissen, Telegraphenstangen niedergemäht, die Wächterhäuser weggefegt. Sobald es krachte und splitterte, brandete ein wilder Jubel empor. Die Polizisten wurden mit Steinblöcken bombardiert und ausgepfiffen. Es schien, als hätten alle in der Wut plötzlich ihren Schmerz vergessen.

Voran aber stürmten die wildesten Rotten, wildgewordene fanatische Weiber, den Villen und Landhäusern der Ingenieure entgegen.

Zu dieser Zeit aber ging das verzweifelte Rennen unter dem Meer weiter. Alle, die das stürzende Gestein, Feuer und Rauch am Leben gelassen hatten, rannten unaufhörlich vorwärts, vor den Zehen des Todes her, der seinen beizenden Atem vorausschickte. Einzelne Wanderer gab es da drinnen, die zähneklappernd, mit gesträubten Haaren vorwärtsstolperten, Paare, die schrien und weinten, Horden, die mit pfeifenden Lungen hintereinander herkeuchten, Verwundete, Krüppel, die um Barmherzigkeit bittend am Boden lagen. Manche blieben stehen, gelähmt von der Angst, daß niemand diese ungeheure Strecke zu Fuß zurücklegen könne. Manche gaben es auf. Sie legten sich hin, um zu sterben. Es gab aber gute Läufer, die ihre Schenkel wie Pferde schwangen und die andern überholten, beneidet, verflucht von den Erschöpften, deren Knie wankten.

Die Rettungszüge ließen die Glocken gellen, um zu signalisieren, daß sie kämen. Aus der Dunkelheit stürzten Menschen auf sie zu, schluchzend vor Erregung, gerettet zu sein. Da der Zug aber in den Tunnel hineinfuhr, so wurden sie nach einer Weile von der Angst geschüttelt und sprangen ab, um den zweiten Zug zu Fuß zu erreichen, der, wie man ihnen sagte, fünf Meilen entfernt wartete.

Der Rettungszug kam nur langsam vorwärts. Denn die entsetzten Mannschaften der letzten ausfahrenden Züge hatten, um Platz in den Waggons zu gewinnen, viel Gestein hinausgeworfen, so daß die Strecke erst freigelegt werden mußte. Und dann kam der Rauch! Er ätzte, beizte, das Atmen wurde schwer. Aber der Zug fuhr vorwärts, bis die Scheinwerfer die Mauer von Qualm nicht mehr zu durchdringen vermochten. Auf diesem Rettungszug befanden sich kühne Ingenieure, die ihr Leben in die Schanze schlugen. Sie sprangen vom Zug, eilten mit Rauchmasken versehen weiter in den verqualmten Stollen hinein und schwangen Glocken. In der Tat gelang es ihnen, kleine erschöpfte Truppe, die schon jede Hoffnung aufgegeben hatten, zu der letzten Anstrengung, noch tausend Meter bis zum Zug zurückzulegen, anzupeitschen.

Dann mußte auch dieser Zug weichen. Eine ganze Anzahl dieser Ingenieure erkrankte an Rauchvergiftung und zwei starben über Tag im Hospital.

KAPITEL 5

Maud schlief an diesem Tag sehr lange. Sie hatte eine verreiste Pflegerin im Hospital vertreten und war erst um zwei Uhr zur Ruhe gegangen. Als sie erwachte, saß die kleine Edith schon aufrecht in ihrem Bettchen und flocht, um sich die Zeit zu vertreiben, ihr hübsches blondes Haar zu dünnen Zöpfchen.

Kaum hatten sie zu plaudern begonnen, als die Dienerin eintrat und Maud ein Telegramm überreichte. Im Tunnel habe sich ein großes Unglück ereignet, sagte sie mit unruhigen Augen.

„Warum bringen Sie mir das Telegramm erst jetzt?" fragte Maud etwas unwillig.

„Der Herr hat mir telegraphiert, Sie ausschlafen zu lassen."

Das Telegramm war von Allan unterwegs aufgegeben worden. Es lautete: „Katastrophe im Tunnel. Haus nicht verlassen. Ich komme gegen sechs Uhr abends."

Maud erbleichte. Hobby! dachte sie. Ihr erster Gedanke galt ihm. Er war nach dem Abendessen in den Tunnel eingefahren; heiter und scherzend hatte er sich von ihr verabschiedet ...

„Was ist, Mami?"

„Es ist ein Unglück im Tunnel geschehen, Edith."

„Sind viele Menschen tot?" fragte die Kleine leichthin, mit singender Stimme, mit schönen kindlichen Gesten die Zöpfchen flechtend.

Maud antwortete nicht. Sie blickte vor sich hin. War er um diese Zeit tief drinnen in den Stollen gewesen?

Da schlang Edith die Arme um ihren Nacken und sagte tröstend:

„Du brauchst nicht traurig zu sein. Papa ist ja in Buffalo!"

Und Edith lachte, um Maud zu überzeugen, daß Papa in Sicherheit war.

Maud schlüpfte in den Bademantel und telephonierte in das Zentralbüro. Erst nach geraumer Zeit bekam sie Anschluß. Aber sie wußten nichts oder wollten nichts wissen. Hobby? Nein, von Mr. Hobby sei keine Nachricht da.

Tränen traten in Mauds Augen, rasche Tränen, die niemand sehen durfte. Beunruhigt und aufgeregt nahm sie mit Edith das Bad. Dieses Vergnügen genossen sie jeden Morgen. Es machte Maud ebenso kindliche Freude wie Edith, im Wasser zu plätschern, zu lachen und zu rufen im Badezimmer, wo die Stimmen so voll und merkwürdig widerhallten, die dampfende Brause sprühen zu lassen — und dann wurde sie kälter und kälter und die kleine Edith lachte, als ob man sie kitzle, weil es so eisig kalt wurde. Dann kam die Morgentoilette und dann das Frühstück. Das war Mauds schönste Stunde, die sie sich nicht nehmen ließ. Edith ging nach dem Frühstück in die „Schule". Sie hatte ihr eigenes Schulzimmer mit einer schwarzen Tafel — so wünschte sie es — und einer richtigen kleinen Schulbank, denn sonst wäre es ja keine Schule gewesen.

Heute machte Maud das Bad kurz und mit dem Vergnügen war es nichts. Edith versuchte die Mutter auf alle erdenkliche Art aufzuheitern und ihre kindlichen Bemühungen rührten Maud fast zu Tränen. Nach dem Bad telephonierte sie wieder ins Zentralbüro. Endlich gelang es ihr, Harriman zu sprechen, und er deutete ihr an, daß das Unglück leider größer sei, als man bis jetzt angenommen habe.

Maud wurde immer unruhiger. Nun erst fiel ihr Macs merkwürdige Weisung auf. „Das Haus nicht verlassen!" Weshalb? Sie verstand Mac nicht. Sie ging durch die Gärten ins Hospital hinüber und unterhielt sich flüsternd mit den diensttuenden Pflegerinnen. Auch hier Unruhe und Bestürzung. Sie plauderte ein wenig mit ihren kleinen Kranken, aber sie war so zerstreut, daß ihr nichts Rechtes einfiel. Schließlich kehrte sie nur unruhiger und erregter in ihr Zimmer zurück.

„Warum soll ich das Haus nicht verlassen?" dachte sie. „Es ist nicht recht von Mac, mir das Ausgehen zu verbieten!"

Sie versuchte es wieder mit dem Telephonieren, aber ohne Erfolg.

Dann nahm sie ein Tuch. „Ich will nachsehen," sagte sie halblaut zu sich. „Mac kann sagen, was er will. Warum soll ich zu Hause bleiben? Gerade jetzt! Die Frauen werden in Angst sein und brauchen gerade jetzt jemand, der ihnen zuredet."

Aber sie legte das Tuch wieder weg. Sie holte Macs Telegramm aus dem Schlafzimmer und las es zum hundertstenmal.

Ja, warum denn? Warum denn eigentlich?

War die Katastrophe so groß?

Ja, aber gerade dann durfte sie unmöglich zurückstehen! Es war ihre Pflicht, den Frauen und Kindern beizuspringen. Sie wurde geradezu zornig über Mac und entschloß sich zu gehen. Sie wollte wissen, was eigentlich geschehen war. Aber doch zögerte sie noch immer, Macs sonderbare Weisung zu verletzen. Und dann war eine geheime Angst in ihr, sie wußte nicht warum. Endlich schlüpfte sie entschlossen in den gelben Gummimantel und band das Tuch übers Haar.

Sie ging.

Aber an der Türe überkam sie plötzlich ein unerklärliches Angstgefühl, daß sie heute, gerade heute, die kleine Edith nicht allein lassen dürfe. Ach, dieser Mac, all das hatte er angestiftet mit seiner dummen Depesche!

Nun holte sie Edith aus der „Schule", hüllte sie in ein Cape und stülpte der vergnügten Kleinen die Kapuze über das blonde Haar.

„Ich komme in einer Stunde wieder!" sagte Maud und sie gingen.

Über den nassen Gartenweg hüpfte ein Frosch und Maud erschrak, da sie beinahe auf ihn getreten wäre.

Edith jauchzte. „Hui, der kleine Frosch, Mama! Wie naß er ist! Warum geht er aus, wenn es regnet?"

Der Tag war elend, mißmutig und häßlich.

Auf der Straße wurde der Wind heftiger, es blies und der Regen stob schräg und kalt herab. „Und gestern war es noch so heiß," dachte Maud. Edith amüsierte es, mit großen Schritten über die Pfützen wegzustapfen. Nach wenigen Minuten sahen sie die Tunnelstadt liegen; mit ihren Bürohäusern, Schlöten und dem Wald von Kabelmasten lag sie grau und öde im Regen und Schmutz. Es fiel Maud sofort auf, daß keine Gesteinszüge liefen! Seit Jahren war es das erstemal! Aber die Schlöte qualmten wie immer.

Es ist ja gar nicht wahrscheinlich, daß er gerade am Ort der Katastrophe war, dachte sie. Der Tunnel ist so groß! Trotzdem aber irrten wirre und drohende Gedanken in ihr.

Plötzlich blieb sie stehen.

„Horch!" sagte sie. Edith lauschte und sah dabei zur Mutter empor.

Ein Gewirr von Stimmen drang hierher. Und nun sahen sie auch Leute, eine graue tausendköpfige Menge, die sich bewegte. Es war aber im Dunst gar nicht zu erkennen, welche Richtung sie nahmen.

„Warum schreien die Leute?" fragte Edith.

„Sie sind wegen des Unglücks beunruhigt, Edith. Wenn die Väter all der kleinen Kinder in Gefahr sind, so sind die Frauen natürlich in großer Sorge."

Edith nickte und nach einer Weile sagte sie: „Es ist wohl ein großes Unglück, Mama?"

Maud schauerte zusammen.

„Ich glaube, ja," antwortete sie, in Gedanken. „Es muß ein großes Unglück sein! Wir wollen rascher gehen, Edith." Maud schritt aus, sie wollte — ja, was wollte sie? Sie wollte handeln ...

Plötzlich sah sie einigermaßen erstaunt, daß die Leute näher kamen! Das Geschrei wurde lauter. Sie sah auch, daß eine Telegraphenstange, die im Augenblick noch aufrecht gestanden hatte, umsank und verschwand. Die Drähte über ihr zitterten.

Sie achtete nicht mehr auf Ediths lebhafte Fragen, sondern eilte rasch und erregt vorwärts. Was taten sie? Was war geschehen? Ihr wurde ganz heiß im Kopf und einen Augenblick dachte sie daran, umzukehren und sich ins Haus einzuschließen, wie Mac ihr befohlen hatte.

Aber es erschien ihr feige, unglückliche Menschen zu fliehen aus Angst vor dem Anblick fremden Unglücks. Wenn sie auch nicht viel nützen konnte, so konnte sie doch gewiß etwas tun. Und alle kannten sie ja, die Weiber und die Männer und grüßten sie und erwiesen ihr kleine Dienste, wo immer sie erschien! Und Mac? Was würde Mac getan haben, wenn er hier wäre? Mitten unter ihnen würde er stehen ...! dachte Maud.

Die Menge wälzte sich heran.

„Weshalb schreien sie denn nur so?" fragte Edith, die ängstlich zu werden begann. „Und warum singen sie, Mama?"

Ja, in der Tat, sie sangen! Ein heulender, wirrer Gesang kam mit ihnen näher. Schreie und Rufe drangen daraus hervor. Es war ein ganzes Heer, verstreut über das graue Schuttfeld, Kopf an Kopf. Und Maud sah, daß eine Rotte eine kleine Feldlokomotive mit Steinwürfen demolierte.

„Mama —?"

„Was war das? Ich hätte nicht ausgehen sollen," dachte Maud und blieb erschrocken stehen. Nun aber war es zu spät umzukehren ...

Man hatte sie entdeckt. Sie sah, daß die vorderen die Arme gegen sie reckten und plötzlich ihren Weg verließen und auf sie zukamen. Zu ihrem Schrecken bemerkte sie, daß sie liefen und rannten. Aber sie faßte wieder Mut, als sie sah, daß es meistens Frauen waren. „Es sind ja nur Frauen ..."

Sie ging ihnen entgegen, plötzlich von grenzenlosem Mitleid für diese Armen erfüllt. Oh, Gott, es mußte etwas Grauenhaftes geschehen sein!

Der erste Trupp der Weiber keuchte heran.

„Was ist denn geschehen?" rief Maud und ihre Anteilnahme war ungeheuchelt. Aber Maud erbleichte, als sie die Gesichter der Frauen sah. Sie sahen alle irrsinnig aus, verstört, triefend vom Regen, nur halb angekleidet, und ein wildes Feuer brannte in all den hundert Augen.

Man hörte sie nicht. Man antwortete ihr nicht. Die verzerrten Mäuler heulten triumphierend und schrill.

„Alle sind tot!" gellten ihr Stimmen entgegen, in allen Tonarten, in allen Sprachen. Und plötzlich schrie eine Frauenstimme: „Das ist Macs Weib, schlagt sie tot!"

Und Maud sah — sie traute ihren Augen nicht — daß ein zerlumptes Weib mit zerfetztem Kittel und vor Wut schielenden Augen einen Stein aufhob. Der Stein schwirrte durch die Luft und streifte ihren Arm.

Sie zog instinktiv die kleine, blasse Edith an sich und richtete sich auf.

„Was hat euch denn Mac getan?" rief sie und ihre Augen irrten voller Angst umher. Niemand hörte sie.

Die Rasenden hatten sie erkannt, das ganze wilde Heer von tobenden Menschen. Ein Geheul, das wie ein einziger Schrei klang, brandete empor. Steine schwirrten plötzlich von allen Seiten durch die Luft und Maud zuckte zusammen und zitterte am ganzen Körper. Nun sah sie, daß es Ernst war! Sie wandte sich um, aber überall waren sie, alle in zehn Schritt Abstand, sie war umzingelt. Und in all den Augen, in die ihr irrender entsetzter Blick hilfesuchend tauchte, brannte dieselbe Glut: Haß und Wahnsinn. Maud begann zu beten und der kalte Schweiß schlug aus ihrer Stirn: „Mein Gott — mein Gott — beschütze mein Kind!"

Unaufhörlich aber gellte eine Weiberstimme, wie ein schrilles Signal: „Schlagt sie tot! Mac soll bezahlen!"

Da traf ein Steinblock Ediths Brust, so heftig, daß sie wankte.

Die kleine Edith schrie nicht. Nur ihre kleine Hand zuckte in Mauds Hand und sie sah erschrocken zur Mutter empor, mit verwunderten Augen.

„O Gott, was tut ihr?" schrie Maud und kauerte sich nieder und umschlang Edith. Und die Tränen stürzten ihr vor Angst und Verzweiflung aus den Augen.

„Mac soll bezahlen!"

„Mac soll wissen, wie es tut!"

Ho! Ho! O, all diese rasenden Körper und unbarmherzigen Augen. Und die Hände schwangen Steine ...

Wäre Maud feige gewesen, hätte sie sich in die Knie geworfen und die Hände ausgestreckt, vielleicht hätte sie im letzten Augenblick noch in diesen rasenden Menschen ein menschliches Gefühl entfachen können. Aber Maud, die kleine sentimentale Maud, wurde plötzlich mutig! Sie sah, daß Edith aus dem Mund blutete und totenbleich geworden war, die Steine hagelten, aber sie flehte nicht um Gnade.

Sie richtete sich plötzlich rasend auf, ihr Kind an sich gezogen, und schrie mit funkelnden Augen in all diese haßerfüllten Gesichter hinein: „Ihr seid Tiere! Gesindel seid ihr, schmutziges Gesindel! Wenn ich meinen Revolver hätte — niederschießen würde ich euch, wie Hunde! O, ihr Tiere! Ihr feigen, gemeinen Tiere!"

Da traf Maud ein mit großer Wucht geschleuderter Stein an die Schläfe und sie stürzte, mit den Händen ausgreifend, ohne Laut über Edith hinweg zu Boden. Maud war klein und leicht, aber es klang, als sei ein Pfahl niedergestürzt und das Wasser spritzte empor.

Ein wildes Triumphgeheul erscholl. Schreie, Gelächter, wirre Rufe: „Mac soll bezahlen! Ja bezahlen soll er, am eigenen Leibe soll er fühlen — in die Falle fing er sie — Tausende —"

Nun aber wurde kein Stein mehr geschleudert! Die rasende Menge zog plötzlich weiter. „Laßt sie liegen, sie werden schon von selbst aufstehen!" Nur die fanatische Italienerin beugte sich noch mit ihren entblößten hängenden Brüsten über die am Boden Liegenden und spie nach ihnen. Und nun die Häuser der Ingenieure! Fort, vorwärts! Alle sollten sie daran glauben! Aber die Wut war nach dem Überfall auf Maud abgekühlt. Alle hatten das dumpfe Gefühl, daß hier etwas geschehen sei, das nicht in Ordnung war. Truppe lösten sich ab und verstreuten sich über das Schuttfeld. Hunderte blieben unauffällig zurück und stolperten quer über die Schienen. Als die wütende Kopfgruppe, von der Italienerin angeführt, die Villen der Ingenieure erreichte, war sie so zusammengeschmolzen, daß ein einziger Polizist sie in Schach halten konnte.

Sie zerstreute sich nach und nach.

Und nun brach wieder der Schmerz aus, das Elend, die Verzweiflung. Überall liefen Frauen, die in die Schürze weinten. Im Regen liefen sie, im Wind, sie stolperten und achteten nicht auf den Boden.

Alle hatten sich rasend, grausam und schadenfroh, fortgerissen von einem dunkeln Massenwahnsinn, von Maud und Edith entfernt und die beiden lagen eine lange Zeit im Regen, mitten im Schuttfeld, von niemand beachtet.

Dann kam ein kleines Mädchen von zwölf Jahren mit herabhängenden roten Strümpfen zu ihnen. Sie hatte mit angesehen, wie man „Macs wife" mit Steinen beworfen hatte. Sie kannte Maud, denn sie war im vorigen Jahr lange Wochen im Hospital gelegen.

Dieses Mädchen wurde von einem schlichten menschlichen Impuls hierhergetrieben. Da stand sie nun mit ihren herabhängenden Strümpfen und wagte sich nicht heran. In einiger Entfernung standen ein paar Frauen und Männer, die sich ebenfalls nicht heranwagten. Endlich ging das Mädchen etwas näher, bleich vor Angst und da hörte sie ein leises Wimmern.

Sie wich erschrocken zurück und begann plötzlich rasch zu laufen.

Das Hospital lag wie ausgestorben im rieselnden Regen und das Mädchen wagte nicht zu klingeln. Erst als jemand aus der Türe kam, eine Aufwärterin, trat das Mädchen ans Gitter und sagte, in die Richtung der Station deutend: „Sie liegen da drüben!"

„Wer liegt da drüben?"

„Macs wife and his little girl!"

Drunten in den Stollen liefen sie aber zu dieser Zeit immer noch ...

KAPITEL 6

Allan erfuhr bei seiner Ankunft in New York durch eine Depesche Harrimans, daß Maud und Edith vom Pöbel attackiert worden seien. Nicht mehr. Harriman besaß weder den Mut noch die Grausamkeit, Allan die ganze schreckliche Wahrheit zu sagen: daß Maud tot war und sein Kind im Sterben lag.

Als der Abend dieses entsetzlichen Tages dämmerte, kam Allan im Automobil von New York an. Er steuerte selbst, wie immer, wenn er eine außerordentliche Geschwindigkeit fuhr.

Sein Wagen flog in einem Höllentempo mitten durch die unabsehbare Menge von Weibern, Tunnelmännern, Journalisten und Neugierigen, die ihre Regenschirme aufgespannt hatten, zum Stationsgebäude. Jedermann kannte seinen schweren, staubgrauen Car und das Knarren seiner Hupe.

Im Augenblick war der Car von einer erregten Menge umringt. „Da ist Mac!" schrien sie. „Da ist er! Mac! Mac!"

Aber als Allan sich erhob, schwiegen sie plötzlich still. Der Nimbus, der seine Person umgab, dieser Nimbus aus Karriere, Genie, Kraft erblaßte auch jetzt nicht und flößte der Menge Scheu und Achtung ein. Ja, nie erschien ihnen Allan achtunggebietender als in dieser Stunde, da ihn das Schicksal zerschmetterte. Und doch hatten sie, als sie da drinnen im Rauch um ihr Leben liefen, geschworen, ihn niederzuschlagen, wo sie ihn auch träfen.

„Macht Platz!" schrie Allan mit lauter Stimme. „Es ist ein Unglück geschehen, das bedauern wir alle! Wir werden retten, was zu retten ist!"

Nun aber schwirrten von allen Seiten Stimmen auf. Es waren die gleichen Ausrufe, die man schon seit heute morgen ausstieß. „Du bist schuld ... Tausende sind tot ... in einer Falle hast du sie gefangen ..."

Allan blieb ruhig, den Fuß auf dem Trittbrett. Mit einem ungehaltenen, kühlen Blick begegnete er den erregten Stimmen, während sich sein breites Gesicht verfinsterte. Plötzlich aber — als er die Lippen öffnete zu einer Erwiderung — zuckte er zusammen. Ein Ruf hatte sein Ohr getroffen, der höhnische Wutschrei einer Frau, und dieser Schrei schnitt durch seinen ganzen Körper und er hörte die anderen Stimmen gar nicht mehr. Nur diesen einen gleichen Schrei, der wieder und wieder unerbittlich und furchtbar an sein Ohr hämmerte:

„Sie haben deine Frau und dein Kind erschlagen ..."

Allan wuchs, streckte sich, als wolle er weiter sehen, sein Kopf machte eine hilflose Drehung auf den breiten Schultern, sein dunkles Gesicht wurde plötzlich fahl und sein gesammelter Blick zerrann in den Augen und flackerte entsetzt. In allen Augen ringsum las er, daß diese schreckliche Stimme die Wahrheit sagte. Alle Augen schrien ihm das Entsetzliche zu.

Da verlor Allan die Herrschaft über sich. Er war der Sohn eines Bergmanns, ein Arbeiter wie sie alle, und sein erstes Gefühl war nicht Schmerz, sondern Wut.

Er warf den Chauffeur zur Seite und ließ den Wagen anspringen, bevor er noch hinter dem Steuerrad saß. Der Car stürzte sich mitten in die Menge hinein, die sich schreiend und entsetzt zur Seite warf.

Dann sahen sie ihm nach, wie er in die regengraue Dämmerung hineinschoß.

„Da hat er es nun!" schrien höhnende Stimmen durcheinander. „Nun weiß er, wie es tut!"

Einzelne dagegen schüttelten den Kopf und sagten: „Es war nicht recht — eine Frau, ein kleines Kind ..."

Die rasende Italienerin aber schrie höhnend und gellend: „Ich habe die ersten Steine geworfen. Ich! Ich habe sie an die Stirn getroffen! Ja, hin mußten sie werden."

„Ihn hättet ihr erschlagen sollen! Mac! Mac ist schuld! Aber seine Frau? Sie war ja ein so gutes Mädchen!"

„Erschlagt Mac!" schrie die Italienerin, nach Luft ringend, im höchsten Diskant ihres schlechten Englisch. „Kill him! Schlagt ihn tot wie einen Hund!"

Das Haus lag verlassen in der elenden Dämmerung. Allan sah es an und wußte genug. Während er über den knirschenden Kiesweg des Vorgartens schritt, drängte sich ihm ein Erlebnis in den Sinn, das er vor Jahren, beim Bau der Bolivia-Anden-Bahn, gehabt hatte. Damals bewohnte er mit einem Freund eine Baracke zusammen und diesen Freund hatten Streikende erschossen. Er, Allan, kam ahnungslos von der Arbeit zurück, aber ganz rätselhafterweise machte die Baracke, in der der ermordete Freund lag, einen fremden, unerklärlich veränderten Eindruck auf ihn. Die gleiche Atmosphäre umlagerte sein Haus.

Im Vestibül roch es nach Karbol und Äther. Als er Ediths weißen kleinen Pelzmantel hängen sah, wurde es plötzlich dunkel vor seinen Augen und er wäre fast zusammengebrochen. Da hörte er eine Dienerin schluchzend rufen: „Der Herr — der Herr —!" und bei dem Klang des Schmerzes und hilflosen Jammers dieser fremden Stimme faßte er sich wieder. Er trat in das halbfinstere Wohnzimmer, wo ihm ein Arzt entgegenkam.

„Herr Allan —!"

„Ich bin vorbereitet, Doktor," sagte Allan halblaut, aber mit solch ruhiger, alltäglicher Stimme, daß ihm der Arzt mit einem raschen Blick verwundert in die Augen sah. „Auch das Kind, Doktor?"

„Ich befürchte, es ist nicht zu retten. Die Lunge ist verletzt."

Allan nickte stumm und ging zur Treppe. Es war ihm, als wirbele das helle klingende Gelächter seines kleinen Mädchens durch das Stiegenhaus. Oben stand eine Schwester, an Mauds Schlafzimmer, und gab Allan ein Zeichen.

Er trat ein. Es brannte nur eine Kerze im Zimmer. Maud lag auf dem Bett, langgestreckt, sonderbar flach, wächsern, starr. Ihr Antlitz war schön und friedevoll, aber es schien, als ob eine kleine, demütige und bescheidene Frage in ihren blutleeren Zügen stehen geblieben sei, ein leises Erstaunen auf ihren halb geöffneten fahlen Lippen. Der Spalt ihrer geschlossenen Augen glänzte feucht, wie von einer letzten kleinen Träne, die zerflossen war. Nie in seinem Leben vergaß Allan dieses feuchte Glänzen unter Mauds fahlen Lidern. Er weinte nicht, er schluchzte nicht, er saß mit offenem Mund neben ihrem letzten Lager und sah Maud an. Das Unbegreifliche hatte seine Seele gelähmt. Er dachte nichts. Aber die Gedanken gingen blaß und wirr in seinem Kopfe hin und her, er achtete ihrer nicht. Das war sie, seine kleine Madonna. Er hatte sie geliebt, er hatte sie aus Liebe geheiratet. Er hatte ihr, die aus einfachen Verhältnissen herauskam, ein glänzendes Leben geschaffen. Er hatte sie behütet und ihr täglich gesagt, auf die Automobile acht zu geben. Er hatte immer Angst um sie gehabt, ohne es ihr je zu sagen. Er hatte sie in den letzten Jahren vernachlässigt, weil ihn die Arbeit verschlang. Aber er hatte sie deshalb nicht weniger geliebt. Sein kleiner Narr, seine gute, süße Maud, das war sie nun. Verflucht sei Gott, wenn es einen gab, verflucht sei das hirnlose Schicksal!

Er nahm Mauds kleine, runde Hand und betrachtete sie mit hohlen, verbrannten Augen. Die Hand war kalt, aber sie mußte es ja sein, denn sie war tot, und die Kälte schreckte ihn nicht. Jede Linie dieser Hand kannte er, jeden Nagel, jedes Gelenk. Über die linke Schläfe hatte man den braunen seidigen Scheitel tiefer gestrichen. Aber er sah durch das Gespinst des Haares hindurch ein bläuliches, unscheinbares Mal. Hier hatte der Stein sie getroffen, dieser Stein, den er Tausende von Metern tief unter dem Meere hatte aus dem Berge sprengen lassen. Verflucht seien die Menschen und er selbst! Verflucht sei der Tunnel!

Ahnungslos war sie dem bösartigen Schicksal begegnet, als es blind und weitausschreitend vor Wut des Weges kam. Warum hatte sie seine Weisung nicht befolgt? Er hatte sie ja nur vor Schmähungen beschützen wollen.

Daran hatte er nicht gedacht! Warum war er nicht hier, gerade heute?

Allan dachte daran, daß er selbst zwei Menschen niedergeschossen hatte, als sie damals die Mine Juan Alvarez stürmten. Er hätte, ohne sich zu besinnen, Hunderte niedergeschossen, um Maud zu verteidigen. Er wäre ihr ins tiefe Meer gefolgt, keine Phrase, er hätte sie gegen hunderttausend wilde Tiere verteidigt, solange er noch einen Finger bewegen konnte. Aber er war nicht hier …

Die Gedanken irrten in seinem Kopf, Liebkosungen und Flüche, aber er dachte gar nichts.

Da pochte es zaghaft an der Tür. „Herr Allan?"

„Ja?"

„Herr Allan ... Edith ..."

Er stand auf und sah nach, ob die Kerze fest im Leuchter stecke, damit sie nicht etwa umfalle. Dann ging er zur Tür und von hier aus sah er Maud nochmals an. In seinem Geiste sah er, wie er sich selbst über die geliebte Frau warf, sie umschlang, schluchzte, schrie, betete, sie um Verzeihung bat für jeden Augenblick, da er sie nicht glücklich gemacht hatte — in Wirklichkeit aber stand er an der Tür und sah sie an.

Dann ging er.

Auf dem Wege zum Sterbezimmer seines kleinen Mädchens holte er seine letzten Kräfte aus der Tiefe seines Herzens herauf. Er wappnete sich, indem er sich alle schrecklichen Augenblicke seines Lebens ins Gedächtnis zurückrief, all jene Unglücklichen, die das Dynamit zerfetzt und Gesteinssplitter perforiert hatten; jenen einen, den das Schwungrad mitnahm und an der Wand zerquetschte ... Und als er über die Schwelle trat, dachte er: „Denke daran, wie du einst Pattersons abgeschabten Stiefelschaft im verschütteten Flöz gespürt hast ..."

Er kam gerade noch recht, um die letzten erlöschenden Atemzüge seines kleinen süßen Engels zu erleben. Ärzte, Pflegerinnen und Dienstboten standen im Zimmer umher, die Mädchen weinten und selbst die Ärzte hatten Tränen in den Augen.

Aber Allan stand stumm und trocknen Auges da. „Denke, im Namen der Hölle, an Pattersons abgeschabten Stiefel, denke und schlage nicht hin vor den Leuten."

Nach einer Ewigkeit richtete sich der Arzt am Bett auf und man hörte ihn atmen. Allan dachte, die Leute würden das Zimmer verlassen, aber sie blieben alle.

Da trat er ans Bett und streichelte Ediths Haar. Wäre er allein gewesen, so hätte er gerne nochmals ihren kleinen Körper in den Händen gefühlt, so aber wagte er nicht mehr zu tun.

Er ging.

Als er die Treppe hinabstieg, brach plötzlich lautes, jammerndes Geschrei über seinem Kopf zusammen, aber es war in Wahrheit ganz still bis auf ein leises Schluchzen.

Unten stieß er auf eine Pflegerin. Sie blieb stehen, da sie sah, daß er ihr etwas zu sagen wünschte.

„Fräulein," sagte er endlich mit großer Mühe, „wer sind Sie?"

„Ich bin Fräulein Evelin."

„Fräulein Evelin," fuhr Allan fort, fremd, flüsternd, weich klang seine Stimme, „ich möchte Sie um einen Dienst bitten. Ich selbst will es nicht, ich kann es nicht — ich möchte eine kleine Strähne Haar von meiner Frau und meinem Kind gern aufbewahren. Könnten Sie das besorgen für mich? Aber niemand darf es wissen. Wollen Sie mir das versprechen?"

„Ja, Herr Allan." Sie sah, daß seine Augen voll Wasser standen.

„Ich werde Ihnen mein ganzes Leben lang dankbar sein, Fräulein Evelin.“

Im dunklen Wohnzimmer saß in einem Sessel eine Gestalt, eine schlanke Frau, die leise weinte und das Gesicht ins Taschentuch preßte. Als er vorbeikam, stand die Frau auf und streckte ihm die blassen Hände entgegen und flüsterte: „Allan —!“

Aber er ging vorüber und erst viele Tage später fiel ihm ein, daß die Frau Ethel Lloyd gewesen war.

Allan ging in den Garten hinunter. Es schien ihm schrecklich kalt geworden zu sein, tiefer Winter, und er wickelte sich fest in den Mantel. Eine Weile ging er auf dem Tennisplatz hin und her, dann schritt er zwischen nassen Büschen hinab zum Meer. Das Meer leckte und rauschte und warf gleichmäßig atmend seine Gischtkrausen über den nassen, glatten Sand.

Allan blickte über die Büsche und sah auf den Giebel des Hauses. Dort lagen sie. Und er blickte nach Südosten über das Meer. Dort unten lagen die andern. Dort unten lag Hobby, mit verkrampften Fingern und dem zurückgebogenen Hals der Erstickten.

Es wurde immer kälter. Ja, ein schauerlicher Frost schien vom Meer herzukommen. Allan war ganz aus Eis. Er fror. Seine Hände erstarrten genau wie in größter Winterkälte und sein Gesicht wurde steif. Er sah aber ganz deutlich, daß nicht einmal der Sand gefroren war, obwohl es knisterte, als zertrete er feine Eiskristalle.

Allan ging eine Stunde im Sand auf und ab. Es wurde Nacht. Dann ging er durch den vereisten, gefrorenen Garten hindurch und trat auf die Straße.

Andy, der Chauffeur, hatte die Lampen eingeschaltet.

„Fahre mich zur Station, Andy, fahre langsam!" sagte Allan, tonlos und heiser, und stieg in den Wagen.

Andy wischte sich die Nase am Ärmel ab und sein Gesicht war naß von Tränen.

Allan vergrub sich in den Mantel und zog die Mütze tief über den Kopf. „Es ist merkwürdig," dachte er, „als ich von der Katastrophe hörte, habe ich zuerst an den Tunnel gedacht und dann erst an die Menschen!" Und er gähnte. Er war so müde, daß er keine Hand rühren konnte.

Die Menschenmauer stand wie vorher, denn sie wartete auf die Rückkehr der Rettungszüge.

Niemand schrie mehr. Niemand schwang die Faust. Er war ihnen ja jetzt ähnlich geworden, er trug am gleichen Schmerz. Die Leute machten von selbst Platz, als Allan hindurchfuhr und ausstieg. Nie hatten sie einen Menschen so bleich gesehen.

KAPITEL 7

Allan betrat das kalte Beratungszimmer der Station, für gewöhnlich ein Wartsaal.

Auf den Baustellen gab es weder Zeremoniell noch Formalitäten. Niemand fiel es ein, den Hut abzunehmen oder sich irgendwie stören zu lassen. Heute aber verstummten augenblicklich die erregten Gespräche, und jene, die die Müdigkeit in einen Stuhl geworfen hatte, erhoben sich.

Harriman ging Allan mit verstörtem, erschöpftem Gesicht entgegen.

„Allan —?" sagte er, lallend wie ein Betrunkener.

Aber Allan unterbrach ihn mit einer Handbewegung. „Später, Harriman."

Er ließ sich aus der Kantine eine Tasse Kaffee bringen, und während er den Kaffee schlürfte, hörte er den Rapport der einzelnen Ingenieure an.

Er saß mit geducktem Kopf, sprungbereit, sah niemand an und schien kaum zuzuhören. Sein Gesicht war wie erstarrt vor Kälte, farblos, die Lippen bläulich angelaufen und weiß an den Rändern. Die bleigrauen Lider waren über die Augen gesunken, das rechte, das zuweilen nervös vibrierte, tiefer als das linke. Seine Augen aber hatten keinen menschlichen Blick mehr. Sie sahen aus wie Glasscherben, die böse glitzerten. Manchmal zitterten auch seine unrasierten Wangen und seine Lippen bewegten sich, als zerbeiße er Körner zwischen den Zähnen. Bei jedem Atemzug zuckten seine Nasenflügel, obgleich er lautlos atmete.

„Es steht also fest, daß Bärmann erschossen wurde?"

„Ja."

„Und von Hobby hat man nichts gehört?"

„Nein. Aber man sah, daß er zum Vortrieb fuhr."

Allan nickte und öffnete den Mund, als müsse er gähnen. „Go on!"

Der Tunnel war bis zum 340. Kilometer vollkommen in Ordnung und die von Ingenieuren bedienten Maschinen im Gang. Robinson, der die Rettungszüge führte, hatte telephoniert, daß der Rauch ein Vordringen über den 370. Kilometer hinaus unmöglich machte. Er kehre mit 152 Geretteten zurück.

„Wieviele sind demnach tot?"

„Nach den Kontrollmarken müssen es ungefähr 2900 sein."

Lange, tiefe Pause.

Allans blaue Lippen zuckten, als kämpfe er gegen ein krampfhaftes Weinen. Er senkte den Kopf tiefer und schlürfte gierig den Kaffee.

„Allan!" schluchzte Harriman.

Aber Allan sah ihn erstaunt und kühl an. „Go on!"

Robinson habe ferner telephoniert, daß Smith, der in der Station am 352. Kilometer arbeite, behaupte, es müsse tiefer drinnen eine Luftpumpe arbeiten, die telephonische Verbindung sei aber gestört.

Allan sah auf. „Hobby?" dachte er. Aber er wagte es nicht, diese Hoffnung auszusprechen.

Dann kam Allan auf die Ereignisse über Tag zu sprechen. Harriman spielte keine glänzende Rolle. Müde, den schmerzenden Kopf in die Hand gestützt, saß er da, ohne einen Blick in den verquollenen Augen.

Als aber die Ausschreitungen und Zerstörungen erörtert wurden, wandte sich Allan mit einem plötzlichen Ruck an Harriman.

„Und wo waren Sie denn, Harriman?" fragte er schneidend und voller Verachtung.

Harriman zuckte zusammen und hob die schweren Lider.

„Glauben Sie mir, Allan," schrie er erregt, „ich tat, was ich tun konnte! Ich versuchte alles. Ich konnte doch nicht etwa schießen!"

„Das sagen Sie!" rief Allan und seine Stimme wurde drohender. „Sie hätten sich den rabiaten Leuten entgegenwerfen müssen, wenn sie Ihnen auch ein paar Löcher in den Kopf geworfen hätten. Sie haben doch Fäuste — oder? Sie hätten auch schießen können — ja, zum Teufel, weshalb nicht? Ihre Ingenieure standen da, Sie hatten nur zu befehlen."

Harriman wurde purpurrot. Sein dicker Nacken schwoll an. Der drohende Ton Allans ging ihm ins Blut. „Was reden Sie, Allan!" erwiderte er aufgebracht. „Sie haben die Leute nicht gesehen, Sie waren nicht hier."

„Ich war nicht hier, leider! Ich habe geglaubt, mich auf Sie verlassen zu können. Ich habe mich getäuscht! Sie werden alt, Harriman! Alt! Ich brauche Sie nicht mehr. Gehen Sie in die Hölle!"

Harriman fuhr auf und stellte die roten Fäuste auf den Tisch.

„Ja, gehen Sie in die Hölle!" schrie Allan nochmals brutal.

Harriman wurde weiß bis in die Lippen und starrte konsterniert in Allans Augen. Diese Augen blendeten vor Verachtung, Unbarmherzigkeit und Brutalität. „Sir!" keuchte er und richtete sich tief beleidigt auf.

Da sprang auch Allan auf und pochte mit den Knöcheln auf den Tisch, daß es prasselte. „Verlangen Sie jetzt keine Höflichkeiten von mir, Harriman!" schrie er laut. „Gehen Sie!" Und Allan deutete zur Türe.

Harriman schwankte und ging. Sein Gesicht war vor Schmach grau geworden. Es ging ihm durch den Sinn, Allan zu sagen, daß sein Sohn gestorben sei und er den ganzen Vormittag gegen eine doppelte Dosis Schlafmittel angekämpft habe. Aber er sagte nichts. Er ging.

Wie ein alter, gebrochener Mann ging er die Treppe hinunter, die Augen auf den Boden gerichtet. Ohne Hut.

„Harriman ist geflogen!" höhnten die Leute. „Der Bull ist geflogen!" Aber er hörte es nicht. Er weinte leise.

Nachdem Harriman das Zimmer verlassen hatte, ging Allan noch mit fünf Ingenieuren ins Gericht, die ihre Posten verlassen hatten und mit den fliehenden Mannschaften ausgefahren waren. Er entließ sie auf der Stelle.

Es blies ein verflucht scharfer Wind heute und die Ingenieure erwiderten kein Wort.

Hierauf verlangte Allan Robinson telephonisch zu sprechen. Ein Beamter rief die Stationen an und befahl ihnen, Robinsons Zug zu stoppen. Allan studierte unterdessen den Plan des zerstörten Stollens. Es war so still, daß man durch die zerschlagenen Scheiben den Regen hereintropfen hörte.

Zehn Minuten später stand Robinson am Apparat. Allan führte ein langes Gespräch mit ihm. Nichts von Hobby! Ob er, Robinson, es für möglich halte, daß noch Leute in den verqualmten Stollen lebten? Das sei nicht ausgeschlossen.

Allan gab seine Befehle. Nach ein paar Minuten flog ein Zug aus drei Waggons mit Ingenieuren und Ärzten die Trasse hinab und verschwand im Tunnel.

Allan führte selbst und der Zug raste in einem so tollen Tempo durch den dröhnenden leeren Tunnel, daß Allans Begleiter, die an große Geschwindigkeiten gewöhnt waren, unruhig wurden. Nach einer knappen Stunde begegneten sie Robinson. Sein Zug war voller Menschen. Die Leute auf den Waggons, die Allan Rache geschworen hatten, murrten laut, mit finstern Mienen, als sie ihn in der Finsternis beim Schein der Lampen erkannten.

Allan fuhr weiter. Er bog bei der nächsten Weiche auf Robinsons Geleise über, weil er sicher war, es frei zu finden, und verminderte sein rasendes Tempo erst, als sie mitten im Rauch waren.

Selbst hier in den verqualmten Stationen arbeiteten Ingenieure. Sie hatten die eisernen Schiebetüren zugezogen, an denen sich der Rauch wie ein Gebirge zusammengeballter Wolken vorüberwälzte. Aber die Stationen waren trotzdem so sehr mit Rauch angefüllt, daß ein längerer Aufenthalt nur möglich war, weil die Maschinen fortwährend neue Luft einpreßten und genügend Sauerstoffapparate vorhanden waren. Wie für Allan war der Tunnel für die Ingenieure ein Werk, für das sie Gesundheit und Leben einsetzten.

In der Station am 352. Kilometer trafen sie Smith, der hier mit zwei Maschinisten die Maschinen bediente. Er wiederholte, daß eine Luftpumpe tiefer im Tunnel in Gang sein müsse, und Allan dachte wieder an Hobby. Wenn ihm das Schicksal doch wenigstens den Freund erhalten hätte!

Er drang sofort tiefer in den Stollen ein. Aber der Zug kam nur langsam vorwärts, denn häufig versperrten Steinblöcke den Weg. Der Rauch war so dick, daß der Lichtkegel der Scheinwerfer wie von einer Mauer abprallte. Nach einer halben Stunde wurde der Train von einer großen Menge Leichen aufgehalten. Allan stieg ab und ging, die Rauchmaske vor dem Gesicht, in den Rauch hinein. Im Augenblick war seine Blendlampe verschwunden.

Es war vollkommen still um ihn. Kein Laut, nur das Ventil seines Sauerstoffapparates knackte leise. Allan stöhnte. Hier hörte ihn ja niemand. Seine Brust war eine einzige tobende Wunde. Stöhnend und knirschend wie ein verwundetes Tier wanderte er vorwärts und zuweilen wollte er zusammenbrechen unter der ungeheuren Last seines ungeheuren Schmerzes.

Alle paar Schritte stieß er auf Körper. Aber wenn er sie ableuchtete, so waren es stets unzweifelhaft tote Menschen, die ihn anstarrten aus gräßlich verzerrten Gesichtern. Hobby war nicht unter ihnen.

Plötzlich hörte er ein Keuchen und hob die Lampe. Gleichzeitig berührte eine Hand seinen Arm und eine keuchende Stimme flüsterte: „Sauvé!" Ein Mensch brach vor ihm zusammen. Es war ein junger Bursche, der nur eine Hose trug. Allan nahm ihn auf die Arme und trug ihn zurück zum Zuge und er erinnerte sich, daß ihn einst ein Mann in ähnlicher Situation durch einen dunklen Stollen getragen hatte. Die Ärzte brachten den Ohnmächtigen rasch ins Bewußtsein zurück. Er hieß Charles Renard, Kanadier, und erzählte, daß die Wetterführung drinnen funktioniere und er diesem Umstand sein Leben verdanke. Ob er noch Zeichen von Leben in den Stollen beobachtet habe?

Der Gerettete nickte. „Ja," sagte er, „ich habe zuweilen Gelächter gehört."

„Gelächter??" Sie sahen einander entsetzt an.

„Ja, Gelächter. Ganz deutlich."

Allan verlangte telephonisch Züge und Ablösungen.

Augenblicklich drang er wieder vor. Die Glocke gellte. Es war eine mörderische Arbeit und der Rauch trieb sie häufig zurück. Gegen Mittag gelang es ihnen, bis in die Nähe des 380. Kilometers vorzudringen und hier vernahmen sie plötzlich ein schrilles, fernes Lachen. Dieser Laut in dem schweigenden, rauchenden Stollen war das Entsetzlichste, was sie je gehört hatten. Sie erstarrten und niemand atmete.

Dann eilten sie weiter. Das Lachen wurde immer deutlicher, es klang wild und irrsinnig, so wie es die Taucher zuweilen aus verunglückten Unterseebooten gehört haben, in denen die Besatzung erstickte.

Schließlich erreichten sie eine kleine Station und drangen ein. Da sahen sie im Dunst zwei, drei, vier Menschen, die sich am Boden wälzten, tanzten unter schauerlichen Verrenkungen und dabei fortwährend ein schrilles, delirierendes Gelächter ausstießen. Die Luft pfiff aus der Wetterführung in die Station, so daß die Unglücklichen am Leben geblieben waren. In ihrer nächsten Nähe befanden sich Sauerstoffapparate — unberührt.

Die Unglücklichen aber schrien vor Entsetzen auf und wichen zurück, als sie plötzlich Licht sahen und Menschen mit Masken vor dem Gesicht. Sie flohen alle in eine Ecke, wo ein toter Mann ausgestreckt und still lag, beteten und winselten vor Angst. Es waren Italiener.

„Ist hier jemand, der italienisch spricht?" fragte Allan. „Nehmen Sie die Masken ab."

Ein Arzt trat vor und begann, vom Husten erstickt, mit den Wahnsinnigen zu sprechen.

„Was sagen sie?"

Der Arzt konnte vor Entsetzen kaum reden.

„Wenn ich sie richtig verstehe, so glauben sie, sie seien in der Hölle!" sagte er mit Anstrengung.

„So sagen Sie ihnen in Gottes Namen, wir seien gekommen, sie in den Himmel zu führen," rief Allan.

Der Arzt sprach und sprach und endlich verstanden sie ihn.

Sie weinten, sie knieten, sie beteten und streckten flehend die Hände aus. Als man sich ihnen aber näherte, begannen sie zu rasen. Sie mußten einzeln überwältigt und gebunden werden. Einer starb auf der Ausfahrt, zwei kamen in eine Anstalt, der vierte aber erholte sich rasch und war gesund.

Allan kehrte von dieser Expedition halb bewußtlos nach Smiths Station zurück. Wollte das Entsetzen kein Ende nehmen? Er saß da, rasch atmend, vollkommen erschöpft. Er war nun sechsunddreißig Stunden ohne Schlaf.

Aber die Ärzte drangen vergebens in ihn, auszufahren.

KAPITEL 8

Der Rauch kroch vorwärts. Langsam, schrittweise, wie ein bewußtes Wesen, das erst tastet, bevor es einen Schritt macht. Er leckte in die Querschläge hinein, in die Stationen, schlüpfte an der Decke entlang und füllte alle Räume aus. Die Grubenventilatoren saugten, die Pumpen preßten Millionen von Kubikmetern frische Luft hinein. Und endlich, ganz unmerklich, begann der Rauch dünner zu werden.

Allan erwachte und blickte mit schmerzenden, entzündeten Augen in den milchigen Dunst hinein. Er wußte nicht sofort, wo er war. Dicht vor ihm lag eine niedrige, langgestreckte Maschine aus blankem Stahl und Kupfer, deren Mechanismus lautlos spielte. Das halb in den Boden versenkte Schwungrad schien still zu stehen, aber als er es länger betrachtete, entdeckte er auf und ab gleitende Glanzstreifen: es machte neunhundert Umdrehungen in der Minute und war so genau gearbeitet, daß es den Eindruck des Stillstehens hervorrief. Da fiel ihm auch ein, wo er sich befand. Er war noch immer in Smiths Station. Eine Gestalt wogte im Nebel.

„Sind Sie es, Smith?"

Die Gestalt kam näher und er erkannte Robinson.

„Ich habe Smith abgelöst, Allan," sagte Robinson, ein langer, magerer Amerikaner.

„Habe ich lange geschlafen?"

„Nein, eine Stunde."

„Wo sind die andern?"

Robinson berichtete, daß die andern die Strecke freizumachen versuchten. Der Rauch verteile sich und werde erträglicher. In der neunzehnten Station (380. Kilometer) befänden sich noch sieben Menschen am Leben.

Immer noch Lebende? Barg dieser schauerliche Stollen immer noch Menschen?

Und Robinson berichtete weiter, daß in der neunzehnten Station ein Ingenieur namens Strom die Maschinen bediene. Er habe sechs Menschen aufgenommen und alle befänden sich wohl. Die Ingenieure hätten sie noch nicht erreichen können, die telephonische Verbindung aber hergestellt und mit der Station gesprochen.

„Ist Hobby unter ihnen?"

„Nein.“

Allan blickte zu Boden. Und nach einer Pause sagte er: „Wer ist das — Strom?“

Robinson zuckte die Achseln.

„Das ist das Sonderbare. Niemand kennt ihn. Er ist kein Tunnelingenieur.“

Da erinnerte sich Allan, daß Strom ein Elektrotechniker war, der auf einem der Kraftwerke auf den Bermudas arbeitete. Später stellte sich folgendes heraus: Strom hatte lediglich den Tunnel besichtigt. Er war zur Zeit der Explosion in Bärmanns Bezirk gewesen und hatte die neunzehnte Station etwa drei Kilometer hinter sich. Diese Station hatte er vor einer Stunde besichtigt, und da er der Bedienungsmannschaft dieser Station kein großes Vertrauen schenkte, so war er sofort zurückgekehrt. Strom war der einzige, der in den Tunnel hinein wanderte, anstatt auswärts zu fliehen.

Ein paar Stunden später traf ihn Allan. Strom hatte achtundvierzig Stunden lang gearbeitet, aber niemand sah ihm eine Erschöpfung an. Es fiel Allan besonders auf, wie ordentlich sein Haar noch gescheitelt war. Strom war nicht groß, schmalbrüstig, kaum dreißig Jahre alt, ein Deutschrusse aus den baltischen Provinzen, mit magerem bewegungslosen Gesicht, dunkeln kleinen Augen und schwarzem Spitzbart.

„Ich wünsche, daß wir Freunde werden, Strom!“ sagte Allan zu dem jungen Mann, dessen Kühnheit er bewunderte, und drückte ihm die Hand.

Aber Strom veränderte keine Miene und machte nur eine kleine höfliche Verbeugung.

Strom hatte sechs verzweifelte Läufer in seiner Station aufgenommen. Die Türritzen gegen den Stollen hatte er mit ölgetränktem Werg verstopft, so daß die Luft verhältnismäßig erträglich war. Strom hatte ununterbrochen Luft und Wasser in den brennenden Stollen gepumpt. Er hätte seine Position aber höchstens noch drei Stunden halten können, dann wäre er elend erstickt — und er wußte es ganz genau!

Von dieser vorgeschobenen Station aus mußten sie zu Fuß vordringen. Über entgleiste, umgestürzte Waggons, Gesteinshaufen, Schwellen und geknickte Pfosten kletterten sie Schritt für Schritt vorwärts, in den Rauch hinein. Hier lagen die Leichname in Haufen! Dann kam eine freie Strecke und sie schritten rasch aus.

Plötzlich blieb Allan stehen.

„Horch!" sagte er. „War das nicht eine Stimme?"

Sie standen und lauschten. Sie hörten nichts.

„Ich hörte deutlich eine Stimme!" wiederholte Allan. „Lauschen Sie, ich werde rufen."

Und in der Tat, auf Allans Ruf antwortete ein feiner, leiser Ton, so wie eine Stimme ganz fern in der Nacht klingt.

„Es ist jemand im Stollen!" sagte Allan erregt.

Nun glaubten auch die andern einen feinen, fernen Ruf zu vernehmen.

Rufend und aufhorchend suchten sie den finstern Stollen ab. Zuletzt stießen sie in einem Querschlag, in den die Wetterführung wie ein Sturmwind hineinpfiff, auf einen Greis, der am Boden saß und den Kopf gegen die Wand lehnte. Neben ihm lag ein toter Neger mit einem runden offenen Mund voller Zähne. Der Greis lächelte schwach. Er machte den Eindruck eines Hundertjährigen, abgemagert, welk, mit schneeweißen dünnen Haaren, die im Luftzug flatterten. Seine Augen waren unnatürlich aufgerissen, so daß rings um die Pupillen die weiße Hornhaut sichtbar war. Er war zu erschöpft, um sich noch bewegen zu können, er vermochte nur noch zu lächeln.

„Ich wußte ja, Mac, daß du kommen würdest, um mich zu holen!" flüsterte er kaum verständlich.

Da erkannte ihn Allan.

„Das ist ja Hobby!" rief er erschrocken und erfreut aus und zog den Greis empor.

„Hobby?" sagten die andern ungläubig, denn sie erkannten ihn nicht wieder.

„Hobby — —?" fragte Allan, der seine Freude und Rührung kaum verbergen konnte.

Hobby machte eine matte Bewegung mit dem Kopfe. „I am all right," flüsterte er. Dann deutete er auf den toten Neger und sagte: „Der Nigger machte mir viele Arbeit, aber zuletzt ist er mir doch gestorben."

Hobby schwebte wochenlang im Hospital zwischen Tod und Leben, bis ihn seine kräftige Natur durchriß. Aber er war nicht mehr der alte Hobby.

Hobbys Gedächtnis war gestört und er konnte nie sagen, wie er bis zu diesem vorgeschobenen Querschlag gekommen war. Tatsache war nur, daß er

Sauerstoffapparate und Lampen bei sich hatte, die aus jenem kleinen Querschlag stammten, in dem am Tage vor der Katastrophe der tote Monteur gelegen war. Jackson, der Neger, war übrigens nicht erstickt, sondern vor Hunger und Entkräftung gestorben.

Vereinzelt kamen die Züge aus dem Tunnel, vereinzelt stürzten sie sich hinein. Die Bataillone der Ingenieure schlugen sich drinnen heldenhaft mit dem Rauch. Der Kampf war nicht ungefährlich. Dutzende erkrankten schwer an Rauchvergiftung und fünf starben, drei Amerikaner, ein Franzose und ein Japaner.

Die Arbeiterheere selbst blieben untätig. Sie hatten die Arbeit niedergelegt. Zu Tausenden standen sie in langen Reihen auf den Terrassen und sahen zu, was Allan und seine Ingenieure trieben. Sie standen und regten keine Hand. Die großen Lichtmaschinen, Ventilatoren und Pumpen wurden von Ingenieuren bedient, die vor Ermüdung kaum die Augen offen halten konnten. Und unter die frierenden Arbeiterhorden mischten sich die zahllosen Neugierigen, die die Atmosphäre des Schreckens angezogen hatte. Stündlich spien die Züge neue Scharen aus. Die Strecke Hoboken-Mac-City machte glänzende Geschäfte. Sie nahm in einer Woche zwei Millionen Dollar ein; das Syndikat hatte sofort die Fahrpreise erhöht. Das Tunnelhotel war angefüllt mit Reportern der Zeitungen. Tausende von Automobilen rollten durch die Schuttstadt, vollgepackt mit Damen und Herren, die einen Blick auf die Stätte des Unheils werfen wollten. Sie plauderten und schwätzten und brachten reichhaltige Frühstückskörbe mit. Alle aber starrten mit geheimem Grauen auf die vier Rauchsäulen, die unausgesetzt aus den Glasdächern dicht über der Tunnelmündung in den blauen Oktoberhimmel emporwirbelten. Das war der Rauch, den die Ventilatoren aus den Stollen saugten. Und doch waren da drinnen Menschen! Stundenlang konnten diese Neugierigen warten, obschon sie nichts sahen, denn die Leichname wurden nur in der Nacht herausgebracht. Ein süßlicher Geruch von Chlorkalk drang aus dem Stationsgebäude.

Die Aufräumungsarbeiten nahmen viele Wochen in Anspruch. In dem zum größten Teil ausgebrannten Holzstollen war die Arbeit am schwersten. Man konnte nur schrittweise vorwärtsdringen. Die Leichen lagen hier in Haufen. Sie waren meistens schrecklich verstümmelt und zuweilen war es schwer zu unterscheiden, ob man einen verkohlten Pfosten oder einen verkohlten Menschen vor sich hatte. Sie waren überall. Sie lagen unter dem Schutt, sie hockten hinter angekohlten Balken und grinsten den Vordringenden entgegen. Die Mutigsten selbst überkam Furcht und Grausen in dieser entsetzlichen Totenkammer.

Allan war immer an der Spitze, unermüdlich.

In der Totenhalle und in den Sälen der Hospitäler spielten sich jene erschütternden Szenen ab, die sich nach jeder Katastrophe ereignen. Weinende Frauen und Männer, halb wahnsinnig vor Schmerz, suchen nach ihren Angehörigen, erkennen sie, schreien, werden ohnmächtig. Die meisten Verunglückten konnten aber nicht festgestellt werden.

Das kleine Krematorium abseits von Mac City arbeitete Tag und Nacht. Priester der verschiedenen Religionen und Sekten hatten sich zur Verfügung gestellt und erfüllten abwechselnd das traurige Zeremoniell. Viele Nächte hindurch war das kleine Krematorium im Wald tageshell erleuchtet und noch immer standen endlose Reihen von Holzsärgen in der Halle.

Bei der zerschmetterten Bohrmaschine allein waren vierhundertachtzig Tote gefunden worden. Im ganzen verschlang die Katastrophe zweitausendachthundertsiebzehn Menschenleben.

Als die Trümmer der Bohrmaschine weggeräumt waren, wurde plötzlich ein gähnendes Loch sichtbar. Die Bohrer hatten einen ungeheuren Hohlraum angeschlagen. Im Lichte des Scheinwerfers zeigte es sich, daß der Hohlraum etwa hundert Meter breit war; die Höhe war gering; ein Stein brauchte fünf Sekunden bis er aufschlug, was einer Tiefe von fünfzig Metern entsprach.

Die Ursache der Katastrophe ließ sich nie sicher feststellen. Aber die bedeutendsten Autoritäten waren der Ansicht, daß der durch chemische Zersetzung entstandene Hohlraum mit Gasen angefüllt gewesen sei, die in den Stollen eindrangen und beim Sprengen explodierten.

Allan ging noch an diesem Tage an die Erforschung des angeschlagenen Hohlraumes. Es war eine Schlucht von knapp tausend Meter Länge, vollkommen trocken. Grund und Wände bestanden aus jenem unbekannten, lockeren Erz, das die Geologen Submarinium getauft hatten und das stark radiumhaltig war.

Die Stollen waren in Ordnung gebracht, die Ingenieure befuhren regelmäßig die Strecke.

Die Arbeit aber stand still.

KAPITEL 9

Allan veröffentlichte eine Bekanntmachung an die streikenden Arbeiter. Er gab ihnen drei Tage Bedenkzeit, die Arbeit wieder aufzunehmen, andernfalls seien sie entlassen.

Ungeheure Meetings fanden auf den Schuttfeldern von Mac City statt. Sechzigtausend Menschen drängten sich Kopf an Kopf und von zehn Tribünen (Waggons) wurde zu gleicher Zeit gesprochen.

Unaufhörlich schallten die gleichen Worte durch die kalte dunstige Oktoberluft: der Tunnel — der Tunnel — Mac — Katastrophe — dreitausend Mann — das Syndikat, und wieder der Tunnel — der Tunnel ...

Der Tunnel hatte dreitausend Menschen verschlungen und flößte den Arbeiterheeren Schrecken ein! Wie leicht hätten sie selbst drinnen in der glühenden Tiefe verkohlen und ersticken können — und wie leicht war es möglich, daß sich eine ähnliche Katastrophe, eine größere vielleicht noch, ereignete! Der Tod konnte auf noch gräßlichere Art über sie herfallen. Sie schauderten zusammen, wenn sie an die „Hölle" dachten. Eine Massenangst trat ein. Diese Angst griff auf die

Baustellen auf den Azoren, Bermudas und in Europa über. Auch dort ruhte das Werk.

Das Syndikat hatte einzelne Arbeiterführer gekauft und schickte sie auf die Rednertribünen.

Die Gekauften traten für die sofortige Wiederaufnahme der Arbeit ein. „Wir sind sechzigtausend!" schrien sie. „Mit den andern Stationen und Nebenwerken sind wir hundertachtzigtausend! Der Winter steht vor der Tür! Wo wollen wir hin? Wir haben Frauen und Kinder. Wer wird uns zu fressen geben? Wir werden sämtliche Löhne des ganzen Arbeitmarktes drücken und man wird uns verfluchen!" Das sah jeder ein. Sie wiesen auf die Begeisterung hin, die man dem Werke entgegengebracht habe, auf das gute Verhältnis zwischen den Arbeitern und dem Syndikat, auf die relativ hohen Löhne. „Im ‚Fegfeuer' und in der ‚Hölle' hat mancher seine fünf, sechs Dollar täglich verdient, der sonst kaum zum Schuhputzen und Straßenkehren taugte. Lüge ich oder nicht?" Sie deuteten in die Richtung der Arbeiterkolonien und schrien: „Seht eure Häuser, eure Gärten, eure Spielplätze. Bäder habt ihr und Lesehallen. Mac hat Menschen aus euch gemacht und eure Kinder wachsen rein und gesund auf. Geht nach New York und Chikago und die Wanzen und Läuse fressen euch auf." Sie betonten, daß sich in sechs Jahren kein größeres Unglück ereignet habe und die allergrößten Vorsichtsmaßregeln vom Syndikat ergriffen werden würden, um einer zweiten Katastrophe vorzubeugen.

Dagegen war nichts zu sagen, nein! Aber plötzlich kam die Angst wieder über sie und keine Worte der Welt konnten etwas ausrichten. Man schrie und pfiff und bewarf die Redner mit Steinen und erklärte ihnen ins Gesicht hinein, daß sie vom Syndikat bestochen seien.

„Niemand soll mehr eine Hand rühren für den verfluchten Tunnel!" Das war der Tenor der übrigen Redner. „Niemand!" Und ein donnernder Beifall, der meilenweit hörbar war, drückte die allgemeine Zustimmung aus. Diese Redner zählten alle Gefahren des Baus auf. Sie sprachen von all den Opfern, die der Tunnel schon vor der Katastrophe gefordert hatte. 1800 rund in sechs Jahren! War das nichts? Dachte niemand an die 1800, die überfahren, zerschmettert, zerdrückt worden waren? Sie sprachen von der „Beuge", an der Hunderte wochenlang gelitten hätten und manche ihr ganzes Leben lang leiden würden.

„Mac ist durchschaut!" heulten diese Redner. (Zum Teil waren sie von den Schiffahrtsgesellschaften bestochen, die die Vollendung des Tunnels möglichst hinausschieben wollten.) „Mac ist kein Freund der Arbeiter! Nonsens und Lüge! Mac ist der Henker des Kapitals! Der größte Henker, den die Erde je trug! Mac ist ein Wolf im Schafspelz! 180000 Mann beschäftigt er! 20000 in seiner höllischen Arbeit niedergebrochene Menschen pullt er jährlich in seinen Hospitälern auf, um sie dann zum Teufel zu jagen — Krüppel, fertig für immer! Mögen sie auf den Straßen verfaulen oder in Asylen verrecken, Mac ist das egal! Ein ungeheures Menschenmaterial hat er in diesen sechs Jahren vernichtet! Schluß! Mac soll sehen, woher er Leute bekommt! Er soll sich Schwarze aus Afrika kommen lassen, Sklaven für seine ‚Hölle' — er soll die Sträflinge und Zuchthäusler von den Regierungen kaufen! Seht euch die Reihe von Särgen da drüben an! Zwei Kilometer lang ist die Reihe, Sarg an Sarg! Entscheidet euch!"

Tosen, Toben, Heulen! Das war die Antwort.

Tagelang tobte der Kampf in Mac City hin und her. Tausendmal wurden dieselben Argumente wiederholt, für und wider.

Am dritten Tage sprach Allan selbst.

Er hatte vormittags Maud und Edith eingeäschert und am Nachmittag — noch betäubt von Trauer und Schmerz — sprach er stundenlang zu den Tausenden. Je länger er sprach und je lauter er durch das Sprachrohr schrie, desto mehr fühlte er seine alte Kraft und seinen alten Glauben an sein Werk zurückkommen.

Seine Rede, die von meterhohen Plakaten angekündigt worden war, wurde gleichzeitig an verschiedenen Stellen des Schuttfeldes in deutscher, französischer, italienischer, spanischer, polnischer und russischer Sprache ausgeschrien. In hunderttausenden von Exemplaren wurde sie über den Erdball geschleudert. Sie wurde zur selben Stunde in sieben Sprachen in Bermuda, Azora, Finisterra, Biskaya durch das Sprachrohr über die Arbeiterheere ausgetutet.

Allan wurde mit Schweigen empfangen. Als er sich seinen Weg durch die Menge bahnte, machte man ihm Platz und manche griffen sogar an die Mützen. Kein Laut war vernehmbar und eine Gasse eisiger Stille, in der jedes Gespräch erfror, zeigte seinen Weg an. Als er auf dem Eisenbahnwaggon inmitten des Meers von Köpfen erschien — derselbe Mac, den sie alle kannten, mit dem jeder schon gesprochen hatte, dem jeder schon die Hand gedrückt hatte, dessen starkes, weißes Gebiß jeder kannte — als er erschien, der Pferdejunge von Uncle Tom — ging eine ungeheure Bewegung durch das Feld, eine elementare Verschiebung der Massen, ein Krampf des großen Heeres, das sich zusammenzog, wie Keile, die von hydraulischen Pressen nach einem Mittelpunkt getrieben werden: aber kein Laut wurde hörbar.

Allan schrie durch das Megaphon. Er tutete jeden Satz in die vier Richtungen der Windrose. „Hier stehe ich, um mit euch zu reden, Tunnelmen!" begann er. „Ich bin Mac Allan und ihr kennt mich! Ihr schreit, ich hätte dreitausend Menschen getötet! Das ist eine Lüge! Das Schicksal ist stärker als ein Mensch. Die Arbeit hat die dreitausend getötet! Die Arbeit tötet täglich auf der Erde Hunderte! Die Arbeit ist eine Schlacht und in einer Schlacht gibt es Tote! Die Arbeit tötet in New York allein, das ihr kennt, täglich fünfundzwanzig Menschen! Aber niemand denkt daran, in New York die Arbeit aufzugeben! Das Meer tötet jährlich 20000 Menschen, aber niemand denkt daran, die Arbeit auf dem Meer aufzugeben. Ihr habt Freunde verloren, Tunnelmen, ich weiß es! Auch ich habe Freunde verloren — genau wie ihr! Wir sind quitt! Wie in der Arbeit sind wir auch im Verlust Kameraden! Tunnelmen ..." Er versuchte wieder die Begeisterung zu entfachen, die die Arbeiterheere sechs Jahre lang zu einer für unmöglich gehaltenen Arbeitsleistung angetrieben hatte. Er sagte, daß er den Tunnel nicht zu seinem Vergnügen baue. Daß der Tunnel Amerika und Europa verbrüdern solle, zwei Welten, zwei Kulturen. Daß der Tunnel Tausenden Brot geben würde. Daß der Tunnel nicht zur Bereicherung einzelner Kapitalisten geschaffen werde, sondern dem Volk ebensogut gehöre. Gerade das sei seine Absicht gewesen. „Euch selbst, Tunnelmen, gehört der Tunnel da drunten. Ihr seid selbst alle Aktionäre des Syndikats!"

Allan spürte, wie der Funke von ihm auf das Meer von Köpfen übersprang. Ausrufe, Geschrei, Bewegung! Der Kontakt war da ...

„Ich selbst bin ein Arbeiter, Tunnelmen!" tutete Allan. „Ein Arbeiter wie ihr. Ich hasse Feiglinge! Fort mit den Feiglingen! Die Mutigen aber sollen bleiben! Die Arbeit ist nicht ein bloßes Mittel, satt zu werden! Die Arbeit ist ein Ideal. Die Arbeit ist die Religion unserer Zeit!"

Geschrei.

Alles stand gut für Allan. Als er sie aber aufforderte, die Arbeit wieder aufzunehmen, da wurde es plötzlich wieder eisig still ringsum. Die Angst kam wieder über sie ...

Allan hatte verloren.

Am Abend hielten die Führer der Arbeiter ein Meeting ab, das bis zum frühen Morgen dauerte. Und am Morgen erklärten ihre Abgesandten, daß sie die Arbeit nicht wieder aufnehmen würden.

Die ozeanischen Stationen und die europäischen schlossen sich den amerikanischen Kameraden an.

An diesem Morgen entließ Allan hundertachtzigtausend Mann. Die Quartiere sollten innerhalb achtundvierzig Stunden geräumt werden.

Der Tunnel ruhte. Mac City war wie ausgestorben.

Nur da und dort standen Milizsoldaten, das Gewehr im Arm.

FÜNFTER TEIL

KAPITEL 1

Edison-Bio verdiente in diesen Wochen ein Vermögen. Sie zeigte sogar die Katastrophe im Tunnel selbst(!), das Laufen ums Leben in den Stollen. Sie brachte die Versammlungen. Mac spricht. Alles.

Auch den Zeitungen fielen unschätzbare Summen in den Schoß und die Verleger blähten die Bäuche. Katastrophe, Bergungsarbeiten, Riesenmeetings, Streik — das waren Kanonenschüsse, die das nach Schrecken und Sensationen lüsterne Riesenheer der Zeitungsleser, das den Globus bevölkerte, aufschreckte. Man riß sich um die Blätter.

Die Arbeiterpresse der fünf Kontinente zeichnete Mac Allan als das blut- und schmutzbesudelte Gespenst der Zeit mit Menschenköpfen im Maul und gepanzerten Geldschränken in den Händen. Er wurde täglich von den Rotationspressen aller Länder zerfleischt. Sie brandmarkten das Tunnelsyndikat als die schamloseste Sklaverei aller Zeiten, als die unerhörteste Tyrannei des Kapitalismus.

Die entlassenen Arbeiter nahmen eine drohende Haltung an. Aber Allan hielt sie in Schach. An allen Baracken, Straßenecken und Kabelmasten erschien eine Proklamation, die folgenden Wortlaut hatte: „Tunnelmen! Das Syndikat wird sich keine Schraube nehmen lassen, ohne sie zu verteidigen. Wir erklären, daß in allen Syndikatgebäuden Maschinengewehre aufgestellt sind! Wir erklären ferner, daß wir nicht spaßen!"

Woher hatte dieser Mac plötzlich Maschinengewehre? Es kam heraus, daß diese Geschütze schon seit Jahren im geheimen aufgestellt worden waren — für alle Eventualitäten! Dieser Mac war ein Bursche, dem nicht beizukommen war!

Genau achtundvierzig Stunden nach der Entlassung gab es in den Arbeiterkolonien weder Licht noch Wasser mehr. Es blieb nichts anderes übrig als zu gehen, wenn man es nicht zu einer Schlacht mit dem Syndikat kommen lassen wollte.

Aber so ohne Sang und Klang wollten die Tunnelmänner nicht abtreten! Sie wollten der Welt zeigen, daß sie da waren, sie wollten sich sehen lassen, bevor sie gingen.

Am folgenden Tag begaben sich 50000 Tunnelmen nach New York. Sie fuhren in 50 Zügen ab und um 12 Uhr waren sie — ein Heer! — in Hoboken angekommen. Die Polizei hatte keinen Anlaß, diesen Massen den Eintritt in New York zu verbieten: jedermann, der nach New York wollte, konnte kommen. Aber die telephonischen Apparate der Polizeistationen waren ununterbrochen in Tätigkeit, um die Bewegung dieses Heeres zu überwachen.

Hudson-River-Tunnel war zwei Stunden lang nahezu für jeden Verkehr gesperrt. Die Tunnelmen durchwanderten ihn, eine endlose Schlange von Menschen, und der Tunnel donnerte von ihren Tritten und Gesängen.

Gleich nach dem Austritt aus dem Tunnel ordnete sich das Heer zur Parade und schwenkte in die Christopher Street ein. Voran schritt eine Musikkapelle, die einen barbarischen Lärm machte. Dann kamen Bannerträger mit einer Flagge, die in roten Lettern die Aufschrift trug: „Tunnelmen." Hierauf folgten Scharen von roten Bannern der Internationalen Arbeiterliga, dahinter über den Köpfen Hunderte von Flaggen aller Nationen der Welt: voran das Sternenbanner der Vereinigten Staaten, der Union Jack, dann die Flaggen Kanadas, Mexikos, Argentiniens, Brasiliens, Chiles, Uruguays, Venezuelas, Haitis, Frankreichs, Deutschlands, Italiens, Dänemarks, Schwedens, Norwegens, Rußlands, Spaniens, Portugals, der Türkei, Persiens, Hollands, Chinas, Japans, Australiens, Neuseelands.

Hinter dem bunten Wald von Flaggen trotteten Horden von Negern. Diese Neger hatten sich teilweise in eine Wut hineingeschauspielert und rollten die Augen und schrien sinnlos, teilweise aber waren sie gute schwarze Burschen geblieben, die ihre weißen Zähne zeigten und den „ladies", die sich sehen ließen, nicht mißzuverstehende Liebesanträge machten. In ihrer Mitte wanderte ein Plakat mit

Riesenlettern: „Hell-men!" Dann kam eine Gruppe, die einen Galgen schleppte. An dem Galgen baumelte eine Puppe: Allan!

Er war gekennzeichnet durch eine feuerrote Perücke auf dem runden Kopf, der aus einem alten Sack gemacht war, durch weiße Zähne, die mit Farbe ausgemalt waren. Ferner hatte man aus einer Pferdedecke einen weiten Mantel zusammengeschneidert, der Macs bekanntem rehfarbenen Ulster ähnlich sah.

Ein Riesenplakat wanderte vor dem gehenkten Allan her, worauf stand:

„Mac Allan, Mörder von 5000."

Über der Flut von Köpfen, Kappen, Mützen und verbeulten steifen Hüten, die durch Christopher- und Washingtonstreet dem Broadway zutrieb, schwankte eine ganze Reihe derartiger Vogelscheuchen.

Hinter Allan baumelte Lloyd am Strick.

Der Kopf der Puppe war nußbraun angestrichen, Augen und Gebiß schreckenerregend aufgemalt. Das Plakat, das diesem indianischen Totem voranwandelte, lautete:

„Lloyd, Milliardendieb."

„Frißt Menschenfleisch."

Dann kam Hobby mit blonder Strohperücke, so jämmerlich dünn, daß er wie eine Flagge hin- und herwehte. Sein Plakat lautete:

„Hobby.“

„Dem Teufel knapp entronnen, gehenkt.“

Es folgte S. Woolf! Er trug einen roten Fez auf dem Kopf, hatte wulstige, rote Lippen und faustgroße schwarze Augen. Um seinen Hals hing eine Anzahl von Kinderpuppen an Bindfäden.

„S. Woolf mit Harem!“

„Jude und Champion der Schwindler!“

Dann kamen bekannte Finanzgrößen und die Chefingenieure der verschiedenen Stationen. Unter ihnen erregte besonders der fette Müller von Azora großes Aussehen. Er war rund wie ein Ballon, als Kopf trug er nur einen alten steifen Hut.

„Ein fetter Bissen für die Hölle!“

Zwischen den trottenden Menschenhaufen marschierten Dutzende von Musikbanden, die alle gleichzeitig spielten und die Schlucht des Broadways mit einem Geplärr und Klirren anfüllten, als zerschellten gleichzeitig Tausende von Fensterscheiben auf dem Asphalt. Die Arbeiterhorden johlten, pfiffen, lachten, alle Mäuler waren verzerrt von der Anstrengung, Lärm zu machen. Einzelne Bataillone sangen die Internationale, andere die Marseillaise, andere sangen wirr durcheinander, was sie wollten. Den Unterton des ungeheuren Lärmes aber bildete das Trappen und Stampfen der Schritte, ein dumpfer Takt der schweren Stiefel, der stundenlang das gleiche Wort wiederholte: Tunnel — Tunnel — Tunnel ...

Der Tunnel selbst schien nach New York gekommen zu sein, um zu demonstrieren.

Eine Gruppe in der Mitte der Prozession erregte großes Aufsehen. Ihr voran wanderten Flaggen aller Nationen und ein Riesenplakat:

„Macs Krüppel."

Die Gruppe bestand aus einer Schar von Männern, denen eine Hand oder ein Arm fehlte, oder ein Bein; Stelzfüße, und selbst solche, die sich an zwei Krücken vorwärts schwangen wie Glocken. Hinter ihnen trotteten Männer mit gelben, kranken Gesichtern. Das waren die, die an der „Beuge" litten.

Die Tunnelmänner marschierten in Reihen von zehn zu zehn und die Prozession war über fünf Kilometer lang. Ihr Schwanz schlüpfte gerade aus dem Hudson-River-Tunnel, als der Kopf Wallstreet erreichte. In vollkommener Ordnung wälzte sich das Heer der Tunnelmänner durch den Broadway, und die Straßen, die es passierte, diese von den Reifen der Autos blankgeschliffenen Straßen, waren noch am nächsten Tag getüpfelt mit den Abdrücken von Schuhnägeln. Der Verkehr war unterbunden. Endlose Züge von Trams, Wagen, Automobilen warteten auf das Ende des Zuges. Alle Fenster und Auslagen waren von Neugierigen besetzt. Jeder wollte die Tunnelmen gesehen haben, die mit ihren gelben Grubengesichtern, ausgearbeiteten Händen und gekrümmten Rücken in den schweren Stiefeln dahintrotteten. Sie brachten aus dem Tunnel eine Atmosphäre von Grauen mit. Sie alle waren ja da drinnen in den dunklen Stollen gewesen, wo der Tod ihre Gefährten niedergemacht hatte. Ein Rasseln von Ketten stieg aus ihren Reihen empor, ein Geruch von Sträflingen und Entrechteten.

Die Photographen visierten und knipsten, die Kinematographen drehten die Kurbel. Aus den Läden der Barbiere stürzten eingeseifte Kunden, die Serviette am Kinn, aus den Schuhläden Damen mit einem Schuh, in den Kleidermagazinen standen Kunden in Hemdärmeln und selbst solche in Unterhosen. Die Verkäuferinnen, Arbeitsmädchen und Kontoristinnen der Waren- und Geschäftshäuser lagen rot vor Aufregung und zappelnd vor Neugierde beängstigend weit über die Simse gebeugt in den Fenstern vom ersten bis zum zwanzigsten Stockwerk. Sie schrien und quiekten und schwenkten die Taschentücher. Aber die Woge von Lärm, die von der Straße heraufschlug, trug ihre hellen Schreie mit nach oben, so daß man sie nicht hören konnte.

In einem unscheinbaren Privatauto, das mitten in dem brandenden Menschenstrom unter Hunderten von andern Gefährten wartete, saßen Lloyd und Ethel. Ethel bebte vor Erregung und Neugierde. Sie schrie in einem fort: „Look at them — just look at them — look! look!" Sie pries den glücklichen Zufall, der sie mitten in die Parade hineingeraten ließ.

„Vater — sie bringen Allan! Hallo! Siehst du ihn?"

Und Lloyd, der im Hintergrund des Wagens zusammengekauert saß und durch ein Guckloch blickte, sagte gleichmütig: „Ich sehe ja, Ethel!"

Als Lloyd selbst vorbeigetragen wurde, lachte sie hell auf, außer sich vor Vergnügen.

„Das bist du, Papa!"

Sie verließ ihren Sitz am Fenster und umarmte Lloyd. „Du bist es, siehst du denn?"

„Ich sehe, Ethel."

Ethel klopfte an das Fenster, als die „Höllenmänner" vorbeikamen. Die Nigger grinsten sie an und drückten die abscheulich ziegelroten Innenflächen der Hände gegen die Scheibe. Aber sie konnten nicht stehen bleiben, denn die Hintermänner traten sie auf die Hacken.

„Öffne nur das Fenster nicht, Kind!" sagte Lloyd gleichmütig.

Aber bei „Macs Krüppeln" zog Ethel die Brauen in die Höhe.

„Vater!" sagte sie in verändertem Ton. „Siehst du sie?"

„Ich sehe sie, Kind."

(Am nächsten Tag ließ Ethel zehntausend Dollar unter „Macs Krüppel" verteilen.)

Ihre Freude war wie weggeblasen. Eine unerklärliche Bitterkeit gegen das Leben stieg plötzlich in ihrem Herzen empor.

Sie öffnete die Klappe zum Chauffeur und herrschte ihn an: „Go on!!"

„Ich kann nicht!" antwortete der Chauffeur.

Aber Ethel fand ihre gute Laune bald zurück.

Über ein Bataillon von Japanern, die mit hastigen Schritten wie gelbe Affen dahertrippelten, mußte sie schon wieder lächeln.

„Vater, siehst du die japs?"

„Ich sehe, Ethel," antwortete Lloyd stereotyp.

Lloyd wußte genau, daß sie in unmittelbarer Lebensgefahr schwebten, aber er verriet sich mit keinem Wort. Er befürchtete nicht, totgeschlagen zu werden, nein, aber er wußte, daß, sobald eine Stimme rufen sollte: „Das ist Lloyds Wagen!" folgendes eintreten mußte: die Neugierigen würden seinen Wagen umdrängen und zerdrücken. Man würde sie (ganz ohne Arg!) herausholen und sie würden totgedrückt werden. Im besten Fall hatten Ethel und er das Vergnügen, auf zwei Paar Negerschultern die Prozession durch New York mitzumachen — und das war keineswegs nach seinem Geschmack.

Er bewunderte Ethel, die er stets bewunderte. Sie dachte gar nicht an Gefahr! Sie war in dieser Beziehung wie ihre Mutter.

Er erinnerte sich an eine kleine Szene, die sich in Australien zutrug, damals, als sie noch kleine Leute waren. Eine wütende Dogge stürzte sich auf Ethels Mutter. Was aber tat sie? Sie bot der Dogge Ohrfeigen an und sagte höchst indigniert: „You go on, you!" Und der Hund wich aus irgend einem Grunde tatsächlich zurück. Daran dachte er, und seine Haut legte sich in Falten, weil er lächeln mußte.

Plötzlich aber surrte der Motor und der Wagen setzte sich in Bewegung.

Lloyd streckte seinen ausgetrockneten Mumienkopf vor und lachte, wobei seine Zunge stoßweise durch die Zähne fuhr. Er klärte Ethel über die Gefahr auf, in der sie eben (eine Stunde lang) geschwebt hatten.

„Ich habe keine Furcht," erklärte Ethel, und lachend fügte sie hinzu: „Wie sollte ich überhaupt vor Menschen Furcht haben?"

„So ist es gut, Kind. Ein Mensch, der Furcht hat, lebt nur halb."

Ethel war sechsundzwanzig Jahre alt, vollkommen selbständig, die Tyrannin ihres Vaters, aber Lloyd behandelte sie immer noch als kleines Mädchen. Und sie ließ ihn gewähren, denn am Ende tat er doch, was sie wollte.

Als der rote Flaggenwald das Syndikatgebäude erreichte, fanden die Tunnelmänner die schwere Türe des Gebäudes geschlossen und die beiden ersten Stockwerke mit eisernen Läden versehen. Kein einziges Gesicht zeigte sich an den vierhundert Frontfenstern. Auf der Granittreppe, vor der schweren Eichentüre, stand ein einziger Schutzmann. Ein riesiger fetter Irländer in grauer Tuchuniform, das Lederband des grauen Tuchhelmes unter dem rosigen Doppelkinn. Er hatte ein vollmondrundes Gesicht mit rötlich goldenen Bartstoppeln, betrachtete mit blauen lustigen Augen das heranflutende Arbeiterheer und hob beschwichtigend und gutmütig lächelnd die Hand empor — eine riesige Hand in einem weißen Wollhandschuh, einer Schaufel voll Schnee ähnlich — und wiederholte mit einem fetten rasselnden Lachen immerfort: „Keep your shirt on, boys! Keep your shirt on, boys!"

Wie zufällig rasselten in langsamem Tempo drei blanke Dampfspritzen (mit dem Zeichen „heimkehrend") durch Pine Street, und da sie sich aufgehalten sahen, stoppten sie ab und warteten geduldig, während dünner weißer Rauch aus ihren blitzenden Messingkaminen in die klare Luft emporstieg und die Hitze über ihren Stahlleibern zitterte.

Es darf allerdings nicht verschwiegen werden, daß der gutmütig lächelnde Irländer mit den großen weißen Händen, der nicht die kleinste Waffe trug, nicht einmal einen Knüttel, eine Pfeife in der Tasche hatte. Sollte er gezwungen sein, diese Pfeife trillern zu lassen, so würden innerhalb einer Minute diese drei blanken, unschuldig und höflich wartenden Dampfspritzen, die sich vor verhaltener Kraft leise auf den Federn wiegten, 9000 Liter Wasser in der Minute in die Menge abschießen; ferner würde sich jene vier Meter breite Rolle, die an den Fenstersimsen des ersten Stockwerkes hing und die niemand beachtete, aufrollen und in großen Lettern in die Straße hinausschreien: „Achtung! Zweihundert Konstabler im Innern des Buildings. Achtung!"

Der riesige rosige Irländer hatte aber keinen Grund, nach der Pfeife zu greifen.

Zunächst brandete ein ungeheures Geschrei an den vierhundert Fenstern des Syndikatbuildings empor, ein wetternder Lärm, in dem der wahnsinnige Radau der Musik glatt versank. Darauf wurde Mac gehenkt! Er wurde unter tobendem Lärm einige Male am Galgen auf und abgezogen. Dabei riß der Strick und Mac stürzte mit einer hilflosen Gebärde über die Köpfe. Der Strick wurde wieder gebunden und die Exekution unter gellenden Pfiffen wiederholt. Dann hielt ein Mann, auf zwei Schultern stehend, eine kurze Ansprache. Keines seiner Worte, auch nicht ein Laut seiner Stimme war in der Brandung von Lärm zu vernehmen. Der Mann aber sprach mit dem verzerrten Gesicht, mit den Armen, die er in die Luft warf, mit den Händen, in deren verkrampften Fingern er die Worte knetete und sie über die Menge schleuderte. Er schüttelte, Schaum auf den Lippen, beide Fäuste gegen das Syndikatbuilding und damit war seine Rede zu Ende und jedermann hatte sie verstanden. Ein Orkan von Geschrei fegte empor. Man vernahm diesen Aufschrei bis zur Battery.

Es wäre am Ende doch möglich gewesen, daß die Dampfspritzen in Tätigkeit hätten treten müssen, denn die Erregung vor dem Building steigerte sich zu wildem Fanatismus. Aber es lag in der Natur der ganzen Demonstration, daß es nicht bis zu einem Ausbruch kommen konnte, der den fetten Irländer plattgedrückt und die drei blanken Dampfspritzen hinweggefegt hätte. Denn während zweitausend vor dem Gebäude demonstrierten, drängten achtundvierzigtausend nach — mit einer automatischen, gleichmäßigen Energie. So mußte es kommen, daß stets die Zweitausend, die sich angesichts des toten Gebäudes erhitzt hatten, nachdem der höchste Punkt der Kompression erreicht war, wie ein Bolzen in einem Luftdruckgewehr durch Wallstreet hinausgepreßt wurden.

Über zwei Stunden war das Syndikatbuilding von höllischem Lärm umbrandet, so daß die Clerks und Stenotypistinnen es mit der Angst bekamen.

Der Lärm zog durch die Pearlstreet, Bowery hinauf zur 3. und von da zur 5. Avenue, wo die geschmacklosen Paläste der Millionäre stehen. Die Paläste lagen still, ohne Leben. Es war der dampfende, laute Schweiß, der sich an den verschanzten und stillen Millionen vorbeiwälzte. Vor Lloyds gelbem, etwas verwittertem Renaissance-Palast, den ein Gartenstreifen von der Straße trennte, staute sich der Zug wieder, da Lloyd „gehenkt" wurde. Lloyds Haus lag tot wie die andern. Nur im Eckfenster des ersten Stockes stand eine Frau und sah heraus. Das war Ethel. Aber da kein Mensch glaubte, daß jemand den Mut haben könnte, sich zu zeigen, so hielt man Ethel allgemein für ein Dienstmädchen.

Die Prozession bewegte sich am Zentralpark vorbei nach Columbus-Square. Von da zurück zum Madison-Square. Hier wurden die Puppen angezündet und unter fanatischem Geschrei verbrannt.

Das war das Ende der Demonstration. Die Tunnelmen zerstreuten sich. Sie verloren sich in den Saloons am East-River, und nach einer Stunde hatte das große New York sie aufgesogen.

Es war die Losung ausgegeben worden, sich um zehn Uhr vor der Tunnelstation Hoboken wieder einzufinden.

Hier aber stießen die Tunnelmänner auf eine große Überraschung: die Station war verschanzt hinter breiten Konstablerbrüsten. Da sie aber erst nach und nach zusammenströmten, ihr Unternehmungsgeist durch das lange Wandern, durch Schreien und Alkohol gebrochen war, so hatten sie keine Stoßkraft mehr. Plakate verkündeten, daß unverheiratete Arbeiter nichts mehr in Mac City zu suchen hätten. Nur die verheirateten würden zurückbefördert werden.

Eine Schar von Agenten übte genaue Kontrolle, und in Abständen von einer halben Stunde rollten Züge nach Mac City zurück. Früh um sechs Uhr wurden die letzten abgefertigt.

KAPITEL 2

Während der Lärm das Syndikatgebäude umtobte, hatte Allan eine Konferenz mit S. Woolf und dem zweiten finanziellen Direktor des Syndikats, Rasmussen.

Die finanzielle Lage des Syndikats war keineswegs alarmierend, aber auch nicht befriedigend. Für den kommenden Januar war die zweite Milliardenanleihe vorbereitet gewesen. Unter den momentanen Verhältnissen war natürlich nicht daran zu denken. Niemand würde einen Cent zeichnen!

Das Dröhnen der Explosion im amerikanischen Südstollen, der Lärm des Streiks war in allen Börsen der Welt widergehallt. Die Papiere stürzten in wenigen Tagen um fünfundzwanzig Prozent, denn jedermann wollte sie so rasch wie möglich loswerden und niemand hatte Lust, sich daran die Finger zu verbrennen. Acht Tage nach der

Katastrophe schien ein Krach unvermeidlich. Aber S. Woolf warf sich mit einer verzweifelten Anstrengung gegen den wankenden finanziellen Riesenbau — und er stand wieder! Er zauberte eine verführerische Bilanz vor die Öffentlichkeit, er bestach ein Heer von Börsenberichterstattern und überschüttete die Presse der alten und neuen Welt mit beruhigenden Communiqués.

Die Kurse zogen an, die Kurse blieben fest. Und S. Woolf begann die mörderische Schlacht, die Kurse zu halten und wieder langsam in die Höhe zu schrauben. In seiner Office im zehnten Stock des Buildings arbeitete er mit verbissener Energie, schnaufend und rasselnd wie ein Nilpferd, die Pläne dieser Kampagne aus.

Während die Horde drunten heulte, unterbreitete er Allan seine Vorschläge. Die Kali- und Eisenerzlager des „fetten Müllers" sollten ausgebeutet werden. Die elektrische Energie der Kraftstationen verwertet. Das Submarinium der Unglücksschlucht gefördert. Nach den Bohrresultaten lag es in einer durchschnittlichen Mächtigkeit von zehn Metern — ein Vermögen! S. Woolf hatte der Pittsburg Smelting and Refining Co. Verträge unterbreitet. Die Company sollte die Erze herausbrechen, das Syndikat würde die Förderung an Tag übernehmen. Dafür forderte S. Woolf 60 Prozent vom Reingewinn. Die Company wußte recht gut, daß das Syndikat „hard up" war und bot 30 Prozent. S. Woolf aber schwor, daß er sich eher lebendig einmauern lasse, als auf die Schamlosigkeit einzugehen. Er wandte sich sofort an die „American Smelters" und die Pittsburg Co. kam zurück und bot 40 Prozent.

Woolf ging auf 50 Prozent herab und drohte, daß das Syndikat in Zukunft überhaupt keine Handvoll Erz mehr fördern werde; es würde einfach die Stollen unter den Lagern durchführen oder darüber hinweg, einerlei. Endlich einigte man sich auf 46⅓ Prozent. Um das letzte Drittel kämpfte S. Woolf wie ein Massaikrieger und die Pittsburg-Leute erklärten, sie hätten lieber mit dem Teufel zu tun als mit diesem „shark".

S. Woolf hatte sich in den letzten zwei Jahren auffallend verändert. Er war noch fetter geworden und noch asthmatischer. Zwar hatten seine dunklen Augen immer noch den leicht schwermütigen, orientalischen Glanz und den Kranz schwarzer langer Wimpern, die stets gefärbt erschienen. Aber ihr Feuer war verdüstert. S.

Woolf begann stark zu ergrauen. Er trug den Bart nicht mehr kurz geschnitten, sondern als dicke Zotteln am Kinn und auf den beiden Backen. Mit seiner mächtigen Stirn, den weitstehenden, vorquellenden Augen und der breiten gebogenen Nase hatte er Ähnlichkeit bekommen mit dem amerikanischen Büffel — ein Einzelgänger und Einsiedler, den die Herde ausgestoßen hatte, weil er zu tyrannisch war. Diesen Eindruck verstärkte das blutunterlaufene Auge. S. Woolf hatte in den letzten Jahren mit einem konstanten Blutandrang gegen den Kopf zu kämpfen.

So oft das Geschrei drunten anschwoll, zuckte S. Woolf zusammen und seine Augen bekamen einen flackernden Blick. Er war nicht feiger als andere Menschen, aber das atemraubende Tempo der letzten Jahre war ihm an die Nerven gegangen.

Und dann: S. Woolf hatte noch ganz andere Sorgen, ganz andere, die er wohlweislich vor aller Welt verschwieg ...

Nach der Beratung war Allan wieder allein. Er ging auf und ab in seinem Arbeitsraum. Sein Gesicht war abgemagert und seine Augen trüb und elend. Sobald er allein war, überfiel ihn die Unruhe und er mußte wandern. Tausendmal ging er hin und her und schleppte seinen Gram von einer Zimmerecke in die andere. Zuweilen blieb er stehen und sann nach. Aber er wußte selbst nicht, was er dachte.

Dann telephonierte er ins Hospital nach Mac City und fragte nach Hobbys Befinden. Hobby lag im Fieber und niemand wurde zugelassen. Endlich raffte er sich auf und fuhr aus. Am Abend kam er etwas erfrischt zurück und nahm wieder seine Arbeit auf. Er arbeitete an verschiedenen Projekten für den Ausbau der submarinen Schlucht. Eine große Station, ungeheure Depots und Maschinenräume sollte sie aufnehmen. 80 Doppelkilometer Gestein konnte er in sie stürzen. Recht besehen, war die Unglücksschlucht, in der der Tod Jahrmillionen auf die Tunnelmänner gelauert hatte, von unschätzbarem Wert. Die Projekte beschäftigten ihn und verdrängten düstere Visionen. Keine Sekunde durfte er an die Dinge denken, die hinter ihm lagen ...

Spät in der Nacht legte er sich schlafen und er war froh, wenn er ein paar Stunden ruhte, ohne von entsetzlichen Träumen gemartert zu werden.

Ein einzigesmal speiste er bei Lloyd zu Abend.

Ethel Lloyd sprach mit ihm vor Tisch. Sie zeigte einen solch aufrichtigen Schmerz über den Tod Mauds und Ediths, daß Allan sie fortan mit ganz anderen Augen betrachtete. Sie schien ihm plötzlich um viele Jahre älter und reifer geworden zu sein.

Allan verbrachte einige Wochen ununterbrochen im Tunnel.

Eine Unterbrechung von einigen Wochen, die sich bei regulärem Betrieb nur durch ungeheure finanzielle Opfer hätte ermöglichen lassen, war ihm im Grunde genommen ganz erwünscht. Durch die atemlose jahrelange Arbeit waren alle Ingenieure erschöpft und brauchten Ruhe. Dem Arbeiterausstand legte er keine große Bedeutung bei. Nicht einmal dann, als die Union, die Gewerkschaften der Monteure, Elektriker, Eisen- und Betonarbeiter, Maurer, Zimmerleute die Sperre über den Tunnel verhängten.

Vorläufig galt es, die Stollen zu verwalten, wenn sie nicht in kurzer Zeit verwahrlosen sollten. Für diese Arbeit stand ihm ein Heer von achttausend Ingenieuren und Volontären zur Verfügung, das er über die einzelnen Strecken verteilte. Mit einer heroischen Anspannung der Kräfte verteidigten diese achttausend das riesige Werk.

Monoton gellten die Glocken vereinzelter Züge durch den öden Tunnel. Der Tunnel schwieg, und alle brauchten lange Zeit, um sich an die Totenstille der Stollen zu gewöhnen, die früher dröhnten von Arbeit. Die Truppe der Tiefbautechniker, Eisenkonstrukteure, Elektrotechniker, Maschineningenieure fuhren die europäischen, atlantischen und amerikanischen Stollen ab. Jede Schiene, jede Schwelle, jede Niete und jede Schraube wurde sorgfältig revidiert und notwendige Korrekturen und Verbesserungen gebucht. Geometer und Mathematiker prüften genau Lage und Richtung der Stollen. Die Maße wichen nur um geringes von den berechneten ab. Am größten waren die Abweichungen der atlantischen Strecke des „fetten Müllers", wo sie drei Meter in der Breite und zwei Meter in der Tiefe betrugen — Differenzen, die sich auf Ungenauigkeiten der Instrumente, die von den enormen Massen von Gestein beeinflußt wurden, zurückführen ließen.

In der verhängnisvollen Schlucht waren Tag und Nacht tausend halbnackte, schweißtriefende Arbeiter der Cleveland Mining Co. mit dem Bohren, Sprengen und Fördern des lockergelagerten Submariniums beschäftigt. Die tropisch-heiße Schlucht heulte und brandete von Arbeit, ganz als sei nie etwas geschehen. Die Tagesproduktion hatte einen ungeheuren Wert.

Im übrigen aber war alles tot. Die Tunnelstadt war wie ausgestorben. Wannamaker hatte sein Warenhaus geschlossen, das Tunnelhotel die Pforten zugemacht. In den Arbeiterkolonien hausten Weiber und Kinder, die Witwen und Waisen der Verunglückten.

KAPITEL 3

Das gerichtliche Verfahren, das gegen das Syndikat eingeleitet worden war, wurde nach einigen Wochen wieder eingestellt, da es sich bei der Katastrophe ganz offenbar um force majeure handelte.

Allan war solange in New York zurückgehalten worden. Nun aber war er frei und reiste augenblicklich ab.

Er verbrachte den Winter auf den Bermudas und Azoren und blieb einige Wochen in Biskaya. Zuletzt erschien er auf der Kraftstation Ile Ouessant, dann verlor sich seine Spur.

Allan verlebte den Frühling in Paris, wo er unter dem Namen C. Connor, Kaufmann aus Denver, in einem alten Hotel der Rue Richelieu wohnte. Niemand erkannte ihn, obwohl jeder hundertmal sein Porträt gesehen hatte. Er hatte dieses Hotel absichtlich gewählt, um jener Klasse von Menschen zu entgehen, die er am meisten haßte: die reichen Müßiggänger und lauten Schwätzer, die sich von Hotel zu Hotel durchschlagen und die Mahlzeiten mit einer lächerlichen Feierlichkeit einnehmen.

Allan lebte ganz allein. Er saß täglich nachmittags vor dem gleichen Boulevard-Café an seinem runden Marmortischchen, trank seinen Kaffee und blickte still und gleichgültig in den lauten Strom der Straße. Von Zeit zu Zeit wandte er den Blick empor zu einem Balkon im zweiten Stock des gegenüberliegenden Hotels: dort hatte er vor Jahren mit Maud gewohnt. An manchen Tagen erschien dort oben eine hellgekleidete Frau; dann konnte Allan den Blick nicht von dem Balkon abwenden. Täglich begab er sich in den Jardin de Luxembourg, in jenen Teil, wo die Kinder zu Tausenden spielen. Dort stand eine Bank, auf der er einmal mit Maud und Edith gesessen hatte. Und auf dieser Bank saß Allan jeden Tag und sah zu, wie sich die Kinder um ihn her tummelten. Jetzt, nach einem halben Jahre, begannen die Toten und der Schmerz allmählich eine merkwürdige Macht über ihn zu bekommen. Im Laufe des Frühlings und Sommers absolvierte er die gleiche Reise, die er mit Maud und Edith vor Jahren unternommen hatte. Er war in London, Liverpool, Berlin, Wien, Frankfurt, begleitet von düsteren und schmerzlich-süßen Erinnerungen.

Er wohnte in den gleichen Hotels und häufig sogar in den gleichen Räumen. Oft hielt er den Schritt an vor Türen, die Mauds Hand einst öffnete und schloß. Es fiel ihm nicht schwer, sich in all den fremden Hotels und Korridoren zurechtzufinden. Die vielen Jahre, die er in den finstern unterirdischen Labyrinthen der Bergwerke verbrachte, hatten seinen Ortsinn geschult. Die Nächte verbrachte er schlaflos in einem Sessel, im dunkeln Zimmer. Da saß er mit offenen, ausgetrockneten Augen, ohne sich zu regen. Zuweilen richtete er an Maud halblaut kleine Ermahnungen, wie er es zu tun pflegte, als sie noch lebte. „Geh jetzt schlafen, Maud!" — „Verdirb dir die Augen nicht." Er quälte sich mit Vorwürfen, daß er Maud an sich gefesselt habe, obgleich er doch damals schon sein großes Werk plante. Es schien ihm, als habe er ihr niemals seine Liebe ganz enthüllt, als habe er sie überhaupt nicht genügend geliebt — nicht so, wie er sie jetzt liebte. Voller Pein und Selbstanklage erinnerte er sich daran, daß ihm Mauds Vorwürfe, er vernachlässige sie, sogar lästig geworden waren. Nein, er hatte es nicht verstanden, seine kleine süße Maud glücklich zu machen. Mit brennenden Augen, überschattet von seinem Gram, saß er in den toten Räumen, bis es Tag wurde. „Es wird schon Tag, die Vögel zwitschern, hörst du?" sagte Maud. Und Allan erwiderte raunend: „Ja, ich höre sie, Liebe." Dann warf er sich aufs Bett.

Schließlich verfiel er auf den Gedanken, Gegenstände aus diesen geheiligten Räumen zu erwerben, einen Leuchter, eine Uhr, ein Schreibzeug. Die Hotelbesitzer, die Mr. C. Connor für einen spleenigen reichen Amerikaner hielten, forderten schamlos hohe Summen, aber Allan bezahlte, ohne zu feilschen, jeden Preis.

Im August kehrte er von seiner Rundreise wieder nach Paris zurück und stieg wieder in dem alten Hotel in der Rue Richelieu ab, noch stiller, trüber, ein düsteres Feuer in den Augen. Er machte den Eindruck eines gemütskranken Mannes, der das Leben ringsum nicht mehr bemerkt und in seine eigenen Grübeleien versunken ist. Wochenlang sprach er kein Wort.

Eines Abends ging Allan im Quartier latin durch eine krumme, geschäftige Straße und plötzlich blieb er stehen. Jemand hatte seinen Namen gerufen. Aber ringsum hasteten fremde gleichgültige Menschen. Da sah er plötzlich seinen Namen, seinen früheren Namen, in riesigen Lettern dicht vor den Augen.

Es war ein grellfarbiges Plakat der Edison-Bio: „Mac Allan, constructeur du „Tunnel" et Mr. Hobby, ingenieur en chef conversant avec les collaborateurs à Mac City."

„Les tunnel-trains allant et venant du travail."

Allan sprach nicht Französisch, aber er verstand den Sinn der Affiche. Von einer merkwürdigen Neugierde getrieben, trat er zögernd in den dunklen Saal. Er kam gerade mitten in ein Rührstück hinein, das ihn langweilte. Allein in diesem Stück trat ein kleines Mädchen auf, das ihn entfernt an Edith erinnerte und dieses Kind vermochte ihn eine halbe Stunde in dem überfüllten Raume festzuhalten. La petite Yvonne hatte die gleiche Art, wichtigtuerisch und mit dem Ernst erwachsener Leute zu plaudern ...

Plötzlich hörte er den Conférencier seinen Namen nennen und in diesem Augenblicke stand auch schon „seine Stadt" vor ihm. Flimmernd in Staub und Rauch und Sonne. Eine Gruppe von Ingenieuren stand vor der Station, lauter bekannte Gesichter. Sie wandten sich alle wie auf ein Signal um, um ein Automobil zu erwarten, das langsam heranrollte. In dem Automobil saß er selbst und neben ihm Hobby. Hobby richtete sich auf und schrie den Ingenieuren etwas zu, worauf alle lachten. Allan wurde von einem dumpfen Schmerz erfaßt, als er Hobby sah: frisch, übermütig — und jetzt hatte ihn der Tunnel vernichtet wie viele andere. Das Automobil rollte langsam weiter und plötzlich sah er sich aufstehen und zurücklehnen über den Wagen. Ein Ingenieur griff an den Hut, zum Zeichen, daß er verstanden habe.

Der Conférencier: „Der geniale Konstrukteur gibt seinen Mitarbeitern Befehle!"

Der Mann aber, der an den Hut griff, sah unvermutet forschend ins Publikum, gerade auf ihn, Allan, als habe er ihn entdeckt. Da erkannte er ihn: es war Bärmann, den sie am 10. Oktober erschossen hatten.

Plötzlich sah er die Tunnelzüge laufen: sie flogen die schiefe Ebene hinab, sie jagten herauf, einer hinter dem anderen und eine Wolke von Staub fegte über sie hin.

Allans Herz pochte. Er saß gebannt, unruhig, mit heißem Gesicht, und sein Atem kam so gepreßt aus der Brust, daß man neben ihm lachte.

Die Züge aber flogen ... Allan stand auf. Er ging augenblicklich. Er nahm ein Auto und fuhr ins Hotel. Hier erkundigte er sich bei dem Manager nach dem nächsten auslaufenden Amerika-Schnelldampfer. Der Manager, der Allan stets mit der zartesten Rücksicht behandelte, wie einen Schwerkranken, nannte ihm den Cunardliner, der am nächsten Vormittag von Liverpool in See ging. Der Abendschnellzug sei aber schon abgegangen.

„Bestellen Sie augenblicklich einen Extrazug!" sagte Allan.

Der Manager sah Mr. C. Connor an, überrascht von Allans Stimme und Ton. Was hatte diesen Menschen seit heute mittag so verändert? Ein ganz neuer Mensch schien vor ihm zu stehen.

„Gerne," erwiderte er. „Allerdings muß ich Mr. Connor um bestimmte Garantien bitten …"

Allan trat an den Lift. „Wozu? Sagen Sie, Mac Allan aus New York bestellt den Zug!"

Da erkannte ihn der Manager und trat verblüfft zurück und verbarg sein Erstaunen in einer Verbeugung.

Allan war wie umgewandelt. Er sauste dahin in einem vorwärtsstürmenden Zug, der alle Stationen in einem Tempo passierte, daß die Luft klirrte, und die Schnelligkeit der Bewegung allein brachte ihn wieder auf sich selbst zurück. Er schlief vorzüglich in dieser Nacht. Zum erstenmal seit langer Zeit. Nur einmal wachte er auf. Als der Zug durch den Kanaltunnel donnerte. ‚Sie haben die Stollen viel zu klein gebaut,‘ dachte er und schlief weiter. Am Morgen fühlte er sich frisch und gesund, voller Entschlossenheit. Er sprach vom Zug aus telephonisch mit dem Kapitän des Dampfers und der Direktion der Gesellschaft. Um zehn Uhr erreichte er den Cunardliner, der, fiebernd vor Ungeduld, pfeifende Wolken von Wasserdampf durch die Kamine ausstoßend, auf ihn wartete. Er stand erst mit einem Fuß auf dem Schiff, als die Schrauben schon das Wasser zu flüssigem Marmor peitschten.

Nach einer halben Stunde wußte das ganze Schiff, daß der verspätete Passagier kein anderer als Mac Allan war.

Auf hoher See begann Allan fieberhaft zu depeschieren. Über Biskaya, Azora, Bermuda, New York und Mac City ging ein Regen von Depeschen nieder. Durch die finsteren Stollen unterm Meer zuckte ein belebender Strom: Allan hatte das Steuer wieder in die Hand genommen.

KAPITEL 4

Allans erster Besuch galt Hobby.

Hobbys Landhaus lag etwas abseits von Mac City. Es bestand in der Hauptsache aus Loggien, Balkonen und Veranden und stieß an ein Wäldchen junger Eichen.

Niemand öffnete, als Allan klingelte. Die Klingel schien nicht zu funktionieren. Das Haus machte den Eindruck, als sei es schon seit langer Zeit verlassen. Aber alle Fenster standen weit offen. Auch die Gartentüre war verschlossen, so daß Allan sich kurz entschlossen über den Zaun schwang. Er stand kaum im Garten, als ein Schäferhund angestürzt kam und ihn wütend kläffend stellte. Allan sprach auf den Hund ein, und der Hund gab schließlich den Weg frei, wenn er ihn auch nicht aus den Augen ließ. Der Garten war voll welker Eichenblätter und verwahrlost wie das Haus. Hobby schien ausgegangen zu sein.

Um so größer war Allans Freude und Überraschung, als er Hobby plötzlich vor sich sah. Er saß auf den Stufen, die in den Garten führten, das Kinn in die Hand gestützt, in Gedanken versunken. Er schien nicht einmal gehört zu haben, daß der Hund anschlug.

Hobby war elegant wie immer gekleidet, aber die Kleidung wirkte stutzerhaft, denn es war die Kleidung eines jungen Mannes, und der sie trug, war ein Greis. Hobby trug teure Wäsche mit farbigen Streifen, Lackschuhe mit breiten Sohlen und koketten Seidenschleifen, gelbseidene Strümpfe und eine hechtgraue Hose mit Bügelfalten und Hüftenschnitt. Eine Jacke hatte er nicht an, obschon es empfindlich kühl war.

Er saß in der Haltung eines gesunden, intelligenten Menschen und Allans Freude wallte schon auf. Aber als Hobby den Blick zu ihm emporhob und er seine entstellten kranken Augen sah und sein runzeliges fahles Greisengesicht, wußte er, daß es mit Hobbys Gesundheit noch nicht zum besten stand.

„Da bist du ja wieder, Mac," sagte Hobby, ohne Allan die Hand zu geben und ohne sich zu regen. „Wo warst du?" Und um seine Augen und seinen Mund ordneten sich die Falten zu kleinen Fächern. Er lächelte. Seine Stimme klang immer noch fremd und unrein, wenn auch Allan deutlich Hobbys alte Stimme heraushörte.

„Ich war in Europa, Hobby. Und wie geht's, mein Junge?"

Hobby sah wieder vor sich hin wie vorhin. „Es geht besser, Mac. Auch mein verfluchter Kopf arbeitet schon wieder!"

„Wohnst du denn ganz allein, Hobby?"

„Ja, ich habe die Dienstboten hinausgeworfen. Sie machten zu viel Lärm."

Nun aber schien Hobby plötzlich zu begreifen, daß Allan da war. Er stand auf und drückte ihm die Hand und sah erfreut aus. „Komm herein, Mac! Ja, so geht es, siehst du!"

„Was sagt der Arzt?"

„Der Arzt ist zufrieden. Geduld, sagt er, Geduld."

„Weshalb sind alle Fenster offen? Es zieht ja schauderhaft, Hobby."

„Ich liebe den Luftzug, Mac!" entgegnete Hobby mit einem fremden Lachen.

Er flatterte am ganzen Körper und seine weißen Haare flogen, als sie in sein Arbeitszimmer hinaufstiegen.

„Ich arbeite schon wieder, Mac. Du wirst sehen. Es ist etwas ganz Ausgezeichnetes!" Und Hobby blinzelte mit dem rechten Auge, ganz als ob er den alten Hobby nachahme.

Er zeigte Mac einige Blätter, die mit zitternden wirren Strichen bedeckt waren. Die Zeichnungen sollten alle seinen neuen Hund darstellen. Aber sie waren kaum besser als Zeichnungen von Kindern — und ringsum an den Wänden hingen Hobbys großartige Entwürfe von Bahnhöfen, Museen, Warenhäusern, die alle die Hand des Genies zeigten.

Allan machte ihm die Freude, die Skizzen zu loben.

„Ja, sie sind wirklich gut," sagte Hobby stolz und goß mit bebenden Händen zwei Gläser black and white zusammen. „Es beginnt wieder, Mac. Nur werde ich rasch müde. Bald wirst du Vögel zu sehen bekommen. Vögel! Wenn ich so dasitze, so sehe ich häufig die sonderbarsten Vögel in meinem Kopf — Millionen, und alle bewegen sich. Trink, mein Junge! Trink, trink, trink."

Hobby ließ sich in einen abgeschabten Ledersessel fallen und gähnte.

„War Maud mit in Europa?" fragte er plötzlich.

Allan schrak zusammen und erbleichte. Ein leichtes Schwindelgefühl überkam ihn.

„Maud?" sagte er halblaut, und der Name klang merkwürdig in seinen Ohren, als sei es ein Unrecht, ihn auszusprechen.

Hobby blinzelte und dachte angestrengt nach. Dann stand er auf und sagte: „Willst du noch Whisky haben?"

Allan schüttelte den Kopf. „Danke, Hobby! Ich trinke nichts am Tage." Mit trüben Blicken sah er durch die herbstlichen Bäume hindurch hinaus aufs Meer. Ein kleiner schwarzer Dampfer zog langsam südwärts. Er beobachtete ganz mechanisch, daß der Dampfer plötzlich zwischen einer Astgabel stehen blieb und sich nicht mehr rührte.

Hobby setzte sich wieder und eine lange Zeit waren sie ganz still. Der Wind blies durch das Zimmer und schüttelte das Laub von den Bäumen. Über die Dünen und das Meer liefen rasche Wolkenschatten hintereinander und erweckten ein Gefühl von Hoffnungslosigkeit und ewig neuer Qual.

Dann begann Hobby wieder zu sprechen.

„So ist es zuweilen mit meinem Kopf," sagte er, „siehst du? Ich weiß natürlich alles, was geschehen ist. Aber manchmal verwirren sich meine Gedanken. Maud, die arme Maud! Hast du übrigens gehört, daß Doktor Herz in die Luft geflogen ist? Mit seinem ganzen Laboratorium. Er hat ein großes Loch in die Straße gerissen und dreizehn Menschen mitgenommen."

Doktor Herz war ein Chemiker, der an Sprengstoffen für den Tunnel arbeitete. Allan hatte die Nachricht schon auf dem Dampfer erhalten.

„Es ist zu schade," fügte Hobby hinzu, „diese neue Sache, die er da hatte, muß sicher gut gewesen sein!" Und er lächelte grausam. „Zu schade!"

Allan brachte hierauf das Gespräch auf Hobbys Schäferhund und eine Zeitlang folgte Hobby. Dann sprang er wieder ab.

„Was für ein süßes Mädchen Maud doch war!" sagte er unvermittelt. „Ein Kind! Und doch tat sie immer, als sei sie klüger als alle Menschen. Sie war in den letzten Jahren nicht sehr zufrieden mit dir."

Allan streichelte, in Gedanken versunken, Hobbys Hund.

„Ich weiß es, Hobby," sagte er.

„Ja, sie klagte zuweilen, daß du sie so allein hier sitzen ließest. Nun, ich sagte ihr: sieh, Maud, es geht nicht anders. Einmal haben wir uns auch geküßt. Ich weiß es wie heute. Zuerst spielten wir Tennis und dann fragte Maud alle möglichen Dinge. Gott, wie deutlich ich ihre Stimme jetzt höre! Sie sagte ‚Frank' zu mir ..."

Allan starrte Hobby an. Aber er fragte nichts. Hobby sah in die Ferne und sein Blick war erschreckend glänzend.

Nach einer Weile erhob sich Allan, um zu gehen. Hobby begleitete ihn bis zur Gartentür.

„Nun, Hobby," sagte Allan, „willst du nicht mit mir kommen?"

„Wohin?"

„In den Tunnel." Da verfärbte sich Hobby und seine Wangen zitterten.

„Nein — nein ..." erwiderte er mit einem scheuen, unsicheren Blick. Und Allan, der seine Frage bereute, sah, daß Hobby am ganzen Körper zitterte.

„Adieu, Hobby, morgen komme ich wieder!"

Hobby stand unter der Gartentür, den Kopf leicht geneigt, fahl, mit kranken Augen, und der Wind spielte mit seinen weißen Haaren. Gelbe, dürre Eichenblätter wirbelten um seine Füße. Als der Hund Allan wütend nachbellte, lachte Hobby — ein krankes, kindisches Lachen, das Allan noch am Abend in den Ohren klingen hörte.

Schon in den nächsten Tagen trat Allan wieder mit der Arbeiter-Union in Verbindung. Er hatte das Empfinden, als ob man jetzt zu einer Verständigung geneigter sei. In Wirklichkeit konnte die Union die Sperre über den Tunnel nicht länger aufrecht erhalten. Die „Farmhands" kamen mit dem Eintritt des Winters zu Tausenden vom Westen und suchten Beschäftigung. Die Union hatte im vorigen Winter ungeheure Summen für Arbeitslose ausgeschüttet und dieser Winter würde sie noch teurer zu stehen kommen. Seit die Arbeit im Tunnel still stand, war auch die Beschäftigung in den Bergwerken, Eisenhütten und Maschinenfabriken unerhört zurückgegangen und ein Heer von Menschen war auf die Straße geworfen worden. Die Löhne sanken infolge des großen Angebots von Arbeitskräften, so daß selbst die Beschäftigten nur ein karges Auskommen fanden.

Die Union berief Meetings und Versammlungen ein, und Allan sprach in New York, Cincinnati, Chicago, Pittsburg und Buffalo. Er war zäh und unermüdlich. Seine Stimme rauschte wie ehedem durch den Brustkorb und seine Faust sauste gewaltig durch die Luft, während er sprach. Nun, da sich seine elastische Natur wieder aufgerichtet hatte, schien auch jene alte Macht wieder von ihm auszuströmen wie früher. Die Presse hallte wider von seinem Namen.

Seine Sache stand günstig. Allan hoffte die Arbeit im November, spätestens Dezember wieder aufnehmen zu können.

Da aber zog sich — für Allan ganz unerwartet — ein zweites Ungewitter über dem Syndikat zusammen. Ein Ungewitter, das weitaus verheerendere Folgen haben sollte als die Oktober-Katastrophe.

Durch den finanziellen Riesenbau des Syndikats ging ein böses Knistern ...

KAPITEL 5

S. Woolf fuhr mit der gleichen Würde wie früher in seinem 50 HP.-Car den Broadway entlang. Er erschien wie sonst Punkt elf Uhr im Klub zum Poker und trank seine Tasse Kaffee. Er wußte recht wohl, daß nichts die Welt argwöhnischer macht als eine Änderung der Lebensführung, und so spielte er nach außen hin seine Rolle in allen Einzelheiten weiter.

Aber er war nicht mehr der alte. S. Woolf hatte seine Sorgen, die er ganz allein tragen mußte. Das war nicht leicht! Es genügte ihm nicht mehr, zur Erholung mit einer seiner Nichten und Göttinnen zu Abend zu speisen. Seine überreizten Nerven brauchten Orgien, Exzesse, Zigeunermusik und Tänzerinnen zur Betäubung. Nachts, wenn er zuckend vor Übermüdung auf dem Bett lag, brannte sein Hirn lichterloh. Es kam dahin, daß er sich Abend für Abend an schwerem Wein berauschte, um Schlaf zu finden.

S. Woolf war ein guter Haushalter. Sein enormes Einkommen genügte vollkommen zur Deckung seiner Extravaganzen. Das war es nicht. Aber er war vor zwei Jahren in einen Mahlstrom ganz anderer Art geraten und trotz seinen gewaltigen Schwimmstößen, mit denen er wieder das glatte Wasser zu erreichen suchte, trieb er Monat für Monat dem kreisenden Strudel näher.

S. Woolfs zottiger Büffelschädel hatte einen napoleonischen Gedanken ausgebrütet. Er hatte mit diesem Gedanken gespielt, er war verliebt um ihn herumgeschlichen. Er hatte ihn gepflegt und großgefüttert. Zu seinem Vergnügen, in seinen Mußestunden. Der Gedanke war gewachsen wie der Dschinn aus der Flasche, die der arabische Fischer fand, ein Phantom aus Rauch. S. Woolf konnte ihm befehlen, wieder in die Flasche zurückzukriechen und ihn in der Westentasche mit sich tragen. Aber eines Tages sagte der Dschinn: „Stop!" Der Dschinn hatte sich ausgewachsen zur normalen Größe, er stand da wie ein Wolkenkratzer, blitzte mit den Augen und donnerte und wollte nicht mehr in die Flasche zurück.

S. Woolf mußte sich entscheiden!

S. Woolf pfiff auf Geld. Die kläglichen Zeiten waren längst vorüber, da ihm das Geld an sich etwas bedeutete. Er konnte es aus dem Schmutz der Straße schöpfen, aus der Luft, es lag in seinem Hirn zu Millionen angehäuft und er brauchte es nur herauszuschlagen. Ohne Namen, ohne einen Pfennig in der Tasche, verpflichtete er sich, in einem Jahr ein Vermögen zu schaffen. Das Geld war nichts! Nur Mittel zum Zweck. S. Woolf war ein Trabant, der um Allan kreiste. Er wollte ein Mittelpunkt werden, um den die andern kreisten! Das Ziel war erhaben, würdig, und S. Woolf entschied sich.

Weshalb sollte er nicht dasselbe tun, was all die andern getan hatten, diese Lloyds und Großmächte ringsum? Es war nichts anderes, es war genau das gleiche, was der junge Wolfsohn vor zwanzig Jahren getan hatte, als er alles auf eine Karte setzte, sich elegant kleidete, dreißig Mark in sein Gebiß steckte und nach England abdampfte. Es war sein Gesetz, das ihm eingeborene Gesetz, das ihn zwang, in bestimmten Perioden gleich zu handeln.

S. Woolf wuchs in diesem Moment über sich hinaus, sein Dämonium streckte ihn ins Überlebensgroße.

Sein Plan war fertig, eingraviert in seinen Schädel, haarscharf, unsichtbar für andere Menschen. In zehn Jahren würde es eine neue Großmacht geben, die Großmacht S. Woolf. In zehn Jahren würde die Großmacht S. Woolf den Tunnel annektieren.

Und S. Woolf machte sich ans Werk.

Er tat, was Tausende vor ihm taten, niemals aber tat es jemand in seinem ungeheuren Maßstab! Er ging nicht auf ein Vermögen. Er hatte berechnet, daß er 50 Millionen Dollar für seinen Plan nötig hatte. Und so ging er auf 50 Millionen Dollar. Er handelte kühn, kalt, von Gewissensbissen und Vorurteilen verschont.

Er spekulierte auf eigene Rechnung, obgleich sein Vertrag ihm das ausdrücklich untersagte. Nun, sein Vertrag war ein Stück Papier, tot und nichtig, und diese Bedingung war gerade von jenen andern Großmächten eingefügt worden, um ihm die Hände zu binden. Er kümmerte sich nicht darum. Er kaufte die gesamte Baumwolle Südfloridas und verkaufte sie eine Woche später und verdiente zwei Millionen Dollar. Mit dem Syndikat im Rücken machte S. Woolf seine Geschäfte, ohne daß er einen Dollar des Syndikats dazu benötigte. In einem Jahre brachte er fünf Millionen Dollar auf seine Seite. Mit diesen fünf Millionen ging er in geschlossener Reihe auf den westindischen Tabak los. Aber ein Zyklon zerstörte die Tabakkulturen und die fünf Millionen waren bis auf ein Bataillon von Krüppeln aufgerieben. S. Woolf gab den Kampf nicht auf. Er versuchte es wieder mit der Baumwolle und siehe da, die Baumwolle blieb ihm treu. Er gewann. Er geriet in eine Gewinnserie, gewann immerzu und lieferte erstklassige Schlachten. Dann aber fiel er unerwartet in einen Hinterhalt. Das Kupfer schlug ihn, das er umzingelt hatte. Es waren unbekannte Kupfervorräte da, die ihm in den Rücken fielen und ihn total aufrieben. Er verlor viel Blut und war gezwungen, eine Anleihe bei den Reserven des Syndikats zu machen. Der Strudel hatte ihn erfaßt. S. Woolf pumpte sich die Brust voller Luft und stach in See — aber der Strudel saugte. S. Woolf schwamm großartig, aber er kam nicht von der Stelle. Blickte er zurück, so mußte er konstatieren, daß er Terrain zugesetzt hatte. S. Woolf schwamm verzweifelt und schwor sich, wenn er wieder ins glatte Wasser käme, vorläufig Luft schöpfen und sich von weiteren Abenteuern fernhalten zu wollen.

Das waren S. Woolfs Sorgen, die ihm niemand abnehmen konnte.

Im vorigen Jahre war es ihm noch gelungen, eine befriedigende Bilanz hinzuzaubern. Noch genoß er das volle Vertrauen des Syndikats.

Die Zeiten waren schlecht, die Oktober-Katastrophe hatte den Markt verwüstet, und S. Woolf ergraute, wenn er an den kommenden Januar dachte.

Es ging auf Leben und Tod.

Geld! Geld! Geld!

Es fehlten ihm drei bis vier Millionen Dollar. Eine Kleinigkeit verhältnismäßig. Zwei, drei gelungene Coups und er hatte wieder Boden unter den Füßen.

Es galt, und S. Woolf verteidigte sich heroisch.

Er stürzte sich vorerst in einen weniger gefährlichen Kleinkrieg, aber als der Sommer kam und er nur schrittweise Boden gewonnen hatte, war er gezwungen, ein großes Treffen anzunehmen. S. Woolf zögerte nicht, ins Feuer zu gehen. Er versuchte es nochmals mit der Baumwolle und legte seine Hand gleichzeitig auf das Zinn. Wenn diese Riesenspekulationen nur einigermaßen gelangen, so war er gerettet.

Monatelang lebte er in Schlafwagen und Schiffskabinen.

Er bereiste Europa und Rußland, um nach Stellungen auszuspähen, die einen Sturm lohnten. Seine persönlichen Ausgaben schränkte er nach Möglichkeit ein. Weder Extrazüge noch Salonwagen mehr, S. Woolf begnügte sich mit einem regulären Kupee erster Klasse. In London und Paris kündigte er seinen Königinnen, die große Summen verschlangen. Sie verteidigten ihre Festungen mit Schaum vor den bleichen Lippen. Allein sie hatten nicht daran gedacht, daß sie mit S. Woolf kämpften, der mit der Möglichkeit einer plötzlichen Auflösung seines Hofstaates seit einem Jahr gerechnet hatte und die Göttinnen schon seit Monaten durch Detektive beobachten ließ. Er wies ihnen mit vorzüglich gespielter Empörung nach, daß sie am 10. Mai, 15. Mai, 16. Mai — an dem und jenem Datum — mit Herrn X. und Z. da und da gewesen seien — auf kleinen „Erholungsreisen" — er ließ aus Sprechmaschinen alle Gespräche, die geführt worden waren, vor den Entsetzten wiederholen, er zeigte ihnen, daß Böden und Decken angebohrt waren und an jeder Öffnung Tag und Nacht ein Auge und ein Ohr gelauert hatte — bis die Königinnen Herzkrämpfe bekamen. Dann setzte er sie auf die Straße.

Er fuhr wie ein Rachegott über Europa hin und entließ eine Schar seiner Befehlshaber und Agenten.

Er verkaufte die Zechen in Westfalen und die Eisenhütten in Belgien, er zog sein Geld von der schweren Industrie zurück, wo immer es anging und warf es auf andere Werte, die momentan mehr Aussichten hatten. Mit brutaler Rücksichtslosigkeit stellte er die Grundstückspekulanten in London, Paris und Berlin, die Bodenwerte in Biskaya und Azora besaßen und infolge der Krise mit den Zahlungen in Rückstand gekommen waren. Sie mußten den tiefen Sturz machen. Eine Menge kleiner Banken ging in Splitter. S. Woolf kannte keine Gnade, er kämpfte um sein Leben. In Petersburg hatte er gegen das hübsche Trinkgeld von drei Millionen Rubel eine hundert Millionen Rubel Holzkonzession in Nordsibirien erhalten, die sich mit zwanzig Prozent rentierte. Er verwandelte das Unternehmen in eine Aktiengesellschaft und zog die Hälfte des Syndikatkapitals zurück. Aber unter solch gerissenen Bedingungen, daß das Syndikat in Zukunft nahezu das gleiche Einkommen hatte. Die Manipulationen streiften das Gesetzbuch — aber für den äußersten Fall hatte er seine Trinkgelder bei der Hand. Er schuf Geld, wo immer er konnte.

Ein Mann wie S. Woolf kann sich — bei einer ununterbrochenen schärfsten Einstellung auf alle Erfahrungen, alles Wissen — nur auf seinen Instinkt verlassen. Wie ein Mathematiker in dem Wald komplizierter Formeln verloren wäre, wenn er den Gedanken Herr über sich werden ließe, daß am Anfang ein Fehler sei, so wurde ein Mann wie S. Woolf nur durch die Überzeugung aufrecht erhalten, daß alles, was er getan hatte, das einzig Richtige gewesen war. S. Woolf folgte seinem Instinkt. Er mußte siegen, er glaubte es.

Die europäische Hetzjagd ließ ihm zu nichts anderem Zeit. Aber er konnte es nicht übers Herz bringen, nach Amerika zurückzukehren, ohne seinen Vater besucht zu haben. Er gab ein dreitägiges Fest, an dem ganz Szentes teilnahm. Hier in seiner Heimat, in dem gleichen ungarischen Nest, in dem ihn eine arme Frau zur Welt gebracht hatte, sollten ihn die ersten beunruhigenden Telegramme einholen.

Einige seiner kleineren Spekulationen waren mißglückt, die Vorposten seiner Armee geschlagen. Das erste Telegramm schob er gleichmütig in seine weite amerikanische Hosentasche. Beim zweiten hörte er plötzlich die Sänger nicht mehr, als sei er für Momente taub geworden, und beim dritten ließ er anspannen und fuhr zur Station. Er hatte kein Auge für die in der Sonne röstende, wohlbekannte Landschaft, sein Auge sah in die Ferne, bis New York, in Mac Allans Gesicht!

In Budapest erwartete ihn eine neue Hiobsbotschaft: der Baumwollen-Corner war nicht länger ohne Riesenverluste zu halten und der Agent wollte wissen, ob er verkaufen solle. S. Woolf zögerte. Er schwankte, aber nicht aus Überlegung, sondern aus Unsicherheit. Vor drei Tagen noch hätte er Millionen an der Baumwolle gewonnen und doch hatte er keinen Ballen unter seinem Preis abgegeben. Warum? Er kannte die Baumwolle, denn er hatte drei Jahre nur in Baumwolle gearbeitet. Er kannte den Markt, Liverpool, Chikago, New York, Rotterdam, New Orleans — jeden einzelnen Broker — er kannte das Gesetz der Kurse, tauchte täglich in die Zahlenwälder der Börsen unter, er lauschte mit seinem feinen Ohr über die Welt und empfing täglich ungezählte drahtlose Telegramme, die durch die Luft gehen und die nur jene aufnehmen und entziffern können, die mit den Chiffern vertraut sind. Er war wie ein Seismograph, das die feinsten Erschütterungen und Beben aufzeichnet, und registrierte jede Schwankung des Marktes.

In Budapest nahm er den Expreß nach Paris und erst in Wien gab er dem Agenten in Liverpool Order zu verkaufen. Er verlor Blut dabei — es war eine aufgeflogene Festung! — aber er hatte plötzlich nicht mehr den Mut, alles zu riskieren.

Eine Stunde später schon bereute er diese Order, aber er konnte sich nicht entschließen, sie zu widerrufen. Zum erstenmal in seiner Tätigkeit mißtraute er seinem Instinkt.

Er fühlte sich matt, schlaff wie nach einer Orgie, ohne Entschluß und wartete auf etwas. Es kam ihm vor, als sei schwächendes Gift in sein Blut gekommen. Böse Ahnungen durchschauerten ihn und zuweilen hatte er leichtes Fieber. Er fiel in Halbschlaf, aber bald wachte er wieder auf. Er träumte, er spreche durch seinen Officeapparat mit den Vertretern der großen Städte und alle — einer nach dem andern — riefen ihm durch das Telephon zu, daß alles verloren sei. Er erwachte, als die Stimmen sich zu einem lamentierenden Unglückschor vereinigten. Aber was er gehört hatte, war nichts als das Schleifen des Zuges, der bei einer Kurve die Bremsen angeschlagen hatte. Er saß und starrte in die kalte Lampe an der Decke des Abteils. Dann nahm er sein Notizbuch zur Hand und begann zu rechnen. Während er rechnete, schlich sich eine Lähmung durch seine Füße und Arme und kroch auf das Herz zu: er wagte nicht, die Verluste in Liverpool mit nackten Zahlen hinzuschreiben.

‚Ich darf nicht verkaufen!' sagte er zu sich. ‚Ich will telegraphieren, sobald der Zug hält. Warum haben sie kein Telephon im Zug, diese Hinterwäldler? Wenn ich jetzt verkaufe, so bin ich tot, im Fall das Zinn nicht vierzig Prozent bringt und das ist unmöglich! Ich muß alles riskieren, das ist die letzte Möglichkeit!'

Er sprach Ungarisch! Auch das war merkwürdig, denn gewöhnlich machte er seine Geschäfte in Englisch, die einzige Sprache, in der man über Geld richtig reden kann.

Als aber der Zug plötzlich stillstand, hielt ihn eine Lähmung auf dem Polster zurück. Er dachte daran, daß seine ganze Armee mit allen Reserven jetzt im Feuer stand. Und er glaubte nicht an diese Schlacht, nein! Sein Kopf war voller Zahlen. Wo er hinblickte standen Posten, sieben-, achtstellige. Zahlenstaffeln, Summen von enormer Länge. Diese Zahlen waren alle akkurat gedruckt, kalt, aus Eisen geschnitten. Diese Zahlen erschienen ganz von selbst, sie veränderten sich willkürlich, sie schwenkten eigenwillig von der Debet- zur Kreditseite über, oder sie verschwanden plötzlich, als seien sie erloschen. Ein verwirrendes Kaleidoskop, in dem Zahlen rasselten. Wie Schuppenpanzer klirrten sie nieder, winzig klein, oder sie glommen in gigantischer Größe einsam und düster drohend im öden schwarzen Raum. Sie setzten ihn in kalten Schweiß und er befürchtete, irrsinnig zu werden. So groß und grausam war ihre Wut, daß er in seiner Hilflosigkeit weinte.

Totgehetzt von Zahlen kam er in Paris an. Nach einigen Tagen erst fand er seine Ruhe einigermaßen zurück. Es ging ihm wie einem Mann, der ohne jedes Anzeichen von Krankheit plötzlich auf der Straße umsinkt und, obwohl nach einigen Stunden wieder hergestellt, doch nur mit Bangen an dieses Symptom von Verfall denkt.

Eine Woche später erfuhr er, daß sein Instinkt ihn nicht betrogen hatte.

Der Baumwollen-Corner war, sobald er verkaufte, in andere Hände übergegangen. Ein Konsortium hatte ihn an sich gebracht, eine Woche gehalten und mit einem Millionengewinn verkauft.

S. Woolf schäumte vor Wut! Wenn er seinem Instinkt gefolgt wäre, so wäre er jetzt auf solidem Grund!

Das war sein erster großer Fehler. Aber in den nächsten Tagen beging er den zweiten. Er hielt das Zinn zu lange. Drei Tage zu lange und verkaufte dann. Er gewann noch immer, aber vor drei Tagen hätte er das Doppelte gewonnen. Er gewann zwölf Prozent, vor drei Tagen hätte er fünfundzwanzig gewonnen. Fünfundzwanzig! und er wäre in Sicht des Festlandes gewesen! S. Woolf wurde grau im Gesicht.

Was war es, daß er nun Fehler über Fehler machte? Die Baumwolle verkaufte er eine Woche zu früh, das Zinn drei Tage zu spät! Er war unsicher geworden, nichts sonst. S. Woolfs Hände waren fortwährend mit Schweiß bedeckt und zitterten. Er taumelte zuweilen auf der Straße, von einer plötzlichen Schwäche überfallen, und häufig fehlte ihm der Mut, über einen Platz zu gehen.

Es war Oktober. Es war genau der zehnte Oktober, der Jahrestag der Katastrophe. Er hatte noch drei Monate Zeit und es gab noch immer eine geringe Möglichkeit, daß er sich rettete. Aber er mußte ein paar Tage ruhen und sich erholen.

Er reiste nach San Sebastian.

Aber gerade als er drei Tage da war und sich sein Zustand schon soweit gebessert hatte, daß ihn die Damen zu interessieren anfingen, erreichte ihn ein Telegramm Allans: seine persönliche Anwesenheit in New York sei unbedingt erforderlich. Allan erwarte ihn mit dem nächsten Dampfer.

S. Woolf nahm den nächsten Zug.

KAPITEL 6

Eines Tages im Oktober hatte sich zu Allans großer Verwunderung Ethel Lloyd bei ihm anmelden lassen.

Sie trat ein und warf einen raschen Blick durchs Zimmer. „Sind Sie allein, Allan?" fragte sie lächelnd.

„Ja, Fräulein Lloyd, ganz allein."

„Das ist gut!" Ethel lachte leise. „Haben Sie keine Angst, ich bin kein Erpresser. Pa schickt mich zu Ihnen. Ich soll einen Brief an Sie abgeben, aber nur, wenn Sie allein sind."

Sie zog einen Brief aus dem Mantel.

„Danke," sagte Allan und nahm den Brief in Empfang.

„Es ist gewiß etwas merkwürdig," fuhr Ethel lebhaft fort, „aber Pa ist so sonderbar in manchen Dingen." Und Ethel begann frisch und ungeniert, wie es ihre Art war, zu plaudern und hatte Allan, der mit den Worten sparsam umging, bald in ein Gespräch gezogen, dessen Kosten sie größtenteils bestritt. „Sie sind in Europa gewesen?" fragte sie. „Ja, wir haben eine wunderbare Sache diesen Sommer gemacht, zu fünft, zwei Herren, drei Damen. Wir fuhren in einem Zigeunerwagen bis nach Kanada hinauf. Immer in frischer Luft. Schliefen im Freien, kochten selbst, es war wunderbar! Wir hatten ein Zelt mit uns und ein kleines Ruderboot auf dem Dach des Wagens. — Das sind wohl Pläne?"

Mit der ihr eignen Freimut ließ Ethel den Blick durch den Raum gehen, ein nachdenkliches Lächeln auf den schöngeschwungenen, lebhaft rot gefärbten Lippen.

(Das war momentan Mode.) Sie trug einen seidenen Mantel von der Farbe angereifter Pflaumen, einen kleinen runden Hut, der eine Nuance heller war und von dem eine graublaue Straußenfeder bis zur Schulter herabhing. Das matte, verwischte Graublau ihres Kostüms ließ ihre Augen viel blauer erscheinen, als sie wirklich waren. Wie dunkeln Stahl.

Allans Arbeitsraum war erschreckend nüchtern. Ein abgetretener Teppich, ein paar Ledersessel, ohne die es nicht geht, ein Tresor. Ein halbes Dutzend Arbeitstische mit Stößen von Schriftstücken, die mit Bruchproben von Stahl beschwert waren. Regale mit Rollen und Mappen. Ein Wust von Papieren, scheinbar willkürlich durch den Raum gefegt. Die Wände des großen Raumes waren vollkommen mit riesigen Plänen bedeckt, die die einzelnen Baustrecken darstellten. Mit den fein eingezeichneten Meerestiefenmaßen und der angetuschten Tunnelkurve sahen sie aus wie Zeichnungen von Hängebrücken.

Ethel lächelte. „Wie hübsch Sie Ordnung halten!" sagte sie.

Die Nüchternheit des Raumes enttäuschte sie nicht. Sie dachte an „Pa's" Bureau, dessen ganze Ausstattung aus einem Schreibtisch, einem Sessel, Telephon und Spucknapf bestand.

Dann sah sie Allan in die Augen. „Ich glaube, Allan, Ihre Arbeit ist die interessanteste, die je ein Mensch ausführte!" sagte sie mit einem Blick voll aufrichtiger Bewunderung. Plötzlich aber sprang sie entzückt auf und klatschte in die Hände.

„Ja, Gott, was ist das!" rief sie begeistert aus. Ihr Blick war durchs Fenster gefallen und sie sah New York liegen.

Aus tausend flachen Dächern stiegen dünne weiße Dampfsäulen empor in die Sonne, schnurgerade. New York arbeitete, New York stand unter Dampf wie eine Maschine, die aus allen Ventilen pfeift. Die Fensterfronten der zusammengerückten

Turmhäuser blitzten. Tief unten im Schatten der Broadwayschlucht krochen Ameisen, Punkte und winzige Kärrchen. Von oben gesehen sahen Häuserblöcke, Straßen und Höfe wie Zellen aus, Waben eines Bienenstockes, und man wurde unwillkürlich zu dem Gedanken gedrängt, daß die Menschen diese Zellen aus einem ähnlichen animalischen Instinkt erbauten, wie die Bienen die Waben. Zwischen zwei Gruppen von weißen Wolkenkratzern sah man den Hudson und darauf zog ein winziger Dampfer, ein Spielzeug mit vier Kaminen, ein Ozeangigant von 50000 Tonnen.

„Ist es nicht herrlich!" rief Ethel wieder und wieder aus.

„Haben Sie New York noch nie von der Höhe aus gesehen?"

Ethel nickte. „Doch," sagte sie, „ich bin zuweilen mit Vanderstyfft darüber geflogen. Aber in der Maschine zieht es so, daß man immer den Schleier festhalten muß und nichts sieht."

Ethel sprach natürlich und schlicht und ihr ganzes Wesen strömte Einfachheit und Herzlichkeit aus. Und Allan fragte sich, weshalb er sich in ihrer Nähe nie ganz behaglich fühlte. Er vermochte es nicht, ohne Rückhalt mit ihr zu plaudern. Vielleicht irritierte ihn nur ihre Stimme. Im großen und ganzen gibt es in Amerika zwei Arten weiblicher Stimmen: eine weiche, die ganz tief im Kehlkopf klingt (so sprach Maud), und eine scharfe, etwas nasale, die sich keck und aufdringlich anhört. So war Ethels Stimme.

Dann ging Ethel. Unter der Türe fragte sie Allan noch, ob er nicht gelegentlich auf ihrer Jacht einen kurzen Ausflug mitmachen wolle.

„Ich habe gegenwärtig viele Verhandlungen, die meine ganze Zeit beanspruchen," lehnte Allan ab und riß Lloyds Brief auf.

„Nun, dann ein andermal! Good bye!" rief Ethel fröhlich und ging.

Der Brief Lloyds enthielt nur ein paar Worte. Er war ohne Unterschrift: „Haben Sie ein Auge auf S. W."

S. W. war S. Woolf. Allan hörte plötzlich das Blut in den Ohren sieden.

Wenn Lloyd ihn warnte, so geschah es nicht ohne Grund! War es Lloyds Instinkt, der Verdacht schöpfte? Lloyds Spione? Schlimme Ahnungen erfüllten ihn. Geldgeschäfte waren nicht seine Sache und er hatte sich nie um S. Woolfs Ressort gekümmert. Das war Sache des Verwaltungsrates und es war all die Jahre ausgezeichnet gegangen.

Er rief sofort Rasmussen, den Vertreter S. Woolfs, zu sich. Ganz unauffällig bat er ihn, eine Kommission vorzuschlagen, die zusammen mit ihm, Rasmussen, den gegenwärtigen finanziellen Stand des Syndikats genau festsetzen sollte. Er wolle die Arbeit bald aufnehmen und wissen, welche Summen sich in nächster Zeit flüssig machen ließen.

Rasmussen war ein distinguierter Schwede, der seine europäischen Höflichkeitsformen während eines zwanzigjährigen Aufenthaltes in Amerika bewahrt hatte.

Er verbeugte sich und fragte: „Wünschen Sie die Kommission noch heute vorgeschlagen zu erhalten, Herr Allan?"

Allan schüttelte den Kopf. „So eilig ist es durchaus nicht, Rasmussen. Aber morgen vormittag. Werden Sie bis dahin Ihre Wahl treffen können?"

Rasmussen lächelte. „Gewiß!"

An diesem Abend sprach Allan mit Erfolg in der Versammlung der Gewerkschafts-Delegierten.

An diesem Abend erschoß sich Rasmussen.

Allan erbleichte, als er es erfuhr. Er rief augenblicklich S. Woolf zurück und ordnete sofort eine geheime Revision an. Der Telegraph spielte Tag und Nacht. Die Revision stieß auf ein unentwirrbares Chaos. Es zeigte sich, daß Veruntreuungen, deren Höhe sich im Moment nicht feststellen ließ, durch falsche Buchungen und raffinierte Manipulationen vertuscht worden waren. Ob Rasmussen oder S. Woolf oder andere dafür verantwortlich waren, ließ sich nicht sofort erkennen. Ferner fand es sich, daß S. Woolfs letztjährige Bilanz eine Verschleierung war und der Reservefonds ein Minus von sechs bis sieben Millionen Dollar aufwies.

KAPITEL 7

S. Woolf fuhr über den Ozean, ohne den leisesten Verdacht zu haben, daß ihn zwei Detektive begleiteten.

Er war zur Überzeugung gekommen, daß es das beste war, Allan von den Verlusten in Kenntnis zu setzen. Allein er fügte hinzu, daß sich diese Verluste durch andere gewinnverheißende Transaktionen bis auf eine Lappalie ausgleichen dürften. Danach fühlte er sich freier. Als er funkentelegraphisch von Rasmussens Selbstmord hörte, überkam ihn das Grauen. Er jagte eine Depesche hinter der anderen nach New York. Er erklärte, daß er für Rasmussen einstehe und sofort eine Revision anbahnen werde. Allan antwortete, er solle nicht weiter telegraphieren, sondern ihn augenblicklich nach seiner Ankunft in New York aufsuchen.

S. Woolf ahnte nicht, daß das Messer für ihn schon bereit lag. Er hoffte immer noch, die Revision persönlich leiten zu können und einen Ausweg zu finden. Vielleicht war der tote Rasmussen sogar seine Rettung! Er war, um sich aufs Trockene zu schwingen, zu allem entschlossen — wenn es sein müßte, zu einer Schurkerei. Und was er an dem toten Rasmussen sündigte, das konnte er ja an der hinterbliebenen Familie wieder gutmachen.

Der Dampfer hatte in Hoboken kaum festgemacht, als Woolf schon in seinem Car saß und nach Wallstreet fuhr. Er ließ sich sofort bei Allan anmelden.

Allan ließ ihn warten, fünf Minuten, zehn Minuten, eine Viertelstunde. Woolf war befremdet. Und mit jeder Minute sank sein Mut, mit dem er sich bis zum Hals vollgepumpt hatte. Als ihn Allan endlich eintreten ließ, verbarg er seine erschütterte Sicherheit hinter einem asthmatischen Schnaufen, das sich bei ihm ganz natürlich anhörte.

Den steifen Hut im Nacken, die Zigarre im Mund, trat er ein und begann schon unter der Tür zu reden. „Sie lassen Ihre Leute warten, Herr Allan, das muß ich sagen!" rasselte er vorwurfsvoll, mit einem fetten Lachen, und nahm den Hut ab, um sich die Stirn zu trocknen. „Wie geht es Ihnen?"

Allan erhob sich. „Da sind Sie ja, Woolf!" sagte er ruhig, ohne einen verräterischen Klang in der Stimme, und suchte mit den Blicken etwas auf seinem Arbeitstisch.

Der Ton Allans ermutigte Woolf wieder, er sah wieder Licht, aber es fuhr ihm plötzlich wie ein eiskaltes Messer am Rücken entlang, daß Allan ihn nur „Woolf" und nicht „Mr. Woolf" nannte. Diese Vertraulichkeit war einst einer seiner intimen Wünsche gewesen, nun aber schien sie ihm kein gutes Anzeichen zu sein.

Er warf sich ächzend in einen Sessel, biß eine neue Zigarre ab, daß seine Zähne klappten, und setzte sie in Brand.

„Was sagen Sie zu Rasmussen, Herr Allan?" begann er, nach Atem ringend und schwenkte das Streichholz, bis es erlosch, und warf es auf den Boden. „Ein solch außerordentlich begabter Mensch! Schade um ihn! Er hätte uns eine hübsche Sache zusammenmischen können, bei Gott! Wie ich schon telegraphierte, ich stehe für Rasmussen ein!"

Er brach ab, denn Allans Blick hatte ihn getroffen. Dieser Blick war kühl, nichts sonst. Er war so bar aller menschlichen Anteilnahme, alles menschlichen Interesses, daß er beleidigend wirkte und S. Woolf augenblicklich den Mund verschloß.

„Rasmussen ist ein Kapitel für sich," entgegnete Allan in geschäftsmäßigem Ton und nahm einen Stoß Telegramme vom Tisch, „wir wollen keine Umwege machen und von Ihnen reden, Woolf!"

Um Woolfs Ohren pfiff ein eisiger Wind.

Er beugte sich vor, plusterte mit den Lippen und nickte, wie ein Mensch, der einen Tadel entgegennimmt und seine Blamage zugibt. Dann holte er einen tiefen Atemzug aus der Brust hervor und sagte mit einem ernsten, glühenden Blick: „Ich habe Ihnen schon telegraphiert, Herr Allan, daß ich diesmal keine glückliche Hand hatte. Die Baumwolle verkaufte ich eine Woche zu früh, weil ich mich von meinem Liverpooler Agenten, diesem Idioten, ins Bockshorn jagen ließ. Das Zinn zu spät. Ich bedaure die Verluste, aber sie lassen sich wieder gutmachen. Es ist kein Vergnügen, zugeben zu müssen, daß man Dreck im Kopfe hatte, glauben Sie mir das!" schloß er und richtete sich ächzend im Sessel auf und lachte leise. Aber das Lachen, das selbstanklagend und nachsichtheischend klingen sollte, gelang ihm nicht recht.

Allan machte eine ungeduldige Bewegung mit dem Kopfe. Er kochte innerlich vor Wut und Empörung. Vielleicht hatte er nie einen Menschen mehr gehaßt als diesen haarigen, fremdrassigen Asthmatiker in diesem Augenblick. Nun, nach einem Jahre — einem elendiglich verlorenen Jahre — da er mit äußerster Anstrengung alles wieder auf solide Geleise gesetzt hatte, mußte dieser verbrecherische Börsenjobber ihm von neuem alles über den Haufen werfen! Er hatte keinen Grund, ihn sanft anzupacken, und so machte er seinen Mann schonungslos und rasch nieder. „Darum handelt es sich nicht," entgegnete er ruhig wie vorhin und nur seine Nasenflügel blähten sich auf. „Das Syndikat wird keine Minute zögern, Sie zu decken, wenn Sie im Dienste der Gesellschaft Verluste erleiden. Aber —" und Allan ließ den Arbeitstisch los, an dem er lehnte und stand aufrecht und sah Woolf mit Augen an, die nichts waren als Pupille und beherrschte Mordgier — „Ihre vorjährige Bilanz war Humbug, mein Herr! Humbug! Sie haben auf eigene Rechnung spekuliert und sieben Millionen Dollar unterschlagen!"

S. Woolf sank wie ein Baum. Er wurde grau wie Erde. Seine Züge vermoderten. Er griff mit der fleischigen Hand an sein Herz und fiel, nach Luft schnappend, zurück. Sein Mund stand fassungslos und läppisch offen und seine blutunterlaufenen Augen quollen aus dem Kopf.

Allan wechselte die Farbe; er wurde blaß und rot vor Anstrengung, sich zu beherrschen. Dann fügte er mit der gleichen Ruhe und Kälte hinzu: „Sie können ja selbst nachsehen!" Und er warf den Stoß von Telegrammen nachlässig vor Woolfs Füße, daß sie über den Boden flatterten.

S. Woolf lag noch immer nach Luft ringend im Sessel. Der Boden sank unter ihm, seine Füße wurden zu Wolken, sein rasselnder Atem klang ihm in den eigenen Ohren wie das Brausen eines Wasserfalls. Er war so überrumpelt, so betäubt von diesem turmhohen Sturze, daß er für die Beleidigung, die in dem nachlässigen Hinwerfen der Telegramme lag, gar keine Empfindung hatte. Die grauen Lider senkten sich wie Deckel über seine Augen. Er sah nichts. Er sah Nacht, kreisende Nacht, dachte, er würde sterben, flehte den Tod herbei ... und dann erwachte er wieder und fing an zu begreifen, daß es keine Lüge mehr gab, die ihn aufs Trockene trug.

„Allan —?" stammelte er.

Allan schwieg.

S. Woolf tauchte wieder in den Strudel hinab, keuchte wieder empor und schlug endlich die Augen auf, eingesunkene Augen, verfault wie bei Fischen, die lange liegen. Dann setzte er sich keuchend aufrecht. „Unsere Lage war verzweifelt, Allan," stammelte er und seine Brust warf sich stoßweise vor Luftmangel, „ich wollte Geld schaffen — Geld um jeden Preis —!"

Allan fuhr empört auf. Das Recht der Lüge hat jeder Verzweifelnde. Aber er hatte kein Mitleid mit diesem Mann, er empfand nichts für ihn, nichts, nichts als Haß und Wut. Er wollte kurzen Prozeß mit ihm machen und dann fort mit ihm! Seine Lippen waren schneeweiß vor Erregung, als er entgegnete: „Sie hatten bei der Budapester Bank eineinhalb Millionen auf den Namen Wolfsohn deponiert, in Petersburg eine Million und vorübergehend in London und an belgischen Banken zwei bis drei Millionen. Sie haben Geschäfte auf eigene Rechnung gemacht und sich zuletzt das Genick gebrochen. Ich gebe Ihnen Zeit bis morgen abend um sechs Uhr. Keine Minute früher und keine Minute später lasse ich Sie verhaften."

Woolf erhob sich taumelnd, leichengelb, um in einem instinktiven Verteidigungsdrang auf Allan einzuschlagen. Aber er konnte keine Hand heben. Er war am ganzen Körper lahm und zitterte schrecklich. Plötzlich kehrte ihm für Sekunden ganz klar das Bewußtsein zurück. Er stand schwer atmend, das fahle Gesicht mit Schweißtropfen punktiert, und starrte zu Boden. Sein Auge nahm mechanisch die Namen einer Anzahl europäischer Banken auf, die auf den Depeschen da unten standen. Sollte er Allan sagen, weshalb er sich auf diese Spekulationen einließ? Sollte er ihm seine Motive auseinandersetzen? Daß es ihm keineswegs um Geld zu tun gewesen war? Aber Allan war zu einfältig, zu simpel, um zu begreifen, wieso ein Mensch nach Macht verlangen konnte — er, der die Macht besaß, ohne je nach ihr gestrebt zu haben, ohne es zu wissen, ohne es zu wollen, der sie ganz einfach hatte! Dieser Maschinenkonstrukteur hatte nur drei Gedanken im Kopf und nie über die Welt nachgedacht und verstand nichts. Ja, und selbst wenn er ihn verstand, selbst wenn, so würde er gegen eine Granitmauer rennen, gegen die Mauer des bürgerlichen, hanebüchenen Ehrlichkeitsbegriffes, der im kleinen berechtigt ist, aber im großen Dummheit, gegen diesen Begriff würde er rennen und nicht durchkommen. Allan würde ihn nicht weniger verachten und verdammen. Allan! Ja, wirklich derselbe Allan, der fünftausend Menschen auf dem Gewissen hatte, Allan, der dem Volk Milliarden aus der Tasche nahm, ohne sicher zu sein, ob er je seine Versprechungen einlösen konnte. Auch Allans Stunde würde noch kommen, er prophezeite sie ihm! Dieser Mann aber richtete ihn heute und glaubte ein Recht dazu zu haben! S. Woolfs Kopf arbeitete verzweifelt. Einen Ausweg! Rettung! Eine Möglichkeit! Er erinnerte sich an Allans bekannte

Gutmütigkeit. Warum packte er ihn mit Haifischzähnen an? Gutmütigkeit und Barmherzigkeit waren verschiedene Dinge.

So tief dachte dieser verzweifelte Mensch, daß er sekundenlang alles ringsum vergaß. Er hörte nicht, daß Allan seinen Diener rief und ihm befahl, ein Glas Wasser zu bringen, da Herr Woolf sich nicht wohl fühle. Und je länger er dachte, desto leichenfarbener und fahler wurde er.

Er erwachte erst, als ihn jemand am Arm zupfte und eine Stimme sagte: „Sir?" Da sah er, daß Allans Diener, Lion, ihm ein Glas Wasser reichte.

Er trank das ganze Glas aus, dann schöpfte er Atem und sah Allan an. Es schien ihm plötzlich alles weniger schlimm zu sein. Wenn es ihm gelänge, Allans Herz zu packen? Und er sagte, ganz gefaßt und beherrscht, mit tiefer Stimme: „Hören Sie, Allan, das kann nicht Ihr Ernst sein. Wir arbeiten nun seit sieben, acht Jahren zusammen, ich habe dem Syndikat Millionen verdient ..."

„Das war Ihre Arbeit."

„Gewiß! Hören Sie, Allan, ich gebe zu, es war eine Entgleisung. Es war mir nicht um Geld zu tun. Ich will es Ihnen erklären. Sie sollen meine Motive erfahren ... Aber es kann doch nicht Ihr Ernst sein, Allan! Die Sache läßt sich ordnen! Und ich bin der einzige Mensch, der sie ordnen kann ... Wenn Sie mich fallen lassen, so fällt das Syndikat ..."

Allan wußte, daß S. Woolf die Wahrheit sprach. Die sieben Millionen konnte seinetwegen der Teufel holen, der Skandal aber war eine Katastrophe. Trotzdem blieb er unerbittlich.

„Das ist meine Sache!" entgegnete er.

Woolf schüttelte den zottigen Büffelkopf. Er konnte es nicht begreifen, daß Allan ihn tatsächlich aufgeben, stürzen wollte. Es war unmöglich. Und er wagte es nochmals, sich in Allans Augen zu erkundigen. Aber diese Augen schrien ihm in ihrer stillen Sprache entgegen, daß von diesem Manne keine Nachsicht und Gnade zu erwarten war. Nichts! Gar nichts! Plötzlich erkannte er, daß Allan ein Amerikaner war, ein geborener und er nur ein gewordener, und Allan war stärker.

Die leise Hoffnung, die er sich vorgelogen hatte, war eitel. Er war verloren. Und von neuem überfiel ihn sein Elend.

„Allan!" schrie er plötzlich, von Verzweiflung gepackt, „das können Sie nicht wollen. Nein! Sie treiben mich in den Tod! Das können Sie nicht wollen!"

Er kämpfte jetzt nicht mehr mit Allan, er kämpfte mit dem Schicksal. Aber das Schicksal hatte Allan vor die Front geschickt, einen kalten Fechter, der nicht wich.

„Das können Sie nicht wollen, Allan!" wiederholte er wieder und wieder. „Sie treiben mich in den Tod!" Und er schüttelte seine Fäuste unter Allans Gesicht.

„Ich habe Ihnen alles gesagt." Allan wandte sich zur Türe.

S. Woolfs Gesicht war von kaltem Schweiß wie mit Schleim überzogen, sein Bart klebte.

„Ich werde das Geld ersetzen, Allan —!" schrie er wild und seine Arme fuhren durch die Luft.

„Tommy rot!" rief Allan und ging.

Da schlug Woolf die Hände vors Gesicht und sank mit dumpfem Aufschlag in die Knie, wie ein geschlagener Stier.

Eine Türe krachte ins Schloß.

Allan war gegangen.

S. Woolfs fetter Rücken zuckte. Er erhob sich halb betäubt. Seine Brust wurde von einem tränenlosen Schluchzen erschüttert. Er nahm den Hut, strich mit der Hand über den Filz und ging langsam zur Türe.

An der Türe blieb er nochmals stehen. Allan war im Nebenzimmer und mußte ihn hören, wenn er rief. Er öffnete den Mund, aber er brachte keinen Laut hervor. Es war auch einerlei. Denn es hatte keinen Wert!

Er ging. Er knirschte mit den Zähnen vor Zorn, Erniedrigung und Elend. Tränen der Wut traten ihm in die Augen. Oh, wie er Allan jetzt haßte! Er haßte ihn so sehr, daß er Blut auf der Zunge spürte ... Auch Allans Stunde würde noch kommen ...!

Als toter Mann fuhr er im Lift ab.

Er stieg in den Car. „Riverside-Drive!"

Der Chauffeur, der kaum das Gesicht seines Herrn mit einem Blick gestreift hatte, dachte: ‚S. Woolf ist fertig!'

Zusammengeduckt, grau, mit eingesunkenen Augen saß Woolf im Wagen, ohne etwas zu hören, zu sehen. Er fror vor kaltem Schweiß und kroch in seinen Mantel zurück, wie ein Tier in die Muschel. Dann und wann dachte er, bittern Ekel auf dem

Mund: „Er hat mich kalt niedergemacht. Er hat mich geschächtet!" Etwas anderes vermochte er nicht zu denken.

Es wurde Nacht und der Chauffeur hielt an und fragte, ob er nicht nach Hause fahren solle.

S. Woolf dachte angestrengt nach. Dann sagte er mit tonloser Stimme: „Hundertzehnte!"

Das war die Adresse Renées, seiner momentanen Mätresse. Er hatte niemand, mit dem er reden konnte, keinen Freund, keinen Bekannten, und so fuhr er zu ihr.

Woolf befürchtete, sich vor dem Chauffeur verraten zu haben und riß sich zusammen. Vor Renées Haus stieg er aus und sagte gleichmütig und etwas herrisch wie immer: „Sie warten!"

Der Chauffeur aber dachte: ‚Trotzdem bist du fertig!'

Renée zeigte mit keiner Miene Freude darüber, daß er zurückgekehrt war. Sie schmollte. Sie tat tödlich gelangweilt, sie tat unglücklich. So sehr war sie mit ihrem hochmütigen, verzogenen und eigensinnigen Persönchen beschäftigt, daß ihr seine Verstörtheit gar nicht auffiel.

Über diesen Grad von weiblichem Egoismus mußte Woolf laut auflachen. Und dieses Lachen, das mit sehr viel Verzweiflung gemischt war, brachte ihn auf den Ton zurück, in dem er mit Renée zu verkehren pflegte. Er sprach Französisch mit ihr. Die Sprache schien einen andern Menschen aus ihm zu machen. Auf Sekunden — auf ganz kurze Sekunden — vergaß er zuweilen ganz, daß er ein toter Mann war. Er scherzte mit Renée, nannte sie sein kleines verzogenes Kind, sein böses Püppchen, sein Kleinod und Spielzeug und gab ihr mit seinen feuchten kalten Lippen einen Kuß auf den schönen, schwellenden Mund. Renée war eine außerordentliche Schönheit, eine rotblonde Nordfranzösin aus Lille, die er im vorigen Jahr aus Paris importiert hatte. Er log ihr vor, daß er ihr ein Wunder von einem Schal und die prächtigsten

Federn aus Paris mitgebracht habe, und ein Lichtschein glitt über Renées Mienen. Sie befahl den Tisch zu decken und schwatzte von all ihren Sorgen und Launen.

Oh, sie haßte dieses New York, sie haßte dieses Volk von Amerikanern, die eine Dame mit äußerster Rücksicht und äußerster Gleichgültigkeit behandelten. Sie haßte es, auf „ihrer Etage zu sitzen" und zu warten. Oh, mon dieu, oui, sie wäre viel lieber eine kleine Modistin in Paris geblieben ...

„Vielleicht kannst du bald zurückkehren, Renée," sagte Woolf mit einem Lächeln, das unter Renées niedriger Stirn weiterarbeitete.

Bei Tisch vermochte er keinen Bissen über die Lippen zu bringen, aber er trank große Mengen Burgunder. Er trank und trank, wurde heiß im Kopf, aber nicht betrunken.

„Wir wollen Musik und Tänzer bestellen, Renée," sagte er. Renée telephonierte an ein ungarisches Restaurant im Judenviertel und nach einer halben Stunde waren die Tänzer und Musiker da.

Der Primas der Kapelle kannte Woolfs Geschmack und hatte ein junges schönes Mädchen, das direkt aus der ungarischen Provinz kam, mitgebracht. Das Mädchen hieß Juliska und sang ein kleines Volkslied, so leise, daß man sie kaum hörte.

Woolf versprach der Truppe hundert Dollar unter der Bedingung, daß auch keine Sekunde Pause entstehe. Ohne Unterbrechung wechselten Musik, Gesänge und Tänze ab. Woolf lag wie eine Leiche im Sessel, nur seine Augen glänzten. Er schlürfte immerzu Rotwein und wurde doch nicht trunken. Renée kauerte mit angezogenen Beinen in einem Fauteuil, in einen prächtigen zinnoberroten Schal eingewickelt, die grünen Augen halb geschlossen, wie ein roter Panther. Sie sah immer noch gelangweilt aus. Gerade ihre beispiellose Indolenz hatte ihn gereizt. Kam man ihr nahe, so wurde sie bösartig wie eine Idiotin, bis endlich die Hölle aus ihr loderte.

Die schöne junge Ungarin, die der smarte Primas mitgebracht hatte, gefiel S. Woolf. Er richtete häufig seinen Blick auf sie, aber sie wich scheu mit den Augen aus. Darauf winkte er den Primas heran und flüsterte mit ihm. Eine Weile später verschwand Juliska.

Punkt elf Uhr verließ er Renée. Er schenkte ihr einen seiner Brillantringe. Renée liebkoste mit ihren Lippen sein Ohr und fragte ihn flüsternd, weshalb er nicht bleibe. Er gebrauchte seine alte Ausrede, er habe zu arbeiten, und Renée runzelte die Stirn und verzog das Mündchen.

Juliska wartete bereits in Woolfs Wohnung. Sie zitterte, als er sie berührte. Ihr Haar war braun und weich. Er goß ihr ein Glas Wein ein und sie nippte gehorsam daran und sagte sklavisch: „Auf Ihre Gesundheit, Herr!" Dann sang sie auf seinen Wunsch ihr kleines melancholisches Volkslied, wiederum so leise, daß man sie kaum hörte.

Két lánya volt a falunak — sang sie — két virága; mind a kettö úgy vágyott a boldogsagra ...

Zwei Mädchen hatte das Dorf, zwei Blumen. Beide sehnten sich nach dem Glück; die eine führte man zum Traualtar, die andere brachte man zum Friedhof.

Hundertmal in seiner Jugend hatte S. Woolf das Lied gehört. Aber heute drückte es ihn nieder. Seine ganze Hoffnungslosigkeit hörte er daraus. Er saß da und trank und bekam Tränen in die Augen. Er weinte aus Mitleid mit sich selbst und die Tränen liefen langsam über seine wächsernen, schwammigen Wangen.

Nach einer Weile schnaubte er sich die Nase und sagte weich und leise: „Das hast du gut gemacht. Was kannst du sonst, Juliska?"

Sie sah ihn mit traurigen, braunen Augen an, die an die Augen eines Lamas erinnerten. Sie schüttelte den Kopf. „Nichts, Herr," flüsterte sie verzagt.

Woolf lachte nervös. „Das ist nicht viel!" sagte er. „Höre, Juliska, ich will dir tausend Dollar geben, aber du mußt tun, was ich dir sage?"

„Ja, Herr," antwortete Juliska ergeben und ängstlich.

„So kleide dich aus. Geh ins Zimmer nebenan."

Juliska neigte den Kopf: „Ja, Herr."

Während sie die Kleider ablegte, saß S. Woolf regungslos im Sessel und starrte vor sich hin. „Wenn Maud Allan noch am Leben wäre, so hätte ich eine Hoffnung!" dachte er. Und er saß und sein Unglück brütete dunkel über ihm. Als er nach einiger Zeit aufblickte, sah er Juliska ausgekleidet, halb in die Portiere gewickelt, unter der Türe stehen. Er hatte sie ganz vergessen gehabt.

„Komm näher, Juliska." Juliska trat einen Schritt vor. Die rechte Hand hielt noch immer die Portiere fest, als wolle sie die letzte Hülle nicht aufgeben.

S. Woolf betrachtete sie mit Kennerblicken und der nackte Mädchenkörper brachte ihn auf andere Gedanken. Obwohl noch nicht siebzehn Jahre alt, war Juliska doch schon ein Weibchen. Ihr Becken war breiter, als die Kleider ahnen ließen, ihre Schenkel runde Säulen, ihre Brüste klein und fest. Ihre Haut war dunkel. Wie aus Erde gebacken und in der Sonne getrocknet war sie.

„Kannst du tanzen?" fragte S. Woolf.

Juliska schüttelte den Kopf. Sie sah nicht auf. „Nein, Herr!"

„Hast du nie bei der Weinlese getanzt?"

„Doch, Herr!"

„Hast du Tschardas getanzt?"

„Ja, Herr!"

„So tanze Tschardas!"

Juliska sah sich hilflos um. Dann tanzte sie, mehr aus Angst als um des hohen Lohnes willen. Sie machte ungeschickt die Bewegungen der Arme und Beine. Unbekleidet wußte sie mit ihrem Körper nichts anzufangen. Sie trippelte, als ginge sie auf Scherben. Ihre Augen standen voll Wasser und ihre Wangen brannten vor Scham. Ach, ihre Füße, ihre Füße, die nicht ganz rein waren, wo sollte sie sie denn hin tun?

Sie war herrlich. Viele Jahre lang hatte S. Woolf diese rührende Schamhaftigkeit nicht mehr gesehen. Er konnte sich nicht sättigen an ihrem Anblick. „Tanze, Juliska!"

Und Juliska hob ungeschickt Beine und Hände und die Tränen tropften aus dem zurückgeworfenen Kopf auf ihre Brust herab. Dann stand sie still und zitterte.

„Wovor hast du Angst, Juliska?"

„Ich habe keine Angst, Herr!"

„So komm näher!"

Juliska kroch näher. ‚Jetzt wird er es tun!‘ dachte sie und sie dachte an das Geld.

Aber S. Woolf tat es nicht. Er zog sie auf seine Knie. „Habe keine Angst und sieh mich an." Sie tat es, ihr Blick flackerte und brannte. S. Woolf küßte sie auf die Wange. Er preßte sie an sich in einer Aufwallung von väterlichem Gefühl und Tränen traten in seine Augen. „Was willst du hier in New York tun?"

„Ich weiß es nicht."

„Wer hat dich hergebracht?"

„Mein Bruder. Aber er ist jetzt nach dem Westen gegangen."

„Was tust du jetzt?"

„Ich singe mit Gyula."

„Lasse Gyula fahren und singe nicht mehr mit ihm. Er ist ein Lump. Du kannst auch gar nicht singen."

„Nein, Herr."

„Ich will dir Geld geben und du wirst tun, was ich sage?"

„Gewiß, Herr!"

„Gut. Lerne Englisch. Kaufe dir hübsche einfache Kleider und suche dir eine Stellung als Verkäuferin. Gib hübsch acht, was ich dir sage. Ich will dir zweitausend Dollar geben, weil du so schön tanztest. Davon kannst du drei Jahre leben. Besuche einen Abendkursus. Lerne Buchführung, Stenographie und Maschinenschreiben. Das andere findet sich dann von selbst. Willst du das tun?"

„Ja, Herr!" antwortete Juliska ängstlich, denn Woolf kam ihr unheimlich vor. Sie hatte gehört, daß in New York viele junge Mädchen ermordet würden.

„Kleide dich wieder an." Und S. Woolf streckte Juliska eine Hand voller Scheine hin. Aber sie wagte sie nicht zu nehmen. Sobald ich danach greife, wird er mich niederschlagen, dachte sie.

„Nimm doch!" sagte S. Woolf lächelnd. „Ich brauche das Geld nicht mehr, denn morgen abend Punkt sechs Uhr bin ich tot."

Juliska erschauerte.

S. Woolf lachte nervös. „Hier hast du noch zwei Dollar. Nimm das erste Auto, das du siehst und fahre nach Hause. Gib Gyula hundert Dollar und sage ihm, mehr hätte ich nicht gegeben. Sage niemand, daß du Geld hast! Die Hauptsache in der Welt ist, Geld zu haben — aber die andern dürfen nichts davon wissen! Nimm doch!" Er stopfte ihr die Scheine in die Hand.

Juliska ging, ohne Dank zu sagen.

S. Woolf war allein und seine Züge erschlafften sofort. „Ein blödes Frauenzimmer," murmelte er. „Sie wird ja doch untergehen." Das Geld reute ihn. Er rauchte eine Zigarre, trank einen Kognak und ging in seinen Zimmern auf und ab. Er hatte sämtliche Lampen eingeschaltet, weil er nicht das geringste Halbdunkel ertrug. Vor einem japanischen Lackschränkchen blieb er stehen und öffnete es. Es war voller Locken, blonder, goldener, roter Mädchenlocken. Jede Locke trug einen Zettel wie eine Arzneiflasche. Ein Datum stand darauf. Und Woolf sah diese Flut von Haaren und lachte voller Verachtung. Denn er verachtete und verabscheute die Frauen, wie alle Männer, die sich viel mit käuflichen Frauen abgegeben haben.

Aber das Lachen machte ihn stutzig. Es erinnerte ihn an ein Lachen, das er einmal irgendwo gehört hatte. Da fiel ihm ein, daß sein Onkel so gelacht hatte, genau so, und diesen Onkel hatte er am meisten gehaßt. Das war merkwürdig.

Und wieder ging er auf und ab. Aber die Wände und Möbel erblaßten immer mehr. Die Zimmer wurden größer, öder. Er ertrug das Alleinsein nicht mehr und fuhr in den Klub.

Es war drei Uhr nachts. Die Straße lag verödet. Aber drei Häuser weit entfernt stand ein Auto, das eine Panne hatte. Der Chauffeur kroch unter dem Motor herum. Sobald aber Woolf abfuhr, rollte das Auto hinter ihm her. Woolf lächelte bitter. Allans Spione? Beim Klub angelangt gab er dem Chauffeur zwei Dollar Trinkgeld und schickte ihn nach Hause.

‚Wie fertig er ist, Lord!‘ dachte der Chauffeur.

Im Klub waren noch drei Pokertische in voller Arbeit und Woolf setzte sich zu Bekannten. Es war merkwürdig, was für Karten er heute in die Hand bekam! Karten, wie man sie sonst nie sah! ‚Da sind Juliskas zweitausend Dollar wieder!‘ dachte er und steckte das Geld in die Hosentasche. Um sechs Uhr wurde das Spiel abgebrochen und Woolf ging den ganzen weiten Weg zu Fuß nach Hause. Hinter ihm her trotteten plaudernd zwei Männer mit Schaufeln auf den Schultern. An seinem Hause traf er einen angeheiterten Arbeitsmann, der an den Häusern entlang rollte und leise und falsch wie ein Betrunkener sang.

„Have a drink?" redete ihn Woolf an.

Aber der Betrunkene reagierte nicht. Er hatte den Mund voll unverständlicher Worte und torkelte vorbei.

„Allans Verwandlungen!"

Zu Hause trank er einen Whisky, der so stark war, daß es ihn schüttelte. Er war nicht betrunken, aber er war in einen bewußtlosen Zustand geraten. Er nahm ein Bad und schlief im Bad ein und erwachte erst, als der Diener besorgt klopfte. Er kleidete sich vom Kopf bis zum Fuß neu an und verließ das Haus. Nun war es lichter Tag geworden. Gegenüber stand ein Auto und Woolf trat heran und fragte, ob der Wagen frei sei.

„Ich bin bestellt!" sagte der Chauffeur und Woolf lächelte verächtlich. Allan umgab ihn, Allan hatte ihn umzingelt. Aus einer Haustüre trat ein Gentleman mit einer kleinen schwarzen Mappe unter dem Arm und folgte ihm auf der andern Seite der Straße. Da sprang Woolf plötzlich auf eine Tram und glaubte damit den Detektiven Allans entkommen zu sein.

Er trank Kaffee in einem Saloon und wanderte den ganzen Vormittag in den Straßen hin und her.

New York hatte das Zwölfstundenrennen aufgenommen. New York lag im Rennen, von seinem Schrittmacher, der Tat, geführt. Autos, Cars, Geschäftswagen, Menschen, alles schwirrte. Die Hochbahnen donnerten. Die Menschen stürzten aus Häusern, Wagen, Tramcars, sie stürzten aus Löchern in der Erde hervor, aus den zweihundertundfünfzig Kilometer langen Stollen der Subway. Sie waren alle rascher als Woolf. ‚Ich bleibe zurück,' dachte er. Er ging schneller, aber trotzdem überholten ihn alle. Wie in Hypnose zappelten sie dahin. Manhattan, das große Herz der Stadt, saugte sie an, Manhattan schleuderte sie durch tausend Adern von sich. Sie waren Splitter, Atome, glühend durch gegenseitige Reibung, und besaßen nicht mehr Eigenbewegung als die Moleküle aller Dinge. Und die Stadt ging ihren donnernden Gang. Von fünf zu fünf Minuten passierte ihn ein grauer elektrischer Riesenomnibus, der den Broadway hinabfegte wie ein Elefant, der brennenden Zunder unter dem Schwanz hat. Das waren die Frühstücksomnibusse, in denen ein Mensch eine Tasse Kaffee und ein Sandwich hinunterschlingen konnte auf seinem

Weg ins Büro. Zwischen den kleinen dahinfliegenden Menschen aber gingen große, freche Gespenster umher und schrien: Verdopple dein Einkommen! — Warum sollst du fett sein? — Wir machen dich reich, schreibe Postkarte! — Easy Walker! — Make your own terms — Stop having fits! — Drunkards saved secretly — Doppelte Kraft! —: Plakate! — Das waren die großen Dompteure, die diese zappelnde Menge beherrschten. Woolf lächelte ein sattes, befriedigtes Lächeln. Er, der die Reklame zur Kunst erhoben hatte!

Von der Battery aus sah er drei zitronengelbe Reklameaeroplane, die hintereinander über der Bai kreuzten, um die Kunden abzufangen, die auf dem Weg nach New York waren. Auf ihren gelben Flügeln stand: „Wannamaker — Restetag!"

Wer von all den Tausenden von wimmelnden Menschen um ihn her würde auf den Gedanken kommen, daß er vor zwölf Jahren „das fliegende Plakat" gründete?

Er klebte an New York, angesaugt von der Zentripetalkraft des mahlenden Ungetüms. Den ganzen Tag. Er aß zu Mittag, trank Kaffee, nahm ein Gläschen Kognak da und dort. Sobald er stehen blieb, überkam ihn ein Schwindelgefühl und so ging er immer vorwärts. Um vier Uhr kam er in den Centralpark, halb betäubt, ohne zu denken. Er passierte die Luftschiffhallen der Chicago-Boston-New York Airship-Co. und ließ sich von den Wegen ziehen. Es begann zu regnen und der Park war ganz verlassen. Er schlief während des Gehens halb ein, aber plötzlich weckte ihn ein heftiger Schreck: er war über seinen Gang erschrocken. Er ging gebückt, schlürfend, mit eingebogenen Knien, ganz wie der alte Wolfsohn dahinschlürfte, den das Schicksal zur Demut zugeritten hatte. Und eine Stimme hatte in ihm geflüstert — so deutlich: der Sohn des Leichenwäschers!

Der Schreck weckte ihn auf. Wo war er? Centralpark. Weshalb war er hier? Weshalb war er nicht fort, ja, zum Teufel — weshalb war er nicht über alle Berge? Weshalb klebte er den ganzen Tag an New York? Wer hatte es ihm befohlen? Er sah auf die Uhr. Es war einige Minuten nach fünf Uhr. Eine Stunde also hatte er noch Zeit, denn Allan hielt Wort.

Sein Kopf begann rasch zu denken. Er hatte fünftausend Dollar in der Tasche. Damit konnte er weit kommen! Er wollte fliehen. Allan sollte ihn nicht bekommen. Er blickte sich um — niemand weit und breit! Es war ihm also gelungen, Allans Detektive abzuschütteln. Dieser Triumph belebte ihn und er begann blitzschnell zu handeln. In einem Barber-shop ließ er sich seinen Bart abnehmen und während der Barbier arbeitete, überlegte er seinen Fluchtplan. Er befand sich am Columbussquare. Er wollte mit der Subway bis zur Zweihundertsten Straße fahren, etwas gehen und dann irgendeinen Zug besteigen.

Zehn Minuten vor sechs Uhr verließ er den Barbierladen. Er kaufte noch Zigarren und sieben Minuten vor sechs Uhr stieg er zur Subway hinunter.

Zu seiner Überraschung sah er auf dem Perron der Columbussquarestation unter den Wartenden einen Bekannten stehen, einen Mitpassagier der letzten Überfahrt. Der Mann sah ihn sogar an, aber — Triumph! — er erkannte ihn nicht! Und doch hatte er mit diesem Mann täglich Poker gespielt im Rauchsalon.

Auf den inneren Geleisen klirrte blitzschnell ein Expreßzug dahin und füllte die Station mit Getöse und Wind. Woolf wurde ungeduldig und sah auf die Uhr. Fünf Minuten!

Plötzlich aber konnte er den Passagier von vorhin nicht mehr sehen. Als er sich umblickte, sah er ihn hinter seinem Rücken stehen, in die Lektüre des Herald vertieft. Und gleichzeitig war Woolf an allen Gliedern gelähmt. Ein entsetzlicher Gedanke erwachte in ihm! Wenn dieser Passagier einer von Allans Detektiven wäre, der ihm schon — von Cherbourg herüber gefolgt war —? Es fehlten noch drei Minuten bis sechs. Woolf tat ein paar Schritte zur Seite und sah verstohlen nach dem Passagier hin. Der las ruhig weiter, aber in der Zeitung war ein Riß und durch diesen Riß starrte ein scharfes Auge!

In tiefster Herzensnot sah S. Woolf in dieses Auge hinein. Es war vorbei! In diesem Augenblick flog der Zug herein und S. Woolf sprang zum Entsetzen der Wartenden aufs Geleise hinunter. Eine Hand mit gespreizten Fingern griff nach ihm.

KAPITEL 8

S. Woolf wurde zwei Minuten vor sechs Uhr von den Rädern der Subway zermalmt und eine halbe Stunde später war ganz New York schon erfüllt von erregtem Geschrei.

„Extra! Extra! Here you are! Hýa! Hýa! All about suicide of Banker Woolf! All about Woolf!"

Die Zeitungsverkäufer rasten wie wilde Pferde dahin, und die Straßen, die Woolf heute durchwandert hatte, hallten wider von seinem Namen.

„Woolf! Woolf! Woolf!"

„Woolf in drei Teile geschnitten!"

„Der Tunnel verschlingt Woolf!"

„Woolf! Woolf! Woolf!" Jedermann hatte hundertmal seinen 50 PS-Wagen den Broadway entlangrollen sehen, mit dem silbernen Drachen, der wie ein Ozeandampfer brummte. Jedermann kannte seinen zottigen Büffelschädel. S. Woolf war ein Teil von New York und nun war er tot! S. Woolf, der das größte Vermögen verwaltete, das je ein Mensch unter sich hatte! Die dem Syndikat günstig gesinnten Blätter schrieben: „Unglücksfall oder Selbstmord?" Die feindlichen: „Erst Rasmussen! — Jetzt Woolf!!"

„Woolf, Woolf, Woolf!" Die Zeitungsboys bellten den Namen hinaus und stießen Rauchwolken in die neblige Straße. Es hörte sich an wie das heisere Heulen von Wölfen, die ihre Beute zerfleischen.

Allan erfuhr Woolfs schrecklichen Tod fünf Minuten nach dem Vorfall. Ein Detektiv sprach ihn durchs Telephon.

Verstört, unfähig zu arbeiten ging er in seinem Arbeitsraum hin und her. Die Straßen waren angefüllt mit Nebel und nur die Wolkenkratzer ragten über das Nebelmeer hinaus, von der sinkenden Sonne düster beleuchtet. New York tobte und heulte in der Tiefe: der Skandal war im Gang! Erst nach geraumer Zeit war es ihm möglich, mit dem Chef des Pressebüros und dem interimistischen Leiter des finanziellen Ressorts beraten zu können. Die ganze Nacht hindurch verfolgte ihn der letzte Eindruck Woolfs, wie er leichenfarben, nach Atem ringend, im Sessel lag ...

„Es ist der Tunnel!" sagte Allan zu sich. Er fühlte sich von Drohung und Unglück umringt und fröstelte. Er sah eine hoffnungslose Zeit kommen. „Nun wird es Jahre dauern —!" dachte er und wanderte schlaflos auf und ab.

Der Tod Woolfs hielt Tausende in dieser Nacht wach. Als Rasmussen sich erschoß, war man nervös geworden, Woolfs Tod aber erschreckte die ganze Welt. Das Syndikat wankte! Alle großen Banken der Welt waren mit Milliarden am Tunnel beteiligt, die Industrie mit Milliarden, das Volk, bis herab zu den Zeitungsverkäufern, mit Milliarden. Die Erregung fieberte von San Franzisko bis Petersburg, von Sidney bis Kapstadt. Die Presse aller Kontinente schürte die Besorgnis. Die Papiere des Syndikats fielen nicht, sie stürzten! Woolfs Tod war der Beginn des „großen Erdbebens".

Die einberufene Versammlung der Großaktionäre des Syndikats dauerte zwölf Stunden und glich einer erbitterten, höllischen Schlacht, in der sich früher besonnene Menschen zerfleischten. Das Syndikat hatte am 2. Januar Hunderte von Millionen Zinsen und Teilzahlungen zu entrichten, Riesensummen, für die keine genügende Deckung vorhanden war.

Die Versammlung veröffentlichte ein Communiqué, worin sie erklärte, daß die finanzielle Situation momentan wenig günstig sei, die Hoffnung einer Sanierung aber nicht von der Hand gewiesen werden könne. Dieses Communiqué enthielt in notdürftig verschleierter Form die ganze fatale Wahrheit.

Am nächsten Tage konnte man Zehn-Dollar-Shares für einen Dollar kaufen. Ein Heer von Privatpersonen, vor Jahren von der allgemeinen Spekulationswut fortgerissen, war ruiniert. Über ein Dutzend Opfer forderte dieser erste Tag. Die Banken wurden gestürmt. Nicht nur jene, deren hohe Beteiligung am Syndikat bekannt war, auch viele, die gar nichts damit zu tun hatten, wurden vom Morgen bis zum Abend belagert und die Kunden hoben ihre Einlagen ab. Eine ganze Reihe von Instituten sah sich gezwungen, die Schalter zu schließen, da die Barmittel erschöpft waren. Die Krise von 1907 war ein Scherz gegen diese. Einige kleine Bankhäuser krachten schon beim ersten Ansturm zusammen. Aber selbst die Großbanken erzitterten von unten bis oben in der Brandung, die gegen sie anlief. Vergebens versuchten sie die Öffentlichkeit durch Bekanntmachungen zu beruhigen. New York City-Bank, Morgan Co., Lloyd, American zahlten im Laufe von drei Tagen Summen von schwindelnder Höhe aus. Die Telegraphisten sanken um vor Erschöpfung. Die Bankpaläste waren die ganze Nacht taghell erleuchtet, Direktoren, Kassierer, Sekretäre kamen tagelang nicht aus den Kleidern. Das Geld wurde immer teurer. Hatte die Panik von 1907 den Zinsfuß für tägliches Geld auf 80 bis 130 Prozent getrieben, so kostete es heute 100 bis 180 Prozent! Es war zuweilen überhaupt unmöglich, tausend Dollar zu leihen. „New York City" wurde von Gould gehalten, Lloyds Bank verteidigte sich selbst bis aufs Messer, American erhielt Unterstützungen von der Bank of London. Abgesehen von dieser Bank war kein Cent von europäischen Banken zu erhalten: diese Banken setzten sich selbst in fieberhafter Hast in Verteidigungszustand. An den Börsen von New York, Paris, London, Berlin, Wien trat eine beispiellose Deroute ein. Ein Heer von Firmen stellte die Zahlungen ein. Kein Tag verging ohne Bankerotte, kein Tag ohne Opfer. Woolfs Todesart wurde epidemisch, täglich warfen sich Ruinierte vor die Räder der Subway. Der Finanzkörper von fünf Erdteilen hatte eine klaffende Wunde erhalten und drohte sich zu verbluten. Handel, Verkehr, Industrie, die große Maschine der modernen Welt, die mit Milliarden geheizt wird und Milliarden ausspeit, schwang nur noch langsam und mühselig, so daß es den Anschein hatte, als werde sie plötzlich, jede Stunde, ganz stehen bleiben.

Die Tunnel-Terrain-Gesellschaft, die sich mit dem Kauf und Verkauf von Baugeländen der Tunnelstationen befaßte, krachte über Nacht zusammen und erschlug Ungezählte.

Die Zeitungen waren in diesen Tagen Schlachtberichte.

„Der Tunnel verschlingt mehr und mehr!"

„Mr. Harry Stillwell, Bankier, Chikago, erschießt sich. — Broker Williamson, 26. Straße, ruiniert, vergiftet sich und seine Familie. — Fabrikant Klepstedt, Hoboken, wirft sich unter die Subway." — Die Nachricht, daß sich der alte Jakob Wolfsohn in Szentes erhängte, verhallte vollkommen unbeachtet.

Es war die Panik! Sie sprang über nach Frankreich, England, Deutschland, Österreich und Rußland. Deutschland wurde zuerst von ihr ergriffen und war innerhalb einer Woche, wie die Vereinigten Staaten, in Unruhe, Angst und Schrecken getaucht.

Die Industrie, die sich kaum von den Folgen der Oktoberkatastrophe erholt hatte, geriet auf Grund. Ihre Papiere, vom Tunnel zu unerhörter Blüte getrieben — Eisen, Stahl, Zement, Kupfer, Kabel, Maschinen, Kohle — wurden von den stürzenden Tunnelaktien mit in die Tiefe gerissen. Die Kohlenkönige und Hüttenbarone hatten am Tunnel enorme Vermögen verdient, nun aber wollten sie keinen roten Heller riskieren. Sie setzten die Löhne herab, führten Feierschichten ein und warfen Tausende von Arbeitern auf die Straße. Die Beschäftigten erklärten sich mit den Kameraden solidarisch. Sie traten in Ausstand, gesonnen, diesmal bis zum letzten Atemzug zu kämpfen und sich nicht wieder durch Versprechungen verlocken zu lassen, die diese Meineidigen brachen, sobald die Sonne wieder schien. Waren die Zeiten gut, so waren sie gut genug, die Millionen vermehren zu helfen, waren die Zeiten schlecht, so warf man sie hinaus. Sollten die Zechen ersaufen und die Hochöfen verschlacken!

Der Streik begann wie jeder andere. Er entflammte in den Becken von Lille, Clermond-Ferrand und St. Etienne, wälzte sich hinüber ins Mosel-, Saar- und Ruhrgebiet und nach Schlesien. Die englischen Bergarbeiter und Hüttenleute von Yorkshire, Northumberland, Durham und Südwales erklärten den Sympathiestreik. Kanada und die Staaten schlossen sich an. Der gespenstische Funke sprang über die Alpen nach Italien und über die Pyrenäen nach Spanien. Tausende der blutroten und leichengelben Fabriken aller Länder standen still. Ganze Städte waren tot. Die Hochöfen wurden gelöscht, die Grubenpferde aus den Schächten gebracht. Die Dampfer lagen in ganzen Flotten, Schlot an Schlot, in den Friedhöfen der Häfen.

Jeder Tag kostete Unsummen. Aber da die Panik auch den übrigen Industrien das Geld entzog, so schwoll das Millionenheer der Arbeitslosen von Tag zu Tag mehr an. Die Lage wurde kritisch. Eisenbahnen, elektrische Kraftzentralen, Gasanstalten waren ohne Kohle. In Amerika und Europa lief nicht ein Zehntel der Züge mehr und der atlantische Dampferverkehr war fast gänzlich unterbunden.

Es kam zu Ausschreitungen. In Westfalen prasselten die Maschinengewehre und in London lieferten die Dockarbeiter der Polizei eine blutige Schlacht. Das war am 8. Dezember. Die Straßen bei den West India Docks waren an diesem Abend mit Toten, Arbeitern sowie Polizisten bedeckt. Am 10. Dezember erklärte die englische Arbeiter-Union den Generalstreik. Die französische, deutsche, russische und italienische folgten und zuletzt schloß sich die amerikanische Union an.

Das war der moderne Krieg. Nicht kleine Vorpostengefechte, es war die Schlacht in vollem Umfang! In geschlossenen Fronten standen sich Arbeiter und Kapital gegenüber.

Schon nach wenigen Tagen zeigten sich die Schrecken dieses Kampfes. Die statistischen Ziffern der Verbrechen, der Kinder- und Säuglingssterblichkeit stiegen ins Grauenhafte. Die Nahrung für Millionen von Menschen verfaulte und verdarb in Eisenbahnwaggons und Schiffsbäuchen. Die Regierungen nahmen das Militär zu Hilfe. Aber die Truppen, aus Proletariern zusammengesetzt, leisteten passiven Widerstand, sie arbeiteten und kamen nicht von der Stelle, und das war nicht die Zeit zu strengen Repressalien. Gegen Weihnachten waren die großen Städte, Chicago, New York, London, Paris, Berlin, Hamburg, Wien, Petersburg, vollkommen ohne Licht und in Gefahr, ausgehungert zu werden. Die Menschen froren in den Wohnungen und was schwach und elend war ging zugrunde. Täglich gab es Feuersbrünste, Plünderungen, Sabotage, Diebstähle. Das Gespenst der Revolution drohte ...

Die internationale Arbeiterliga aber gab keinen Fuß breit nach und forderte Gesetze, die den Arbeiter vor der Willkür des Kapitals schützten.

Inmitten dieser Unruhen und Schrecken stand das Tunnelsyndikat immer noch aufrecht. Es war ein Wrack, durchlöchert, krachend in allen Fugen, aber es stand!

Das war Lloyds Werk. Lloyd hatte eine Versammlung der Großgläubiger einberufen und war persönlich erschienen, um zu sprechen, was er seit zwanzig Jahren wegen seines Leidens nicht mehr getan hatte. Das Syndikat durfte nicht fallen! Die Zeiten waren verzweifelt und der Fall des Syndikats würde namenloses Unheil in die Welt bringen. Der Tunnel sei zu retten, wenn man weise vorgehe! Würde man jetzt einen taktischen Fehler machen, so sei sein Schicksal entschieden, ein für allemal, und die Entwicklung der Industrie würde um zwanzig Jahre zurückgeworfen werden. Der Generalstreik könne keine drei Wochen mehr dauern, da die Arbeiterheere am Hungertod seien, das Geld käme zurück, die Krise würde im Frühjahr ein Ende haben. Es müßten Opfer gebracht werden. Die Großgläubiger müßten stunden, Geld vorschießen. Die Aktionäre und Shareinhaber aber müßten am 2. Januar ihre Zinsen bei Heller und Pfennig ausgezahlt erhalten, wollte man nicht eine zweite Panik heraufbeschwören.

Lloyd selbst brachte als erster große Opfer. So gelang es ihm, das Syndikat zu halten.

Diese Beratung war geheim. Die Zeitungen verkündeten am anderen Tag, daß die Sanierung des Syndikats in die Wege geleitet sei und die Gesellschaft am 2. Januar wie immer ihren Verpflichtungen gegen Aktionäre und Shareinhaber nachkommen würde.

Der berühmte 2. Januar kam heran.

KAPITEL 9

Am 1. Januar pflegen alle Theater, Konzerthallen, Restaurants in New York überfüllt zu sein.

Dieser 1. Januar aber war tot. Nur in einigen großen Hotels herrschte Leben wie gewöhnlich. Die Trambahnen verkehrten nicht. Die Hochbahnen und die Subway ließen nur vereinzelte Züge laufen, die von Ingenieuren geführt wurden. Im Hafen lagen die verödeten Ozeanriesen mit gelöschten Feuern in den Docks, eingepackt in Nebel und Eis. Die Straßen waren am Abend dunkel, nur jede dritte Lampe brannte, und die Reklametableaus, die sonst mit der Regelmäßigkeit von Leuchtfeuern aufblitzten, waren erloschen.

Schon um Mitternacht stand eine dichtgedrängte Menschenkette vor dem Syndikatgebäude, bereit die Nacht zu durchwachen. Sie alle wollten ihre fünf, zehn, zwanzig, hundert Dollar an Zinsen retten. Es ging das Gerücht, daß das Syndikat am 3. Januar die Pforten schließen werde, und niemand war geneigt, sein Geld zu riskieren. Immer mehr kamen.

Die Nacht war sehr kalt, zwölf Grad Celsius unter Null. Ein feiner Schnee siebte wie weißer Sand aus dem tiefschwarzen Himmel herab, der die oberen Stockwerke der schweigenden Turmhäuser verschlang. Frierend und zähneklappernd schoben sich die Wartenden zusammen, um sich zu wärmen, und erregten einander durch Befürchtungen, Vermutungen und Gespräche über das Syndikat, Aktien und Shares. Sie standen so eng, daß sie recht gut im Stehen schlafen hätten können, aber niemand machte ein Auge zu. Die Angst hielt sie wach. Die Türen des Syndikats könnten am Ende doch geschlossen bleiben! Dann waren ihre Shares plötzlich vollkommen wertlos! Mit blaugefrorenen fahlen Gesichtern, die Augen voll von Angst und Besorgnis, harrten sie auf ihr Schicksal.

Das Geld! Das Geld! Das Geld!

Die Arbeit ihres Lebens, Schweiß, Mühe, Demütigungen, schlaflose Nächte, graue Haare, eine vernichtete Seele! Noch mehr: ihr Alter, ein paar Jahre Ruhe bis zum Tod! Wenn sie verloren, so war alles vorbei, zwanzig Jahre ihres Lebens fortgeworfen, Nacht, Elend, Schmutz und Armut ...

Die Angst und Erregung wuchs von Minute zu Minute. Wenn sie ihre Ersparnisse einbüßten, so wollten sie Mac Allan, diesen Champion aller Schwindler, lynchen.

Gegen den Morgen kamen immer größere Scharen. Die Kette stand bis hinauf zur Warrenstreet. So kam der graue Tag heran.

Um acht Uhr ging eine plötzliche Bewegung durch die Menge: im schweigenden, von rauchender Kälte umhüllten Syndikat-Building leuchteten die ersten Lampen auf!

Um neun Uhr — mit dem Glockenschlage! — öffneten sich die schweren Kirchentüren des Gebäudes. Die Menge wälzte sich hinein in das prunkvolle Vestibül und von da aus in die gleißend hellen Kassenräume. Ein Heer von frischgewaschenen, ausgeschlafenen Beamten wimmelte hinter den kleinen Schalterfenstern. Die Einlösung der Kupons ging blitzschnell vonstatten. An allen Schaltern wurden von fliegenden Händen die Dollarnoten auf die Marmorplatte geblättert, das Kleingeld klirrte. Alles wickelte sich ruhig ab. Wer bedient war, wurde von selbst durch die nachschiebende Menge zum Ausgang hinausgepreßt.

Etwas nach zehn Uhr aber gab es eine Stockung. Drei Schalter schlossen gleichzeitig, da ihnen das Wechselgeld ausgegangen war. Das Publikum wurde unruhig und die Beamten der übrigen Schalter wurden von zehn und zwanzig Ungeduldigen gleichzeitig bestürmt. Da ließ der Kassenvorstand verkünden, daß die Schalter auf fünf Minuten geschlossen würden. Die Herrschaften möchten Kleingeld bereithalten, da sich die Auszahlung sonst zu sehr verzögere. Die Schalter schlossen.

Die Situation der Wartenden im Schalterraum war keineswegs angenehm. Denn die Menge, von den Zeitungen auf 30000 geschätzt, drängte von draußen gleichmäßig nach. Wie ein Baumstamm vom Mechanismus eines Sägewerks in die Säge geschoben wird, so gleichmäßig wurde die Menschenkette in das Syndikat-Building hineingepreßt und — in Teile aufgelöst — durch den Ausgang nach Wallstreet gedrückt. Ein Mann setzt den Fuß auf die erste Granitstufe. Nach einer Minute hebt ihn die nachdrängende Menge in die Höhe, er steht mit beiden Füßen auf der ersten Granitstufe. Nach zehn Minuten ist er oben und wird langsam durchs Vestibül gemahlen. Nach weiteren zehn Minuten wird er in den Schalterraum gedrückt. Er ist eine mechanische Figur ohne Eigenbewegung geworden, und Tausende vor ihm und hinter ihm absolvieren genau die gleichen Bewegungen in genau der gleichen Zeit.

Infolge der Stockung aber war der riesige Schaltersaal in wenigen Minuten gedrückt voll. Die Leute im Vestibül wurden zum Teil die Treppe zu den oberen Stockwerken hinaufgeschoben.

Die Wartenden an den Schaltern aber konnten die Position nicht länger halten und hatten die hübsche Aussicht, nach zehnstündigem Warten an den Schaltern vorbeigepreßt und gegen den Ausgang gedrückt zu werden. Dann konnten sie sich wieder hinten anreihen.

Sie alle hatten die Nacht schlaflos verbracht, gefroren wie Hunde, nicht gefrühstückt, sie versäumten Zeit, hatten Unannehmlichkeiten in ihren Büros und Geschäften zu erwarten — ihre Laune war die denkbar schlechteste. Sie schrien und pfiffen, und der Lärm setzte sich durchs Vestibül auf die Straße hinaus fort.

Eine ungeheure Erregung ging durch die Menge.

„Die Schalter werden geschlossen!"

„Das Geld ist ihnen ausgegangen!"

Und das Drängen wurde ungeduldiger und gewaltsamer. Kleider wurden abgerissen, und Menschen, die keine Luft bekamen, schrien und fluchten. Manche aber, die getragen wurden und bis zur Brust über die Köpfe hinausragten, heulten laute Verwünschungen.

An den Schaltern stauten sich die Massen zum Ersticken. Schreie, Flüche wurden laut. Ein Chauffeur schlug mit der Faust die Scheibe des Schalters ein und schrie, dunkelrot vor Atemnot im Gesicht: „Mein Geld, ihr Schwindler. Ich habe hier dreihundert Dollar! Gebt mir meine dreihundert Dollar, ihr hundsgemeinen Diebe und Halsabschneider!"

Der Beamte drinnen sah den Schreihals bleich und abweisend an: „Sie wissen genau, daß die Shares unkündbar sind. Sie haben Ihre Zinsen zu fordern, das ist alles!"

Die Scheiben klirrten plötzlich an allen Ecken und Enden und die Clerks begannen nunmehr wieder fieberhaft rasch Geld auszuzahlen. Allein es war zu spät. Das Geschrei, das sich erhob, als die Auszahlung wieder begann, wurde von dem zusammengepreßten Menschenhaufen im Saal und Vestibül mißdeutet, und das Gedränge wurde noch schrecklicher.

Wer den Ausgang erreichen konnte, machte sich so rasch wie möglich davon. Aber auch das gelang nur einzelnen. Plötzlich krachten die Schaltertüren und die Menge wurde in den Kassenraum gepreßt. Die Clerks und Beamten flüchteten, Bücher und Kassetten und Geld zusammenraffend, so gut es ging. Die Menge brandete hinein und im Nu waren die eichenen Schalterwände eingedrückt. Auf diese Weise war Luft entstanden. Die Menge rannte durch alle denkbaren Türen hinaus. Aber nun wirkte der Druck von hinten um so stärker, die Menschenhaufen wurden hineingeschossen. Hier aber fanden sie zu ihrer größten Verblüffung eine zerstörte und geplünderte Bank vor. Umgeworfene Pulte, verstreute Papiere, ausgeschüttete Tinte und Haufen von Kleingeld und zertretenen Dollarscheinen.

Eines aber war klar für sie: ihr Geld war verloren! Hin! Kaputt! Ihr Geld, ihre Hoffnungen, alles!

Das ganze Gebäude heulte vor Wut und Empörung. Man begann zu demolieren, was zu demolieren war. Fenster klirrten, Tische, Stühle zerkrachten und ein fanatischer Jubel brauste auf, so oft es Trümmer gab.

Das Syndikat-Building wurde gestürmt!

Dreißigtausend Menschen — und nach manchen mehr — drängten hinein und wurden die Treppen empor in die oberen Stockwerke geworfen. Die wenigen Schutzleute, die zur Ordnung da waren, waren vollkommen machtlos. Die friedlich Gesinnten suchten irgendwo einen Ausweg, die Wütenden aber suchten sich festzukeilen, wo immer es ging, und ihren Zorn zu befriedigen.

Das Gebäude war an diesem zweiten Januar fast vollkommen verlassen und die meisten Stockwerke gänzlich leer. Um Geld zu sparen hatte man beschlossen, nur die notwendigsten Räume beizubehalten und die frei werdenden Etagen zu vermieten. Die meisten Ressorts waren schon nach Mac City übergesiedelt, andere im Umzug begriffen, die an Anwälte und Firmen vermieteten Etagen aber heute noch nicht im vollen Betrieb.

Das zweite und dritte Stockwerk war angefüllt mit Ballen von Briefschaften, Rechnungen, Quittungen, Plänen, die in den ersten Tagen des Jahres nach den neuen Büros transportiert werden sollten.

Sinnlos in seiner Wut begann der Pöbel diese Ballen durch die Fenster auf die Straße zu werfen und das Treppenhaus damit anzufüllen.

Bis hinauf zum siebenten Stockwerk sah man plötzlich Gesichter an allen Fenstern.

Drei junge, freche Burschen, Mechaniker, kamen sogar bis zu Allan im 32. Stockwerk hinauf!

„Mac muß uns unser Geld geben! Hallo!" Das war eine bestrickende Idee!

„Go on boy — wir wollen zu Mac!"

Der Liftboy weigerte sich, die lauten Frechdachse zu fahren. Da warfen sie ihn zum Lift hinaus und fuhren ab. Sie lachten und schnitten dem Liftboy, der vor Wut heulte, Grimassen. Der Lift stieg und stieg — und plötzlich wurde es ganz ruhig! Vom zwanzigsten Stock an hörte man das Getöse nur noch wie fernen Straßenlärm.

Der Lift flog an verödeten Korridoren vorbei. Sie sahen nur wenig Menschen, aber die wenigen, die sie sahen, schienen nicht zu ahnen, was da drunten, zwanzig und fünfundzwanzig Stockwerke tiefer vor sich ging. Ein Beamter schloß gleichmütig die Tür seines Büros auf, im 30. Stockwerk saßen zwei Herren mit der Zigarre im Mund auf einem Fenstersims und unterhielten sich lachend.

Der Lift hielt, und die drei Mechaniker stiegen aus und brüllten: „Mac! Mac! Mac, wo bist du! Heraus mit Mac!"

Sie gingen an alle Türen und pochten dagegen.

Plötzlich aber erschien Allan in einer Tür und sie starrten ihn, den sie im Bild so oft gesehen hatten, eingeschüchtert an und konnten kein Wort herausbringen.

„Was wollen Sie?" fragte Allan ungehalten.

„Unser Geld wollen wir!"

Allan hielt sie für betrunken.

„Geht in die Hölle!" sagte er und warf die Tür ins Schloß.

Da standen sie und starrten die Tür an. Sie waren gekommen, um aus Mac unter allen Umständen ihr Geld herauszuschlagen, und nun hatten sie keinen Cent erhalten und wurden noch dazu in die Hölle geschickt.

Sie berieten und entschlossen sich abzufahren.

In die Hölle gingen sie nicht, nein, aber durchs Fegfeuer mußten sie doch! Im zwölften Stockwerk stürzten sie durch Rauch und im achten sauste ein brennender Lift voller Feuer und Flammen an ihnen vorbei.

Verstört und halb wahnsinnig vor Schrecken erreichten sie das Vestibül, wo die Woge der nach außen fliehenden Menschen sie mit auf die Straße riß.

KAPITEL 10

Niemand wußte, wie es geschehen war. Niemand wußte, wer es tat. Niemand sah es. Aber es war doch geschehen ...

Im dritten Stock stieg plötzlich ein Mann auf das Fenstersims. Dieser Mann hielt beide Hände als Schalltrichter vor den Mund und gellte unaufhörlich mit voller Kraft der Lungen auf das immer noch ins Gebäude drängende Menschenheer hinab: „Feuer! Das Building brennt! Zurück!"

Der Mann war James **Blackstone**, ein Bankclerk, den die Menschenmasse in den dritten Stock emporgedrückt hatte. Im Anfang hörte ihn niemand, denn alles ringsum schrie. Aber **als das** Gellen sich automatisch wiederholte, wandten sich mehr und mehr Gesichter in die Höhe und plötzlich verstand die Straße, was Blackstone im dritten Stock schrie. Sie verstand nicht alles, nur das einzige alarmierende Wort: „Feuer!" Die Straße sah auch plötzlich, daß das, was wie neblige Kälte aussah, dieser graue Dunst, in dem Blackstone stand, nicht Kälte war, sondern Rauch. Der Rauch verdichtete sich und zog in breiten, trägen Streifen zum Fenster hinaus, um über Blackstones Kopf rasch in die Höhe zu wirbeln. Dann aber begann der Rauch rasch dichter zu werden, zu rollen, zu puffen, und Blackstone verschwand fast gänzlich. Blackstone aber verließ seinen Posten nicht. Er war ein mechanisch gellendes Warnungssignal, das die mit enormer blinder Energie vorwärtsdrängende Masse langsam zum Stillstand und endlich zum Rückzug zwang.

Blackstones Besonnenheit ist es zu danken, daß eine ungeheure Katastrophe vermieden wurde. Sein gellender Schrei weckte die Überlegung der sinnlos gewordenen Masse. Im Building befanden sich zurzeit viele Tausende. Sie strömten den Ausgängen zu, stießen aber hier auf eine Mauer von Menschen. Es schien zunächst, als ob die Menschen auf der Straße neugierig zusehen wollten, was jetzt geschehen würde. Endlich aber, aufgepeitscht durch Blackstones Schreie — wandten sie sich um und stießen hundertfältig Blackstones Warnungssignal aus: „Zurück, das Building brennt!" Die Menge wurde in die Nebenstraßen gepreßt, sie flutete ab.

Über die breiten Granittreppen des Gebäudes stürzte ein wilder Wasserfall von Köpfen, Armen und Beinen und Strudeln von Menschen, die auf die Straße rollten, sich aufrafften und entsetzt flohen. Sie alle hatten sie gesehen, während sie die Treppen hinabhagelten — da drinnen — die schrecklichen: die brennenden Lifts! Lifts, drei, vier, angefüllt mit brennenden Papierbündeln, die in die Höhe schossen und aus denen das Feuer herabtropfte.

Blackstone wurde plötzlich wieder im Rauch sichtbar. Er wurde rasch größer und auf einmal kam er näher: er war gesprungen! Blackstone stürzte in eine Gruppe Fliehender, und es ist sonderbar, daß niemand verletzt wurde. Die Fliehenden spritzten auseinander wie Schmutz, in den ein Steinblock fällt. Sie erhoben sich alle blitzschnell wieder und nur Blackstone blieb liegen. Man trug ihn fort, aber er erholte sich rasch, er hatte sich nur einen Fuß ausgerenkt.

Von Blackstones erstem Ruf bis zu seinem Sprung waren keine fünf Minuten vergangen. Zehn Minuten später wimmelten Pinestreet, Wallstreet, Thomasstreet, Cedar-, Nassaustreet und Broadway von Löschzügen, qualmenden Dampfspritzen und Ambulanzen. Alle Depots New Yorks spien Löschzüge aus.

Kelly, der Kommandeur der Wehr, erkannte augenblicklich die große Gefahr, in der das Geschäftsviertel schwebte. Er rief sogar „Bezirk 66" zu Hilfe, das heißt Brooklyn, was seit dem großen Brand des Equitable Buildings nicht mehr geschehen war. Die Nordpassage der Brooklynbrücke wurde gesperrt, und acht Dampfspritzen mit den zugehörigen Zügen flogen über die gespenstisch im Winterdunst hängende Brooklyn-Bridge nach Manhattan. Das Tunnelgebäude qualmte aus allen Fugen wie ein 32stöckiger Riesenofen. Es war umtobt von Schlachtsignalen, warnenden, schauerlichen Hornrufen, gellenden Glockenschreien, trillernden Pfiffen.

Das Feuer war im dritten Stock und in den Lifts gelegt worden, die man in die Höhe sausen ließ. Niemand konnte später sagen, wer diese Teufelei verübt hatte.

Die brennenden Lifts stürzten ab, wie Bergsteiger, denen an einer steilen Wand die Kräfte ausgehen, einer nach dem andern. Aus dem Souterrain prasselte nach jedem Sturz eine Wolke glühenden Staubs empor. Im Vestibül, im Liftschacht dröhnten Kanonenschüsse und knatterte Schnellfeuer: die Hitze zog unter Krachen die Dielen der Schachtverschalung aus den Schrauben. Der Liftschacht wurde zu einer heulenden Säule von glühender Luft, die die brennenden Briefballen mit nach oben riß. Sie durchschlug den Lichtdom, und eine Fontäne von Funken stieß aus dem Dach empor. Das Building verwandelte sich in einen Vulkan, der brennende Papierfetzen und glühende Briefballen ausspie, die wie Raketen in die Luft stiegen und wie Geschosse über Manhattan dahinsurrten.

Um den glühenden Krater da droben aber kreiste in tollkühner Nähe eine Flugmaschine, wie ein Raubvogel, dessen Horst verbrannte: Photographen der Edison-Bio, die das schneebedeckte Hochgebirge von Wolkenkratzern mit dem aktiven Vulkan in der Mitte aus der Vogelperspektive kinematographisch aufnahmen.

Von dem Liftschacht aus kroch das Feuer durch die Türen in die einzelnen Stockwerke.

Die Fensterscheiben flogen mit einem hellen Knall heraus und zerschellten an den gegenüberliegenden Gebäuden. Die eisernen Fensterstöcke wurden von der Hitze gebogen, herausgeschleudert und wirbelten mit dem hohlen surrenden Geräusch von Aeroplanpropellern durch die Luft. Das Zink, mit dem Fensterbleche und Dachrinnen gelötet waren, schmolz und prasselte als glühender Regen herab. (Für diese Zinkklumpen zahlte man später hohe Preise!)

Kelly schlug eine heroische Schlacht. Er legte fünfundzwanzig Kilometer Schlauchleitungen, aus hundertzwanzig Rohren schoß er Hunderttausende von Gallonen Wasser in das brennende Gebäude. Im ganzen verschlang dieser Brand fünfundzwanzig Millionen Gallonen Wasser und er kostete der Stadt New York hundertdreißigtausend Dollar — dreißigtausend mehr als der große Brand des Equitable-Buildings 1911.

Kelly kämpfte mit dem Feuer und mit der Kälte zu gleicher Zeit. Die Hydranten froren ein, die Schläuche barsten. Fußdick lag die Eiskruste auf der Straße. Das Eis schlug einen dicken Mantel um das brennende Gebäude. Pinestreet war fußhoch mit Eiskörnern bedeckt, denn der Wind verwehte das Wasser und verwandelte es in Eislapilli, die auf die Straße herabregneten.

Kelly hatte mit seinen Bataillonen den Feind umzingelt und schlug acht Stunden lang alle Ausfälle zurück. Auf den Dächern ringsum fochten Kellys Bataillone, halb erstickt vom Rauch, mit Eisklumpen bedeckt in einer Kälte von zehn Grad Celsius. Zwischen ihnen schossen Journalisten hin und her und die Kinematographen drehten mit erstarrten Händen die Kurbel. Auch sie arbeiteten bis zur Erschöpfung.

Das Gebäude war aus Beton und Eisen und konnte nicht abbrennen, obwohl es glühte, daß Legionen von Fensterscheiben in der Nachbarschaft platzten. Aber es brannte vollkommen aus.

KAPITEL 11

Allan flüchtete über das Dach der Mercantile Safe Co., das acht Stockwerke unter ihm lag.

Er hatte einige Minuten, nachdem ihn die Frechdachse durch ihr Geschrei herausgelockt hatten, den Ausbruch des Feuers bemerkt. Als Lion taumelnd vor Angst und Aufregung zu ihm geeilt kam, hatte er schon den Mantel angezogen und den Hut auf dem Kopf. Er war dabei, Briefschaften von den Tischen aufzuraffen und in die Taschen zu stecken.

„Das Building brennt, Sir!" keuchte der Chinese. „Die Lifts brennen!"

Mac warf ihm Schlüssel zu. „Öffne den Tresor und schreie nicht!" sagte er. „Das Gebäude ist feuersicher." Allan war gelb im Gesicht, betäubt von dem neuen Unglück, das über ihn hereinbrach. „Das ist das Ende!" dachte er. Er war nicht abergläubisch! Aber nach all den Schicksalsschlägen drängte sich ihm der Gedanke auf, daß ein Fluch auf dem Tunnel liege! Ganz mechanisch, ohne recht zu wissen, was er tat, raffte er Zeichnungen und Pläne und Schriftstücke zusammen.

„Der kleine Stift mit den drei Zacken, Lion, flenne nur nicht!" sagte er, und verwirrt und betäubt wiederholte er ein paarmal: „Flenne nur nicht ..."

Das Telephon schrillte. Es war Kelly, der Allan sagte, er solle über die Ostwand nach dem Dach der Mercantile Safe Co. absteigen. Von Minute zu Minute schrillte das Telephon — es sei höchste Zeit! — bis Allan den Apparat abstellte.

Er ging von Tisch zu Tisch, von Gestell zu Gestell und zog Pläne und Schriftstücke hervor und warf sie Lion zu.

„Das muß alles in den Tresor, Lion! Vorwärts!"

Lion war halb irrsinnig vor Angst. Aber er wagte keine Silbe mehr zu sagen, nur seine Lippen bewegten sich, als ob er einen alten Hausgott anrufe. Mit einem Seitenblick hatte er sich überzeugt, daß ein Gewitter im Gesicht seines Herrn stand, ein Hagelwetter, und er hütete sich, ihn zu reizen.

Plötzlich klopfte es. Sonderbar! In der Türe erschien der Deutschrusse Strom. Er stand in der Türe, in einem kurzen Mantel, den Hut in der Hand, nicht unterwürfig und nicht aufdringlich. Er stand, als habe er die Absicht, geduldig zu warten, und sagte: „Es wird Zeit, Herr Allan." Es war Allan rätselhaft, wie Strom heraufgekommen war, aber er hatte keine Zeit, darüber nachzudenken. Es fiel ihm ein, daß Strom in New York war, um mit ihm über die Verringerung des Heeres von Ingenieuren zu sprechen.

„Gehen Sie voran, Strom!" sagte er unwirsch. „Ich komme schon!" Und er wühlte weiter in den Stößen von Papieren. Draußen quoll der Rauch an den Fenstern vorbei und in der Tiefe winselten die Signale der Wehren.

Da fiel Allans Blick nach einer Weile wieder gegen die Türe: Strom stand immer noch still wartend, den Hut in der Hand.

„Sie sind noch da?"

„Ich warte auf Sie, Allan," erwiderte der bleiche Strom bescheiden und bestimmt.

Plötzlich drang eine Wolke von Rauch ins Zimmer und mit dem Rauch erschien ein Offizier der Wehr mit einem weißen Helm auf dem Kopf. Er hustete und rief: „Kelly schickt mich. In fünf Minuten können Sie nicht mehr aufs Dach, Herr Allan!"

„Ich brauche gerade noch fünf Minuten," antwortete Allan und fuhr fort, Papiere aufzuraffen.

In diesem Augenblick wurde das Knipsen eines photographischen Apparates hörbar, und als sie sich umdrehten, sahen sie einen Photographen, der Allan aufs Korn genommen hatte.

Der Offizier mit dem weißen Helm wurde vor Erstaunen einen Schritt zurückgeworfen.

„Wie kommen Sie hierher?" fragte er verblüfft.

Der Photograph knipste den verblüfften Offizier. „Ich bin hinter Ihnen hergeklettert," antwortete er.

Allan mußte trotz seiner Niedergeschlagenheit laut auflachen. „Lion, Schluß, drehe ab! Nun, kommen Sie!"

Ohne einen Blick in sein Arbeitszimmer zurückzuwerfen ging er durch die Türe.

Der Korridor war eine dicke, finstere Masse von ätzendem Qualm. Es war höchste Zeit. Unter unausgesetzten Zurufen erreichten sie die schmale Eisentreppe und das Dach, auf dem an drei Seiten graue Rauchmauern in die Höhe wirbelten und die Aussicht benahmen.

Sie kamen gerade in dem Augenblick oben an, als der Glasdom einstürzte und sich in der Mitte des Daches ein Krater öffnete, der Rauch, Funkenregen, Feuerklumpen und brennende Papierfetzen ausspie. Dieser Anblick war so entsetzlich, daß Lion laut zu jammern anfing.

Der Photograph aber war verschwunden. Er photographierte den Krater. Er richtete die Linse über New York, hinunter in die Straßenschluchten, auf die Gruppe auf dem Dach. Er geriet in eine Raserei zu photographieren, so daß der Offizier sich schließlich gezwungen sah, ihn am Kragen zu packen und zur Leiter zu schleppen.

„Stop, you fool!" schrie der Offizier wütend.

„Was sagen Sie: fool?" antwortete der Photograph entrüstet. „Dafür werden Sie bezahlen. Ich kann hier photographieren, solange ich will. Sie haben gar kein Recht —"

„Now shut up and go on!" schrie der Offizier.

„Was sagen Sie: shut up? Auch dafür werden Sie bezahlen. Mein Name ist Harrisson vom Herald. Sie hören von mir."

„Meine Herren, haben Sie Handschuhe? Das Fleisch bleibt Ihnen an den eisernen Leitern hängen."

Der Offizier befahl dem Photographen, als erster abzusteigen.

Aber der Photograph wollte gerade den Abstieg aufnehmen und protestierte.

„Vorwärts," sagte Allan. „Verlassen Sie das Dach. Machen Sie keine Dummheiten!"

Der Photograph warf den Riemen über die Schulter und stieg über die Brüstung.

„Sie haben ja allein das Recht, mich von Ihrem Dach zu weisen, Herr Allan," sagte er tief gekränkt, während er langsam versank. Und als nur noch sein Kopf sichtbar war, fügte er hinzu: „Aber daß Sie von Dummheiten reden, das bedaure ich, Herr Allan. Von Ihnen hätte ich das nicht erwartet."

Nach dem Photographen stieg Lion ein, der ängstlich unter sich blickte, dann Strom, hierauf Allan und den Schluß machte der Offizier.

Sie hatten acht Stockwerke abzusteigen, rund hundert Sprossen. Der Rauch war hier gering, aber weiter unten waren die Sprossen so dick mit Eis bedeckt, daß man sie kaum mehr greifen konnte. Unaufhörlich stieb Wasser über sie, das augenblicklich zu Körnern auf den Kleidern und im Gesicht gefror.

Dächer und Fenster der Nachbarschaft waren von Neugierigen punktiert, die dem Abstieg zusahen, der gefährlicher aussah, als er war.

Sie kamen alle wohlbehalten auf dem Dach der Mercantile Safe Co. an, und hier erwartete sie schon der Photograph und kurbelte.

Das Dach sah einem Gletscher ähnlich und ein kleiner spitzer Eisberg näherte sich Allan. Das war der Kommandeur Kelly. Zwischen den beiden, alten Bekannten, wurden folgende Worte gewechselt, die am selben Abend noch in allen Zeitungen standen.

Kelly: „I am glad I got you down, Mac!"

Allan: „Thanks, Bill!"

KAPITEL 12

Bei diesem Riesenbrande, einem der größten Brände New Yorks, verloren wunderbarerweise nur sechs Menschen das Leben: Joshua Gilmor, Kassendiener, mit Kassierer Reichhardt und Kassenvorstand Webster in der Stahlkammer vom Feuer überrascht. Die Schutzgitter werden durchsägt, gesprengt, Reichhardt und Webster gerettet. Als man Gilmor herausziehen will, verschüttet eine Lawine von Schutt und Eis das Gitter. Gilmor fror am Gitter fest.

Die Architekten Capelli und O'Brien. Springen vom 15. Stock ab und zerspritzen auf der Straße. Feuerwehrmann Riwet, vor dessen Füßen sie zerschellen, erleidet einen Nervenchok und stirbt drei Tage später am Schrecken.

Commander Day. Von einem einstürzenden Fußboden des dritten Stockwerkes mit in die Tiefe gerissen und vom Schutt erschlagen.

Der Groom Sin, Chinese. Bei den Aufräumungsarbeiten in einem Eisklumpen eingeschlossen aufgefunden. Zum nicht geringen Entsetzen aller kommt, als man den Klumpen zerschlägt, der fünfzehnjährige Chinese in seinem hübschen blauen Frack zum Vorschein, die Mütze mit den Lettern A. T. S. auf dem Kopf.

Heldenhaft war die Handlungsweise des Maschinisten Jim Buttler. Buttler drang in das brennende Gebäude ein und löschte die acht Kesselfeuer in voller Gemütsruhe, während über ihm das Feuer tobte. Er verhütete eine Kesselexplosion, die verhängnisvoll hätte werden können. Jim tat seine Pflicht und verlangte kein Lob. Aber er war nicht so töricht, das Angebot eines Managers zurückzuweisen, der ihn bei einer Monatsgage von 2000 Dollar durch ganz Amerika schleppte und ihn in concerthalls auftreten ließ.

Drei Monate lang sang Buttler jeden Abend sein kleines Lied:

„Ich bin Jim, der Maschinist vom A. T. S.

„Die Flammen brausen über mir,

„Ich aber sage: Jim, lösch deine Feuer ...“

New York war erfüllt von Feuerlärm und Brandgeruch.

Während sich noch der Qualm des Brandes über Downtown wälzte und verkohlte Papierstücke aus dem grauen Himmel herabregneten, brachten die Zeitungen das brennende Building, Kellys kämpfende Bataillone, die Bildnisse der beim Brand Verunglückten, den Abstieg Allans und seiner Begleiter.

Das Syndikat wurde totgesagt. Der Brand war eine Einäscherung erster Klasse. Der Schade war trotz der Versicherungen enorm. Verhängnisvoller aber war die Unordnung, die der rasende Pöbel und das Feuer angerichtet hatten. Millionen von Briefen, Quittungen und Plänen waren zerstört. Nach dem amerikanischen Gesetz müssen Generalversammlungen am ersten Dienstag des Jahres abgehalten werden. Der Dienstag fiel vier Tage nach dem Brand, und das Syndikat erklärte an diesem Tage den Konkurs.

Das war das Ende.

Noch am Abend der Konkurserklärung sammelte sich vor dem Central-Park-Hotel, in dem Allan Wohnung genommen hatte, eine Rotte von Gesindel an und pfiff und johlte. Der Manager fürchtete für seine Fensterscheiben und legte Allan Briefe vor, in denen man drohte, das Hotel auffliegen zu lassen, wenn es Allan noch länger beherberge.

Mit einem bitteren, verächtlichen Lächeln gab Allan die Briefe zurück. „Ich verstehe!“ Er siedelte unter fremdem Namen ins Palace über. Am nächsten Tage aber mußte er auch das Palace wieder verlassen. Drei Tage später nahm ihn kein Hotel in New York mehr auf! Dieselben Hotels, die früher jeden regierenden Fürsten an die Luft gesetzt haben würden, wenn Allan die Zimmer gewünscht hätte, verschlossen ihm die Tür.

Allan war gezwungen New York zu verlassen. Nach Mac City konnte er nicht übersiedeln, da man gedroht hatte, die Tunnel-Stadt in Brand zu stecken, sobald er sich dort sehen lasse. So fuhr er mit dem Nachtzug nach Buffalo. Die Mac Allanschen Steel Works wurden polizeilich bewacht. Allans Anwesenheit konnte indessen nicht lange geheim bleiben. Man drohte die Steel Works in die Luft zu sprengen. Um Geld zu schaffen hatte Allan die Werke bis auf den letzten Nagel an Mrs. Brown, jene reiche Wucherin, verpfändet. Sie waren nicht mehr sein Eigentum und er durfte sie nicht in Gefahr bringen.

Er ging nach Chicago. Aber auch in Chicago gab es Hunderttausende, die am Tunnel Geld verloren hatten. Man vertrieb ihn auch hier. Die Fensterscheiben des Hotels wurden in der Nacht eingeschossen.

Allan war in Acht und Bann. Noch vor kurzer Zeit war er einer der mächtigsten Männer der Welt, von allen Souveränen mit Auszeichnungen überschüttet, Ehrendoktor einer großen Anzahl von Hochschulen, Ehrenmitglied aller bedeutenden Akademien und wissenschaftlichen Gesellschaften. Jahrelang hatte man ihm zugejubelt und zuweilen nahm die Begeisterung Formen an, die an den Personenkultus früherer Zeiten erinnerte. Kam Allan zufällig einmal in einen Hotelsaal, so schrie sofort irgendeine begeisterte Stimme: „Mac Allan ist im Saal! Three cheers for Mac!" Eine Meute von Journalisten und Photographen war ihm Tag und Nacht auf den Fersen gewesen. Er konnte kein Wort sprechen, keine Bewegung machen, ohne daß es die Öffentlichkeit hörte und sah.

Nach der Katastrophe hatte man ihn gedeckt. Es handelte sich ja nur um dreitausend Menschenleben! Nun aber handelte es sich um Geld, die Öffentlichkeit war ins Herz getroffen und zeigte ihm ihr geschliffenes Gebiß.

Allan hatte dem Volk Millionen und Milliarden gestohlen! Allan hatte für sein irrsinniges Projekt die Sparpfennige des kleinen Mannes geplündert! Allan war nicht mehr und nicht weniger als ein Highway-robber, ein Wegelagerer! Er und der saubere S. Woolf! Er hatte ja die ganze Tunnelfarce lediglich zu dem Zweck inszeniert, seinem Allanit einen Riesenabsatz zu schaffen — jährlich eine Million Dollar Reingewinn! Sieh dir heute die Allanschen Steel Works in Buffalo an, my dear: eine Stadt! Und gewiß hatte Allan sein Geld in Sicherheit gebracht, bevor es zu krachen begann! Jeder Liftboy und Trambahnkutscher schrie so laut, wie man es nur immer wollte, daß Mac der größte Gauner aller Zeiten war!

Im Anfang gab es noch einzelne Zeitungen, die Allans Partei ergriffen. Aber es regnete Drohungen und nicht mißzuverstehende Winke in die Redaktionen — und was mehr war: niemand kaufte diese Zeitungen mehr! Ja, Tod und Teufel, man wollte doch nicht lesen, was man persönlich nicht dachte und noch dafür bezahlen! Und die Zeitungen, die sich verritten hatten, schwenkten ab und suchten aufzuholen. Es fehlte S. Woolf, der ruhmlos Hinabgestiegene, dem die Gabe verliehen war, Trinkgelder von richtiger Höhe in die richtige Hand zu drücken.

Allan tauchte in verschiedenen Städten auf, aber immer mußte er wieder verschwinden. Er war der Gast Vanderstyffts in Ohio, aber siehe da, einige Tage später gingen drei Speicher von Vanderstyffts Musterfarm in Flammen auf. Die Prediger in den Betsälen nützten die Konjunktur aus und nannten Allan den Antichrist und machten gute Geschäfte dabei. Niemand wagte es mehr, Allan aufzunehmen. Auf Vanderstyffts Farm erreichte ihn ein Telegramm Ethel Lloyds.

„My dear Mr. Allan," depeschierte Ethel, „Papa bittet Sie, auf unserm Gut Turtle-River, Manitoba, Wohnung zu nehmen, so lange Sie wollen. Pa würde sich sehr freuen, wenn Sie sein Gast wären. Sie können dort Forellen fischen und finden gute Pferde vor. Besonders Teddy empfehle ich Ihnen. Wir kommen im Sommer zu Ihnen. New York fängt schon an ruhiger zu werden. Well, I hope you have a good time. Yours truly Ethel Lloyd."

In Kanada fand Allan endlich Ruhe. Niemand kannte seinen Aufenthalt. Er war verschollen. Einige Zeitungen, die von sensationellen Lügen lebten, brachten die Aufsehen erregende Nachricht, daß er sich getötet habe.

„Der Tunnel verschlingt Mac Allan!"

Aber jene, die ihn kannten und wußten, daß er sechs Leben habe wie der Hai, prophezeiten, daß er bald wieder auftauchen werde. Und in der Tat kehrte er früher nach New York zurück, als jemand geahnt hatte.

Der Zusammenbruch des Syndikats hatte noch Hunderte mit in die Tiefe gerissen. Viele Privatleute und Firmen, die der erste Stoß erschüttert hatte, hätten sich zu behaupten vermocht, wenn man ihnen ein paar Wochen Frist gegeben haben würde. Der zweite Stoß rannte sie nieder. Im großen und ganzen aber waren die Folgen des Bankrotts weniger verderbenbringend, als man befürchtet hatte. Der Bankrott kam nicht unerwartet. Sodann: die allgemeine Lage war so schlecht, daß sie kaum noch schlechter werden konnte. Es war die traurigste und elendeste Zeit seit hundert Jahren. Die Welt war um zwanzig Jahre in ihrer Entwicklung zurückgeworfen worden. Der Streik begann abzuflauen, aber Handel, Verkehr, Industrie lagen noch immer in einer tiefen Ohnmacht. Bis hinauf nach Alaska, bis hinein in die Berge des Baikal und die Wälder am Kongo war die Betäubung gedrungen. Auf dem Missouri-Mississippi, dem Amazonenstrom, der Wolga, dem Kongo lagen Flotten von Dampfern und Leichtern ohne Leben.

Die Asyle für Obdachlose waren überfüllt, ganze Stadtviertel in den großen Städten verarmt. Jammer, Hunger und Elend überall.

Es war Torheit zu behaupten, Allan habe diese Lage verschuldet. Wirtschaftliche Krisen aller Art spielten herein. Aber man behauptete es. Die Zeitungen hörten nicht auf, Allan anzuklagen. Sie schrien Tag und Nacht, daß er dem Volk mit falschen Vorspiegelungen das Geld aus der Tasche gelockt habe. Nach siebenjähriger Bauzeit sei noch nicht ein Drittel des Tunnels vollendet! Niemals, niemals habe er daran geglaubt, den Bau in fünfzehn Jahren bewältigen zu können, und das Volk schamlos belogen!

Endlich, Mitte Februar, erschien in den Zeitungen ein Steckbrief hinter Mac Allan, Erbauer des Atlantic-Tunnels. Allan wurde angeklagt, das öffentliche Vertrauen bewußt getäuscht zu haben.

Drei Tage später hallte New York wider von dem Geheul der Zeitungsverkäufer: „Mac Allan in New York! Stellt sich dem Gericht!“

Die Konkursverwaltung des Syndikats bot eine ungeheure Kaution, ebenso Lloyd, aber Allan wies beide Angebote zurück. Er blieb in den „Tombs", im Untersuchungsgefängnis der Franklinstreet. Täglich empfing er auf einige Stunden Strom, in dessen Hände er die Verwaltung des Tunnels gelegt hatte und konferierte mit ihm.

Strom hatte mit keiner Miene, keinem Wort sein Bedauern darüber ausgedrückt, daß Allan in diese mißliche Lage gekommen sei, nicht mit einem Lächeln seine Freude, ihn wiederzusehen. Er referierte, nichts sonst.

Allan war angestrengt tätig, so daß ihm die Zeit nicht lang wurde. Er speicherte ein Depot an Gehirn auf, das sich später (später!) in Muskelkraft umsetzen sollte. Während seiner Internierung in den „Tombs" arbeitete er die Baumethode für die einstollige Fortführung des Tunnels aus. Außer Strom empfing er nur seine Verteidiger, sonst niemand.

Ethel Lloyd ließ sich einmal bei ihm melden, aber er wies sie ab.

Der Prozeß Allans begann am 3. April. Schon Wochen vorher war jeder einzelne Platz des Verhandlungssaales belegt. Man bezahlte Unsummen für die Vermittlung eines Platzes. Es kamen die frechsten und schamlosesten Durchstechereien vor. Besonders die Damen gebärdeten sich wie toll: sie alle wollten sehen, wie Ethel Lloyd sich benehmen würde!

Den Vorsitz führte der gefürchtetste Richter von New York, Doktor Seymour.

Mac Allan standen die vier ersten Verteidiger der Staaten zur Seite, Boyer, Winsor, Cohen und Smith.

Der Prozeß dauerte drei Wochen, und drei Wochen lang befand sich Amerika in ungeheurer Erregung und Spannung. Der Prozeß war die minuziöse Geschichte der

Gründung des Syndikats, der Finanzierung, des Baus und der Verwaltung des Tunnels. Auch sämtliche Unfälle und die Oktober-Katastrophe wurden ausführlich erörtert. Die Damen, die bei der Vorlesung vollendeter Dichtungen einschlafen, blieben bei all diesen Einzelheiten, die niemand verstehen konnte, der nicht mit der Materie genau vertraut war, gespenstisch wach.

Ethel Lloyd fehlte keine Stunde. Während der ganzen Dauer der Verhandlung saß sie, aufmerksam lauschend, fast ohne Bewegung in ihrem Sessel.

Allan erregte große Sensation und auch einige Enttäuschung. Man hatte erwartet, ihn, auf dem das Schicksal herumhämmerte, gebrochen und müde zu sehen, um ihn bemitleiden zu können. Aber Allan dankte, er sah genau aus wie früher. Gesund, kupferhaarig, breitschulterig, genau dieselbe Art, scheinbar zerstreut und gleichgültig zuzuhören. Er sprach dasselbe breite, langsame, wortkarge westliche Amerikanisch, das zuweilen noch an den Pferdejungen von Uncle Tom erinnerte.

Großes Aufsehen erregte auch Hobby, der als Zeuge zugezogen worden war. Sein Anblick, seine hilflose Art zu sprechen, erschütterten. War dieser Greis Hobby, der auf einem Elefanten durch den Broadway ritt?

Allan brach sich selbst das Genick. Zum größten Schrecken seiner vier Verteidiger, die seinen Freispruch schon beschworen hatten.

Der Angelpunkt des ganzen Prozesses war natürlich die von Allan angegebene Bauzeit von fünfzehn Jahren. Und am siebzehnten Tage des Prozesses tastete sich Doktor Seymour vorsichtig an diesen heiklen Punkt heran.

Nach einer kurzen Pause begann er ganz harmlos: „Sie verpflichteten sich, den Tunnel im Laufe von fünfzehn Jahren zu bauen, also nach Ablauf der fünfzehn Jahre die ersten Züge laufen zu lassen?"

Allan: „Ja."

Doktor Seymour, leichthin, dabei rügend ins Publikum blickend: „Waren Sie überzeugt, den Bau in dieser Zeit fertigstellen zu können?"

Alle Welt erwartete nun, Allan würde die Frage bejahen. Allan aber tat es nicht. Seine vier Verteidiger rührte nahezu der Schlag, als er den Fehler beging, die Wahrheit zu sagen.

Allan erwiderte: „Überzeugt war ich nicht. Aber ich hoffte unter günstigen Verhältnissen den Termin einhalten zu können."

Doktor Seymour: „Rechneten Sie mit diesen günstigen Verhältnissen?"

Allan: „Ich war natürlich auf die eine oder andere Schwierigkeit gefaßt. Der Bau konnte unter Umständen zwei, drei Jahre länger dauern."

Doktor Seymour: „Also waren Sie überzeugt, den Bau nicht in fünfzehn Jahren fertigstellen zu können?"

Allan: „Das sagte ich nicht. Ich sagte, ich hoffte es, wenn alles gut ging."

Doktor Seymour: „Sie gaben den Termin von fünfzehn Jahren an, um das Projekt leichter starten zu können?"

Allan: „Ja."

(Die Verteidiger saßen wie Leichname.)

Doktor Seymour: „Ihre Wahrheitsliebe macht Ihnen alle Ehre, Herr Allan."

Mac sagte die Wahrheit und hatte sich die Konsequenzen selbst zuzuschreiben.

Doktor Seymour begann sein „summing-up". Er sprach von zwei Uhr nachmittags bis zwei Uhr nachts. Die Damen, die bleich vor Zorn werden, wenn sie in einem Geschäft fünf Minuten warten müssen, hielten bis zum Schluß aus. Er rollte das ganze schaurige Panorama von Unheil auf, das der Tunnel in die Welt gebracht hatte: Katastrophe, Streik, Bankrotte. Er behauptete, zwei Menschen wie Mac Allan seien imstande, die ganze wirtschaftliche Welt zu ruinieren. Allan sah ihn erstaunt an.

Am nächsten Tag um neun Uhr morgens begannen die Plädoyers der Verteidiger, die bis spät in die Nacht währten. Die Verteidiger legten sich flach über den Tisch und streichelten die Geschworenen unter dem Kinn ...

Dann kam der Tag der größten Spannung. Tausende von Menschen umdrängten das Gerichtsgebäude. Sie alle hatten durch Allan zwanzig, hundert, tausend Dollar verloren. Sie verlangten ihr Opfer und sie bekamen es.

Die Geschworenen wagten es gar nicht, Allans Schuld zu verneinen. Sie hatten keine Lust, mit einer Dynamitbombe in die Höhe zu gehen oder auf der Treppe ihres Hauses niedergeschossen zu werden. Sie sprachen Allan der bewußten Irreführung des Publikums, kurz des Betruges schuldig. Wiederum fehlte S. Woolf, der ruhmlos Hinabgestiegene, dessen Hände golden abfärbten.

Das Urteil lautete auf sechs Jahre drei Monate Gefängnis.

Es war eines jener amerikanischen Urteile, die Europa nicht fassen kann. Es war unter dem Druck des Volkes und der momentanen Lage gegeben. Auch politische Motive spielten herein. Die Wahlen standen bevor und die republikanische

Regierung wollte der demokratischen Partei schmeicheln. Allan hörte das Urteil mit ruhiger Miene an und legte sofort Revision ein.

Das Auditorium aber war einige Minuten völlig erstarrt.

Dann aber sagte eine empörte, bebende Frauenstimme: „Es gibt keine Gerechtigkeit mehr in den Staaten. Die Richter und Geschworenen sind von den Schiffahrtsgesellschaften bestochen!"

Das war Ethel Lloyd. Diese Bemerkung kostete sie ein kleines Vermögen und dazu zehntausend Dollar für Anwälte. Und da sie während ihres Prozesses, der enormes Aufsehen erregte, den Gerichtshof abermals beleidigte, bekam sie drei Tage Haft wegen Ungebühr. Ethel Lloyd bezahlte aber freiwillig keinen Pfennig. Sie ließ sich pfänden. Und zwar übergab sie dem Gerichtsvollzieher zwei Paar Handschuhe mit Brillantknöpfen.

„Bin ich mehr schuldig?" fragte sie.

„Nein, danke," antwortete der Beamte und zog mit den Handschuhen ab.

Als aber die Zeit herankam, da Ethel ins Loch wandern sollte, hatte sie keine Lust. Drei Tage jail? No, Sir! Sie riß aus an Bord ihrer Dampfjacht „Goldkarpfen" und kreuzte in zwanzig Meilen Entfernung von der Küste, wo ihr niemand etwas anhaben konnte. Stündlich sprach sie funkentelegraphisch mit ihrem Vater. Die Funkenstationen der Zeitungen fingen alle Gespräche ab und New York amüsierte sich acht Tage lang. Der alte Lloyd lachte Tränen über seine Tochter und vergötterte sie noch mehr. Da er aber ohne Ethel nicht leben konnte, so bat er sie schließlich zurückzukehren. Er sei nicht wohl. Sofort richtete Ethel den Bug des „Goldkarpfens" gegen New York, und hier fiel sie prompt in die Hände der Gerechtigkeit.

Ethel brummte drei Tage und die Zeitungen zählten die Stunden bis zu ihrer Befreiung. Ethel kam lachend heraus und wurde von einem Park von Automobilen empfangen und im Triumph nach Hause gebracht.

Unterdessen aber saß Allan im Staatsgefängnis von Atlanta. Er verlor nicht den Mut, denn er nahm das Urteil nicht ernst.

Im Juni nahm die Revision des Prozesses ihren Anfang.

Der Riesenprozeß wurde abermals aufgerollt. Das Urteil aber blieb unangetastet und Allan kehrte nach Atlanta zurück.

Die Sache Allan ging an den Supreme Court. Und nach drei weiteren Monaten wurde der letzte Prozeß geführt. Es wurde Ernst und ging um Allans Hals.

Die finanzielle Krise war unterdessen abgeflaut. Handel, Verkehr, Industrie begannen sich zu erholen. Das Volk hatte seinen fanatischen Haß verloren. Aus hundert Anzeichen merkte man, daß jemand an der Arbeit war, Allans Sache zu ordnen. Man behauptete, es sei Ethel Lloyd. Die Zeitungen brachten günstiger gefärbte Artikel. Die Geschworenen waren ganz anders zusammengesetzt.

Allans Aussehen befremdete, als er vor dem Supreme Court erschien. Seine Gesichtsfarbe war fahl und ungesund, seine Stirn von tiefen Falten durchfurcht, die auch blieben, wenn er sprach. Er war grau geworden an den Schläfen und stark abgemagert. Der Glanz seiner Augen war erloschen. Zuweilen schien er ganz teilnahmlos.

Die Aufregungen der letzten Monate, die Prozesse hatten ihn nicht niederwerfen können. Aber die Haft in Atlanta hatten seine Gesundheit untergraben. Ausgeschaltet vom Leben und von Aktivität mußte ein Mann wie Allan zugrunde gehen; wie eine Maschine zusammensackt, wenn sie zu lange stillsteht. Er wurde ruhelos und schlief schlecht. Entsetzliche Träume bekamen Gewalt über ihn, so daß er sich am Morgen gemartert erhob. Der Tunnel verfolgte ihn mit Schrecknissen. Es donnerte in seinen Träumen und das Weltmeer brach in die Stollen und Tausende trieben wie ertrunkene Tiere zu den Tunnelmündungen hinaus. Der Tunnel saugte wie ein Trichter: er verschlang Maschinenhallen und Häuser, die Tunnelstadt glitt in den Schlund hinein, Dampfer, Wasser und Erde, New York begann sich zu neigen und zu sinken. New York brannte lichterloh und er flüchtete über die Dächer der zusammenschmelzenden Stadt. Er sah S. Woolf in drei Teile geschnitten und alle drei Teile lebten und flehten ihn um Gnade an.

Der Supreme Court sprach Allan frei. Der Freispruch wurde mit großem Jubel aufgenommen. Ethel Lloyd schwenkte das Taschentuch wie eine Fahne. Allan mußte unter Bedeckung zu seinem Wagen gebracht werden, da man ihn in Stücke gerissen hätte, um ein Andenken zu haben. Die Straßen rings um das Gebäude hallten wider: „Mac Allan! Mac Allan!"

Der Wind blies wieder aus der andern Richtung.

Allan aber hatte nur noch einen Gedanken, den er mit dem letzten Rest von Energie verfolgte: Einsamkeit, keine Menschen …

Er begab sich nach Mac City.

SECHSTER TEIL

KAPITEL 1

Der Tunnel war tot.

Ein Schritt hallte weithin in den öden Stollen und eine Stimme rumorte wie in einem Keller. In den Stationen sangen gleichmäßig still Tag und Nacht die Maschinen, von schweigsamen, verbitterten Ingenieuren bedient. Vereinzelte Züge klirrten hinein, hinaus. Nur in der submarinen Schlucht wühlten noch immer die Arbeiter der Pittsburg Refining and Smelting Co. Die Tunnelstadt war verödet, verstaubt und ausgestorben. Die Luft, die sonst wetterte vom Mahlen der Betonmischmaschinen und Hämmern der Züge, war still, die Erde zitterte nicht mehr. Im Hafen lagen Reihen von toten Dampfern. Die Maschinenhallen, die früher wie Feenpaläste glitzerten, lagen bis auf einzelne in der Nacht schwarz wie Ruinen und ohne Leben. Das Blinkfeuer des Hafens war erloschen.

Allan bewohnte das fünfte Stockwerk des Bürogebäudes. Seine Fenster gingen auf ein Meer von Geleisen hinaus, die sich leer und staubbedeckt hinzogen. In den ersten Wochen verließ er das Haus überhaupt nicht. Dann verbrachte er einige Wochen in den Stollen. Er verkehrte mit niemand außer Strom. Freunde hatte er nicht in Mac City. Hobby hatte schon lange sein Landhaus verlassen. Er hatte seinen Beruf aufgegeben und eine Farm in Maine gekauft. Im November hatte Allan eine dreistündige Besprechung mit dem alten Lloyd, die seine letzten Hoffnungen vernichtete. Entmutigt und bitter ging er noch am gleichen Tage mit einem Dampfer des Syndikats in See. Er besuchte die ozeanischen und europäischen Stationen und die Zeitungen brachten kurze Notizen darüber. Aber niemand las sie. Mac Allan war tot wie der Tunnel, neue Namen blendeten über der Welt.

Als er im Frühjahr nach Mac City zurückkehrte, kümmerte sich kein Mensch darum. Nur Ethel Lloyd!

Ethel wartete einige Wochen auf seinen Besuch bei ihrem Vater. Als er aber nichts von sich hören ließ, schrieb sie ihm ein kurzes, freundliches Billett: Sie habe erfahren, daß er wieder hier sei. Pa und sie würden sich sehr freuen, wenn er sie gelegentlich besuche. Tausend Grüße!

Allein Allan antwortete nicht.

Ethel war erstaunt und gekränkt. Sie ließ den ersten Detektiv New Yorks zu sich kommen und gab ihm den Auftrag, augenblicklich Informationen über Allan einzuziehen. Am nächsten Tag erstattete ihr der Detektiv Bericht: Allan arbeite Tag für Tag im Tunnel. Zwischen sieben Uhr und zwölf Uhr abends kehre er gewöhnlich zurück. Er lebe vollkommen abgeschlossen von der Welt und habe seit seiner Rückkehr keinen Menschen vorgelassen. Der Weg zu ihm führe über Strom, und Strom sei unerbittlicher als ein Gefängnisschließer.

Am gleichen Tage noch erschien Ethel gegen Abend in der toten Tunnelstadt, um sich bei Allan melden zu lassen. Man sagte ihr, sie möge sich an Herrn Strom wenden. Ethel, die damit rechnete, hatte schon ihre Vorbereitungen getroffen. Mit diesem Herrn Strom wollte sie schon fertig werden! Sie hatte Strom bei Allans Prozeß gesehen. Sie haßte und bewunderte ihn zu gleicher Zeit. Sie verabscheute seine unmenschliche Kälte und Menschenverachtung, aber sie bewunderte seinen Mut. Heute würde er auf Ethel Lloyd stoßen! Sie hatte sich ausgesucht gekleidet, Pelz aus sibirischem Silberfuchs, Fuchskopf und Pranken auf der Mütze. Sie setzte ihre verführerischste und siegreichste Miene auf, überzeugt, Strom augenblicklich zu blenden.

„Ich habe die Ehre, Herrn Strom zu sprechen?" begann sie mit ihrer einschmeichelndsten Stimme. „Mein Name ist Ethel Lloyd. Ich möchte gerne Herrn Allan besuchen."

Strom aber verzog keine Miene. Weder ihr allmächtiger Name, noch der Silberfuchs, noch ihre schönen lächelnden Lippen machten auf ihn den geringsten Eindruck. Ethel hatte das demütigende Gefühl, daß ihr Besuch ihn tödlich langweile.

„Herr Allan ist im Tunnel, Fräulein Lloyd!" sagte er kühl. Sein Blick und die Frechheit, mit der er log, empörten Ethel und sie legte augenblicklich ihre liebenswürdige Maske ab und wurde bleich vor Zorn.

„Sie sind ein Lügner!" antwortete sie mit einem leisen, empörten Lachen. „Man hat mir soeben gesagt, daß er hier sei."

Strom regte sich nicht auf. „Ich kann Sie nicht zwingen, mir zu glauben, leben Sie wohl!" entgegnete er. Das war alles.

So etwas hatte Ethel Lloyd noch nie erlebt. Bebend und blaß vor Wut erwiderte sie: „Sie werden noch an mich denken, mein Herr! Bis heute hat es noch niemand gewagt, mich so unverschämt zu behandeln! Eines Tages werde ich, Ethel Lloyd, Ihnen die Türe weisen! Hören Sie!"

„Ich werde dann weniger Worte machen als Sie, Fräulein Lloyd," erwiderte Strom kühl.

Ethel sah in seine eisigen Glasaugen und sein totes Gesicht. Sie hatte Lust, ihm geradeheraus zu sagen, daß er kein Gentleman sei, aber sie beherrschte sich und schwieg. Sie warf ihm ihren verächtlichsten Blick zu (ein Blick, guter Gott!) und ging.

Und während sie mit Tränen der Wut in den Augen die Treppe hinabstieg, dachte sie: ‚Er ist ja auch wahnsinnig geworden, dieser Basilisk! Alle machte der Tunnel wahnsinnig, Hobby, Allan — sie brauchen nur ein paar Jahre dabei zu sein.'

Ethel weinte vor Zorn und Enttäuschung, als sie in ihrem Wagen nach New York zurückfuhr. Sie hatte sich vorgenommen gehabt, alle ihre Künste gegen diesen Strom, hinter den sich Allan verschanzte, spielen zu lassen, aber sein unverschämt kalter Blick hatte sofort ihre Überlegung weggefegt. Sie weinte aus Wut über ihre schlechte Taktik. „Nun, dieser Patron wird an Ethel Lloyd denken!" sagte sie rachsüchtig und lachte zornig. „Ich werde den ganzen Tunnel kaufen, nur um diesen Burschen hinauswerfen zu können. Just wait a little!"

Bei Tisch saß sie an diesem Abend blaß und schweigsam ihrem Vater gegenüber.

„Reichen Sie Herrn Lloyd die Sauciere!" herrschte sie den Diener an. „Sehen Sie denn nicht?"

Und der Diener, der Ethels Launen recht wohl kannte, kam ihrem Befehl nach und wagte keine Miene zu verziehen.

Der alte Lloyd blickte scheu in die kalten, herrischen Augen seiner schönen Tochter.

Ethel ließ sich durch Hindernisse nicht abschrecken. Sie hatte ihr Auge auf Allan geworfen. Sie hatte sich vorgenommen, ihn zu sprechen, und sie schwor sich es zu tun, koste es, was es wolle. Um keinen Preis der Welt aber hätte sie sich noch einmal an Strom gewandt. Sie verabscheute ihn! Und sie war überzeugt, auch ohne diesen Strom, der kein Gentleman war, ihr Ziel zu erreichen.

An den folgenden Abenden war der alte Lloyd in die üble Lage versetzt, allein speisen zu müssen. Ethel ließ sich entschuldigen. Sie fuhr jeden Tag um vier Uhr nachmittags nach Mac City und kam um halb elf Uhr mit dem Abendzuge zurück. Von sechs bis neun Uhr aber wartete sie in einem Mietsautomobil, das sie von New York nach Mac City beordert hatte, zehn Schritte vom Haupteingang des Bürogebäudes entfernt. Eingehüllt in Pelze saß sie im Wagen, zitternd vor Frost, eigentümlich abenteuerlich erregt und gedemütigt durch die Rolle, die sie spielte, und spähte durch die gefrorenen Scheiben, in die sie von Zeit zu Zeit Löcher hauchen mußte. Trotz einiger Bogenlampen, die gleißende Höhlen in die Nacht rissen, war es draußen tiefdunkel und nur das wirre Netz der Geleise schimmerte matt. So oft sich etwas regte und jemand kam, machte Ethel ihre Augen ganz scharf und ihr Herz pochte.

Am dritten Abend sah sie Allan zum erstenmal. Er kam mit einem Herrn quer über die Trassen und sie erkannte ihn augenblicklich am Gang. Der Herr aber, der ihn begleitete, war Strom. Ethel verwünschte ihn! Die beiden gingen ganz nahe am Auto vorüber und Strom wandte das Gesicht gegen das glitzernde, vereiste Fenster. Ethel bildete sich ein, daß er erraten habe, wer im Wagen saß, und sie fürchtete schon, er werde Allan auf das Automobil aufmerksam machen. Allein Strom ging weiter, ohne ein Wort an Allan zu richten.

Ein paar Tage darauf kam Allan schon um sieben Uhr aus dem Tunnel zurück. Er sprang von einem langsam fahrenden Zug ab und stieg ohne Hast über die Geleise. Immer näher kam er, still und nachdenklich ging er seiner Wege. Gerade als er den Fuß auf die Stufen des Eingangs setzte, öffnete Ethel den Schlag des Autos und rief seinen Namen.

Allan blieb einen Moment stehen und sah sich um. Dann machte er Miene, die Stufen hinaufzusteigen.

„Allan!" rief Ethel nochmals und eilte näher.

Allan wandte sich ihr zu und forschte mit einem raschen Blick unter ihrem Schleier.

Er trug einen weiten braunen Mantel, ein Halstuch und hohe Stiefel, die voller Schmutz waren. Sein Gesicht war mager und hart. Eine Weile sahen sie einander schweigend an.

„Ethel Lloyd?" fragte Allan langsam, mit tiefer gleichgültiger Stimme.

Ethel wurde verlegen. Sie hatte Allans Stimme nur undeutlich in der Erinnerung gehabt und nun erkannte sie seine Stimme wieder. Sie zögerte, den Schleier hochzunehmen, da sie fühlte, daß sie rot geworden war.

„Ja," sagte sie unsicher, „ich bin es," und schob den Schleier in die Höhe.

Allan sah sie mit ernsten, klaren Augen an. „Was tun Sie hier?" fragte er.

Aber da fand Ethel ihre Fassung. Sie sah ein, daß ihre Sache verloren wäre, wenn sie in dieser Sekunde nicht den richtigen Ton träfe. Und sie traf ihn, instinktiv. Sie lachte so froh und herzlich wie ein Kind und sagte: „Es fehlte gerade noch, daß Sie mich auszankten, Allan! Ich habe mit Ihnen zu sprechen und da Sie niemand vorlassen, habe ich Ihnen zwei Stunden lang in diesem Wagen aufgelauert."

Allans Blick änderte sich nicht. Aber seine Stimme klang nicht unfreundlich, als er sie bat einzutreten.

Ethel atmete auf. Der gefährliche Augenblick war vorüber. Sie fühlte sich froh und leicht und glücklich, als sie den Lift betrat.

„Ich habe Ihnen geschrieben, Allan?" sagte sie lächelnd.

Allan sah sie nicht an. „Ja, ja, ich weiß," erwiderte er zerstreut und blickte zu Boden, „aber, offen gestanden, hatte ich damals —" Und Allan murmelte etwas, was sie nicht verstand. Im gleichen Augenblick hielt auch der Lift. Lion öffnete die Tür zu Allans Wohnung. Ethel tat sehr erfreut und überrascht, Lion wiederzusehen.

„Da ist ja unser alter Lion!" rief sie aus und streckte dem alten, dünnen Chinesen wie einem lieben Bekannten die Hand hin. „Wie geht es, Lion?"

„Thank you," wisperte der verblüffte Lion kaum hörbar und verbeugte sich schlürfend.

Allan bat Ethel, ihn einen Augenblick zu entschuldigen, und Lion führte sie in ein großes, wohlgeheiztes Zimmer und entfernte sich sofort wieder. Ethel knöpfte den Mantel auf und zog die Handschuhe aus. Das Zimmer machte einen nüchternen und geschmacklosen Eindruck. Offenbar hatte Allan die Möbel telephonisch bei einem Warenhaus bestellt und das Arrangement einem Tapezierer überlassen. Dazu kam, daß die Vorhänge gerade abgenommen waren und man die Fensterstöcke nackt erblickte, schwarze Rechtecke mit drei, vier kalt glitzernden Sternen darin. Nach geraumer Weile kam Lion wieder und servierte Tee und Toast. Dann trat Allan ein. Er hatte sich umgekleidet und die hohen Stiefel mit Schuhen vertauscht.

„Ich stehe zu Ihrer Verfügung, Fräulein Lloyd," sagte er ernst und ruhig und nahm in einem Sessel Platz. „Wie geht es Herrn Lloyd?" Und Ethel sah an seinem Gesicht, daß er sie nicht brauchte.

„Vater geht es gut, danke," antwortete sie zerstreut. Sie konnte nun Allan deutlich sehen. Er war stark ergraut und sah um Jahre gealtert aus. Seine scharf gewordenen Züge waren vollkommen bewegungslos, steinern, voll verborgener Verbitterung und stummem Trotz. Seine Augen waren kalt, ohne Leben und erlaubten dem Blick nicht, in sie einzudringen.

Ethel hätte nun, wenn sie überlegt gehandelt hätte, vorerst ein belangloses Gespräch mit Allan geführt, um ihn und sich selbst mit der Situation nach und nach vertraut zu machen. Sie hatte es sich auch vorgenommen, sie wollte sogar über Strom Klage führen, aber als sie Allan so verändert, fremd und abweisend vor sich sah, ließ sie sich von ihrem Impuls fortreißen. Ihr Herz sagte ihr, daß es eine Möglichkeit geben müsse, Allan zu packen und festzuhalten.

Und augenblicklich schlug sie einen herzlichen und vertrauten Ton an, als seien sie früher die allerbesten Freunde gewesen. „Allan!" sagte sie mit einem leuchtenden Blick ihrer blauen Augen und streckte ihm die Hand hin. „Sie können nicht wissen, wie sehr ich mich freue, Sie wiederzusehen!" Sie hatte Mühe, ihre Erregung zu verbergen.

Allan gab ihr die Hand, die rauh und hart geworden war. Er lächelte ein wenig, aber in seinen Augen stand eine leise, gutmütige Verachtung für diese Art weiblicher Sympathie.

Ethel kümmerte sich nicht darum. Sie war nun nicht mehr einzuschüchtern.

Sie sah Allan an und schüttelte den Kopf. „Sie sehen nicht gut aus, Allan," fuhr sie fort. „Das Leben, das Sie gegenwärtig führen, ist nichts für Sie. Ich begreife recht wohl, daß Sie für einige Zeit Ruhe und Abgeschlossenheit nötig hatten, aber ich glaube nicht, daß es für Sie auf die Dauer gut ist. Seien Sie nicht böse, daß ich Ihnen das sage. Sie brauchen Ihre Arbeit — der Tunnel fehlt Ihnen! Nichts sonst!"

Sie traf die Wahrheit, sie traf Allan mitten ins Herz. Allan saß da und starrte Ethel an. Er erwiderte kein Wort und machte auch nicht den geringsten Versuch, sie zu unterbrechen.

Ethel hatte ihn überrumpelt und sie nützte seine Verblüfftheit nach Kräften aus. Sie sprach nun so rasch und erregt, daß es überhaupt unmöglich gewesen wäre, ihr, ohne unhöflich zu werden, ins Wort zu fallen. Sie machte ihm Vorwürfe, daß er sich selbst von seinen Freunden völlig zurückgezogen habe, daß er sich in dieser toten Stadt vergrabe; sie schilderte ihm ihr Erlebnis mit Strom, sie sprach von Lloyd, von New York, von Bekannten und kam immer wieder auf den Tunnel zurück. Wer sollte denn den Tunnel vollenden, wenn nicht er? Wem würde die Welt diese Aufgabe anvertrauen? Und ganz abgesehen von all dem, sie wolle es ihm offen heraussagen: er würde zugrunde gehen, wenn er die Arbeit nicht bald wieder aufnähme ...

Allans graue Augen waren dunkel und düster geworden, soviel Gram, Schmerz, Bitterkeit und Verlangen hatte Ethel in ihm aufgewühlt.

„Weshalb sagen Sie mir all das?" fragte er, und ein unwilliger Blick traf Ethel.

„Ich habe gar kein Recht, Ihnen das zu sagen, das weiß ich wohl," antwortete sie, „wenn nicht etwa das Recht einer Freundin oder Bekannten. Aber ich sage Ihnen das, weil —" Jedoch Ethel konnte keinen Grund angeben und fuhr fort: „Ich mache Ihnen nur Vorwürfe, daß Sie sich in diesem gräßlichen Zimmer hier vergraben, anstatt Himmel und Hölle in Bewegung zu setzen und den Tunnel fertig zu bauen."

Allan schüttelte nachsichtig den Kopf und lächelte resigniert. „Fräulein Lloyd," entgegnete er, „Sie werden mir vollkommen unverständlich. Ich habe ja Himmel und Hölle in Bewegung gesetzt und ich versuche noch täglich das Mögliche. Vorläufig ist an die Aufnahme der Arbeit nicht zu denken."

„Warum nicht?"

Allan sah sie erstaunt an. „Wir haben kein Geld," sagte er kurz.

„Wer soll aber Geld schaffen können, wenn nicht Sie?" versetzte Ethel rasch, mit einem leisen Lachen. „Solange Sie sich hier einsperren, wird Ihnen allerdings niemand Geld geben."

Allan wurde des Gesprächs müde. „Ich habe alles versucht," erwiderte er und Ethel hörte am Ton seiner Stimme, daß sie ihm lästig wurde.

Sie griff nach den Handschuhen, und während sie in den linken Handschuh schlüpfte, fragte sie: „Haben Sie auch mit Papa gesprochen?"

Allan nickte und wich ihrem Blick aus.

„Mit Herrn Lloyd? Gewiß!" entgegnete er.

„Nun, und?"

„Herr Lloyd machte mir nicht die geringsten Hoffnungen mehr!" erwiderte er und sah Ethel an.

Ethel lachte, ihr leichtes, kindliches Lachen.

„Wann," sagte sie, „Allan, wann war das?"

Allan dachte nach. „Das war im verflossenen Herbst."

„Ja, im Herbst!" fuhr Ethel fort und tat erstaunt. „Papas Hände waren damals gebunden. Jetzt liegt die Sache ganz anders —" und Ethel Lloyd feuerte nun ihre Breitseite ab — „Papa hat mir gesagt: ich würde vielleicht den Bau übernehmen. Aber ich kann natürlich nicht an Allan herantreten. Allan müßte zu mir kommen." Das sagte sie ganz leichthin.

Allan saß still und in sich versunken da. Er erwiderte gar nichts. Ethel hatte ihm mit dieser Eröffnung Feuer ins Herz geworfen. Das Blut stieg ihm ins Gesicht. Plötzlich hörte er den donnernden Gang der Arbeit in seinen Ohren. Sollte es möglich sein? Lloyd —? Seine Erregung war so mächtig, daß er aufstehen mußte.

Er schwieg eine Weile. Dann sah er zu Ethel hin. Sie knöpfte ihre Handschuhe zu und dieses Geschäft schien ihre ganze Aufmerksamkeit in Anspruch genommen zu haben.

Ethel stand auf und lächelte Allan zu. „Papa hat mir allerdings nicht den Auftrag gegeben, Ihnen das zu sagen, Allan. Er darf nie erfahren, daß ich hier war," sagte sie leiser und streckte ihm die Hand hin.

Allan sah sie mit einem dankbaren, warmen Blick an. „Es war in der Tat sehr liebenswürdig von Ihnen mich aufzusuchen, Fräulein Lloyd!" entgegnete er und drückte ihr die Hand.

Ethel lachte leise. „Bitte," sagte sie, „ich hatte in diesen Tagen nichts zu tun und da dachte ich, ich will doch sehen, was Allan treibt. Good bye!" Und Ethel ging.

KAPITEL 2

An diesem Abend war Ethel während des Diners in so vorzüglicher Laune, daß dem alten Lloyd das Herz aufging. Und nach Tisch schlang sie die Arme um seinen Nacken und sagte: „Hat mein kleiner, lieber Pa morgen vormittag Zeit, mit mir eine wichtige Sache zu besprechen?"

„Heute noch, wenn du willst, Ethel."

„Nein, morgen. Und will mein lieber, kleiner Pa alles tun, worum seine Ethel ihn bitten wird?"

„Wenn es mir möglich ist, mein Kind?"

„Es ist dir möglich, Pa!"

Am nächsten Tage erhielt Allan eine eigenhändig geschriebene, äußerst freundschaftlich gehaltene Einladung von Lloyd, die deutlich Ethels Diktion verriet.

„Wir werden ganz unter uns sein," schrieb Lloyd, „nur wir drei."

Allan fand Lloyd in vorzüglicher Laune. Er war noch mehr eingeschrumpft und Allan gewann den Eindruck, als ob er anfange, etwas kindisch zu werden. So hatte er Allans Besuch im vorigen Herbst vollkommen vergessen. Er erzählte ihm wiederum alle Einzelheiten von Ethels Prozessen und lachte Tränen, als er schilderte, wie Ethel der Behörde ein Schnippchen schlug und auf dem Meere herumsegelte. Er schwatzte über all die neuen Dinge, die im Laufe des Herbstes und Winters geschaffen worden waren, über Skandale und Wahlen. Trotzdem sein Gehirn zu verfallen begann, war er noch lebhaft, voller Interesse für alles Neue, listig und bauernschlau. Allan plauderte zerstreut, denn er war zu sehr mit den eigenen Gedanken beschäftigt. Indessen fand er keine Gelegenheit, die Sprache auf den Tunnel zu bringen. Lloyd legte ihm Pläne zu Sternwarten vor, die er verschiedenen Nationen schenken wollte, und als Allan gerade im Begriff stand, überzulenken auf das, was ihm am Herzen lag, meldete der Diener, daß Miß Lloyd die Herren zum Diner erwarte.

Ethel war gekleidet wie zu einem Hofball. Sie blendete. Alles an ihr war Glanz, Frische, Hoheit. Ohne die entstellende, wuchernde Flechte auf dem Kinn wäre sie die erste Schönheit New Yorks gewesen. Allan war merkwürdig überrascht, als er sie sah. Denn er hatte nie gesehen, wie schön sie war. Noch mehr aber verblüffte ihn das schauspielerische Talent, das sie bei der Begrüßung entfaltete.

„Da sind Sie ja, Allan!" rief sie aus und sah Allan mit strahlenden, aufrichtigen, blauen Augen an. „Wie lange haben wir uns nicht gesehen! Wo in aller Welt steckten Sie nur die ganze Zeit?"

Lloyd sagte rügend: „Ethel, sei nicht so neugierig!"

Und Ethel lachte! Bei Tisch war sie in prächtigster Laune.

Sie speisten an einem großen, runden Mahagonitisch, der zwei Meter im Durchmesser maß und den Ethel selbst täglich mit Blumen schmückte. Lloyds Kopf erschien grotesk, wie ein brauner Mumienschädel, zwischen den Bergen von Blüten. Ethel war unausgesetzt um den Vater bemüht. Er durfte nur essen, was sie ihm erlaubte, und lachte kindisch, wenn sie ihm etwas verweigerte. Alles, was ihm schmeckte, hatten ihm die Ärzte verboten.

Sein Gesicht verzerrte sich vor Vergnügen, als ihm Ethel etwas Hummermayonnaise vorlegte.

„Heute wollen wir nicht so streng sein, Dad," sagte sie, „weil Herr Allan zu Gast ist."

„Kommen Sie recht oft, Allan," gluckste Lloyd. „Sie behandelt mich besser, wenn Sie hier sind."

Bei jeder Gelegenheit, die sich bot, gab Ethel Allan zu verstehen, wie erfreut sie über seinen Besuch sei.

Nach Tisch nahmen sie den Kaffee in einem hohen Saal, der einem Palmenhaus ähnlich sah. In einem kolossalen echten Renaissancekamin, einem wundervollen, kostbaren Werk, glühten täuschend nachgeahmte große Buchenscheite. Irgendwo plätscherte ein unsichtbarer Springbrunnen. Es war hier so dunkel, daß man einander nur in den Umrissen sah. Lloyd mußte seine entzündeten Augen schonen.

„Singe uns etwas, Kind," sagte Lloyd und rauchte eine große, schwarze Zigarre an. Diese Zigarren wurden speziell für ihn in Havanna angefertigt und waren der einzige Luxus, den er sich erlaubte.

Ethel schüttelte den Kopf. „Nein, Dad, Allan liebt Musik nicht."

Der braune Mumienschädel Lloyds wandte sich Allan zu. „Sie lieben Musik nicht?"

„Ich habe kein Gehör dafür," erwiderte Allan.

Lloyd nickte. „Wie sollten Sie auch?" begann er mit der bedächtigen Wichtigkeit des Greises. „Sie haben zu denken und brauchen keine Musik. Bei mir war es früher genau so. Aber als ich älter wurde und sich bei mir das Bedürfnis zu träumen einstellte, da liebte ich sie plötzlich. Musik ist nur für Kinder, Frauen und schwache Köpfe —"

„Pfui, Vater!" rief Ethel aus ihrem Schaukelstuhl.

„Ich genieße das Privilegium des Alters, Allan," fuhr Lloyd schwatzhaft fort. „Übrigens hat mich Ethel für die Musik erzogen — meine kleine Ethel, die nun dasitzt und über ihren Vater lacht!"

„Ist Papa nicht lieb?" warf Ethel ein und sah Allan an.

Dann — nach einem kleinen, hitzigen Geplänkel zwischen Vater und Tochter, wobei Lloyd jämmerlich geschlagen wurde — begann Lloyd ganz von selbst vom Tunnel zu sprechen.

„Wie geht es mit dem Tunnel, Allan?"

Aus all seinen Fragen war deutlich zu erkennen, daß Ethel mit dem Vater vorher alles besprochen hatte und Lloyd es ihm leicht machen wollte, „an ihn heranzutreten".

„Die Deutschen wollen nun eine regelmäßige Luftschiffverbindung einrichten," sagte Lloyd. „Sie sollten sehen, daß es bald wieder vorwärts geht, Allan!"

Der Augenblick war gekommen. Und Allan sagte klar und laut: „Geben Sie mir Ihren Namen, Herr Lloyd, und ich beginne morgen!"

Darauf erwiderte Lloyd bedächtig: „Ich wollte Ihnen schon lange Vorschläge machen, Allan. Ich dachte sogar daran, Ihnen ein Wort in diesem Sinne zu schreiben, als Sie verreist waren. Ethel aber sagte ‚Warte, bis Allan selbst zu dir kommt'. Sie erlaubte es nicht!"

Und Lloyd gluckste triumphierend, Ethel einen Hieb versetzt zu haben. Unvermittelt aber zeigte sich in seinem Gesicht ein Ausdruck der größten Bestürzung, denn Ethel schlug plötzlich empört mit der flachen Hand auf die Lehne des Sessels, stand auf, bleich bis in die Mundwinkel und rief mit blitzenden Augen: „Vater! Wie konntest du es wagen, so etwas zu sagen!"

Sie warf die Schleppe herum und ging und schlug die Türe so heftig zu, daß der Saal bebte.

Allan saß fahl und stumm: Lloyd hatte sie verraten!

Lloyd aber drehte bestürzt den Kopf hin und her.

„Was tat ich ihr denn?" stammelte er. „Es war ja nur ein Scherz! Es war gar nicht so gemeint. Was sagte ich denn Schlimmes? O, wie böse sie werden kann!" Er faßte sich und gab sich Mühe, wieder heiter und zuversichtlich zu erscheinen. „Nun, sie wird ja wiederkommen," sagte er ruhiger. „Sie hat das beste Herz der Welt, Allan! Aber sie ist unberechenbar und launisch, ganz wie ihre Mutter es war. Aber, sehen Sie, nach einer Weile, da kommt sie dann zurück und kniet neben mir und streichelt mich und sagt: ‚Verzeih, Pa, ich habe heute einen schlechten Tag!'"

Ethels Stuhl schaukelte noch immer. Es war ganz still. Der unsichtbare Springbrunnen rieselte und gluckste. Auf der Straße tuteten die Automobile wie Dampfer im Nebel.

Lloyd blickte auf Allan, der schweigend dasaß, dann sah er nach der Türe und lauschte. Nach einer Weile klingelte er dem Diener.

„Wo ist Miß Lloyd?" fragte er.

„Miß Lloyd ist auf ihre Zimmer gegangen!"

Lloyd senkte den Kopf. „Dann sehen wir sie heute nicht mehr, Allan," sagte er nach einer Weile leise und niedergeschlagen. „Dann sehe ich sie auch morgen nicht! Und ein Tag ohne Ethel ist verloren für mich. Ich habe nichts als Ethel!"

Lloyd schüttelte den kleinen, kahlen Kopf und konnte sich nicht beruhigen. „Versprechen Sie mir morgen wiederzukommen, Allan, damit wir Ethel besänftigen. Wer versteht so ein Mädchen? Wenn ich nur wüßte, was ich Schlimmes getan habe?"

Lloyd sprach in traurigem Ton. Er war aufs tiefste niedergeschlagen. Dann schwieg er und sah mit geneigtem Kopf vor sich hin. Er machte den Eindruck eines unglücklichen, verzweifelten Menschen.

Nach einer Weile erhob sich Allan und bat Lloyd, ihn zu entschuldigen.

„Auch Ihnen ist die Laune verdorben durch meine Albernheit," sagte Lloyd und nickte und gab Allan die kleine Hand, die weich war wie die eines Mädchens. „Sie hatte sich so gefreut, daß Sie kamen! Sie war in so prächtiger Laune! Den ganzen Tag nannte sie mich Dad!"

Und Lloyd blieb allein in dem halbdunkeln Palmensaal sitzen, ganz klein in dem großen Raum, und starrte vor sich hin. Er war ein alter, verlassener Mann.

Unterdessen aber zerriß Ethel vor Zorn und Scham in ihrem Zimmer ein halbes Dutzend Taschentücher und stieß unzusammenhängende Vorwürfe gegen ihren Vater heraus. „Wie konnte Vater das sagen ... wie konnte er nur ... was soll Allan jetzt von mir denken ...“

Allan hüllte sich in den Mantel und verließ das Haus. Auf der Straße wartete Lloyds Automobil, aber er lehnte es ab. Er ging langsam die Avenue hinab. Es schneite, der Schnee fiel in lautlosen, weichen Flocken und Allans Schritt war unhörbar auf dem Schneeteppich.

Allan hatte ein bitteres, erstarrtes Lächeln auf den Lippen. Er hatte verstanden! Sein Wesen war schlicht und offen und er dachte selten über die Motive seiner Mitmenschen nach. Er hatte keine Leidenschaften und so verstand er die Leidenschaften anderer nicht. Er war ohne Raffinement und so vermutete er nicht Intrigen und Raffinement bei den andern.

Er hatte nichts Besonderes darin gefunden, daß Ethel ihn in der Tunnelstadt aufgesucht hatte. Sie hatte ja vor Jahren viel in seinem Hause verkehrt und war mit ihm befreundet. Einen Freundschaftsdienst hatte er darin erblickt, daß sie zu ihm kam und ihm verriet, daß Lloyd zur Hilfe bereit sei. Nun aber durchschaute er Ethel plötzlich! Ihr persönlich sollte er zu Dank verpflichtet sein! Er sollte den Eindruck gewinnen, als ob sie, Ethel, ihren Vater zu großen finanziellen Wagnissen überredet hätte. Mit einem Wort, von Ethel Lloyd sollte es abhängen, ob er weiterbauen könne oder nicht — aber Ethel Lloyd stellte ihre Bedingungen! Er selbst war der Preis! Ethel wollte ihn! Aber, bei Gott, Ethel kannte ihn nicht!

Allans Schritt wurde immer langsamer. Es war ihm, als versinke er in Schnee, Nacht, Bitterkeit und Enttäuschung. Seine letzte Hoffnung war Lloyd gewesen. Unter diesen Umständen aber war nicht daran zu denken! Elend war seine letzte Hoffnung heute abend zugrunde gegangen ...

Am nächsten Morgen erhielt er ein Telegramm von Lloyd, worin ihn der alte Mann dringend bat, zum Abendessen zu kommen. „Ich werde Ethel bitten, mit uns zu speisen und ich bin sicher, sie wird nicht nein sagen. Ich habe sie heute noch nicht gesehen," telegraphierte Lloyd.

Allan depeschierte zurück, daß er diesen Abend unmöglich kommen könne, da große Mengen Wassers im Nordstollen eingebrochen seien. Das war die Wahrheit, aber seine Anwesenheit wäre keineswegs notwendig gewesen.

Tag um Tag war er in den toten Stollen und sein Herz hing an der Finsternis da drinnen. Die Untätigkeit, zu der er gezwungen war, fraß wie ein Gram in ihm.

Etwa acht Tage später, an einem klaren Wintertag, kam Ethel Lloyd nach Mac City.

Sie kam in Allans Büro, gerade als er mit Strom konferierte. Sie war ganz in schneeweißen Pelz gehüllt und sah frisch und strahlend aus. „Hallo, Allan!" begann sie ohne Umschweife, als sei gar nichts vorgefallen. „Wie reizend, daß ich Sie antreffe! Papa schickt mich, ich soll Sie abholen!" Sie ignorierte Strom vollständig.

„Herr Strom!" sagte Allan, von Ethels Sicherheit und Ungeniertheit verblüfft.

„Ich hatte schon die Ehre!" murmelte Strom, verbeugte sich und ging.

Ethel nahm nicht die geringste Notiz davon.

„Ja," fuhr sie heiter fort, „ich komme um Sie mitzunehmen, Allan. Heute abend konzertieren die Philharmoniker und Papa bittet Sie, mit uns ins Konzert zu kommen. Mein Auto steht unten."

Allan blickte ruhig in ihre Augen.

„Ich habe noch zu arbeiten, Fräulein Lloyd," sagte er.

Ethel prüfte seinen Blick und tat betrübt.

„Mein Gott, Allan," rief sie aus, „ich sehe, Sie zürnen mir noch wegen neulich! Ich war gewiß unartig, aber hören Sie, war es denn nett von Pa, so etwas zu sagen? Ganz als ob ich gegen Sie intrigierte? — Nun, Pa sagte, ich solle Sie unbedingt heute mitbringen. Wenn Sie noch zu tun haben, kann ich ja warten. Das Wetter ist herrlich und ich fahre unterdessen spazieren. Aber ich darf doch auf Sie rechnen? Ich werde Pa sofort telephonieren ..."

Allan wollte absagen. Aber als er in Ethels Augen blickte, wußte er, daß diese Absage ihren Stolz tödlich verletzen würde und damit seine Hoffnungen für immer begraben wären. Aber auch zu einer Zusage konnte er sich nicht entschließen und so antwortete er ausweichend: „Vielleicht, ich kann das jetzt noch nicht sagen."

„Bis sechs Uhr aber können Sie sich wohl entscheiden?" fragte Ethel freundlich und bescheiden.

„Ich denke. Aber ich glaube nicht, daß es mir möglich sein wird."

„Adieu, Allan!" rief Ethel heiter. „Ich werde um sechs anfragen und ich hoffe, Glück zu haben."

Punkt sechs stand Ethel wieder vor dem Hause.

Allan bedauerte und Ethel fuhr ab.

KAPITEL 3

Allan hatte die Brücken hinter sich abgebrochen.

Trotz der Hoffnungslosigkeit der Situation entschloß er sich aber, noch einen letzten Versuch zu machen. Er wandte sich an die Regierung, was er schon früher, ohne Erfolg, getan hatte. Er blieb drei Wochen in Washington und war Gast des Präsidenten. Der Präsident gab ihm ein Diner und man erwies ihm Achtung und Respekt wie einem abgesetzten Monarchen. Allein an eine Beteiligung am Tunnel konnte die Regierung vorläufig nicht denken.

Hierauf versuchte es Allan ein letztes Mal mit den Banken und den Finanzgroßmächten. Gleich erfolglos. Einzelne Banken und Großkapitalisten gaben ihm aber zu verstehen, daß sie sich eventuell beteiligen würden, wenn Lloyd vorangehe. So kam Allan wiederum zu Lloyd zurück.

Lloyd nahm ihn sehr freundlich auf. Er empfing ihn in seinem stillen Arbeitszimmer. Er sprach mit ihm über die Börse und den Weltmarkt, schilderte ihm haarklein das Petroleum, den Stahl, Zucker, die Baumwolle und die Frachtsätze. Eine unerhörte Baisse nach einer unerhörten Hausse. Die Welt war immer noch um zehn Jahre in ihrer wirtschaftlichen Entwicklung zurück, so verzweifelt sie auch aufzuholen versuchte.

Sobald es Allan möglich war, Lloyd zu unterbrechen, ging er geradeswegs auf sein Ziel los. Er schilderte ihm die Haltung der Regierung und Lloyd lauschte mit geneigtem Kopf.

„Das ist alles richtig! Man hat Ihnen nichts vorgeflunkert, Allan. Sie können ja schließlich noch drei bis fünf Jahre warten."

Allans Gesicht zuckte. „Ich kann das unmöglich!" rief er. „Drei bis fünf Jahre! Ich habe meine Hoffnung auf Sie gesetzt, Herr Lloyd!"

Lloyd wiegte den Kopf nachdenklich hin und her. „Es geht nicht!" sagte er dann bestimmt und preßte die Lippen zusammen.

Sie schwiegen. Es war zu Ende.

Als Allan sich aber verabschieden wollte, bat ihn Lloyd, zum Diner zu bleiben. Allan war unentschlossen — aber es war ihm nicht möglich, Lloyd jetzt zu verlassen. Trotzdem es vollkommen unsinnig war, log er sich noch immer eine leise Hoffnung vor.

„Ethel wird vor Überraschung sprachlos sein! Sie ahnt ja nicht, daß Sie hier sind!"

„Ethel — Ethel ..." Nun, da Lloyd einmal den Namen seines Abgotts genannt hatte, konnte er von nichts anderem mehr sprechen. Er schüttete Allan sein Herz aus.

„Denken Sie," sagte er, „Ethel war vierzehn Tage mit der Jacht fort, gerade als das Wetter so schlecht war. Nun hatte ich den Telegraphisten bestochen — ja, bestochen, denn so muß ich es bei Ethel machen — aber er telegraphierte nicht. Ethel hatte mich durchschaut. Sie ist in schlechter Laune und wir haben uns wieder gezankt. Jeder Tag aber, da ich Ethel nicht sehe, ist für mich eine Qual. Ich sitze und warte auf sie. Ich bin ein alter Mann, Allan, und habe nichts als meine Tochter!"

Ethel war äußerst verwundert, als sie Allan plötzlich eintreten sah. Sie runzelte die Stirn, aber dann ging sie ihm rasch entgegen und gab ihm erfreut die Hand, während sie leicht errötete.

„Sie sind hier, Allan! Wie schön! — Ich war nicht gut zu sprechen auf Sie — viele Wochen lang, das muß ich Ihnen sagen, wenn ich ehrlich sein soll."

Lloyd kicherte. Er wußte, daß Ethel nun wieder besser gelaunt sein würde.

„Ich konnte damals nicht mit ins Konzert kommen."

„Allan, Sie lügen doch nicht? Höre doch, Pa, wie Allan lügt. Er wollte nicht! Sie wollten nicht, Allan. Sagen Sie es offen."

„Nun — ich wollte nicht."

Lloyd machte ein erschrockenes Gesicht. Er fürchtete ein Ungewitter. Ethel konnte einen Teller zerschlagen und aus dem Zimmer laufen. Er war erstaunt, als Ethel nur lachte.

„Siehst du, Pa, so ist Allan! Er sagt stets die Wahrheit."

Und Ethel war den ganzen Abend fröhlich und liebenswürdig.

„Hören Sie aber nun, Allan, mein Freund!" sagte sie, als sie sich trennten. „Ein zweites Mal dürfen Sie nicht so häßlich zu mir sein — ich würde es Ihnen nicht mehr verzeihen."

„Ich werde mir alle Mühe geben!" antwortete Allan scherzhaft.

Ethel sah ihn an. Der Ton, in dem er dies sagte, gefiel ihr nicht. Aber sie verriet sich nicht und sagte lächelnd: „Nun, ich werde sehen."

Allan stieg in Lloyds Wagen und hüllte sich in den Mantel. Er sann vor sich hin und sagte: „Der alte Lloyd wird nichts ohne sie tun — und alles für sie."

Einige Abende später betrat Allan mit Ethel die Loge Lloyds im Madison-Square-Palast.

Sie traten während des Konzerts ein und ihr Eintreten erregte solch großes Aufsehen, daß die Egmont-Ouvertüre fast vollkommen verloren ging.

„Ethel Lloyd und — Mac Allan!!"

Ethels Robe repräsentierte ein Vermögen. Sie hatte die Phantasie der drei ersten Bekleidungskünstler New Yorks angepeitscht. Die Robe war ein Gewebe aus Silberstickerei und Hermelin und brachte ihren Hals und Nacken herrlich zur Geltung. Im Haar trug sie einen Schopf Reiherfedern an einer sprühenden Brillantagraffe.

Sie waren allein. Denn Ethel hatte es fertiggebracht, Lloyd, der schon fürs Konzert angekleidet war, im letzten Augenblick zu bestimmen, zu Hause zu bleiben, da er nicht wohl aussähe. Sie hatte ihn „my dear little dad and pa" genannt, „my honey-father", so daß Lloyd in seiner Affenliebe überglücklich war, drei Stunden im Sessel auf seine Tochter zu warten.

Ethel wollte, daß man sie allein mit Allan sah, und sie wollte, daß die Loge erleuchtet war. In der Pause richteten sich alle Gläser auf die Loge und Stimmen wurden laut: „Mac Allan! — Mac Allan!"

Allans Glanz kam in dem Augenblick zurück, da er sich an der Seite einer Milliardärin zeigte. Er zog sich beschämt tiefer in die Loge zurück.

Ethel aber wandte sich an ihn mit einem intimen Lächeln, das nicht mißzuverstehen war, und dann beugte sie sich über die Brüstung und zeigte ihre schönen Zähne und ihr schönes Lächeln und kassierte den Triumph ein.

Allan überstand diese Szene nur mit Anspannung all seiner Kräfte. Er dachte an jenen Abend, da er mit Maud in der Loge gegenüber saß und darauf wartete, daß Lloyd ihn zu sich rief. Er erinnerte sich deutlich an Mauds transparentes rosiges Ohr und ihre vor Erregung geröteten Wangen, an den verträumten Blick, mit dem sie vor sich hinsah. Und ebenso deutlich erinnerte er sich an die Stimme Ethels, als sie ihm zum erstenmal die Hand reichte und sagte: „How do you do, Mr. Allen?" Er fragte sich in Gedanken: Würdest du wünschen, daß Lloyd damals nicht gekommen wäre, daß man den Tunnel niemals begonnen hätte? — Und er entsetzte sich über sich selbst, als sein Inneres antwortete: Nein! — Selbst für Maud und Edith würde er nicht sein Werk hingeben.

Schon am nächsten Tage stiegen die Tunnelpapiere um sieben Prozent! Eine unverschämte Zeitung brachte am Morgen die Notiz, daß Ethel Lloyd sich im nächsten Monat mit Mac Allan verloben würde.

Am Mittag brachte eine andere Zeitung Ethels Dementi.

Miß Lloyd erklärte: „Der Mann, der diese Nachricht verbreitete, ist der größte Lügner der Welt. Ich bin eine gute Freundin Mac Allans. Das ist die Wahrheit, und ich bin stolz darauf."

Aber die Zeitungsschreiber lagen im Hinterhalt. Nach einigen Wochen ging die mit durchsichtigen Anspielungen gespickte Notiz durch die Blätter, daß Mac Allan wieder nach New York übergesiedelt sei.

Das entsprach der Wahrheit, hatte aber nicht das geringste mit Allans Beziehungen zu Ethel Lloyd zu tun. Allan richtete sich im Gebäude der Tunnelstation Hoboken ein. Dieses Gebäude war noch im Bau und wurde nach Hobbys Entwürfen ausgeführt. Es bestand aus einem Mittelbau von dreißig Stockwerken bei einer Front von fünfzig Fenstern, den zu beiden Seiten zehn Fenster breite Türme von fünfundzwanzig Stockwerken flankierten. Mittelbau und Türme ruhten auf kolossalen Bogen, die direkt in die Bahnhofhalle führten. Die Türme waren mit dem breiten Mittelbau durch zwei Brückenpaare verbunden. Zur Abwechslung sollte das Gebäude Säulen auf den Dächern tragen, lustige Dachgärten-Arkaden.

Das Gebäude war bis zum sechsten Stockwerk fertig — und oben das dreißigste und neunundzwanzigste. Dazwischen ragte das wirre Gitterwerk der Eisenkonstruktion, in dem am Tage winzige Menschen kletterten und hämmerten.

Allan bewohnte das erste Stockwerk, direkt über dem großen Mittelbogen der Halle. Er hatte seinen Arbeitsraum in den großen Restaurationssaal verlegt, der einen herrlichen Ausblick auf den Hudson und die Wasserfront New Yorks gewährte.

Ethel hatte es sich nicht nehmen lassen, einiges zur Ausschmückung des ungastlichen Riesensaales beizutragen, dessen bloßer Anblick einen Menschen melancholisch machen mußte. Sie hatte Wagenladungen von Zimmerpflanzen aus ihren Treibhäusern in Massachusetts kommen lassen. Sie hatte persönlich Ballen von Teppichen im Auto herübergebracht.

Das Aussehen Allans mißfiel ihr. Seine Hautfarbe war fahl und ungesund. Er ergraute rasch. Er schlief schlecht und aß wenig.

Ethel schickte ihm einen Koch ihres Vaters, einen französischen Künstler, der aus dem Aussehen eines Menschen auf den Speisezettel schließen konnte, der ihm zusagte. Sie erklärte ferner, daß ihm nichts mehr nötig sei als frische Luft, da die Stollen sein Blut vergiftet hätten. Ohne viele Worte zu machen, erschien sie jeden Tag Punkt sechs Uhr mit ihrem elfenbeingelben Car und fuhr Allan genau eine Stunde spazieren. Allan ließ sie gewähren. Sie wechselten auf der Spazierfahrt zuweilen kein Wort.

Das Gerücht von der baldigen Verlobung tauchte wieder und wieder in den Zeitungen auf. Die Folge davon war, daß die Papiere des Syndikats zu steigen begannen. (Lloyd hatte in aller Stille für zehn Millionen Dollar aufkaufen lassen, als man die Aktien nahezu umsonst bekam, und verdiente jetzt schon ein Vermögen!)

Die Papiere der schweren Industrie zogen an. In allen Dingen — den kleinsten — zeigte sich eine Besserung. Der bloße Umstand, daß Ethels Car jeden Tag um sechs Uhr vor Hoboken-Station stand, beeinflußte die Weltbörse.

Allan war der Komödie, die ihn peinigte und beschämte, überdrüssig und beschloß zu handeln.

Bei einer Spazierfahrt machte er Ethel einen Antrag.

Ethel aber lachte belustigt und sah Allan mit großen, erstaunten Augen an. „Sprechen Sie keinen Unsinn, Allan!" rief sie aus.

Allan stand auf und klopfte dem Chauffeur. Er war totenbleich.

„Was wollen Sie, Allan?" fragte Ethel erschrocken und ungläubig und wurde rot. „Wir sind dreißig Meilen von New York!"

„Das ist ganz einerlei!" antwortete Allan brüsk und stieg aus. Er ging ohne jeden Gruß.

Allan wanderte ein paar Stunden durch Felder und Wälder, knirschend vor Grimm und Beschämung. Es war aus mit dieser Intrigantin! Aus! Nie mehr, nie mehr in seinem Leben würde sie sein Gesicht sehen! Der Teufel mochte sie holen ...

Schließlich stieß er auf eine Bahnstation und fuhr nach Hoboken zurück. Mitten in der Nacht kam er an. Er bestellte sofort sein Auto und begab sich nach Mac City.

Tagelang lebte er im Tunnel. Er wollte weder Menschen noch das Licht sehen.

KAPITEL 4

Ethel Lloyd machte einen Trip mit ihrer Jacht und blieb acht Tage auf See. Sie hatte Vanderstyfft eingeladen und quälte ihn, daß er nahezu über Bord ging und heilige Eide leistete, Ethels Wege fortan nicht mehr zu kreuzen.

Nach New York zurückgekehrt, fuhr sie noch am gleichen Tage bei der Hoboken-Station vor und erkundigte sich nach Allan. Man sagte ihr, daß er im Tunnel arbeite. Augenblicklich jagte Ethel eine Depesche nach Mac City. Sie bat Allan, ihr zu verzeihen. Sein Antrag habe sie überrascht und sie habe in ihrer Hilflosigkeit eine große Dummheit begangen. Sie bitte ihn, morgen abend zum Diner zu kommen. Sie erwarte nicht einmal Antwort und daraus möge er ersehen, daß sie bestimmt auf ihn rechne.

Allan kämpfte nochmals den schweren Kampf. Er erhielt Ethels Telegramm im Tunnel. Er las es im Lichte einer verstaubten Glühlampe. Ein Dutzend solcher Lampen sah er aus der Finsternis des Stollens glimmen, nichts sonst. Er dachte an die toten Stollen. Er sah sie! Die amerikanischen, europäischen und ozeanischen. Er sah all die tausend Maschinen, die nutzlos liefen. Er sah die entmutigten Ingenieure in den einsamen Stationen, erschöpft von der Monotonie der Beschäftigung. Viele Hunderte hatten ihn schon verlassen, weil sie die einförmige Arbeit nicht mehr ertrugen. Seine Augen brannten. Während er Ethels Depesche zusammenfaltete, begann es plötzlich in seinen Ohren zu brausen. Er hörte die Züge durch die Stollen donnern, die Tunneltrains, die triumphierend von Amerika nach Europa fegten. Sie klirrten und rauschten in seinem Gehirn und berauschten ihn mit ihrem rasenden Takt ...

Ethel empfing ihn mit scherzhaften Vorwürfen: Er müsse doch wissen, daß sie ein verzogener, launischer Fratz sei! — Von diesem Tage an stand ihr Car wieder Punkt sechs Uhr vor der Tunnelstation. Ethel änderte nunmehr ihre Taktik. Sie hatte Allan vorher mit Aufmerksamkeiten überschüttet. Das unterließ sie fortan. Dagegen verstand sie es, Allan zur Erfüllung ihrer kleinen Wünsche zu bewegen.

Sie sagte: „Die Blanche spielt morgen. Ich würde gern hingehen, Allan."

Allan besorgte eine Loge und sah die Blanche spielen, wenn es ihn auch langweilte, ein hysterisches Frauenzimmer von Wein- in Lachkrämpfe übergehen zu sehen.

Von nun an sah New York Allan und Ethel Lloyd häufig zusammen. Ethel fuhr fast täglich den Broadway entlang in Allans Car. Und Allan steuerte selbst, wie in der Zeit, da seine Gesundheit noch nicht gelitten hatte. Im Fond saß Ethel Lloyd, in Mäntel und flotte Schleier gehüllt und blinzelte auf die Straße.

Ethel drängte Allan, sie einmal mit in den Tunnel zu nehmen. Allan erfüllte ihr auch diesen Wunsch.

Als der Zug die Trasse hinabflog, schrie Ethel vor Vergnügen auf und im Tunnel kam sie aus ihrer Verwunderung nicht heraus.

Sie hatte die ganze Tunnelliteratur studiert, aber ihre Phantasie war in technischen Dingen nicht geschult genug, als daß sie sich eine klare Vorstellung von den Stollen hätte machen können. Sie ahnte nicht, was vierhundert Kilometer in einem nahezu dunkeln Tunnel bedeuten. Das Donnern, das den Zug einhüllte und so stark war, daß man schreien mußte, um sich zu verständigen, erschreckte sie angenehm. Die

Stationen rissen sie zu lauten Ausrufen der Bewunderung hin. Sie hatte keine Vorstellung gehabt, welch ungeheure Maschinen hier standen und Tag und Nacht arbeiteten. Das waren ja Maschinenhallen unter dem Meer! Und die Wetterführung, pfeifend wie ein Sturmwind, der einen fast in Stücke blies!

Nach einigen Stunden glühte ein rotes Licht wie ein Leuchtfeuer aus der Finsternis.

Der Zug hielt. Sie waren bei der Unglücksschlucht angekommen. Beim Anblick der Schlucht verstummte Ethel. Was bedeutete es für sie, wenn sie wußte, daß die Schlucht sechzig bis achtzig Meter tief war, hundert Meter breit und daß tausend Menschen Tag und Nacht Erz förderten.

Nun aber sah sie, daß sechzig bis achtzig Meter eine schauerliche Tiefe, eine zwanzig Stockwerktiefe waren. Tief unten in dem Staubnebel, der den übersehbaren Teil der Schlucht anfüllte, zwanzig Stockwerke tief unten glühten Scharen von Bogenlampen und unter ihnen wimmelte es — das waren Menschen! Plötzlich stieg eine kleine Staubwolke auf und ein Kanonenschuß rollte durch die Schlucht, in den Tunnel hinein.

„Was war das?"

„Sie haben gesprengt."

Darauf bestiegen sie den Förderkorb und fuhren ab. Sie stürzten an den Bogenlampen vorbei und die Menschen schienen rasch senkrecht zu ihnen emporzukommen. Sie waren unten und nun konnte Ethel nicht genug staunen über die Höhe, aus der sie kamen. Die Tunnelmündung erschien wie ein schwarzes, kleines Tor. Riesenschatten, Schatten von turmhohen Dämonen bewegten sich an den Wänden hin und her ...

Ethel kam verwirrt und entzückt aus dem Tunnel zurück und erzählte Lloyd den ganzen Abend, wie es da drinnen sei und daß die Schleusen des Panama Kinderspielzeuge im Vergleich zum Tunnel seien.

Am nächsten Tag wußte ganz New York, daß Ethel mit Allan im Tunnel war. Die Zeitungen brachten spaltenlange Interviews.

Am übernächsten verkündeten sie die Verlobung Allans und Ethels. Ihr Doppelbildnis erschien.

Ende Juni fand die Hochzeit statt. Am gleichen Tage stiftete Ethel Lloyd einen Pensionsfonds von acht Millionen Dollar für die Tunnelleute. Die Hochzeit wurde mit fürstlichem Aufwand im großen Festsaal des Atlantic gefeiert, desselben Hotels, auf dessen Dachgarten vor neun Jahren das berühmte Meeting stattgefunden hatte. Drei Tage lang gab die sensationelle Heirat den Zeitungen Stoff. Sunday Mirror beschäftigte sich eingehend mit Ethels Trousseau. Zweihundert Paar Schuhe! Tausend Paar Seidenstrümpfe! Ethels Wäsche war bis ins Detail beschrieben. Und wenn Allan in diesen Tagen die Zeitungen gelesen hätte, so hätte er erfahren, welch ungeheures Glück der ehemalige Pferdejunge von Uncle Tom hatte, eine Ethel Lloyd heimzuführen, deren Strumpfhalter mit Brillanten besetzt waren.

Seit Jahren hatte New York keine so glänzende Gesellschaft vereinigt gesehen wie die Hochzeitsgesellschaft. Der menschenscheue, alte Lloyd aber fehlte. Er war mit seinem Arzt auf dem „Goldkarpfen" abgedampft.

Ethel glitzerte. Sie trug den Rosy Diamond und erschien jung, strahlend, heiter und glücklich.

Allan schien ebenfalls glücklich zu sein. Er scherzte und lachte sogar: niemand sollte die allgemeine Ansicht bestätigt finden, daß er sich verkauft habe an Ethel. Aber er tat alles wie im Fieber. Seine große Qual, diese Komödie spielen zu müssen, sah niemand. Er dachte an Maud, und Gram und Ekel schnürten ihm die Brust zusammen. Niemand sah es. Um neun Uhr fuhr er mit Ethel nach Lloyds Haus, wo sie die ersten Wochen wohnen wollten. Sie sprachen kein Wort, und Ethel verlangte auch nicht, daß Allan sprach. Allan lag im Wagen, müde und erschöpft, und blickte mit halbgeschlossenen Augen teilnahmlos auf die wimmelnde Straße voll tanzender Lichter hinaus. Einmal machte Ethel den Versuch, seine Hand zu fassen, aber sie fand diese Hand eiskalt und ohne Leben.

Bei der dreiunddreißigsten Straße wurde ihr Car aufgehalten und mußte eine Minute stoppen. Da fiel Allans Blick auf ein Riesenplakat, dessen blutrote Lettern in die Straße leuchteten:

„Tunnel! Hunderttausend Mann!"

Er öffnete die Augen, seine Pupillen weiteten sich, aber trotzdem verließ ihn nicht eine Sekunde die schreckliche seelische Müdigkeit, die ihn lähmte.

Ethel hatte den Palmensaal beleuchten lassen und bat Allan, ihr noch ein wenig Gesellschaft zu leisten.

Sie kleidete sich nicht um. Sie saß in ihrer glitzernden Hochzeitsrobe in einem Sessel, den Rosy Diamond auf der Stirn, und rauchte eine Zigarette und hob von Zeit zu Zeit die langen Wimpern, um verstohlen nach Allan zu sehen.

Allan ging hin und her, als sei er allein, und besah sich, dann und wann innehaltend, zerstreut Möbel und Blumen.

Es war sehr still im Saal. Der verborgene Springbrunnen plätscherte und schwätzte. Manchmal raschelte geheimnisvoll eine Pflanze, die sich dehnte. Man glaubte die Worte zu verstehen, die auf der Straße gesprochen wurden.

„Bist du sehr müde, Mac?" fragte Ethel nach langem Stillschweigen. Sie fragte es ganz leise und demütig.

Allan blieb stehen und sah Ethel an.

„Ja," sagte er mit klangloser Stimme, während er sich gegen den Kamin lehnte. „Es waren so viele Menschen!" Von ihm zu ihr waren nur zehn Schritte zu gehen, aber doch war es, als seien sie meilenweit voneinander entfernt. Nie war ein Hochzeitspaar einsamer.

Allan sah fahl und grau im Gesicht aus. Seine Augen waren glanzlos und erloschen. Er hatte keine Kraft mehr, sich zu verstellen. Ethel aber erschien er nun endlich ein Mensch geworden zu sein, wie sie einer war, ein Mensch mit einem Herzen, das fühlen und leiden konnte.

Sie stand auf und ging näher. „Mac!" rief sie leise.

Allan blickte auf.

„Höre, Mac," begann sie mit ihrer weichsten Stimme, „ich muß mit dir sprechen. Höre zu. Ich will nicht, daß du unglücklich bist, Mac. Im Gegenteil, ich wünsche von ganzem Herzen, daß du glücklich wirst — so gut es geht! Glaube nicht, ich sei so töricht anzunehmen, du habest mich aus Liebe geheiratet. Nein, so töricht bin ich nicht. Ich habe nicht das Recht, Ansprüche an dein Herz zu stellen und ich stelle sie auch nicht. Du bist genau so frei und ungebunden wie früher. Du brauchst dir auch keine Mühe zu geben, mich glauben zu machen, daß du mich ein wenig liebtest, nein! Es würde mich beschämen. Ich verlange nichts von dir, gar nichts, Mac. Nur das Recht, das ich schon seit Wochen genoß, immer ein wenig in deiner Nähe sein zu dürfen ..."

Ethel hielt inne. Aber Allan sagte nichts.

Und Ethel fuhr fort: „Ich spiele jetzt nicht mehr Komödie, Mac. Das ist vorbei. Ich mußte Komödie spielen, um dich zu bekommen, aber nun, da ich dich habe, brauche ich es nicht mehr. Nun kann ich ganz aufrichtig sein und du wirst sehen, daß ich nicht nur ein launenhaftes und garstiges Geschöpf bin, das die Menschen quält. Höre, Mac, ich muß dir alles sagen, damit du mich kennen lernst ... Du hast mir gefallen, als ich dich zuerst sah! Dein Werk, deine Kühnheit, deine Energie bewunderte ich. Ich bin reich, ich wußte es schon als Kind, daß ich reich sei. Mein

Leben sollte groß und wunderbar werden, so dachte ich bei mir. Ich dachte es nicht klar, aber ich empfand es. Mit sechzehn Jahren träumte ich davon, einen Prinzen zu heiraten und mit siebzehn wollte ich mein Geld verschenken an die Armen. Das war alles Nonsens. Mit achtzehn hatte ich schon keinen bestimmten Plan mehr. Ich lebte genau wie andere junge Leute, die reiche Eltern haben. Aber das wurde bald schrecklich langweilig. Ich war nicht unglücklich, aber ich war auch nicht gerade glücklich. Ich lebte von einem Tag zum andern, amüsierte mich und schlug die Zeit tot, so gut ich es konnte. Ich dachte in dieser Zeit überhaupt nichts, so scheint es mir wenigstens jetzt. Dann kam Hobby zu Pa mit deinem Projekt. Aus purer Neugierde drang ich in Pa, mich einzuweihen, denn die zwei taten sehr geheimnisvoll. Ich studierte mit Hobby deine Pläne und tat, als verstände ich alles. Dein Projekt interessierte mich außerordentlich, das ist die Wahrheit. Hobby erzählte mir von dir und was für ein prachtvoller Mensch du seist und schließlich war ich ungeheuer neugierig, dich zu sehen. Nun, ich sah dich! Ich hatte einen solch riesenhaften Respekt vor dir, wie noch nie vor einem Menschen! Du gefielst mir! So einfach, so stark und gesund sahst du aus. Und ich wünschte: möchte er doch nett zu mir sein! Aber du warst ganz gleichgültig. Wie oft habe ich an diesen Abend gedacht! Ich wußte, daß du verheiratet warst, Hobby hatte mir ja alles erzählt, und es kam mir auch gar nicht in den Sinn — damals — daß ich dir mehr werden könnte als eine Freundin. Später aber fing ich an, auf Maud eifersüchtig zu werden. Verzeihe, daß ich ihren Namen nenne! Wo man stand und ging, hörte und sah man deinen Namen. Und ich dachte, warum könntest du nicht an Mauds Stelle sein. Das wäre herrlich! Es hätte dann auch Sinn, reich zu sein! Das war nicht möglich, ich sah es ein und ich wollte mich zufrieden geben, wenn ich zu deinen Freunden zählen dürfte. Um das zu erreichen, kam ich damals öfter zu euch hinaus, aus keinem anderen Grund. Denn wenn ich auch verrückte Pläne schmiedete: wie ich es anstellen könnte, dich in mich verliebt zu machen, so verliebt, daß du Frau und Kind verließest, so meinte ich das doch nicht ernst und glaubte selbst nicht daran. Aber auch freundschaftlich kam ich dir nicht näher, Mac! Du verschlossest dich, du hattest weder Zeit noch Gedanken für mich. Ich bin nicht sentimental, Mac, aber damals war ich sehr, sehr unglücklich!

Dann kam die Katastrophe. Glaube mir, ich hätte alles hingegeben, um das Schreckliche ungeschehen zu machen. Ich schwöre es dir! Es war grausam und ich litt schrecklich damals. Aber ich bin ein Egoist, Mac, ein großer Egoist! Und während ich noch weinte um Maud, kam es mir zum Bewußtsein, daß du ja nun frei warst, Mac! Du warst frei! Und von diesem Augenblick an trachtete ich dir näher zu kommen. Mac, ich wollte dich haben! Der Streik, die Sperre, der Bankerott, all das kam mir gelegen — das Schicksal arbeitete mir plötzlich in die Hände. Ich drang monatelang in Vater, sich für dich einzusetzen. Aber Pa sagte: ‚Es ist unmöglich!' In diesem Januar bestürmte ich ihn von neuem. Aber Pa sagte: ‚Es ist ganz unmöglich!' Da sagte ich zu Pa: ‚Es muß möglich sein, Pa! Denke nach, du mußt es möglich machen!' Ich quälte Pa, den ich liebe, bis aufs Blut. Tagelang. Endlich sagte er zu. Er wollte an dich schreiben und dir seine Hilfe anbieten. Da aber dachte ich nach. Was dann? dachte ich. Mac wird Pas Hilfe annehmen, ein paarmal bei uns speisen — und dann wird er sich wieder in die Arbeit vergraben und du siehst ihn nicht mehr. Ich sah ein, daß ich nur eine einzige Waffe gegen dich hatte — und das war Pas Geld und Name! Verzeih, Mac, daß ich so offen bin! Ich zögerte nicht, diese Waffe zu gebrauchen. Ich verlangte von Pa, nur zu tun, was ich wollte, einmal in seinem Leben, und nicht nach meinen Gründen zu fragen. Ich drohte ihm, meinem kleinen, lieben, alten Pa, daß ich ihn verlassen würde und er mich nie, nie mehr sehen sollte, wenn er mir nicht gehorchte. Das war schlecht von mir, aber ich konnte nicht anders. Ich hätte Pa ja doch nicht verlassen, denn ich liebe und verehre ihn, aber ich jagte ihn ins Bockshorn. Mac, und das andere kennst du. Ich handelte nicht schön — aber es gab für mich keinen anderen Weg zu dir! Ich habe gelitten darunter, aber ich wollte bis ans Äußerste gehn. Wie du mir im Car den Antrag machtest, hätte ich gleich annehmen wollen. Aber ich wollte doch auch, daß du dir ein wenig Mühe um mich gäbest, Mac —"

Ethel sprach mit halblauter Stimme und oft flüsterte sie nur. Sie lächelte dabei, weich und anmutig, sie zog die Wangen lang und legte die Stirn in Falten, daß sie traurig aussah, sie schüttelte den schönen Kopf, sie sah schwärmerisch zu Allan empor. Häufig hielt sie bewegt inne.

„Hörtest du mich, Mac?" fragte sie nun.

„Ja!" sagte Allan leise.

„Das alles mußte ich dir sagen, Mac, ganz offen und ehrlich. Nun weißt du es. Vielleicht können wir trotz allem gute Kameraden und Freunde werden?"

Sie sah mit einem schwärmerischen Lächeln in Allans Augen, die müde und vergrämt waren wie vorhin. Er nahm ihren schönen Kopf in beide Hände und nickte.

„Ich hoffe es, Ethel!" erwiderte er und seine fahlen Lippen zuckten.

Und Ethel folgte ihrem Gefühl und schmiegte sich einen Augenblick an seine Brust. Dann richtete sie sich mit einem tiefen Atemzug auf und lächelte verwirrt.

„Eines noch, Mac!" begann sie nochmals. „Wenn ich dir schon das sagte, muß ich dir alles sagen. Ich wollte dich haben und nun habe ich dich! Aber höre nun: jetzt will ich, daß du mir vertraust und mich liebst! Das ist nun meine Aufgabe! Nach und nach, Mac, hörst du, es soll meine Sache sein, und ich glaube daran, daß es mir gelingen wird! Denn wenn ich das nicht glaubte, so wäre ich todunglücklich. — — Gute Nacht nun, Mac!"

Und langsam, müde, wie schwindlig ging sie hinaus.

Allan blieb am Kamin stehen und regte sich nicht. Während er mit müden Augen durch den Saal blickte, in dem er ein Fremder war, dachte er, daß sein Leben an der Seite dieser Frau am Ende doch weniger trostlos werden würde, als er befürchtet hatte.

KAPITEL 5

„Tunnel!"

„Hunderttausend Mann!"

Sie kamen. Farmhands, Miner, Taglöhner, Strolche. Der Tunnel zog sie an wie ein Riesenmagnet. Sie kamen aus Ohio, Illinois, Iowa, Wiskonsin, Kansas, Nebraska, Colorado, aus Kanada und Mexiko. Extrazüge rasten durch die Staaten. Aus Nord-

Carolina, Tennessee, Alabama und Georgia fluteten die schwarzen Bataillone herauf. Viele Tausende der großen Armee, die einst der Tunnelschrecken verscheucht hatte, kehrten zurück.

Aus Deutschland, England, Belgien, Frankreich, Rußland, Italien, Spanien und Portugal strömten sie den Baustellen zu.

Die toten Tunnelstädte erwachten. In den grünen, staubigen Riesenglashallen glühten wieder die bleichen Monde; die Krane bewegten sich wieder; weiße Dampfschwaden jagten dahin, der schwarze Qualm brodelte wie früher. Im Eisenfachwerk der Neubauten kletterten Schatten, es wimmelte von Menschen oben und unten. Die Erde bebte, gellend und brausend spien die Schuttstädte wieder Staub, Dampf, schwarzen Qualm, Licht und Feuer zum Himmel empor.

Die schlafenden Dampfer in den Friedhöfen der Häfen von New York, Savannah, New Orleans und San Franzisko, von London, Liverpool, Glasgow, Hamburg, Rotterdam, Oporto und Bordeaux stießen plötzlich wieder dicken Rauch durch die Kamine, die Winden rasselten. Die veröbeten Hüttenwerke lärmten und tobten, bestaubte Lokomotiven kamen aus ihren Schuppen und holten Atem. Die Förderkörbe der Zechen klirrten mit erhöhter Schnelligkeit in die Schächte hinab. Die große Maschine, die sich seit der Krise langsam dahingeschleppt hatte, zog mit einem plötzlichen Ruck an. Die Asyle der Arbeitslosen, die Säle der Hospitäler leerten sich, die Vagabunden verschwanden von den Landstraßen. Die Banken und Börsen waren in lauter Erregung, als platzten Granaten in der Luft. Die Industriepapiere kletterten in die Höhe, Mut und Unternehmungslust kehrten zurück. Die Tunnelaktien kamen wieder zu Ehren.

„Lloyd übernimmt den Tunnel!"

Lloyd ganz allein! Ein einzelner Mann!

Der Tunnel holte tief Atem. Wie eine Riesenpumpe begann er Menschenleiber einzusaugen und auszuspeien und am sechsten Tage schon arbeitete er mit seiner alten Geschwindigkeit. In den Stollen donnerten die Bohrmaschinen, die glühenden, wütenden Nashörner aus Allanit rasten wie früher trillernd und heulend ins Gestein. Die Stollen tobten, lachten und delirierten. Die schweißtriefenden Menschenhaufen wälzten sich wieder im gleißenden Licht der Scheinwerfer vor und zurück. Als sei nie etwas geschehen. Streik, Katastrophe — alles war vergessen! Allan peitschte zu dem alten Höllentempo an und auch er dachte nicht mehr daran, daß es einst anders gewesen war.

Die amerikanische Strecke war am leichtesten zu bewältigen. Die Unglücksschlucht nahm achtzig Doppelkilometer Gestein auf. Tag und Nacht ergoß sich eine Lawine von Gestein und Geröll in die Tiefe. Ein dreihundert Meter breiter Damm überquerte sie. Er war übersponnen von Geleisen und ohne Pause flogen die Gesteinszüge aus den Stollen und stürzten ihren Inhalt hinab. Der nördliche Abschnitt war nach einem Jahre ausgefüllt und planiert und trug riesige Maschinenhallen mit Dynamos, Kühlmaschinen und Ozonapparaten. Fünf Jahre nach Wiederaufnahme der Arbeit hatten sich die Stollen Amerikas und der Bermudas einander soweit genähert, daß Allan drahtlos mit Strom, der in Bermuda befehligte, durch den Berg telephonieren konnte. Er ließ Richtungsstollen vortreiben und die ganze Welt wartete voller Spannung auf den Augenblick, da die Stollen zusammenstoßen würden. Es gab selbst in wissenschaftlichen Kreisen Leute, die bezweifelten, daß die Stollen sich überhaupt treffen würden. Die ungeheuren Gesteinsmassen, die Hitze, die enormen Massen an Eisen und elektrischen Energien mußten die genauesten Instrumente beeinträchtigen. Aber schon, als sich die Richtungsstollen bis auf fünfzehn Kilometer genähert hatten, verzeichneten die Seismographen die Sprengungen in den Stollen. Im fünfzehnten Baujahr stießen die Richtungsstollen zusammen. Die Berechnungen ergaben eine Höhenabweichung von dreizehn Metern und eine seitliche Abweichung von zehn Metern, Differenzen, die sich spielend leicht ausgleichen ließen. Zwei Jahre später waren die Doppelstollen Amerika-Bermuda durchgeschlagen und mit dem Eisenbetonmantel umspannt.

Das war von ungeheurem Vorteil: Die Züge konnten Eisen, Zement, Schienen und Mannschaften nach den Bermudas befördern.

Die Tunnelaktien stiegen um zwanzig Prozent! Das Geld des Volkes kam zurück.

Schwieriger gestaltete sich der Ausbau der französischen Strecke, die Allan vorerst einstollig weiterführen ließ. Hier ereignete sich im vierzehnten Baujahr ein großer Schlammeinbruch. Der Stollen war auf eine der ozeanischen „Falten"gestoßen. Drei

Kilometer des gebohrten Stollens mußten preisgegeben werden mit kostbaren Maschinen und Apparaten. Eine zwanzig Meter starke Mauer aus Eisenbeton wurde gegen die eindringende Schlamm- und Wassermasse errichtet. Bei diesem Schlammeinbruch verloren zweihundertzweiundsiebzig Menschen das Leben. Der Stollen aber wurde in großem Bogen um die gefährliche Stelle herumgeführt. Er stieß hier wiederum auf Schlammmassen, aber sie wurden nach verzweifelten Anstrengungen bewältigt. Fünf Kilometer dieses Teils der Strecke kosteten die ungeheure Summe von sechzig Millionen Dollar. Der Stollen wurde im einundzwanzigsten Baujahr vollendet.

Mit der Fertigstellung der französischen und amerikanischen Strecke verringerten sich die Baukosten ganz beträchtlich. Von Monat zu Monat konnten Arbeiterbataillone abgestoßen werden. Aber trotzdem verschlang der Tunnel noch Milliarden. Ethel hatte ihr ganzes ungeheures Vermögen in den Tunnel geworfen, bis auf den letzten Cent! Sie war an dem Tage bettelarm, an dem der Tunnel nicht vollendet wurde. Lloyd selbst war am Bau so stark beteiligt, daß er seine ganze finanzielle Strategie aufbieten mußte, um sich aufrechtzuerhalten.

Die schwerste Arbeit bereiteten die atlantischen Strecken mit ihren enormen Ausdehnungen. Tag und Nacht, Jahre hindurch tobten schweißbedeckte Menschenhaufen gegen das Gebirge. Je tiefer sie vordrangen, desto schwerer wurden Transport und Verpflegung, zumal auch diese Strecken vorläufig größtenteils einstollig gebaut wurden. Hier war der Feind der Tunnelmen nicht das Wasser, sondern die Hitze. Die Stollen stiegen hier bis zu einer Tiefe von sechstausend Meter unter dem Meeresspiegel hinab. Die Hitze war so ungeheuer, daß zur Verzimmerung nicht mehr Holz verwandt werden konnte, sondern nur noch Eisen. Die Luft in dem heißen, tiefen und langen Stollen war um so schlechter, als nur durch Doppelstollen eine einigermaßen genügende Ventilation erzielt werden kann. Von zehn zu zehn Kilometern mußten Stationen in den Berg geschlagen werden, in denen Kältemaschinen, Ozonapparate und Luftpumpen Tag und Nacht arbeiteten.

Es war die schwerste und gigantischste Arbeit, die jemals Menschen vollbracht haben.

Von zwei Seiten fraßen sich die Bohrmaschinen immer tiefer. Der „dicke Müller" von den Azoren herüber, Strom von den Bermudas. Strom leistete Übermenschliches.

Er war nicht beliebt bei seinen Leuten, aber sie bewunderten ihn. Er war ein Mensch, der tagelang ohne Essen, Trinken und Schlaf sein konnte. Er war fast täglich im Stollen und leitete stundenlang persönlich die Arbeiten am Vortrieb. Tagelang kam er zuweilen nicht aus dem glühenden Stollen heraus. Seine Leute gaben ihm den Namen „der russische Teufel".

Täglich spien die Stollen viertausend Waggons Gestein nach Azora und dreitausend Waggons nach Bermuda aus. Enorme Terrains waren geschaffen worden. Klippen, Sandbänke, Untiefen, Inseln zu einem Kontinent zusammengeschweißt. Es war vollkommen neues Land, das Allan geschaffen hatte. Seine Hafenbaumeister hatten die modernsten Hafenbauten, Molen und Wellenbrecher, Docke und Leuchtfeuer geschaffen. Die größten Dampfer konnten anlaufen. Seine Städtebaumeister hatten neue Städte aus dem Schutt gezaubert. Es gab Hotels, Banken, Warenhäuser, Kirchen, Schulen — alles ganz neu! Ein Merkmal aber hatten Allans fünf neue Städte: sie waren ohne jede Vegetation. Auf Schutt von Gneis und Granit standen sie, ein blendender Spiegel in der Sonne und eine Staubwolke im Wind. In zehn Jahren aber würden sie ebenso grün sein wie andere Städte, denn es waren Plätze, Gärten, Parke vorgesehen, wie London, Paris und Berlin sie besitzen. Seine Baumeister importierten die Erde in Schiffsladungen, Chile sandte den Salpeter, das Meer gab den Tang. Seine Baumeister importierten Pflanzen und Bäume. Und in der Tat, es gab da und dort schon gespensterhafte Parkanlagen zu sehen: mit bestaubten Palmen und Bäumen und einer jämmerlichen Grasnarbe.

Allans Städte hatten dafür aber etwas anderes. Sie besaßen die geradesten Straßen der Welt und die schönsten Strandanlagen aller Kontinente. Sie glichen einander wie Brüder. Sie waren alle Ableger Amerikas, vorgeschobene Forts des amerikanischen Geistes, gepanzert mit Willenskraft und angefüllt mit Aktivität.

Mac City hatte gegen das Ende der Bauzeit schon über eine Million Einwohner!

Wiederholt ereigneten sich kleinere und größere Unglücksfälle und Katastrophen beim Bau. Aber sie waren nicht größer und häufiger als bei anderen großen technischen Unternehmungen. Allan war vorsichtig und ängstlich geworden. Er hatte nicht mehr die Nerven wie früher. Am Anfang war es ihm nicht auf hundert Menschen angekommen, aber jetzt lastete jedes einzelne Menschenleben, das der Tunnel forderte, auf seiner Seele. Die Stollen waren voll von Sicherheits- und Registrierapparaten, und beim geringsten Anzeichen, das zur Vorsicht mahnte, verlangsamte er das Tempo. Allan war grau geworden, „old gray Mac" hieß er jetzt. Seine Gesundheit war untergraben. Er schlief fast gar nicht mehr und war jeden Augenblick in Unruhe, irgendein Unglück könne sich ereignen. Er war ein einsamer Mann geworden, dessen einzige Erholung darin bestand, am Abend eine Stunde allein in seinem Park spazieren zu gehen. Was in der Welt vorging, interessierte ihn kaum mehr. Schöpfer des Tunnels, war er zu seinem Sklaven geworden. Sein Gehirn kannte keine anderen Ideenassoziationen mehr als Maschinen, Wagentypen, Stationen, Apparate, Zahlen, Kubikmeter und Pferdekräfte. Fast alle menschlichen Empfindungen waren in ihm abgestumpft. Nur einen Freund hatte er noch, das war Lloyd. Die beiden verbrachten häufig die Abende zusammen. Da saßen sie in ihren Sesseln, rauchten und schwiegen.

Im achtzehnten Baujahr brach ein großer Streik aus, der zwei Monate währte und bei dem Allan verlor. Nur der Kaltblütigkeit Stroms war es zu danken, daß eine zweite Panik und Massenangst im Keim erstickt wurde. Eines Tages stieg die Hitze im Stollen um volle fünf Grad. Die Erscheinung war unerklärlich und mahnte zur Vorsicht. Die Arbeiter weigerten sich einzufahren. Sie befürchteten, der Berg werde sich jeden Augenblick öffnen und ihnen glühende Lava entgegenspeien. Es gab Leute, die den unsinnigen Gedanken verbreiteten, der Stollen nähere sich dem glühenden Erdinnern. Viele Wissenschaftler vertraten den Gedanken, daß die Tunnelachse den Krater eines submarinen Vulkans tangiere. Die Arbeiten wurden unterbrochen und genaue Forschungen der entsprechenden Komplexe des Meeresgrundes angestellt. Die Temperatur am Meeresboden wurde gemessen, aber von einem Vulkan oder heißen Quellen fand sich keine Spur.

Strom wählte Freiwillige aus und blieb vier Wochen Tag und Nacht im Stollen. „Der russische Teufel" gab es erst auf, als er ohnmächtig zusammenbrach. Acht Tage später aber war er wieder in der „Hölle".

Die Menschen arbeiteten hier vollkommen nackt. Wie schmutzige, ölige Molche glitten sie da unten im Stollen hin und her, halb bewußtlos, durch Reizmittel aufrecht erhalten.

Im vierundzwanzigsten Baujahr, da die beiden Stollenköpfe der Berechnung nach sechzig Kilometer voneinander entfernt waren, gelang es Strom, drahtlos mit dem „fetten Müller" von den Azoren durch den Berg zu sprechen. Nach sechsmonatiger mörderischer Arbeit waren beide Stollen soweit vorgetrieben, daß sie sich in nächster Nähe voneinander befinden mußten. Aber die Seismographen registrierten keine einzige Detonation, obwohl Müller täglich dreißigmal sprengte. Durch alle Zeitungen ging die aufregende Depesche, daß die Stollen sich verfehlt hätten. Die Ingenieure in den beiden Richtungsstollen waren unaufhörlich miteinander in Verbindung. Die Entfernungen von Azora und Bermuda waren bis auf den Meter bestimmt worden, über und unter dem Meere. Es konnte sich also nur um wenige Kilometer Abstand handeln. Man hatte eigens empfindliche Apparate, die der Hitze standhielten, gebaut, aber die Apparate reagierten nicht.

Gelehrte aus Berlin, London und Paris eilten herbei. Einige von ihnen wagten sich sogar bis in den kochenden Stollen hinein, ohne Erfolg.

Allan ließ Stollen schräg in die Höhe und schräg in die Tiefe treiben, er ließ ein Netz von Seitenstollen bohren. Es war ein vollkommenes Bergwerk. Die Arbeit ins Dunkle und Ungewisse hinein war höllisch und erschöpfend. Die Hitze warf die Menschen nieder wie eine Seuche. Wahnsinnsausbrüche kamen fast täglich vor. Obwohl die Pumpen unaufhörlich gekühlte Luft in die Stollen drückten, blieben die Wände doch heiß wie Kachelöfen. Blind von Staub und Hitze kauerten die Ingenieure, vollkommen nackt, mit Staub und Schmutz bedeckt, in den Stollen und beobachteten die Registrierapparate.

Es war das schrecklichste Stück Arbeit, das aufregendste, und Allan fand keinen Schlaf mehr.

Sie suchten vier Monate lang, denn das Bohren der Seitenstollen beanspruchte viel Zeit.

Die Welt lag in einem Krampf von Spannung. Die Tunnelpapiere aber begannen zu sinken.

Eines Nachts jedoch wurde Allan von Strom angerufen, und als er durch den Stollen kroch, kam ihm Strom entgegen, triefend von Schweiß, schmutzig und kaum mehr menschenähnlich. Und zum erstenmal sah Allan diesen kühlen Menschen in Erregung und sogar lächeln.

„Wir sind Müller auf der Spur," sagte Strom.

Am Ende eines tiefgehenden Schrägstollens, wo die Luft durch den Schlauch pfiff und kühlte, stand ein Registrierapparat unter einer Grubenlampe und zwei geschwärzte Gesichter lagen daneben.

Der Registrierapparat verzeichnete zwei Uhr eine Minute eine millimeterfeine Schwankung. Müller mußte in genau einer Stunde wieder sprengen, und die vier hockten eine Stunde lang in atemloser Erregung vor dem Apparat. Genau drei Uhr zwei Minuten zitterte die Nadel wieder.

Die Zeitungen gaben Extrablätter aus! Wäre Müller ein großer Verbrecher gewesen, dessen Spur eine Meute von Detektiven aufstöberte, die Sensation hätte nicht größer sein können.

Die Arbeit war von nun an leicht. Nach vierzehn Tagen stand es fest, daß Müller unter ihnen sein mußte. Mac telephonierte ihm „heraufzukommen". Und Müller ließ den Stollen in die Höhe treiben. Nach vierzehn weiteren Tagen waren sie einander so nahe, daß der Apparat sogar das Arbeiten der Bohrer verzeichnete. Nach drei Monaten hörte man mit eigenen Ohren den Knall des Sprengens. Ganz dumpf und fein wie ein Donner in der Ferne. Nach weiteren dreißig Tagen hörte man die Bohrer! Und dann kam der große Tag, da ein Bohrloch die beiden Stollen verband.

Die Arbeiter und Ingenieure jubelten.

„Wo ist Mac?" fragte der „fette Müller".

„Hier bin ich!" antwortete Allan.

„How do you do, Mac?" sagte Müller mit fettem Lachen.

„We are all right!" antwortete Allan.

Diese Unterhaltung stand noch am Abend in allen Extrablättern, die über New York, Chicago, Berlin, Paris und London niederregneten.

Sie hatten vierundzwanzig Jahre lang gearbeitet — es war der größte Augenblick ihres Lebens! — und doch hatten sie keine Phrase gesprochen! Eine Stunde später konnte Müller eine gekühlte Flasche Münchner Bier an Allan schicken und am nächsten Tage konnten sie durch ein Loch zusammenkriechen — alle übermüdet, schwitzend, nackt, schmutzig, sechstausend Meter unter dem Meeresspiegel.

Allans Rückfahrt durch den Stollen war eine Triumphfahrt. Die Arbeiterbataillone, die hier in der Finsternis wühlten, schrien und jubelten.

„Nehmt die Kappe ab vor Mac, Mac ist unser Mann ..."

Hinter Allan aber donnerten schon wieder die Bohrer gegen den Berg.

KAPITEL 6

Ethel war aus anderem Material als Maud. Sie ließ sich nicht an die Peripherie der Arbeit drängen, sie siedelte sich im lärmenden Mittelpunkt an. Sie absolvierte einen regulären Ingenieurkursus, um „mitreden zu können".

Von dem Tage an, da sie Allan die Hand gereicht hatte, verteidigte sie in würdiger Weise ihre Rechte.

Es schien ihr genug zu sein, wenn sie Allan für den Lunch freigab. Um fünf Uhr aber, Punkt fünf Uhr war sie da — ob Allan in New York weilte oder in der Tunnel-City, einerlei — und bereitete still, ohne ein Wort zu sprechen, den Tee. Allan konferierte mit einem Ingenieur oder Architekten, darum kümmerte Ethel sich nicht im geringsten.

Sie wirtschaftete lautlos in ihrer Ecke oder im Nebenzimmer, und wenn der Teetisch fertig war, so sagte sie: „Mac, der Tee ist fertig."

Und Allan mußte kommen, allein oder in Gesellschaft, das war Ethel einerlei.

Um neun Uhr stand sie mit dem Car vor der Türe und wartete geduldig, bis er kam. Die Sonntage mußte er bei ihr verbringen. Er konnte Freunde einladen oder ein Rudel Ingenieure bestellen, ganz wie er wünschte. Ethel führte ein gastliches Haus. Man konnte kommen und gehen, wann man wollte. Sie hatte einen Park von fünfzehn Automobilen zu ihrer Verfügung, die jeden Gast zu jeder Stunde des Tages und der Nacht hinbrachten, wohin er wollte. An manchen Sonntagen kam auch Hobby von seiner Farm herüber. Hobby produzierte jährlich zwanzigtausend Hühner und Gott weiß wie viele Eier. Die Welt interessierte ihn nicht mehr. Er war religiös geworden und besuchte Betsäle. Zuweilen blickte er Allan ernst in die Augen und sagte: „Denke an dein Seelenheil, Mac —!"

Wenn Allan reiste, so reiste Ethel mit ihm. Sie war mit ihm wiederholt in Europa, auf den Azoren und den Bermudas.

Der alte Lloyd hatte ein Stück Land bei Rawley, vierzig Kilometer nördlich Mac City, gekauft und dort ein riesiges Landhaus, eine Art Schloß für Ethel bauen lassen. Das Land reichte bis ans Meer und lag mitten in einem Park alter Bäume, die Lloyd von japanischen Gärtnern hatte für die Verpflanzung präparieren und nach Rawley bringen lassen.

Lloyd kam jeden Tag, um sie zu besuchen, und von Zeit zu Zeit brachte er ganze Wochen bei seiner abgöttisch geliebten Tochter zu.

Im dritten Jahre ihrer Ehe gebar Ethel einen Sohn. Dieser Sohn! Er wurde von Ethel wie ein Heiland gehütet. Es war Macs Kind, Macs, den sie liebte, ohne viele Worte zu machen, und er sollte in zwanzig Jahren das Werk des Vaters übernehmen und vervollkommnen. Sie nährte ihn selbst, sie lehrte ihn die ersten Worte sprechen und die ersten Schritte tun.

In den ersten Jahren war der kleine Mac zart und empfindlich. Ethel nannte ihn „rassig und aristokratisch". Im dritten Jahre aber ging er in die Breite, sein Schädel wurde dick und er bekam Sommersprossen. Sein blondes Haar wurde brandrot: er verwandelte sich in einen richtigen kleinen Pferdejungen. Ethel war glücklich. Sie liebte zarte und empfindliche Kinder nicht, stark und kräftig mußten sie sein und tüchtig schreien, damit die Lungen wuchsen — genau wie der kleine Mac es tat. Sie, die nie Angst gehabt hatte, lernte nun die Angst kennen. Sie zitterte stündlich um ihr Kind. Ihre Phantasie war erfüllt von Entführungsgeschichten, die sich zugetragen hatten, da man Kinder von Millionären gestohlen, verstümmelt, geblendet hatte. Sie ließ eine Stahlkammer, wie in einer Bank, in ihr Haus zur ebenen Erde einbauen. In dieser Stahlkammer mußte der kleine Mac mit der Nurse schlafen. Ohne sie durfte er nie den Park verlassen. Zwei auf den Mann dressierte Polizeihunde begleiteten ihn und stets schnüffelte ein Detektiv die Gegend drei Meilen im Umkreis ab. Nahm sie ihn mit sich, so fuhren zwei Detektive im Wagen mit, bewaffnet bis an die Zähne. Der Chauffeur mußte ganz langsam fahren, und Ethel ohrfeigte ihn einmal auf offener Straße in New York, weil er „hundred miles an hour" fuhr.

Jeden Tag mußte ein Arzt den Kleinen, der prächtig gedieh, untersuchen. Wenn das Kind sich nur räusperte, so depeschierte sie sofort nach einem Spezialisten.

Überall sah Ethel Gefahren für ihr Kind. Aus dem Meer konnten sie steigen, ja sogar aus der Luft konnten Verbrecher herabkommen, um den kleinen Mac zu stehlen.

Im Park war eine große Wiese, die, wie Ethel sagte, „geradezu zur Landung von Aeroplanen einlud". Ethel ließ ein Rudel Bäume darauf pflanzen, so daß jeder Aeroplan, der eine Landung versuchte, elend zerschmettern mußte.

Ethel stiftete eine Riesensumme für die Erweiterung des Hospitals, das sie „Maud Allan Hospital" taufte. Sie gründete die besten Kinderheime der ganzen Welt in allen fünf Tunnelstädten. Schließlich war sie nahe am Bankerott und der alte Lloyd sagte zu ihr: „Ethel, du mußt sparen!"

Die Stelle, wo Maud und Edith getötet worden waren, ließ Ethel umzäunen und in ein Blumenbeet verwandeln, ohne Allan ein Wort davon zu sagen. Sie wußte recht gut, daß Allan Maud und die kleine Edith noch nicht vergessen hatte. Es gab Zeiten, da sie ihn des Nachts zuweilen stundenlang auf und abgehen und leise sprechen hörte. Sie wußte auch, daß er in seinem Arbeitstisch sorgfältig ein vielgelesenes Tagebuch aufbewahrte: „Leben meines kleinen Töchterchens Edith und was sie sagte."

Die Toten hatten ihre Rechte und Ethel dachte nicht daran, sie ihnen zu schmälern.

SCHLUß

Die Bohrmaschinen zermalmten den Berg in den atlantischen Stollen und täglich kamen die Tunnelköpfe einander näher und näher. Die letzten dreißig Kilometer waren eine Sträflingsarbeit. Allan war gezwungen, für zwei Stunden zehn Dollar zu bezahlen, denn kein Mensch wollte hinein in den „Krater". Der Mantel dieser Stollenabschnitte mußte mit einem Netz von Kühlröhren übersponnen werden. Nach einem Jahr furchtbarer Arbeit war auch dieser Stollen bewältigt.

Der Tunnel war fertig. Die Menschen hatten ihn unternommen, die Menschen hatten ihn vollendet! Aus Schweiß und Blut war er gebaut, rund neuntausend Menschen hatte er verschlungen, namenloses Unheil in die Welt gebracht, aber nun stand er! Und niemand wunderte sich darüber.

Vier Wochen später nahm die submarine pneumatische Expreßpost den Betrieb auf.

Ein Verleger bot Allan eine Million Dollar, wenn er die Geschichte des Tunnels schreiben wolle. Allan lehnte ab. Er schrieb lediglich zwei Spalten für den Herald.

Allan machte sich nicht bescheidener als er war. Aber er betonte wieder und wieder, daß er nur mit Hilfe solch ausgezeichneter Männer wie Strom, Müller, Olin-Mühlenberg, Hobby, Harriman, Bärmann und hundert andern den Bau habe vollenden können.

„Ich muß indessen bekennen," schrieb er, „daß mich die Zeit überholt hat. Alle meine Maschinen über und unter der Erde sind veraltet und ich bin gezwungen, sie im Laufe der Zeit durch moderne zu ersetzen. Meine Bohrer, auf die ich einst stolz war, sind altmodisch geworden. Man hat die Rocky-Mountains in kürzerer Zeit durchbohrt, als ich es hätte tun können. Die Motorschnellboote fahren heute in zweieinhalb Tagen von England nach New York, die deutschen Riesenluftschiffe überfliegen den Atlantic in sechsunddreißig Stunden. Noch bin ich schneller als sie und je schneller Boote und Luftschiffe werden, desto schneller werde ich! Ich kann die Geschwindigkeit leicht auf 300-400 Kilometer die Stunde steigern. Zudem fordern Schnellboote und Luftschiffe Preise, die nur der reiche Mann bezahlen kann. Meine Preise sind populär. Der Tunnel gehört dem Volke, dem Kaufmann, dem Einwanderer. Ich kann heute vierzigtausend Menschen täglich befördern. In zehn Jahren, wenn die Stollen alle doppelt ausgebaut sein werden, achtzig bis hunderttausend. In hundert Jahren wird der Tunnel den Verkehr nicht mehr bewältigen können. Es wird Aufgabe des Syndikats sein, bis dahin Parallelstollen zu bauen, die relativ leicht und billig herzustellen sein werden."

Und Allan kündigte in seinem schlicht und unbeholfen geschriebenen Artikel an, daß er genau in sechs Monaten, am ersten Juni des sechsundzwanzigsten Baujahrs, den ersten Zug nach Europa laufen lassen werde.

Um diesen Termin einhalten zu können, peitschte er Ingenieure und Mannschaften zu einem tollen Finish an. Monate hindurch rasten Züge voll alter Schwellen und Schienen ans Licht. Die Geleise für die Tunneltrains wurden instand gesetzt, Probefahrten in allen Stollen ausgeführt. Ein Bataillon von Führern wurde ausgebildet, wozu Allan Leute wählte, die an hohe Geschwindigkeiten gewöhnt waren: Automobil- und Motorrad-Rennfahrer und Flugzeugführer.

In den Stationen Biskaya und Mac City waren in den letzten Jahren gespenstische Riesenhallen emporgewachsen: die Tunnel-Wagenbau-Fabriken. Diese Wagen riefen eine neue Sensation hervor. Sie waren etwas höher als Pullmancars, aber nahezu zweimal so lang und doppelt so breit. Panzerkreuzer, die auf einem Kiel von vier Doppelpaaren dicker Räder liefen und Kreisel, Kühler, Behälter, Kabel und Röhren, einen ganzen Organismus im Bauche hatten. Die Speisewagen waren Prunksäle. (Kinematographische und musikalische Vorführungen sollten die Reise durch den Tunnel verkürzen.)

Ganz New York stürmte Hoboken-Station, um in diesen neuen Wagen vorerst wenigstens bis Mac City zu fahren. Die Tunneltrains selbst waren für die ersten drei Monate bis auf den letzten Platz seit vielen Wochen belegt.

So kam der erste Juni heran ...

New York hatte geflaggt. London, Paris, Berlin, Rom, Wien, Peking, Tokio, Sidney hatten geflaggt. Die ganze zivilisierte Welt feierte Allans erste Fahrt wie ein Völkerfest.

Allan wollte um Mitternacht die Reise antreten und um Mitternacht des zweiten Juni (amerikanische Zeit) in Biskaya eintreffen.

Schon Tage vorher liefen Extrazüge von Berlin, London und Paris nach Biskaya, von allen großen Städten der Staaten nach Mac City. Flotten von Dampfern gingen nach den Azoren und Bermudas in See. Am ersten Juni flogen von frühmorgens an stündlich zwanzig Züge nach Mac City, vollgestopft mit Menschen, die mit eigenen Augen sehen wollten, wie sich der erste Amerika-Europa-Flieger in den Tunnel hineinstürzte. Die großen Hotels in New York, Chikago, San Franzisko, Paris, Berlin, London veranstalteten Bankette, die um zehn Uhr ihren Anfang nehmen und volle achtundzwanzig Stunden dauern sollten. Edison-Bio wollte in allen diesen Hotels ihren Riesentunnelfilm vorführen, der sechs volle Stunden dauerte. In den Varietés und Concerthalls traten Chöre von früheren Tunnelmen auf, die die Tunnellieder sangen. Auf den Straßen wurden Millionen von Postkarten mit Allans Porträt verkauft, Millionen von „Tunnel-charms", kleine in Metall gefaßte Gesteinsplitter aus den Stollen.

Allan startete Punkt zwölf Uhr nachts. Die ungeheure Bahnhofhalle von Hoboken-Station, die größte der Welt, war bis auf den letzten Quadratfuß mit erregten Menschen angefüllt und alle reckten die Hälse, um einen Blick auf den mächtigen Tunneltrain zu werfen, der zur Abfahrt bereit stand. Grau war er wie Staub und ganz aus Stahl.

Der Zug, der mit dem Führungswagen aus sechs Waggons bestand, war hell erleuchtet, und die Glücklichen, die nahe genug standen, blickten in prächtige Salons. Es waren Salonwagen. Man vermutete, daß Ethel die erste Fahrt mitmachen werde, denn trotz phantastisch hoher Angebote waren Passagiere abgelehnt worden. Ein Viertel vor zwölf wurden die eisernen Rolläden heruntergezogen. Die Spannung der Menge wuchs mit jeder Minute. Zehn Minuten vor zwölf bestiegen vier Ingenieure den Führungswagen, der an ein Torpedoboot mit zwei runden Augen am scharfen Bug erinnerte. Allan mußte nun jeden Augenblick erscheinen.

Allan kam fünf Minuten vor zwölf Uhr. Als er den Perron betrat, brandete ein solch donnerndes Geschrei durch die Halle, daß man hätte glauben können, Hoboken-Station krache in sich zusammen.

Als junger Mann hatte Allan den Bau begonnen und nun stand er da, schneeweiß, verbraucht, mit fahlen, etwas schwammigen Wangen und gutmütigen, blaugrauen Kinderaugen. Mit ihm kam Ethel heraus, die den kleinen Mac an der Hand führte. Hinter ihr ein kleiner gebückter Mann mit aufgestülptem Mantelkragen und weiter Reisemütze, die tief übers Gesicht sank. Er war kaum größer als der kleine Mac und man hielt ihn allgemein für einen farbigen Groom. Es war Lloyd.

Die meterhohe Mumie gab Ethel und dem kleinen Mac die Hand und kletterte behutsam in den Waggon: Lloyd also war der Passagier! Nicht ein Kaiser oder König, nicht der Präsident der Republik, die Großmacht Lloyd, das Geld, war der erste Passagier!

Ethel blieb mit ihrem Knaben zurück. Sie hatte den kleinen Mac von Rawley herübergebracht, damit er diesen großen Augenblick miterlebe. Allan verabschiedete sich von seinem Sohn und Ethel, und Ethel sagte: „Well, good bye, Mac. I hope you will have a nice trip!"

Die Kreisel begannen zu rotieren und füllten die Halle mit einem hohlen, pfeifenden Sausen. Die Stützbacken lösten sich automatisch, als die Kreisel die erforderliche Tourenzahl erreicht hatten — und der Zug glitt unter dem tobenden Jubel der Menge aus der Halle. Die Scheinwerfer schleuderten ihre bleichen Lichtkegel über Hoboken, New York und Brooklyn, die Sirenen der Dampfer in den Docken, auf dem Hudson, der Bai, dem East-River tuteten und heulten, die Telephone klingelten, die Telegraphen spielten — — New York, Chikago, San Franzisko brausten auf, der Jubel der ganzen Welt begleitete Allan auf die Reise. Zur gleichen Zeit blieben alle technischen Betriebe der Welt auf fünf Minuten stehen, alle Schiffsschrauben, die in diesem Augenblick die Weltmeere peitschten, zur gleichen Zeit heulten und tuteten die Pfeifen und Sirenen aller Eisenbahnzüge und Dampfer, die unterwegs waren: ein brutaler, gewaltiger Schrei der Arbeit, die ihrem Werk zujubelte.

Der alte Lloyd ließ sich entkleiden und legte sich zu Bett.

Sie waren unterwegs. —

In den Hotels hatten Tausende von Menschen um zehn Uhr diniert und erregt über den bevorstehenden Start gesprochen. Musikkapellen konzertierten. Das Fieber wuchs und wuchs. Man wurde exaltiert und sogar poetisch. Man nannte den Tunnel „die größte menschliche Tat aller Zeiten". „Mac Allan hat das Epos vom Eisen und der Elektrizität gedichtet." Ja, Mac Allan wurde sogar im Hinblick auf seine Schicksale in den fünfundzwanzig Jahren des Baus „der Odysseus der modernen Technik" genannt.

Zehn Minuten vor zwölf flammte die Projektionsfläche der Edison-Bio auf und darauf stand: „Ruhe!"

Sofort wurde alles vollkommen still. Und augenblicklich begann der Telekinematograph zu arbeiten. In allen Weltstädten der Erde sah man zur gleichen Sekunde die Bahnhofhalle von Hoboken-Station, schwarz von Menschen. Man sah den gewaltigen Tunneltrain, man sah, wie Allan sich von Ethel und seinem Sohn verabschiedete — die Zuschauer schwingen die Hüte: der Zug gleitet aus der Halle ...

Ein unbeschreiblicher, donnernder Jubel, der minutenlang währte, erhob sich. Man stieg auf die Tische, Hunderte von Sektgläsern wurden zerbrochen und zertreten. Die Musik intonierte das Tunnellied: „Three cheers and a tiger for him!..." Aber der Lärm war so ungeheuer, daß niemand einen Ton hörte.

Hierauf erschien eine Schrift auf der Leinwand: „Die fünfundzwanzig Köpfe." Allan, als er den Bau begann, Allan, wie er heute aussah. Ein zweiter Orkan der Begeisterung brach los. Hobby, Strom, Harriman, Bärmann, S. Woolf, der „fette

Müller", Lloyd. Dann begann der eigentliche Film. Er begann mit dem Meeting auf dem Dachgarten des „Atlantic", dem „ersten Spatenstich", er führte im Laufe der Nacht mit Unterbrechungen durch alle Phasen des Baus, und so oft Allans Bild erschien, erhob sich neuer, begeisterter Jubel. Der Riesenfilm zeigte die Katastrophe, den Streik. Man sah wieder Mac Allan durch das Megaphon zu dem Heer von Arbeitern sprechen (und der Phonograph brachte Teile seiner Rede!), die Prozession der Tunnelmen, den großen Brand. Alles.

Nach einer Stunde, um ein Uhr, erschien auf der Projektionsfläche ein Telegramm: „Allan in den Tunnel eingefahren. Ungeheure Begeisterung der Menge! Viele Menschen im Gedränge verletzt!"

Der Film ging weiter. Nur von halber zu halber Stunde wurde er durch Telegramme unterbrochen: Allan passiert den hundertsten Kilometer — — den zweihundertsten — Allan stoppt eine Minute. Ungeheure Wetten wurden abgeschlossen. Niemand sah mehr auf den Film. Alles rechnete, wettete, schrie! Würde Allan pünktlich in Bermuda eintreffen? Allans erste Fahrt war zu einem Rennen geworden, zu einem Rennen eines elektrischen Zuges und zu nichts anderem. Der Rekordteufel wütete! In der ersten Stunde hatte Allan den Rekord für elektrische Züge gedrückt, den bis dahin die Züge Berlin-Hamburg behaupteten. In der zweiten war er den Weltrekorden der Flugmaschinen auf den Leib gerückt, in der dritten hatte er sie geschlagen.

Um fünf Uhr erreichte die Spannung einen zweiten Höhepunkt.

Auf der Projektionsfläche erschien telekinematographisch übermittelt die von greller Sonne durchflutete Bahnhofhalle der Bermudastation: wimmelnd von Menschen und alle sehen gespannt in die gleiche Richtung. Fünf Uhr zwölf taucht der graue Tunnelzug auf und fliegt herein. Allan steigt aus, plaudert mit Strom, und Strom und Allan steigen wieder ein. Fünf Minuten und der Zug fährt weiter. Ein Telegramm: „Allan erreicht Bermuda mit zwei Minuten Verspätung."

Ein Teil der Banketteilnehmer ging nun nach Hause, die meisten aber blieben. Sie blieben über vierundzwanzig Stunden wach, um Allans Fahrt zu verfolgen. Viele hatten auch Zimmer in den Hotels gemietet und legten sich auf ein paar Stunden schlafen, mit dem Befehl, sie augenblicklich zu wecken, „im Falle etwas passierte". Über die Straßen regneten schon die Extrablätter nieder. —

Allan war unterwegs.

Der Zug flog durch die Stollen, daß sie meilenweit vor und hinter ihm dröhnten. Der Zug legte sich in den Kurven zur Seite wie eine meisterhaft konstruierte Segeljacht: der Zug segelte. Der Zug stieg, wenn es in die Höhe ging, gleichmäßig und ruhig wie eine Flugmaschine: der Zug flog. Die Lichter im dunkeln Tunnel waren Risse in der Dunkelheit, die Signallampen buntglitzernde Sterne, die sich in die runden Bugfenster des sausenden Torpedoboots stürzten, die Lichter der Stationen vorbeischwirrende Meteorschwärme. Die Tunnelmänner (verschanzt hinter den eisernen Rolltüren der Stationen), feste Burschen, die die große Oktoberkatastrophe trockenen Auges mitgemacht hatten, weinten vor Freude, als sie „old Mac" vorüberfliegen sahen.

Lloyd ließ sich um acht Uhr wecken. Er nahm sein Bad, frühstückte und rauchte eine Zigarre. Er lachte, denn hier gefiel es ihm. Endlich war er ungestört, endlich war er fern von den Menschen und an einem Ort, wohin niemand kommen konnte! Zuweilen promenierte er durch sein lichterblitzendes Appartement, zwölf Gemächer, die die Maschine hinter sich herschleppte und die von einer köstlichen, ozongesättigten Luft erfüllt waren. Um neun Uhr telephonierte ihn Ethel an und er unterhielt sich zehn Minuten mit ihr. („Don't smoke too much, Pa!" sagte Ethel.) Dann las er die Telegramme. Plötzlich hielt der Zug. Sie stoppten in der großen Station im „heißen Stollen". Lloyd sah durch ein Guckloch und unterschied eine Gruppe von Menschen, in deren Mitte Allan stand.

Lloyd dinierte, schlief und wieder hielt der Zug und die Fenster seines Salons waren geöffnet: er sah durch eine Glaswand hindurch auf ein blaues Meer hinaus und auf der andern Seite über eine unübersehbare Menschenmenge, die begeistert schrie. Azora. Sein Diener berichtete ihm, daß sie vierzig Minuten Verspätung hätten, da ein Ölbehälter leck geworden sei.

Hierauf wurden die Fenster wieder geschlossen. Der Zug stürzte sich in die Tiefe, und der alte, vertrocknete, kleine Lloyd begann vor Vergnügen zu pfeifen, was er seit zwanzig Jahren nicht getan hatte.

Von Azora an führte Strom. Er schaltete den vollen Strom ein und der Geschwindigkeitsmesser stieg auf zweihundertfünfundneunzig Kilometer die Stunde. Die Ingenieure wurden unruhig, aber Strom, dem die Hitze in den heißen Stollen wohl die Haare abfressen konnte aber nicht die Nerven, ließ sich nicht ins Handwerk pfuschen.

„Es wäre eine Blamage, wenn wir zu spät kämen," sagte er. Der Zug fuhr so rasch, daß er stillzustehen schien; die Lichter schwirrten ihm wie Funken entgegen.

Finisterra.

In New York wurde es wieder Nacht. Die Hotels füllten sich. Die Begeisterung raste, als das Telegramm die ungeheure Speed meldete. Würde man die Verspätung einholen oder nicht? Die Wetten stiegen ins Unsinnige.

Die letzten fünfzig Kilometer führte Allan.

Er hatte vierundzwanzig Stunden nicht geschlafen, aber die Erregung hielt ihn aufrecht. Bleich und erschöpft sah er aus, mehr nachdenklich als freudig: viele Dinge gingen ihm durch den Kopf ...

In wenigen Minuten mußten sie ankommen und sie zählten Kilometer und Sekunden. Die Signallampen fegten vorbei, der Zug stieg ...

Plötzlich blendete weißes, grausames Licht ihre Augen. Der Tag brach herein. Allan stoppte ab.

Sie waren mit zwölf Minuten Verspätung in Europa eingetroffen.